NORBERT HORST

Kaltes Land

*Für meine Kolleginnen und Kollegen
bei der Polizei*

GOLDMANN
Lesen erleben

Buch

Er hat Macht, er hat Geld, doch seine Identität kennt niemand. Aus dem Dunkel zieht er die Fäden und handelt mit allem, was viel Geld bringt: Drogen, Waffen und Menschen. Sein Glück: Mit dem Flüchtlingsstrom kommen viele Verzweifelte nach Deutschland und müssen abtauchen. Unter ihnen findet er die willfährigen Handlanger für seine Geschäfte. Als einer von ihnen an einem verschluckten Päckchen Kokain stirbt, ermittelt Kommissar Steiger. Steiger, der sich mit seinen Chefs anlegt, der aber Gerechtigkeit will um jeden Preis, auch für die, die offiziell gar nicht existieren. Er wird nicht aufgeben, bis er ihn gefunden hat – den Mann im Hintergrund.

Autor

Norbert Horst ist im Hauptberuf Kriminalhauptkommissar und hat in zahlreichen Mordkommissionen ermittelt. Der Autor ist verheiratet und hat zwei Kinder. Für seinen ersten Roman, »Leichensache«, erhielt er den Friedrich-Glauser-Preis für das beste Krimidebüt; »Todesmuster« wurde mit dem Deutschen Krimipreis ausgezeichnet. »Splitter im Auge«, den ersten Roman aus der Serie um Kommissar Steiger, zählte die KrimiZEIT-Bestenliste zu den zehn besten Spannungsromanen des Jahres 2012.

Norbert Horst im Goldmann Verlag:

Die Kriminalromane mit Kommissar Kirchenberg

Leichensache (auch als E-Book erhältlich)
Todesmuster (auch als E-Book erhältlich)
Blutskizzen (nur als E-Book erhältlich)
Sterbezeit (auch als E-Book erhältlich)

Die Kriminalromane mit Kommissar Adam, genannt Steiger:

Splitter im Auge (auch als E-Book erhältlich)
Mädchenware (auch als E-Book erhältlich)

Norbert Horst

Kaltes Land

Kriminalroman

GOLDMANN

Dieses Buch ist auch als E-Book erhältlich.

Die Schauplätze der Geschichte in diesem Buch sind zum großen Teil real,
die handelnden Personen und die Handlung dagegen reine Fiktion.
Das gilt insbesondere für die im Buch genannten Angehörigen der
verschiedenen Polizei- und Strafverfolgungsbehörden, die ausnahmslos
erfunden und ausdrücklich niemandem nachempfunden sind.
Sollte es dennoch Parallelen oder Ähnlichkeiten geben, sind diese
zufällig und nicht gewollt.

FSC www.fsc.org
MIX
Papier aus verantwortungsvollen Quellen
FSC® C014496

Verlagsgruppe Random House FSC® N001967

3. Auflage
Originalausgabe Oktober 2017

Neumarkter Str. 28, 81673 München
Dieses Werk wurde vermittelt durch die Literarische Agentur
Thomas Schlück GmbH, 30827 Garbsen.
Gestaltung des Umschlags: UNO Werbeagentur München
Umschlagfoto: Istockphoto / Getty Images / Giorgio Fochesato
Redaktion: Gerhard Seidl
BH · Herstellung: kw
Satz: Uhl + Massopust, Aalen
Druck und Bindung: GGP Media GmbH, Pößneck
Printed in Germany
ISBN: 978-3-442-48617-5
www.goldmann-verlag.de

Besuchen Sie den Goldmann Verlag im Netz

1

August 2010

Er erwachte von dem Geräusch.

Ein paar Augenblicke klang es noch in ihm nach, dann verlor es die Lebendigkeit, die ihm der Traum gegeben hatte, und glitt in die Erinnerung. Aus der konnte er es jetzt wieder hervorholen, konnte sich vorstellen, wie es sich anhörte, wenn ein Geschoss auf einen Körper trifft, aber dann kam dieses kleine, dünn klingende Klopfen aus der Vergangenheit. Im Traum war es Gegenwart gewesen, nah und da und unmittelbar, so wie jetzt das leise Rascheln der Zeltplane und der Klang der irakischen Wüste dahinter. Wobei es ein Unterschied war, ob das Geschoss den Körper dort traf, wo Kleidung es dumpfer, fast milder machte, sodass es noch unbedeutender schien und ihm auch diese kleine, helle Schärfe genommen wurde, wenn es direkt auf die Haut traf, wie auf das Gesicht seines Vaters, als er an einem sonnigen Nachmittag mit ihm durch die Straßen Richtung Minutkaplatz gegangen war. Er hatte das Geräusch gehört, noch bevor er in der großen, warmen Hand das kurze Beben spürte. Sein Vater war gestürzt, ohne ein Wort, einen Laut von sich zu geben, und hatte dagelegen mit diesem Trichter im Hinterkopf, aus dem Knochensplitter ragten und aus dem Blut und eine rote Masse flossen.

Später, in den Jahren des Kampfes im zweiten Krieg, war dieser Anblick alltäglich gewesen, die geschundenen Körper, die zerschossenen Gesichter, die herrenlosen Glieder. Aber an dem Tag war dieses Bild so bizarr und fremd gewesen, dass ein Dreizehnjähriger es ebenso wenig begreifen konnte wie jenes ein paar Wochen zuvor, als er seinen Vater in der Ruine suchte, in deren Keller er und seine Kämpfer für eine gewisse Zeit ihren Posten eingerichtet hatten. Die Wachen kannten ihn, machten freundliche Scherze und tätschelten ihm im Vorbeigehen den Kopf. Einer der beiden russischen Soldaten hatte schon im Kellergang gelegen, sein Gesicht war eine rote, schmutzige, verkrustete Fläche gewesen, und seine Finger waren unnatürlich verdreht. Den Schuss hatte er gehört in dem Augenblick, als er die Tür zu dem Raum öffnete, aus dem der Lichtschein kam. Sein Vater hatte mit der Pistole in der Hand neben dem Mann gestanden, der gefesselt und vornübergebeugt auf dem Stuhl saß. Sein Kopf hing so weit herunter, dass eine Haarsträhne die Knie berührte, und über dem Ohr war dieselbe Wunde gewesen. Sein Vater hatte ihn lange angesehen, sich schließlich vor ihn hingekniet und ihn umarmt. Es ist furchtbar, hatte er gesagt, ich weiß, doch manchmal muss man furchtbare Dinge tun. Und wenn eine Sache gerecht ist, sind es auch die Dinge, die wir dafür tun. Unsere Sache ist gerecht, vergiss das nie. Du bist sehr klug, mein Junge, du wirst es verstehen. Und jetzt geh!

Nicht den Tag, auch nicht den Monat hätte er nennen können, wann es angefangen hatte, dass sich diese Bilder vor dem Schlaf in sein Bewusstsein zwängten und er dann davon träumte, erst hin und wieder, dann immer öfter, und mittlerweile bestanden all seine Nächte schon lange aus diesen Träumen und all seine Träume aus diesen Bildern. Er sah das tote Gesicht seines Vaters, die abgerissenen Hände und Arme, er roch den süßlichen Duft, der im heißen tschetschenischen Sommer bald durch die Mauern der zerbombten Häuser geweht hatte. Aber aus seinen Träumen gestoßen wurde er immer von diesem Geräusch, das so belanglos war, wenn der Schuss von weit her kam und man ihn nicht hörte, das man, hätte man es für sich allein in einer Hotellobby oder auf der Straße gehört, wahrscheinlich gar nicht wahrgenommen hätte, weil es so klein und grau war. Aber wenn man seinen Ursprung kannte, seine Bedeutung, überhörte man es auch in einem Inferno nicht.

Erst ganz leise, dann immer deutlicher drängte sich in dieses Gemisch aus Vorstellung und Realität das Surren und Heulen eines Motors, das lauter wurde und schließlich in direkter Nähe des Zelts stoppte. Türen schlugen, er hörte Stimmen, die aufgebracht arabische Worte sprachen, und sein Arabisch war auch nach den wenigen Monaten so gut, dass er es verstand.

Ahmed auf der Liege neben ihm war ebenfalls erwacht und hatte sich mit der Waffe in der Hand aufgesetzt. Dzhamal stand auf, schob die Plane ein Stück zur Seite und sah einen Mann im Scheinwerferlicht vor dem Jeep knien. Die Haltung seiner Arme verriet auf den ersten Blick, dass seine Hände auf dem Rücken gefesselt waren.

»Hol den Tschetschenen«, sagte Hassan zu Habib, dem Dritten von ihnen, der auch über Nacht bei den Laborzelten blieb.

Dzhamal verließ den Eingang des Zelts und ging auf Hassan zu, der sich hier Abu Ali nannte.

»Du brauchst niemanden holen zu lassen, Abu Ali, hier bin ich.«

Hassan stieß den Knienden im Vorbeigehen mit dem AK 47, dass er einen Moment sein Gleichgewicht verlor, sich aber wieder fing.

»Kennst du ihn?«

Jetzt, aus unmittelbarer Nähe erkannte Dzhamal, was er nach dem ersten Blick geahnt hatte. Der Mann, der dort im Staub kniete, war Ramzan.

»Du weißt, dass ich ihn kenne.«

»Wie lange kennst du ihn schon?«

»Viele Jahre, wir haben zusammen in Tschetschenien gekämpft. Du weißt auch das.«

Hassan hielt sein Gewehr schräg vor der Brust gekreuzt und trat bis auf einen halben Meter an Dzhamal heran.

»Dann wusstest du auch, dass er es mit Männern macht?«

Dzhamal versuchte, Ramzan anzusehen, konnte aber dessen Augen nicht erkennen, weil die Scheinwerfer in seinem Rücken das nicht zuließen. Sie waren befreundet seit ihrer Kindheit, und er wusste, dass Ramzan Männer mochte. Gesehen hatte er es nie, und Ramzan war ihm auch nie zu nah gekommen, aber darüber gesprochen hatten sie in all den Jahren nicht.

»Wer sagt das?«

»Die Brüder, die ihn mit einem Mann erwischt haben.«

Der kniende Schatten bewegte sich und hob den Kopf, aber es war im hellen Gegenlicht auch keine Regung in Ramzans Gesicht zu erkennen. Ein leichter Wind bewegte eine Haarsträhne und trug vom Chemiezelt den leichten Geruch von Essigsäure mit sich.

Sie hatten sich hier wiedergesehen. Ramzan und andere Kämpfer waren aus den Rückzugsgebieten in den Tälern des Kaukasus gekommen, als es auch dort zu unsicher wurde; er war nach Jahren aus Deutschland hierhergekommen, um wieder mit der Waffe zu kämpfen. Nach ihrer Ankunft waren sie eine Zeit gemeinsam in einigen

Lagern gewesen und hatten zusammen an Aktionen teilgenommen, bis sich vor zwei Monaten ihre Wege trennten. Sein Wissen sei zu wertvoll, hatten sie gesagt und ihn zu diesem Labor gebracht. Seither hatte er Ramzan nicht mehr gesehen.

»Und das ist noch nicht alles. Er ist ein verdammter Deserteur.« Hassan nahm ein Mobiltelefon aus seiner Tasche, rief etwas auf und reichte es Dzhamal. »Sieh selbst, Tschetschene.«

Dzhamal erkannte die Lage sofort, in der Ramzan sich befand, denn dieses war eines der Worte, die nur eines zur Folge haben konnten. Es waren in den Monaten, seit sie hier waren, immer wieder Kämpfer überführt und verdächtigt worden, desertieren zu wollen, und es gab immer nur ein Urteil, das sie erwartete. Er blickte auf das kleine Display, aber seine Gedanken erfassten nicht die Worte, die dort standen.

Zuletzt hatte Ramzan Zweifel gehabt, Dzhamal wusste das, sie hatten darüber gesprochen nach Aktionen, bei denen es viele Tote gegeben hatte, auch Frauen und Kinder. Und ihm war klar, es konnte nur einen Grund geben, warum Hassan einen Verurteilten zu diesem versteckten Ort brachte, warum er ihn zu ihm brachte.

»Wer hat es entschieden?«, fragte Dzhamal, obwohl er es wusste. Vielleicht hatte Hassan es auch selbst entschieden, er gehörte zum Sicherheitsdienst und hatte die Macht dazu.

»Es ist entschieden …« Hassan machte eine Pause und kam noch ein paar Zentimeter näher. »Und du hast die ehrenvolle Pflicht.«

Er trat einen Schritt zurück und änderte ein wenig die Haltung seiner Kalaschnikow. Dzhamal kannte nicht den

Grund, aber Hassans Abneigung ihm gegenüber war von Anfang an zu spüren gewesen.

»Jetzt. Hol deine Waffe!«

Dzhamal ließ den Blick langsam zu Ramzan wandern und sah ihn für einen kurzen Moment an, aber immer noch konnte er das Gesicht nicht erkennen. Mit kleinen Schritten ging er ins Zelt, blieb lange vor seinem Lager stehen und fasste dann die Heckler & Koch, die daran lehnte. Er nahm den Aufruhr in sich wahr, der heftiger und ein anderer war, als jener in den Momenten, wenn er im Kampf auf einen Menschen anlegte in dem sicheren Wissen, dass sein Schuss töten würde, aber er konnte nichts dagegen tun. Für einen kurzen Augenblick suchte etwas in ihm nach einem Ausweg aus der Situation, aber als ihm klar wurde, dass es keinen gab, dachte er an seinen Vater, wie er vor ihm kniete und zu ihm sprach.

Mit zügigen Schritten ging er nach draußen, drückte den Sicherungshebel nach unten und legte schnell an. Er zielte nicht aus dieser Entfernung, blickte über das Dioptervisier hinweg und hielt auf die Schattenfigur. Aber seine Hand war wie gelähmt, und er war nicht imstande, den Finger zu krümmen.

»Du kannst ihn nicht retten, Tschetschene, erfüll deine Pflicht«, sagte Hassan, als er das Zögern wahrnahm.

Aber das Inferno in seinem Innern erfasste seinen Arm, seine Hand, seinen Körper und ließ die Waffe beben.

»Er wird sterben«, sagte Hassan, »so oder so. Du kannst nur sein Leiden verkürzen.«

Mit diesen Worten hob er die Kalaschnikow ein wenig an und schoss Ramzan in den Oberschenkel.

Der schrie auf, kippte zur Seite und versuchte, mit den gefesselten Händen das Bein zu fassen, was nicht gelang.

Dzhamal nahm die Stille wahr, die nach einem Schuss immer größer zu sein schien als davor, roch wieder den essigsauren Wind und konnte sein Zittern kaum noch beherrschen.

Mit einer kaum wahrnehmbaren Bewegung schoss Hassan ein zweites Mal und traf den Liegenden wieder an den Beinen. Erneut schrie Ramzan auf, dass seine Stimme sich überschlug, aber bald wurde aus dem Schreien ein Stöhnen, ein gepresstes Gurgeln.

Obwohl Dzhamal seine Augen nicht von dem sich windenden Bündel nahm, war er sicher, dass Hassan ihn ansah, als er ein drittes Mal schoss. Jetzt schrie Ramzan nicht mehr, nur sein Stöhnen wurde für einen Augenblick höher und lauter, und dann hörte Dzhamal in diesem Stöhnen ganz leise wie von weit her seinen Namen, und es klang sanft und verstehend und voller Hoffnung.

Ganz langsam, als legte sich eine Hand auf die seine, verebbte das Beben in seinen Gliedern, beruhigte sich das glühende Wirbeln in ihm, versiegte das Schreien. Dann schoss er Ramzan zweimal in die Brust.

Er nahm wahr, dass der zitternde Körper sich nicht mehr regte, dass die beiden Kämpfer, die mit Hassan gekommen waren, ihn auf die Ladefläche des Pick-ups luden, dass alle davonfuhren.

Lange sah er dem Wagen hinterher, auch dann noch, als die Lichter längst verschwunden waren. Schließlich ging er ins Zelt, legte sich auf das Klappbett und starrte auf die Plane, die sich leicht im Wind bewegte.

Am Morgen würde ein Lkw mit einer großen Ladung kommen, die verarbeitet und verpackt werden musste.

Irgendwann schloss er die Augen.

Es waren keine Bilder mehr da.

2

August 2016

Jana fuhr den Zafira, und als am Funk ein Streifenwagen irgendwelche arabischen Personalien überprüfte, drehte sie die Lautstärke herunter, damit er nicht mithören konnte. Sie hatten darauf verzichtet, ihn zu fesseln, weil nichts an ihm einen Zweifel daran aufkommen ließ, dass er seine Zusage einhalten würde.

Steiger konnte sich nicht erinnern, wann er zuletzt einen so schönen Menschen gesehen hatte. Nicht, dass er für so etwas bei Männern besonders empfänglich war, aber dieser junge Bursche, der jetzt auf dem Rücksitz des Dienstwagens neben ihm saß, schien zu leuchten selbst in seiner Resignation. Sein Haar war kastanienbraun mit tief in den Nacken laufendem Haaransatz, und er hatte eine Frisur, die Steiger an James Dean erinnerte, das Haar nur ein wenig welliger, sodass ihm eine verdrehte Strähne in die Stirn fiel. Steiger dachte daran, irgendwo gelesen zu haben, dass Symmetrie ein wichtiger Faktor ist, wenn Menschen ein Gesicht als schön empfinden, und er tastete mit seinem Blick unauffällig die Linien und Schwünge ab. War dieses Gesicht symmetrisch? Seine Mutter hatte früher immer davon gesprochen, dass jemand ein ebenmäßiges Gesicht besaß. Was immer sie damit gemeint haben mochte, aber es war so etwas wie die Krönung der Schönheit und hatte in ihrer Welt für Menschen wie Grace Kelly oder Ingrid Bergman gegolten. Hätte sie auch das Gesicht dieses Jungen ebenmäßig empfunden? Am ungewöhnlichsten waren seine Augen. Sie waren hell, in nordischen Breiten nichts Ungewöhnliches, aber diese Augen waren hellbraun, sie hatten fast die Farbe von Sand. Nie hatte er jemals solche Augen gesehen, da war er sich sicher.

Auf dem Weg vom Parkplatz zum Präsidium nahmen sie ihn nicht wie üblich eng in die Mitte, weil es ihm aus jeder Pore rann, dass er aufgegeben hatte.

Bei einer Kontoeröffnung war sein falscher bulgarischer Pass aufgefallen, und die Bank hatte ihnen den Termin für das nächste Gespräch mitgeteilt. Sie hatten gewartet, und er war gekommen.

Im Büro schob Steiger ihm einen Stuhl hin, setzte sich gegenüber und sah ihn einen längeren Moment an.

»Warum sprichst du so gut deutsch?«

»Ich hab hier mal länger gelebt.« Er sprach nur mit leichtem Akzent, der sich fast ein wenig bayerisch anhörte.

»Bevor wir weiterreden, muss ich dich belehren. Du bist Beschuldigter in einem Strafverfahren, weil du illegal hier bist, jedenfalls ist das unser Verdacht. Und als Beschuldigter musst du bei der Polizei nichts sagen. Du kannst vorher einen Anwalt fragen oder sogar die ganze Sache darüber laufen lassen, Beweisanträge kannst du auch noch stellen, aber die Sache mit der Aussage ist das Wichtigste. Du musst hier nichts sagen, verstanden?«

Schon bei Steigers letzten Worten schüttelte er den Kopf.

»Nein, es ist eh vorbei, und ich bin irgendwie froh, dass es vorbei ist. Schon als ich heute zur Bank ging, wusste ich es, war so ein Gefühl. Ich sag Ihnen alles, was Sie wissen wollen.« Er stützte sich mit den Ellbogen auf den Knien ab und sah zu Boden.

»Du bist kein Bulgare, stimmt's?«

»Ja.« Ohne hochzusehen.

»Was bist du dann? Albaner?«

Er nickte schwach.

Steiger sah Jana an, die auf dem Aktenbock saß, die Arme ausbreitete und die Handflächen nach oben drehte.

»Du hast hier mal gelebt, sagst du. Wann?«

Er richtete sich wieder auf und sah Steiger an.

»Als ich ein halbes Jahr alt war, sind meine Eltern nach Deutschland gegangen, nach Rosenheim, ich war da im Kindergarten und in der Schule, bis zur vierten Klasse.«

»Und dann?«

»Dann sind meine Eltern wieder zurück nach Albanien, weil hier alles nicht so funktionierte, wie sie sich das vorgestellt hatten. Und ich musste mit, obwohl ich nicht wollte. Aber wird man gefragt als Zehnjähriger? Ich hatte alle meine Freunde hier, war in einer Fußballmannschaft, ach …«

Für ein paar Sekunden vertrieb der Zorn die Resignation aus seinem Gesicht.

»Und irgendwann bist du zurückgekommen. Wie lange bist du jetzt hier?«

»Ein halbes Jahr ungefähr. Bin erst wieder nach Rosenheim gegangen, weil das doch meine Stadt ist. Aber da war nichts zu machen. Asyl gibt es hier eh nicht für Albaner und eine Aufenthaltsgenehmigung schon gar nicht. Ich hatte mir schon eine Wohnung gesucht bei einem Landsmann, den ich kennengelernt hatte, der ist mit einer Deutschen verheiratet. Und bei der Ausländerbehörde habe ich ihnen erzählt, dass ich da zur Schule gegangen bin, dass ich doch gut genug deutsch spreche, um überall zu arbeiten, was ich auch wollte, ich wollte keine Sozialhilfe. Ich hab ihnen gesagt, dass das doch meine Stadt ist.« Er hob den Kopf, sah aus dem Fenster, und sein Kampf gegen die Tränen war tapfer, aber verloren. »Aber sie wollten mich da einfach nicht.«

Einen Moment war nur das harte Ticken der Schalke-Uhr über der Tür zu hören.

»Und dann hast du dir gedacht, scheiß auf Gesetze, bleibe ich einfach illegal hier und besorg mir einen falschen Pass?«

Jana erwiderte Steigers Blick nicht, sondern behielt nach ihren Worten nur ihn im Auge.

Sie kannten sich jetzt vier Jahre, fuhren im Einsatztrupp meistens miteinander, immer dann, wenn es ging, und Steiger hatte sich schon lange eingestanden, dass sie ein Glücksfall war, für das Team und für ihn, weil sie ihn mit einigem versöhnt hatte. Es passte einfach, und er wusste, dass sie es ähnlich sah. Sie hatten sich viele Nächte vor irgendwelchen Objekten um die Ohren geschlagen und dabei geschwiegen und geredet, was beides irgendwie verband. Er wusste manches von ihr. Dass ihr die russische Herkunft manchmal peinlich war, wenn ihre Mutter immer noch mit breitem Akzent die Vokale zog. Er wusste von den Problemen einer ihrer Brüder, auch mit der Polizei. Er wusste, dass sie etwas werden wollte bei der Polizei und sich selbst verachtete, wenn sie deshalb in manchen Situationen den Mund hielt. Aber warum sie keine Traurigkeit ertrug, nicht bei sich und nicht bei anderen, das hatte er noch nicht herausgefunden.

Er nahm den Pass und blätterte.

»Georgi Kostadinow … Wie ist dein wirklicher Name?«

»Amir Berisha.«

»Und wie alt bist du, Amir?«

»Das Geburtsdatum stimmt.«

»Dann bist du neunzehn.« Steiger sah auf die Finger Amir Berishas, die dieser unentwegt bog und knetete. Ihm kam die Textzeile aus einem Lied aus der Schulzeit hoch, irgendein Protestsong, in dem es um einen fast neunzehnjährigen Soldaten ging, in dessen Grab vielleicht nur eine Hand lag oder ein Bein, aber ihm fiel der Titel nicht ein. »Woher hast du den Pass?«

»Aus München, vom Hauptbahnhof. Ein Bekannter kannte da jemanden.«

»Was hast du dafür bezahlt?«

»Fünfzehnhundert Euro. Da waren noch ein Führerschein und eine bulgarische Identitätskarte dabei.«

Steiger schüttelte den Kopf und warf den Pass auf den Tisch. »Dafür hättest du keinen Fuffi bezahlen dürfen. Es ist eine ziemlich beschissene Fälschung mit heftigen Fehlern, darum bist du auch aufgeflogen. Tausendfünfhundert sind ein Witz dafür.«

Amir Berisha richtete sich auf und zuckte mit den Schultern. »Was hätte ich machen sollen, das war meine letzte Hoffnung. Und ich habe keine Ahnung von solchen Dingen. Ich habe ihm die Hälfte des Geldes gegeben, er hat Bilder gemacht, und nach zehn Tagen waren die Sachen fertig.«

Jana erhob sich vom Aktenbock, setzte sich an ihren Schreibtisch und startete den Rechner. »Ich schreib das mal so auf, okay.« Ihr Ton war wieder sanfter, aber sein kleiner Anfall von Traurigkeit war ja auch vorüber.

»Wo wohnst du hier?«, fragte Steiger.

»Ich habe ein möbliertes Zimmer in der Uhlandstraße, erst mal, weil es preiswert war. Hätte mir jetzt was anderes gesucht, nachdem ich den Job im Krankenhaus hatte.«

Amir Berisha machte eine kleine Pause und zog die Stirn kraus. »Kann ich da mal anrufen, die warten nämlich gleich auf mich, weil mein Dienst beginnt. Eigentlich.«

Jana begann zu schreiben, und für einen Moment lenkte das Prasseln der Tasten seinen Blick ab, aber die Hände kämpften weiter miteinander. Sie waren schlank, und Steiger fiel auf, dass sie nicht nur sauber waren, sondern dass er gepflegte Nägel hatte, die absolute Rarität bei ihrer Kundschaft.

»Wie bist du an den Job im Krankenhaus gekommen, und was ist das überhaupt für eine Arbeit?«

»Ich habe mich auf eine Internetanzeige gemeldet. Am Anfang habe ich nur so mitgeholfen bei allem Möglichen, zum Schluss habe ich die Instrumente für die Operationen gereinigt.«

»Und für dein Gehalt brauchtest du das Konto?«

»Ja, ohne Konto ging es nicht.«

Er hat einen Job und eine Wohnung, er spricht perfekt Deutsch, und er kämpft mit aufrechter Seele um sein Glück, aber er wird dieses Land genauso verlassen wie die Seriendiebe und Dealer mit fünf Aliasnamen, die sonst ihre Kunden waren und denen deutsche Gesetze so scheißegal waren wie irgendein Gott, wie immer er heißen mochte, dachte Steiger, als er Ben Strecker anrief. Sie würden ihn ausweisen, das war klar, und wenn er ging und nicht untertauchte, konnte er es in drei Jahren wieder mit einem Visum versuchen.

Jana fragte Amir Berisha nach seinen Daten, trug sie in den Personalbogen ein, und der Chef der Ausländerbehörde bestätigte am Telefon Steigers Vermutungen, was ihn nicht überraschte, so lief es eben.

Auf dem Weg zum Auto machten sie einen kleinen Umweg über den Erkennungsdienst, um noch Amirs Fingerabdrücke zu nehmen und seine Schönheit für spätere Polizistengenerationen festzuhalten.

»Gibt es denn keine Chance?«, fragte er zum Schluss. »Ich kann da nicht hin zurück, das geht nicht.«

»Wenn du keinen Scheiß machst, kannst du es in drei Jahren mit einem Visum versuchen«, sagte Steiger, als er neben ihnen den endlosen Flur entlangging, »und wenn dein Chef im Krankenhaus so große Stücke auf dich hält, kannst du doch vielleicht einen Deal mit ihm machen, da sind die Chancen dann gar nicht so schlecht.«

Amir sagte nichts, sah nicht einmal hoch, sondern ging still weiter.

Irgendwo schlug eine Tür.

3

April 2016

Nach Urin stank es schon seit Stunden, aber jetzt hatte sich auch jemand vollkommen entleert, das war deutlich zu riechen. Wer es war, ließ sich kaum feststellen, dafür saßen die gut zwanzig Menschen zu dicht gedrängt auf der Ladefläche des kleinen Kastenwagens, und es spielte auch keine Rolle.

Am Anfang war die Enge angenehm gewesen, weil es kalt war. Jetzt hoffte Arjun, dass es nicht von irgendwoher unter ihm feucht wurde. Hin und wieder nahm er die Hände aus seinen Handschuhen und tastete vorsichtig das Blech unter ihm ab. Er hatte seit Stunden nichts getrunken, und die Männer hatten ihnen auch nur vier Flaschen Wasser für alle gegeben, weil sie wussten, dass es eine lange Fahrt ohne Stopp werden würde.

Zweimal war er schon eingenickt, und all die Jahre hatte er dann immer diese Szene geträumt, wie sein Vater ihm zuwinkte, lachend, das hatte er sehen können auch auf die Entfernung, und im nächsten Moment war dort nur Staub gewesen, von einem Moment auf den anderen, als habe da nie jemand gestanden, weggezaubert, blitzschnell, und noch bevor er den Knall gehört hatte, spürte er einen Wind im Gesicht. Es war das letzte Bild seines Vaters, das er in sich trug seit damals. Denn danach hatten sie ihn nicht zu ihm gelassen, obwohl die Männer Tücher genäht hatten, in denen sie das, was noch zu finden gewesen war, eingesammelt hatten. Aber seinen Vater ließen sie ihn nicht mehr sehen.

Jetzt, vor diesem Erwachen war ihm dann das Bild von Nesrin erschienen, wie sie weinte, wenn er sie in den Tagen vor dem Abschied an sich drückte und den schmalen Kopf in seinen Händen hielt. Wohin willst du?, hatte sie gefragt, und er hatte ihr gesagt, nach Deutschland. Als sie ihn fragte, warum, hatte er gesagt, weil es dort sicherer ist und keinen Krieg gibt, und für alle von allem genug. Ob es dort warm ist, warm wie in Afghanistan, hatte sie wissen wollen. Ganz sicher wird es dort warm sein, hatte er geantwortet, und wenn es kalt ist, machen sie es warm. Und warum nimmst du mich nicht mit?, war ihre letzte Frage gewesen, und er hatte ihr etwas vom langen, beschwerlichen und gefährlichen Weg erzählt und dass sie noch zu jung sei mit ihren elf Jahren.

Dass das Geld von Onkel Belal zunächst nur für einen weiteren aus der Familie reichte und der Onkel ihn mitnehmen wollte, sagte er nicht.

Wieder tastete er, ob es feucht unter ihm wurde, aber so genau konnte er es gar nicht fühlen, weil sich in der klammen, atmenden Kälte alles feucht anfühlte.

Sie hatten mehrere solcher Gespräche geführt, seit Nesrin gehört hatte, dass er fortgehen würde, und am Ende musste er ihr immer versprechen, dass er zurückkommen und sie holen würde, beim Namen seines toten Vaters musste er ihr das versprechen.

Er wischte der kleinen Schwester die Tränen von der Wange, und sie begann zu lachen.

»Ach, da bist du ja, du holst mich schon.«

Sie stand auf, nahm ihn bei der Hand, und sie gingen durch die Tür ihres Hauses in den Hof, wo in der gleißenden Sonne ein Pferd mit sandfarbenem Fell stand, das auf seinem Rücken einen Sattel trug, an dem bunte Bänder wehten. Er hob sie hinein, fast schwerelos sank sie in den Sitz, der so groß war, dass vor ihr noch Platz für ihn war. Sie lächelte immer noch und sagte: »Komm …«

Er öffnete die Augen und hatte wie immer keinerlei Gefühl dafür, wie lange er geschlafen hatte. Es war still, wahrscheinlich war er davon erwacht. Kein Ruckeln der Straße mehr, kein Dröhnen des Motors, nur der Atem der Menschen neben ihm, ein paar Huster dazwischen.

Jemand öffnete von außen die Tür, und Arjun konnte sehen, dass es Abend oder Nacht war. Einer der Männer rief etwas in einer Sprache, die er nicht verstand, dann sagte ein anderer in Paschtu, dass sie aussteigen sollten. Arjun sprang von der Ladefläche, hüpfte, trampelte und rieb sich die Beine, um wieder etwas Leben in sie hinein zu bekommen. Dann stellte er sich in die Reihe der anderen Männer und entleerte seine Blase. Die Frauen und auch einige Männer waren einige Meter weiter ins Gebüsch gegangen, wo man sie in der Dunkelheit nicht sehen und nur jene Geräusche hören konnte, die so würdelos klangen, wenn sie in dieser Weise öffentlich wurden. Er sah sich um und erkannte ringsum schwarze Wipfel vor dem nicht ganz so schwarzen Himmel.

»Kann ich etwas Wasser haben?«, fragte er den Mann, der Paschtu gesprochen hatte.

»Ich habe kein Wasser. Was glaubst du, wo du hier bist? Ich bin nicht deine Mutter.«

Er sagte es, ohne Arjun anzusehen.

Eine Hand auf seiner Schulter ließ ihn erschrecken, aber sie gehörte einem der anderen Männer, der ihm eine Plastikflasche mit einem Rest Wasser gab. Arjun bedankte sich und trank es schneller, als er es sich vorgenommen hatte. Wenn du großen Durst hast, trink langsam, hatte seine Mutter immer gesagt, erst recht, wenn das Wasser knapp ist.

Dann trieben die Männer zur Eile, weil man die Dunkelheit ausnutzen müsse, sagte der Paschtune. Arjun nahm seinen Rucksack, in dem noch drei Unterhosen, ein T-Shirt und die neuen Adidas-Turnschuhe waren, die er sich für Deutschland aufheben wollte. Er suchte sich einen Platz in der langen Reihe, die der Taschenlampe folgte. Wieder gingen sie durch einen Wald.

Er hatte aufgehört, die Tage zu zählen, wie lange er unterwegs war, aber es war der zehnte Tag ohne Onkel Belal. An der iranischen Grenze hatte man sie hektisch in mehrere Gruppen aufgeteilt, weil Soldaten kamen, und sie waren getrennt worden. Seitdem hatte er Onkel Belal nicht wiedergesehen. Er betete zu Gott, dass er lebte, dass er in einer anderen Gruppe ging und sie sich wiederfinden würden. Die Gruppe war seit ihrem Start nicht mehr dieselbe, an manchen Stopps kamen Menschen hinzu, manchmal fiel ihm auf, dass er andere tagelang nicht gesehen hatte. Er hatte die Männer gefragt, die sie führten, aber das war sinnlos gewesen. Seit sie in Kabul in den Lkw gestiegen waren, hatten sie verschiedene Begleiter gehabt, aber alle waren hart und streng und ungnädig gewesen. In manchen Situationen, wenn jemand zu sehr aufbegehrte, hatten einige der Begleiter sogar geschlagen. Onkel Belal hatte es ihm nicht erzählt, aber im Lauf der Reise war ihm von anderen gesagt worden, wie viel Geld sie alle für diese Reise bezahlt hatten, und Arjun fragte sich, warum sie sich dann behandeln lassen mussten, als stählen sie diesen Männern ihre Zeit und täten ihnen etwas Schlimmes an.

Er trottete weiter durch die Dunkelheit und hatte sich angewöhnt, bei diesen Märschen nicht auf seine Angst zu achten, nicht auf die Müdigkeit, sondern alles in sich abzuschalten, was nicht notwendig dafür war, einen Fuß vor den anderen zu setzen und dem Vordermann zu folgen, auch wenn seine Beine vom langen Sitzen immer noch schmerzten und nicht richtig zu funktionieren schienen.

Der Mann, der ihm das Wasser gegeben hatte, war der Meinung gewesen, sie müssten bald in der Türkei sein, und Arjun hoffte, dass dieser Marsch nicht so lang sein würde wie andere. Manchmal waren sie mehrere Tage und Nächte unterwegs gewesen, und er hatte sogar Leichen entlang des Weges liegen sehen, die an ihrer Kleidung und den Rucksäcken als Flüchtlinge wie sie zu erkennen gewesen waren. Man hatte sie einfach liegen lassen, und auch sie hatten sich immer so beeilen müssen, dass er in manchen Momenten kurz davor gewesen war aufzugeben, und seit er Onkel Belal verloren hatte, war sein Mut und seine Kraft immer geringer geworden. Er fragte sich, ob der Onkel noch lebte oder ob er auch irgendwo am Wegesrand oder in einer Schlucht in den Bergen liegen geblieben war. Aber weil ihm solche Gedanken noch mehr Angst machten und die letzte Kraft zu nehmen schienen, ließ er sie und versuchte, an gar nichts zu denken.

Hin und wieder tastete er nach seinem Gürtel, in den seine Mutter ihm mit der Hand und sehr viel Mühe ein Geheimfach genäht hatte, in dem sich vierhundert Euro befanden, acht Scheine des Geldes, mit dem man in Europa Dinge bezahlen konnte. Er wusste nicht, warum, aber es gab ihm bei all der Angst ein gutes Gefühl zu wissen, dass sie da waren.

Dann achtete er wieder nur auf den Trott, sah manchmal für einen kurzen Moment das Licht an der Spitze der kleinen Karawane aufblitzen, aber die meiste Zeit folgte er nur den weißen Turnschuhen seines Vordermanns, die sich in der Dunkelheit vor ihm bewegten wie kleine Geister in der Nacht.

4

August 2016

»Danke.«

»Wofür?«

»Wie Sie mich behandelt haben, anders als in Rosenheim.«

Er sagte es mit einem Gesicht, als wolle er lächeln, und sah Jana dabei an. Dann nahm er seinen Rucksack, stieg aus und ging in der sengenden Sonne Richtung Eingang. Auch jetzt verzichteten sie darauf, ihn zu begleiten, wie sie es sonst immer taten, damit sie sich nicht auf den letzten Metern aus dem Staub machten und untertauchten, bevor sie sich bei der Ausländerbehörde gegen Quittung die Dokumente für ihren Rausschmiss abgeholt hatten. Kurz vor der Glastür blieb er stehen und sah sich noch einmal um. Steiger öffnete das Fenster.

»Drei Jahre, Amir.«

Amir Berisha verschwand ohne eine Reaktion.

Jana fuhr los und bog auf den Südwall ab.

Am Funk vergab die Leitstelle zwei Unfälle, danach forderte eine Streife Unterstützung bei einem Raub in der U-Bahnstation am Borsigplatz. Sofort meldeten sich drei Wagen an, obwohl die Stimme der Kollegin entspannt geklungen hatte. »Unterstützung« war eines der Wörter am Funk, mit denen man einen roten Knopf bei den Kollegen drückte. Steiger spürte an der leisen Unruhe, dass er auch in ihm noch existierte, und er fragte sich, warum ihn das beruhigte. Auch wenn ihm vieles verloren gegangen war in den einunddreißig Jahren, das offensichtlich nicht. Wahrscheinlich hinterließ es doch andere innere Spuren, wenn man sich in vielen Situationen bis ins Letzte einander anvertrauen musste, damit man am Ende heil nach Hause kam, als wenn man gemeinsam Schränke baute oder Kinder unterrichtete.

Auch Jana bog in die Hansastraße ab und fuhr etwas schneller Richtung Norden. Als die Kollegin am Funk Entwarnung gab, ging sie vom Gas.

»Ich glaub, den sehen wir nicht wieder«, sagte sie, ohne den Blick von der Straße zu nehmen.

»Mag wohl sein.«

»Und die Nummer mit den drei Jahren? War das mehr zur Beruhigung? Das glaubst du doch selbst nicht.«

»Ganz unmöglich ist es nicht, und wer weiß schon, was in drei Jahren ist.«

Er ließ die Seitenscheibe ein Stück nach unten gleiten, weil ihm der Fahrtwind angenehmer war als die Luft der Klimaanlage, auch wenn das bei der Hitze kaum kühlte.

Sein Handy vibrierte, es war Gisa.

»Was gibt's, meine Führungsoffizierin?«

»Lass den Scheiß, Steiger, ich kann nichts dafür, dass du nichts geworden bist. Ingo vom Elf rief grad an, die haben einen eigenartigen Hinweis auf eine Leichensache in der Nordstraße. Ist die vierte Leiche in den letzten anderthalb Stunden, sie haben keinen mehr frei, die K-Wache auch nicht, und die Wache hat einen schweren Unfall mit mehreren Beteiligten und einem Toten auf der Bornstraße. Könnt ihr da mal nachsehen?«

»Können wir. Wer ist der Anrufer?«

»Das meinte er mit eigenartig, war anonym per Handy,

und die Nummer ist auf 'ne Fantasiepersonalie ausgegeben. Der Anrufer sprach mit Akzent, sagt Ingo, und er meint, das Haus könnte eines von den Schrotthäusern sein.«

»Wollte die Stadt die in der Nordstraße nicht dichtmachen?«

»Keine Ahnung, seht es euch mal an, ob da was dran ist, könnte in der dritten Etage sein, wenn die Vermittlung es richtig verstanden hat. Kam nicht über 110, darum konnten sie es nicht noch mal anhören.«

Steiger teilte Jana die Adresse mit, sie blieb auf der Straße und gab Gas, die Richtung stimmte ja. Er war sich nicht sicher, ob es eines der Häuser war, bis sie davor parkten.

»Dacht ich mir doch.«

Es gab einige davon im Dortmunder Norden, und die Mehrzahl kannten sie.

Das Schloss der Eingangstür fehlte, er schob sie auf. Die meisten der kleinen Drahtglasscheiben hatten diese Schäden, die Steiger immer an kleine Einschüsse erinnerten. Nach zwei Schritten begann knöchelhoch der Müll, und er schaltete seine Taschenlampe ein, weil selbst das Licht eines gleißenden Sommertags hier die Düsternis nicht so weit vertrieb, dass man sicher sein konnte, nicht in irgendwas zu treten, was am Schuh kleben blieb oder stank.

Die Tür der ersten Wohnung war angelehnt, ein paar aufgeschlitzte Sessel lagen übereinander, daneben Spanplattenmöbel mit alten Bruchkanten.

In der zweiten Wohnung sah Steiger zuerst den Hund, der etwas vom Boden aufleckte. Als er erkannte, dass es Erbrochenes war, bemerkte er den Mann dazu auf dem

Sofa unter einer alten Steppdecke, deren ursprüngliche Farbe kaum noch zu erkennen war.

»Ach du Scheiße.« Jana zog sich Latexhandschuhe an, ging an Steiger vorbei und zog die Decke weg. Eine Flasche fiel herunter und erschreckte den Hund, der sich verkroch. »Ist zumindest nicht unsere Leiche, riecht aber ungefähr so.«

Der Mann hob kaum den Kopf, grunzte etwas durch seinen Bart, in dem noch ein paar helle Brocken hingen, und blinzelte benommen.

»Hast du einen Ausweis?« Sie sagte es wie zu einem Kind.

Seine Reaktion war ein weiteres Grunzen, und Jana wiederholte es noch lauter.

»Komm, vergiss es. Und fürs Krankenhaus ist er zu nüchtern«, sagte Steiger und fand es schon bemerkenswert, dass man in dem Zustand noch für etwas zu nüchtern sein konnte.

Sie gingen, und der Hund kam wieder an seinen Platz zurück.

Auf halber Treppe zum ersten Stock blieb Steiger stehen und sog zweimal kurz die Luft durch die Nase ein.

»Es riecht zumindest nicht nach Leiche, oder?«

»Es riecht nach Scheiße, Muff, feuchten Steppdecken, vielleicht noch ein bisschen Pisse, Schimmel und Kotze«, sie ging an ihm vorbei, »aber Leiche ist bis jetzt nicht dabei. Vielleicht ist sie ja auch noch nicht so alt.«

»Dann muss sie aber ziemlich frisch sein bei der Hitze.«

Auf der oberen Stufe blieb sie stehen und hob die Hand. Es waren leise Stimmen zu hören. Steiger horchte einen Moment, trat dann auf den Flur.

»Polizei, ist da jemand?« Mit mehr Lautstärke.

Das Reden verstummte, und die übernächste Tür öffnete sich. Der Mann sah arabisch aus, war jung, schlank und ging zurück ins Zimmer, als sie eintraten.

»Polizei.« Steiger hielt ihnen den Ausweis hin. »Spricht einer von euch deutsch?«

Der drahtige Jüngere schüttelte den Kopf und nahm einen Zug von der Zigarette. Er trug ein T-Shirt, Jogginghose und Flipflops. Der zweite saß auf drei übereinandergestapelten Matratzen, war älter und dicker, trug Shorts und ein Benatia-Trikot der Münchner Bayern. Beide waren offensichtlich Nordafrikaner, da war Steiger sicher, und beide wirkten völlig gelassen, fast desinteressiert. Der Raum sah nicht anders aus als der Rest der Wohnungen, nur dass auf dem Tisch zwei Pizzakartons mit Resten von Thunfisch und Pilzen standen. Auf den Pilzen war leichter Schimmel erkennbar, was Steiger logisch fand, war es biologisch doch eine Art Verwandtschaft. Aus einer Coladose daneben stieg Qualm auf.

»Passport.«

Der Jüngere fingerte eine Duldung der Stadt Dortmund aus der Hosentasche, die nicht nur gültig war, sondern auch sonst aussah, als sei sie in Ordnung.

Die Bescheinigung über die Meldung als Asylsuchender des Benatia-Fans war ziemlich mitgenommen und seit einer Woche abgelaufen. Jana hielt sie Steiger hin.

»Vergiss es. Heute nicht unsere Baustelle. Und er kriegt sie eh verlängert.«

Der zweite Stock bot kein anderes Bild. Einer der Räume war fast schulterhoch mit Müll angefüllt, und Steiger fragte sich, wie man das praktisch hinbekam.

Eine eingeschlagene Scheibe des Fensters nach hinten raus machte im dritten den Muff erträglicher. Obwohl in den beiden vorderen Wohnungen dasselbe Chaos herrschte, reichte ein kurzer Durchgang, um auszuschließen, dass darin ein Toter lag.

Die letzte Tür war verschlossen. Jana rüttelte am Knauf und sah Steiger an.

»Schon eigenartig, oder. Und dass es überhaupt noch eine mit intaktem Schloss gibt.«

»Ja, kann aber auch Zufall sein.«

Steiger ging dicht heran, stellte sich auf die Zehenspitzen, um das Türblatt so weit oben wie möglich nach innen zu drücken, und sog am entstandenen Spalt die Luft durch die Nase ein. Er winkte Jana mit einer Kopfbewegung heran und drückte noch einmal. Sie roch und nickte.

»Wenn es keine kaputte Kühltruhe ist oder 'ne tote Töle, könnte der Anrufer recht haben.«

»Holen wir einen Schlüsseldienst?«

»Hier?« Er machte eine ausladende Handbewegung. »Hier nehmen wir heute mal Schlüsseldienst Adam.«

»Aber…«

Mit einem Schritt Anlauf trat er in Schlossnähe gegen die Tür. Das Türblatt schlug auf, traf auf irgendetwas Weiches im Zimmer und federte sofort in seine alte Stellung zurück.

Ein paar Augenblicke war nur das Geräusch des Windes an der fehlenden Scheibe zu hören und das Summen der Fliegen, die sich in der Sekunde in den Flur befreit hatten.

»Scheiße, hast du das auch gesehen?« Jana sagte es, ohne Steiger anzusehen.

Er ging zwei Schritte nach vorn, zog sich erst jetzt auch seine Latexhandschuhe an und drückte die Tür behutsam auf.

Zuerst kam der Kopf des Mannes ins Bild, der noch normal aussah. Jung und arabisch und unversehrt, und obwohl seine Haut dunkel war, hatte sein Gesicht die unverwechselbare Blässe des Todes. Er lag auf einem alten Tisch, den jemand mal weiß angestrichen hatte, und mit jedem Zentimeter mehr, auf den die Tür vom Hals abwärts den Blick freigab, wurde das Bild unwirklicher. Der rechte Arm lag parallel zum Körper auf dem Tisch, der linke hing auf der anderen Seite herab. Dazwischen war nichts mehr, wie es einmal gewesen war. Der Torso war bis an die Kinnspitze aufgebrochen und erinnerte Steiger an einen Krater, weil das meiste entnommen worden war. Überall war schwarzes, geronnenes Blut, in der Lache unter dem Tisch lag etwas, das aussah wie die Leber. Die Tischplatte war breit und ließ neben der Leiche etwas Platz, der mit blutigem Zeugs voll lag, einer der Brocken konnte das Herz sein. Was der Szene aber ihre wahre Fremdheit gab, war der Darm, der überall herabhing, als habe man eine Mumie von ihren Bandagen befreit.

Das mit den Fliegen hielt sich für so eine Leiche bei der Witterung noch in Grenzen, fand Steiger, was wahrscheinlich an den geschlossenen Fenstern lag.

»Gibt es irgendeinen Grund, dass wir da jetzt reinmüssten?«

Jana überlegte einen Augenblick. »Nein. Es sei denn, da liegt noch einer.«

»Und wenn schon, der läuft auch nicht mehr weg.«

Er zog die Tür wieder zu, so weit es ging, das zersplitterte Schloss verhinderte, dass sie einrastete. Dann nahm er sein Handy, aber Jana hatte die Leitstelle schon am Draht.

5

Steiger sah dem Hund hinterher, wie er der Frau vom Tierheim an der Leine folgte, als habe er nie zu jemand anderem gehört.

Aber wenn man sonst Ausgekotztes fressen musste, war man da vielleicht nicht so wählerisch, auch nicht als Hund.

Sie bückte sich unter dem Flatterband durch, mit dem eine Fläche vor dem Haus abgesperrt worden war. Innerhalb des Rechtecks standen nur der Sprinter von den Spurensicherern, der Zafira und der Krankenwagen. Der Rest der Polizeifahrzeuge machte außerhalb davon die Nordstraße für den Verkehr dicht.

Sebastian Fromm trat aus der Tür, kam auf Steiger zu und steckte sich eine Zigarette an.

»Wir machen erst mal den Raum und die dritte Etage«, er sah am Haus hoch und machte eine Geste mit der Zigarettenhand, »warten die Obduktion ab und schauen dann weiter. Wenn wir in der Hütte jeden Raum machen müssen, da bewahre uns Gott davor, dann sind wir hier Monate unterwegs.«

Fromm war in der Bereitschaft der Mordkommission als Leiter vorgeplant gewesen. Im KK 11 war er einer der Jüngeren, und Steiger kannte ihn kaum, hatte aber Gutes über ihn gehört.

Jana war mit den beiden Marokkanern ins Präsidium

gefahren, um mit der Vernehmung zu beginnen, und Steiger hoffte, sie hatte einen guten Dolmetscher für Arabisch erwischt, weil Ira, ihre etatmäßige Übersetzerin, für vier Wochen zu ihrem krebskranken Vater nach Ägypten geflogen war.

»Und Werner hatte oben noch ein paar Fragen an dich wegen der Auffindesituation. Es reicht, wenn du dir was über die Schuhe ziehst, und du warst ja eh schon mal oben.«

Steiger ging hinein. Im ersten Raum hatten sie das Polstermöbelgebirge notdürftig in einer Ecke verstaut, einen Tisch mit Folie belegt und einige ihrer Sachen untergebracht. Er nahm sich aus der Schachtel ein paar blaue Überzieher.

Im zweiten Raum war der Bärtige mittlerweile in der Senkrechten, und die Sanitäter versuchten, ihn irgendwie fit zu bekommen. Bis man etwas einigermaßen Brauchbares aus ihm herausbekam, würde aber noch eine Zeit vergehen.

Auf der letzten Stufe vor der dritten Etage blieb Steiger stehen, blickte den Flur entlang und gab Werner Korte ein Zeichen. Wie die beiden anderen von der KTU und die Fotografin war er vollkommen weiß vermummt und kam den Flur entlang. Steiger sah den Schweiß auf seiner Stirn.

»Noch mal kurz zu der Situation, als ihr angekommen seid, Thomas. Ihr wart nicht im Raum, das ist richtig?«

»Das ist richtig. Wir waren vorher natürlich an der Tür, ich hab sie auch mit beiden Händen berührt, vielleicht auch mit dem Gesicht, weil ich am Spalt gerochen habe, aber drin waren wir nicht.«

»Und als ihr kamt, war das Schloss noch intakt?«

Steiger zog die Brauen hoch und stieß kurz Luft durch die Nase aus.

»Ja, es war noch in Ordnung, und die Tür war auch verschlossen. Schon klar, ein Schlüsseldienst wäre besser gewesen, aber wer rechnet denn in diesem Drecksloch mit so was. Ich hab im schlimmsten Fall an einen toten Penner gedacht, aber eigentlich mehr an irgendein verrecktes Vieh oder vergammeltes Fleisch.«

»Ist nicht so prickelnd mit dem Schloss, aber so wild auch wieder nicht. Klar wäre es besser, wenn es noch okay wäre, aber wichtig ist, dass es vorher in Ordnung und vor allem verschlossen war. Der Schuhabdruck neben dem Schloss ist deiner, oder?«

»Ja, das muss meiner sein.«

»Wie war euer Weg?«

»Eigentlich ganz normal, war ja kaum was anderes möglich. Wir sind erst hintereinander gegangen, waren in den beiden ersten Wohnungen da rechts, aber nur kurz. Ich glaube, in der ersten war ich sogar allein, weil es ja nur zwei Räume sind, und die war auch nicht so zugemüllt wie die anderen. Unsere Info war: Es könnte in der dritten Etage sein. Und vor der Tür haben wir dann nebeneinandergestanden.« Er versuchte, auf die Entfernung ihre Standpunkte zu zeigen.

»Ach, so ist das blöd, komm mit nach vorn, du warst eh schon hier. Pass ein bisschen auf, dass du nichts berührst. Und geh am besten so, wie vorhin auch.«

Steiger versuchte, dieselben Schritte zu machen, und blieb vor der Tür stehen.

»Hier ungefähr. Hab dann relativ weit oben mit der Hand das Blatt nach innen gedrückt und bin mit dem Gesicht ganz dicht rangegangen, weil der Fäulnisgeruch im Flur nur schwach war.« Er hielt die Hand etwa an die Stelle, an der er vorher gedrückt hatte. »Als klar war, dass der Geruch von hier kam, bin ich einen Schritt zurück und habe einmal zugetreten.« Neben dem Schloss war das schwarze verwischte Muster seiner Sohle erkennbar. »Und der ist sicher von mir.«

Er hob den linken Fuß, zog das blaue Plastik ein wenig zurück und zeigte das Profil seiner Sohle.

»Und Jana?«

»Die hat etwa da gestanden, wo du jetzt stehst.« Einen Moment versuchte er, sich zu erinnern. »Ja, ungefähr da. Und sie war nicht an der Tür.«

»Hallo.«

Beide drehten sich um, am Ende des Flurs stand Frau Dr. Brunner, die Obduzentin, und versuchte, ihre Haare unter der Kapuze des weißen Overalls zu verstauen.

»Kann ich schon kommen?«

»Frau Doktor, natürlich.« Korte winkte sie heran.

»Wundern Sie sich nicht über meinen Aufzug. Herr Fromm war so frei, mich unten aus ihrem Fahrzeug mit allem zu versorgen.«

Sie zog das Gummi des Mundschutzes hinters rechte Ohr und reichte beiden die Latexhand.

»Da drin? Kann man schon rein?«

»Ich glaub schon.«

Korte ging zur Tür und schob sie vorsichtig auf. »Frau Doktor Brunner ist hier.«

Marlies Nolting, die Fotografin, ließ die Kamera sinken, nickte zur Begrüßung und trat einen Schritt zur Seite. Auch ihre Stirn glänzte.

»Uiiih, sieht ja so aus, als hätte da schon jemand mit meiner Arbeit begonnen.«

Die Obduzentin ging näher heran und vermied es, in das Blut unter dem Tisch zu treten. Ohne etwas zu berühren, inspizierte sie die Leiche genau, fasste sie dann vorsichtig an manchen Stellen an, drückte im Torso etwas Fleisch zur Seite, untersuchte ein Stück herabhängenden Darm.

»Keine Einblutungen«, sagte sie.

»Was heißt das?«, fragte Korte.

»Dass die Verletzungen postmortal entstanden sind.«

»Das heißt, er war schon tot?«

»Ja, mit ziemlicher Sicherheit.«

Sie bückte sich und zog unter dem Tisch vorsichtig das dunkle Stück ein wenig zu sich, das aussah wie die Leber, hob es ein paar Zentimeter an, stand wieder auf und fingerte an den Brocken herum, die auf dem Tisch neben der Leiche lagen. Erst jetzt erkannte Steiger den Madenbefall, der ihm vorher nicht aufgefallen war. Sie nahm etwas auf, was er als den Magen erkannte, auch wenn er kein Arzt war, dafür hatte er genug Obduktionen gesehen. Dieser war allerdings aufgeschnitten und erinnerte ihn an einen kaputten Turnbeutel, wie er ihn früher für seine Turnschuhe mit zur Schule genommen hatte.

Mit erkennbarer Vorsicht betastete die Ärztin weiter die Leiche und wirkte dabei in ihrer stillen Konzentration auf Steiger, als übertrage sich etwas von der Fremdheit des Anblicks dieses Leichnams auf sie, als wäre sie Teil eines Bildes, das eine Szene aus einer anderen Zeit in die Realität transportierte.

»Brauchst du mich noch?«, fragte er. »Sonst fahre ich zur Dienststelle.«

Korte schüttelte den Kopf. »Nein, ich weiß alles, was ich wissen muss.«

Steiger ging die Treppe nach unten.

»Bis auf den Verdauungstrakt sind alle anderen Organe

unangetastet«, hörte er die Obduzentin noch sagen, »das legt zumindest einen Verdacht nahe …«

Im Erdgeschoss angekommen lief er im Flur auf die beiden Sanitäter auf, die den Bärtigen auf einer Trage an die Sonne brachten.

Am Wagen der Spurensicherer besprach Fromm mit Hellmann und Finke, die das erste Bereitschaftsteam bildeten, die Lage und zeigte dabei auf eine Karte auf seinem Klemmbrett. Die beiden grüßten Steiger kurz und gingen.

»Wenn du mich hier nicht mehr brauchst, fahre ich rein und nehme Jana einen der beiden Marokkaner ab.«

»Ja, mach das, Thomas. Ich weiß noch gar nicht, wie die MK personell ausgestattet wird, aber wenn ihr die beiden vernehmt, hilft uns das erst mal sehr.«

Steiger startete den Zafira, aus der Gruppe der Zuschauer jenseits des Flatterbands hoben es, als er darauf zurollte, zwei ältere Männer mit türkischem Aussehen so weit an, dass er durchfahren konnte.

Am Ende der Nordstraße schnitt ihn ein Mini-Cabrio, zwang ihn zu einer heftigen Bremsung, und er erkannte den Wagen sofort. Er sah im Rückspiegel, dass das Auto auf dem Bürgersteig parkte, legte den Rückwärtsgang ein und fuhr die zwanzig Meter zurück. Antonia Sawitzki stieg aus, die Kamera in der Hand, eine Tasche über der Schulter und lächelte, als sie ihn sah.

Er ließ die Scheibe nach unten gleiten.

»Du meine Güte, Steiger. Hab ich dich geschnitten? Sorry, wollte ich nicht.«

»Schon gut. Du bist ziemlich spät.«

»Ja, ich war noch in Witten bei einem Brand, und du hast mich ja nicht angerufen …« Hochgezogene Brauen. »Was ist denn los?«

»Ein Leichenfund, sieht ziemlich eigenartig aus.«

»Mann oder Frau?«

»Mann.«

»Ist er ermordet worden.«

»Wahrscheinlich.«

»Ich nehme an, schreiben darf ich das alles noch nicht. Kriege ich Bilder?«

»Nein, schreiben darfst du das noch nicht, und Bilder kriegst du auch keine, jedenfalls nicht von der Leiche, obwohl die spektakulär wären, zu spektakulär, als dass du sie an seriöse Adressen verkaufen könntest.«

»Rufst du mich später mal an?«

»Okay, ich schau mal.«

Sie grüßte, und Steiger fuhr los.

Im Rückspiegel sah er, wie sie Richtung Tatort ging.

6

Als Steiger dem Benatia-Trikot durch den Qualm seines Zigarillos hinterhersah, bis es in der U-Bahnstation Markgrafenstraße verschwand, hatte er den Marokkaner fast drei Stunden vernommen und zwischendurch dessen Zimmer in der Asylunterkunft durchsucht. Er wusste nicht, ob Abdelmajid Hassan Ali sein wirklicher Name war und ob er tatsächlich in Meknès das dort gleißende Licht der Welt erblickt hatte, aber er war sich sicher, dass dieser Mann nichts mit der Leiche im dritten Stock zu tun hatte, dass er nicht mal von ihr gewusst hatte. Dazu passte auch das Verhalten bei der Überprüfung.

Jana war wie immer sehr sorgfältig und hatte den jüngeren der beiden noch in der Mangel, aber nach einem ersten Eindruck, den sie ihm vor einer Stunde bei einem Toilettengang geschildert hatte, sah es da nicht anders aus.

Die Sonne war längst hinter dem Westflügel des Polizeipräsidiums verschwunden, und ein Flugzeug kondensierte lautlos seine weiße Spur in das Blau, das auch über Meknès heute Abend nicht reiner und klarer sein konnte, dachte Steiger. Er erkannte den Rumpf des Fliegers, in dem sich für einen Moment das Sonnenlicht spiegelte.

Einen letzten Zug inhalierte er tief und genoss die sanfte Wucht des Nikotins.

Das Haus in der Nordstraße war den typischen Weg solcher Immobilien gegangen, so hatte er es zuletzt immer häufiger erlebt. Als letzte Möglichkeit, noch für einige Zeit Reibach damit zu machen, stopften die Besitzer es mit Asylbewerbern und anderen Flüchtlingen voll, weil das für eine abgewrackte Bleibe viel mehr Kohle brachte, als daraus Wohnungen für Leute zu machen, die sich über undichte Fenster oder feuchte Wände beschwerten. Die neuen Mieter stellten keine Ansprüche, aber gewöhnt an die Verhältnisse in den Slums von Freetown oder Conakry und zusammengewürfelt mit Menschen, denen in Afghanistan beim Wasserholen der Arsch weggeschossen wurde, gaben sie dem Ganzen früher oder später den Rest.

Er ging zurück, und als die Fahrstuhltür sich öffnete, traf er auf Jana. Sie begleitete den zweiten Nordafrikaner zum Ausgang, und Steiger hielt den Fahrstuhl fest, bis sie ihn durch die Pforte gebracht hatte und zurück war.

»Und?«, fragte er, während sie nach oben fuhren.

»Nichts wirklich Interessantes. Sie treffen sich da schon mal, manchmal auch zum Kiffen. Heute waren sie seit drei Stunden da, sagt er, haben aber nur geraucht und gelabert, und außer einem Algerier und einem Deutschen, die sie vom Sehen kennen und von denen sie nur die Vornamen wissen, haben sie niemanden gesehen.«

»So ungefähr hat es meiner auch erzählt, das Kiffen hat er weggelassen. Aber er hat noch Angaben zu den beiden anderen gemacht, mit denen wir vielleicht was anfangen können.«

»Und mit Frauen können die es echt nicht. So eine kleine Ratte, musste echt erst mal einen auf Macker machen, das hättest du erleben müssen, ts…« Leichtes Kopfschütteln. »Aber das hat ihn nicht dümmer gemacht.«

Sie stiegen aus, und Jana ging in ihr Büro, um mit dem Dolmetscher abzurechnen.

Die Mordkommission hatte sich im Besprechungsraum des KK 11 niedergelassen, aber bisher war dort nur Gustav Wolf, der Aktenführer, damit beschäftigt, dem üblichen Anfangsdurcheinander ein wenig Richtung zu geben.

Er schrieb etwas am Rechner und blickte weiter auf den Bildschirm, als Steiger eintrat.

»Eure Vernehmungen sind fertig?«

»Ja, beide, sind schon im System.«

»Hast du sie ausgedruckt, zweimal?«

»Hab ich noch bei mir, hole ich gleich.«

»Du weißt, ich habe das gern ganz zeitnah, Thomas, sonst kriegst du von Anfang an keinen Grund rein.«

Steiger kannte Wolf lange und wusste, dass er ein Pedant war. Müsste er täglich mit ihm fahren oder sich ein Büro teilen, hätte es einiges zwischen ihnen zu klären gegeben, aber für die Zeit der ein oder anderen Mordkommission war es zu ertragen. Mit dieser Erbsenzählerei verhielt es sich wie mit dem Hang zur Pünktlichkeit oder dem Sinn für Ordnung, dachte Steiger. An sich eine üble Sache, aber manchmal ganz brauchbar, etwa wenn man den Wust an Infos zu Beginn einer Kommission in die Reihe bekommen musste.

Jana kam herein und legte zwei Ausdrucke ihrer Vernehmung sauber geheftet in das Eingangskörbchen.

»Gibt's was Neues von der Obduktion, müsste doch bald durch sein?«, fragte Steiger.

»Nein, gibt's nicht, weil sie noch gar nicht angefangen haben.«

»Noch gar nicht angefangen?« Janas Stimme überschlug sich leicht. »Ich dachte, die Obduzentin kam schon, als du noch am Tatort warst.« Sie sah Steiger an.

»Ja, sie war schon da, war auch schon an der Leiche.«

»Mag ja alles sein, aber Sebastian hat eben angerufen. Sie wollten am Tatort schon einige Spuren an der Leiche sichern, und es gab wohl ein paar Probleme beim Transport, die gelöst werden mussten. Weil es eben keine normale Leiche war.« Jetzt sah Wolf Steiger an. »Ich kann's nicht genau sagen, ich hab sie ja nicht gesehen.«

»Sah schon eigenartig aus«, sagte Steiger und setzte sich an einen der freien Bildschirme. »Kann mich nicht erinnern, dass bei all den Leichen mal so eine dabei war. Der Täter hatte die völlig entleert, und es ist ja unglaublich, wie viel Darm der Mensch hat, wenn man ihn mal abrollt.«

»Ist wie bei 'ner Lakritzschnecke.« Jana blätterte in einem Ordner, sah hoch. »Da glaubt man auch nicht, wie lang die ist, wenn man sie rund in der Tüte sieht.«

»Jedenfalls kann man sich das nur schwer erklären. Hatte was von 'nem Ritualmord, aber dazu passen die ganzen Umstände und auch der Tatort nicht. Könnte auch was mit Betäubungsmitteln zu tun haben. Warum sollte man sonst den ganzen Darm auseinandernehmen?«

»Könnte auf Letzteres hinauslaufen«, sagte Wolf. »Sebastian deutete eben am Telefon so was an. Aber er wollte der Obduktion nicht vorgreifen, sagte er.«

Marcel Krone kam mit einem Bildschirm auf dem Arm herein, grüßte und stellte den Monitor in der Nähe eines Kabelwirrwarrs ab.

»Können wir dich noch unterstützen, sonst …?«, fragte Steiger.

Wolf ließ von der Tastatur ab, drehte sich zu Steiger um und schürzte die Lippen.

»Im Augenblick … Die Handydaten sind auf den Weg gebracht, oder, Marcel?«

Marcel bestätigte kurz.

»Es sind alle Vernehmungen gemacht, die wir jetzt machen können, die KTU hat mit Sicherheit noch eine Zeit zu tun, und unsere beiden Teams sind noch draußen.« Er sah auf die Uhr. »Kurz vor neun, den Rest entscheiden wir morgen früh. Ich denk, wir besprechen uns um acht, wäre gut, wenn ihr dann dabei wärt. Dann haben wir schon etwas mehr Klarheit.«

»Okay.« Steiger fing sich ein betätigendes Nicken von Jana ein, und sie gingen in die Räume des Einsatztrupps, in denen keiner mehr war. Sie schlossen ihre Waffen weg, fuhren die Rechner herunter und verabschiedeten sich.

Er hatte Eva länger nicht gesehen, und es war noch früh genug.

Auf dem Weg konnte er Wolf die Ausdrucke der Vernehmung bringen.

7

Steiger bog in die Voßkuhle ab, fand nach einiger Zeit einen Parkplatz und ging den Weg zu ihrer Wohnung zurück. In der kühler werdenden Luft roch es unter den Kastanien nach Gegrilltem, eine alte Frau ließ ihren Hund auf den Aushub einer kleinen Baustelle auf dem Bürgersteig pinkeln.

Obwohl er seit der Schießerei und ihrer Verletzung noch einen Schlüssel zu Evas Wohnung besaß, klingelte er immer an der Haustür und wartete auf den Summer. Ob das etwas mit fehlendem Mut zu tun hatte oder mit mangelnder Vertrautheit, oder ob er es einfach nicht wissen wollte, sollte sie wieder Kunden haben, konnte er nicht sagen, denn wenn er an diesen Punkt kam, hörte er bald auf, darüber nachzudenken.

Seit vier Tagen hatten sie sich nicht gesehen, weil Eva ihre Schwester in Hamburg besuchen und auch eine Zeit allein sein wollte, dennoch schien sie ihn zu erwarten, wenn sie ohne Nachfrage öffnete. Er spürte, dass der Gedanke ihm angenehm war.

Die Nachricht, dass sie Gras geraucht hatte, war schon durch den offenen Türspalt in den Hausflur der dritten Etage gedrungen, aber wohl schon vor einiger Zeit, denn der Geruch war nur schwach.

Sie saß in T-Shirt und Slip mit angezogenen Beinen auf der Couch.

»Hallo, Steiger.« Sie lächelte.

Auf dem Tisch brannten drei Kerzen, sonst drang nur noch das letzte Tageslicht durch die Gardinen, was ausreichte, um zu erkennen, welches Medikament neben ihrem Rotweinglas und den Zigaretten lag.

»Auch einen Wein? Ist nur vom Aldi, aber ganz lecker.«

Er setzte sich neben sie, sah sie an und nahm ihren nackten Fuß in die Hand.

Den letzten Zug inhalierte sie tief, drückte die Kippe aus und stellte den Aschenbecher zurück auf den Tisch. Dann suchte sie seinen Blick, strich ihm ganz sacht mit den Fingerkuppen über den Rücken der Hand, die ihren Fuß hielt, und nahm sie wieder zurück.

»Wie war's bei deiner Schwester?«

Sie nahm einen Schluck Wein.

»Ach, wir mögen uns, aber nach drei Tagen wird es Zeit, dass wir nicht mehr aufeinanderhocken. Es war okay.« Sie machte eine Pause und wechselte die Blickrichtung. »Nein, es war mehr als okay, wir hatten ein paar schöne Gespräche.«

Es fehlte etwa ein Glas aus der Flasche, deshalb nahm er an, dass es die Tabletten waren, die ihre Sprache diesen kleinen Deut verlangsamten, der nur auffiel, wenn man sie kannte.

Er stand auf, holte sich ein Glas aus der Wohnzimmervitrine und goss sich Wein ein.

»Wollen wir ein wenig nach draußen, es ist ein schöner Abend, und es wird langsam etwas kühler?«

»Lass man, auf den Balkonen sind jetzt alle.« Mit einem Lächeln und halb gespielter Mühe stand sie auf, ging zur Balkontür und öffnete sie. »Wir lassen den schönen Abend einfach ein wenig herein, reicht dir das?«

Als sie zurückkam, blieb sie hinter ihm stehen, legte ihm eine Hand an den Hals und glitt kurz mit den Fingern durch seine Haare im Nacken.

Seit den Tagen im Koma konnte sie mit dem rechten Bein eine kleine Verzögerung beim Gehen nicht vermeiden, und weil die Sache mittlerweile Monate zurücklag, hatte sie die Hoffnung aufgegeben, dass sich das wieder vollkommen legte.

Sie setzte sich auf ihren alten Platz, jetzt ihm zugewandt und schob ihre Füße unter seinen Oberschenkel. Wieder umfasste er ihre Ferse.

Mit einer Geste seines Kopfs wies er Richtung Tisch.

»Musst du dieses Zeug immer wieder schlucken?«

Mit aufeinandergepressten Lippen sah sie ihn an.

»Ich weiß, ich höre mich an wie mein eigener Vater, wollte ich gar nicht. Aber so was nehmen Leute, denen es nicht gut geht, und wenn das bei dir so ist, lässt mich das nicht kalt.«

»Es geht mir gut, keine Sorge.«

»Erzähl keinen Scheiß, Eva.«

Der letzte Rest von Lächeln glitt aus ihren Zügen.

»Wie soll es mir denn gut gehen, Steiger? Kannst du mir das mal verraten.«

Für einen Moment wollte er sagen, dass sie Glück gehabt habe, großes Glück, dass sie eben lebe, dass sie jetzt hier an einem schönen Sommerabend Wein trinken könne, solche Dinge, aber er ließ es.

»Sieh doch mal, was aus mir geworden ist. Eine alt werdende Hure, das allein ist ja schon schlimm genug, aber eine alt werdende Hure als Krüppel ist so ziemlich das Allerletzte.«

»Spinnst du eigentlich? Hast du keinen Spiegel mehr?

Sieh dich an! Okay, du läufst keinen Marathon in Bestzeit mehr in deinem Leben, aber du bist noch dieselbe Schönheit wie vor der Geschichte.«

»Schönheit, ts … Mit hängendem Augenlid.«

»Das Lid sieht kein Schwein, wie oft soll ich dir das noch sagen. Damit machst du dich vollkommen verrückt.«

Sie lachte ein Lachen, das keines war. »Das ist doch Quatsch, jeder sieht das.«

»Das ist Blödsinn, und das weißt du auch. Du blinzelst manchmal ein bisschen, und du tust, als wärst du Karl Dall. Dass du mehr nicht übrig behalten hast von der Nummer in der Villa, ist ein komplettes Wunder.«

Jetzt hatte er es doch gesagt und ärgerte sich. Er wünschte, er wäre Batto. Der Freund hatte in solchen Situationen die Fähigkeit … Wie nannte er es immer? … Die richtigen Fragen zu stellen. Ob es wirklich immer die Fragen waren, wusste Steiger nicht, aber Batto tat etwas, dass ihm solche Momente nie entglitten.

»Hast du schon was gegessen heute?«

Sie sah ihn an.

»Außer dem Wein und den Tabletten, meine ich.«

Irgendwann hatte er vor Jahren bei einem Lehrgang über seelische Belastungen im Dienst gehört, dass es wichtig wäre, bei psychisch angeschlagenen Menschen die Vitalfunktionen aufrechtzuerhalten. Schlafen, essen, duschen und so weiter.

Im Kühlschrank fand er ein paar Eier und etwas Schinken, und das Brot war laut Datum auf der Plastiktüte seit zwei Tagen abgelaufen, hatte aber noch keine weißen Flecken.

Als sie einige Zeit später auf dem Bett lagen, vertrieb der leichte Wind auf seinem Weg von der Balkontür durchs Schlafzimmerfenster den letzten Geruch von gebratenem Schinken. Er lag ganz dicht hinter ihr, sein rechter Arm umschloss ihren Oberkörper und seine rechte Hand die ihre. Mit den Lippen berührte er ihr Haar, es roch nicht wie sonst so oft nach Shampoo, sondern nach ihr. Durchs Fenster hörte man leise Stimmen von einem Balkon in der Nähe, er beobachtete müde die Schattenspiele der Kerze an der Wand gegenüber.

»Ich hatte letzte Woche einen Kunden«, sagte sie irgendwann, als er fast eingeschlafen war. »Das erste Mal seit der …«, sie machte eine Pause, »… seit der Sache.«

»Und?«, fragte er nach einem endlosen Moment.

»Es geht nicht mehr.«

8

»… gab es in der Nacht einen Schusswaffengebrauch …«

Steiger zog den Schlüssel ab, dann war das Radio aus. Er zögerte einen Moment, öffnete die Tür, zögerte wieder und ließ sich zurück in den Sitz sinken, um den Rest der Nachricht zu hören. Aber der Sprecher kündigte schon den Wetterbericht an.

Es waren die Lokalnachrichten, darum konnte es nur in einer Stadt im Ruhrgebiet gewesen sein, aber er hatte den Beginn nicht mitbekommen. Seine Gedanken waren noch bei Eva, bei gestern Abend gewesen, bei den letzten Monaten, dabei, wie sehr diese Erfahrung sie verändert hatte. Er hatte in letzter Zeit oft darüber nachgedacht, ob es diese Tage im Koma waren, diese Zeit am stillen Ufer zu den ewigen Jagdgründen, nach der die Festplatte wieder neu geordnet werden musste, so hatte es der Arzt damals beschrieben. Er hatte Eva bis heute nicht erzählt, dass er in diesen Tagen oft an ihrem Bett gewesen war, mit ihr geredet, sie sogar heimlich berührt hatte, wenn er sich allein mit ihr fühlte. Oder war es die Erfahrung, dass auf sie geschossen worden war, dieser Moment, wenn einem für eine Sekunde absolut klar ist, dass es das war, dass es jetzt endet, alles. Steiger hatte im Lauf der Jahre eine Handvoll Kollegen gekannt, die diesen Moment erlebt hatten und deren Leben danach nie wieder dasselbe geworden war wie zuvor.

Die Uhr zeigte zwanzig vor acht, als er die Räume des Einsatztrupps betrat, und es war noch genügend Zeit, um vor der Besprechung der MK einen Kaffee zu trinken. Jana war noch nicht da, aber Gisa, die Chefin, schrieb schon in ihrem Büro. Er setzte sich mit dem Kaffee zu ihr und erzählte von der besonderen Leiche.

»Leichen waren noch nie so meins«, sagte Gisa, »ich brauche schon die normalen nicht, die im Bett gestorben sind, geschweige denn eine Bahnleiche in Brocken von Kilometer sieben bis elf oder so was wie ihr gestern.«

Steiger dachte, dass das bei ihm von Anfang an anders gewesen war, seit der ersten Leiche, einem verbrannten Penner in einem abgefackelten Fachwerkhaus. Okay, Maden der dritten Generation oder der Geruch nach einer Woche in einer geschlossenen Wohnung im August waren eine ganz eigene Geschichte und mussten nicht sein, aber wirklich geekelt hatte er sich nie. Leichen gehörten einfach dazu.

Nach und nach trudelten die Leute vom Einsatztrupp ein, die ihren Dienst am Morgen beginnen wollten. Auch Jana kam, nahm sich einen Kaffee und setzte sich zu Steiger und Gisa.

»Wir hatten einen Schusswaffengebrauch mit einem Toten in Dortmund, habe ich grad im Radio gehört«, sagte sie. »Wisst ihr schon was Näheres?«

»Ja«, sagte Gisa, »ist ein Jugendlicher. Ich habe es aber auch nur im Fahrstuhl aufgeschnappt.«

Steiger sah auf die Uhr, es war kurz vor acht.

»Komm, lass uns hochgehen.«

Im Besprechungsraum des KK 11 hatte sich die kleine Gruppe versammelt, die gestern den ersten Angriff bei der

Leiche gefahren war. Auch hier war es Thema, dass in der Nacht geschossen worden war.

Wenn Polizisten Menschen erschossen, führte das bei den Kollegen meist zu ganz unterschiedlichen Reaktionen. Manche reagierten mit einem Rechtfertigungsreflex, manche stellten sich demonstrativ an die Seite derer, die geschossen hatten, ganz gleich, wie es gelaufen war. Aber Steiger hatte in all den Jahren noch niemanden erlebt, für den es nicht der vorstellbare Super-GAU gewesen wäre, den sich niemand wünschte, mochte es auch eine Million Rechtfertigungsgründe geben, mochte die Situation noch so eindeutig gewesen sein. Und wenn der Tote von heute Nacht wirklich ein Jugendlicher gewesen war, gab es der Sache den traurigen Rest.

»So, Leute, ich kann verstehen, dass euch das beschäftigt, aber lasst uns, wenn es möglich ist, zu unserer Leiche zurückkehren.«

Sebastian Fromm blickte in die Runde und holte sich von jedem das Einverständnis ab.

»Ich war gestern noch relativ lange bei der Obduktion, und das Wichtigste gleich zu Beginn: Wir sind wahrscheinlich nicht mehr in einer Mordkommission. Es hat sich ja schon abgezeichnet, und es sind noch ein paar Untersuchungen anhängig, die wir abwarten müssen, um hundertprozentig sicher zu sein, aber mit ziemlicher Sicherheit war unser Mann schon tot, als man ihm die Eingeweide entnommen und durchsucht hat.«

Räusperer in der Runde. Jana sah Steiger mit offenem Mund an.

»Frau Doktor Brunner hat keine Verletzung gefunden, die nicht postmortal gewesen wäre, und sie hat das gestern gleich geäußert, als sie am Tatort war. Und er ist sehr wahrscheinlich an einem Gift gestorben, auch das konnte die Obduzentin sagen. Welches, das müssen die Untersuchungen zeigen. Darüber hinaus haben sich unsere ersten Vermutungen sehr konkret bestätigt, nämlich, dass es sich um eine Drogengeschichte handelt. Wir können die Todesursache bisher nur vermuten, aber der Mann war ein Bodypacker, das ist absolut klar, weil wir bei der Obduktion noch zwei Packs an einer Stelle im Dickdarm und in der Nähe des Afters gefunden haben, die übersehen worden sind. Das spricht dafür, dass sie entweder nicht sorgfältig waren oder sich beeilen mussten. Wahrscheinlich ist er gestorben, und man konnte nur auf diese Weise an das Gift kommen. Wir haben keinen Drogenmann im Team, aber ich habe eben mal mit Jens von den 22ern gesprochen, der sagt, dass diese Leute bis zu hundertzwanzig dieser Dinger in sich haben, also manchmal gut ein Kilo, und damit geht es, wenn es reines Kokain ist, das noch gestreckt werden kann, um einem sechsstelligen Betrag bei den derzeitigen Preisen, sagt Jens, und das kannst du dir natürlich nicht entgehen lassen.«

Er schlug seine Mappe auf und ließ zwei Fotos herumgehen, auf denen die beiden Packs zu sehen waren, die Steiger immer an kleine Hinkelsteine erinnerten.

»Dann war das ein Kurier, oder?«, sagte Tobias Finke. »Das heißt, denen ist einer ihrer Kuriere weggestorben, bevor er den ganzen Mist ausscheißen konnte. Und die haben dann da das Zeug aus ihm rausgeholt? Warum denn ausgerechnet da?«

»Ich habe keine Ahnung, Tobi, und wir müssen wegen der Todesursache noch ein paar serologische Ergebnisse abwarten, um ganz sicher zu sein, aber nach allem, wie es jetzt aussieht, könnte es genau so gewesen sein. Aber warum da … Keinen Schimmer. Ach, ja, und noch eine Sache, mein Gott, hätte ich fast vergessen: Der Bursche hatte nur eine Niere, und die andere ist nicht irgendwo in der Müllhalde verloren gegangen, sondern ist ihm irgendwann operativ entfernt worden. Ob das aus Krankheits- oder anderen Gründen passiert ist, kann man nicht mehr sagen. Frau Doktor Brunner sagte, nach der Narbe müsste es in den letzten beiden Jahren passiert sein.«

»Wenn er nicht ermordet wurde, ist es ja eigentlich keine Sache für euch mehr, oder«, sagte Steiger, »dann sind doch eher die Drogenleute im Boot.«

»Genau, ich hab's ja am Anfang gesagt, wir sind keine wirkliche MK mehr, aber wir lassen die Kommission erst mal so weiterlaufen, zumindest heute noch, denn eine Leiche, bei der noch nicht alles so ganz klar ist, haben wir ja. Ich habe das mit dem Gruppenleiter heute Morgen so besprochen, auch weil die 22er es zurzeit gar nicht leisten könnten. Die haben zwei große Verfahren mit tausend Telefonüberwachungen und sind zu bis über beide Ohren. Wir machen die Sache im ersten Angriff erst mal weiter, und ich hoffe, wir können es ein paar Tage in dieser Besetzung machen, denn es sind ja doch eine ganze Reihe Spuren abzuarbeiten. Das fängt schon mit der Leiche selbst an. Ist 'n junger Bursche, wahrscheinlich Nordafrikaner, hatte nichts dabei, was auf seine Identität hindeuten würde, und seine Fingerabdrücke liegen auch nicht ein, er ist also noch nicht polizeilich aufgefallen. Tja, und damit haben wir keinen Schimmer, mit wem wir es zu tun haben.«

»Er hat noch nicht bei uns arbeiten lassen«, sagte Steiger, »und er hat noch kein Asyl beantragt, was bei so jemandem mindestens genau so auffallend ist.«

»Im Ausländerrecht bin ich nicht so sattelfest…« Der MK-Leiter machte eine ungelenke Handbewegung. »Was heißt das genau, Thomas?«

»Das heißt, wäre er im Asylverfahren, wäre er vom Bundesamt für Migration gerollt worden, womit seine Fingerabdrücke auch in unserem System wären. Das wäre auch so, wenn er abgelehnter Asylbewerber wäre. Aber wir haben keine Prints von ihm, damit ist er wahrscheinlich einer der hunderttausend, die hier rumlaufen, ohne dass jemand genau weiß, wer sie sind.«

»Warum ist es zwingend, Steiger, dass er im Asylverfahren sein muss?« Der dicke Hellman blickte mit gesenktem Kopf über den Rand seiner Brille.

»Absolut zwingend ist es nicht. Aber so wie er aussieht, ist er Marokkaner oder Algerier und braucht hier einen Aufenthaltstitel. Und weil die wissen, dass sie kein Asyl bekommen, schmeißen sie in der Regel ihren Pass weg und leben hier illegal, oder sie stellen unter falschem Namen einen Asylantrag, weil sie dann nicht abgeschoben werden können. Letztlich ist das für uns auch nicht viel besser, aber du hast dann zumindest einen falschen Namen mit Fingerabdrücken.«

»Scheiße ist das kompliziert.«

»Ach, Heinz, das ist längst nicht alles. Bis vor Kurzem konntest du dich registrieren lassen und wurdest nicht geprintet. Das haben manche mit zehn verschiedenen falschen Namen in zehn verschiedenen Städten gemacht, und kein Schwein konnte das nachhalten, liest du doch ständig in der Presse. Nur wenn wir seine Fingerabdrücke nicht haben, sieht es beschissen aus.« Einen Moment schwiegen alle und sahen ihn an. »Eine kleine Chance gibt es noch in einer Datei beim Ausländeramt, das versuche ich nachher noch mal, aber die Chance ist wirklich nur klein.«

»Mit was für einem Scheiß man sich hier rumschlagen muss.« Der dicke Hellman warf seinen Kugelschreiber auf den Tisch, lehnte sich zurück und legte die Hände auf den Bauch.

»Das hilft jetzt alles nichts, wir schauen mal«, sagte Fromm. »Wenn wir nicht an seine Identität kommen, müssen wir es so weiterlaufen lassen, ist ja nicht das erste Mal, dass das passiert. Wie gesagt, wir machen noch eine Zeit so weiter und arbeiten die Spuren ab, die da sind, sind ja genug. Gustav hat schon die ersten Spuren angelegt und euch zugewiesen.« Er sah zur Seite, und Gustav Wolf nickte. »Hat noch einer was für den Augenblick?«

Er sah in die Runde, und alle standen auf.

Steiger ging zu ihrem Körbchen und sah sich die ersten beiden Spuren an.

»Ich habe euch mal die beiden sichergestellten Packs gegeben, Thomas. Du hast doch vor ein paar Jahren auch mal Drogen gemacht, oder?« Wolf kam zu ihm.

»Wenn das das Kriterium ist, Gustav, kannst du mir alles geben, denn in den gut dreißig Jahren gibt es nichts, was ich nicht schon mal gemacht hätte, fast nichts.«

»Gut zu wissen.« Wolf nickte mit erhobenem Zeigefinger.

Steiger las weiter.

»Und? Hast du schon mit deinem Kumpel gesprochen?«

Der dicke Hellmann sprach Steiger von hinten an.

»Was meinst du?«

»Na, ob du schon mit Batto gesprochen hast?«

»Nein, heute noch nicht. Warum?«

»Du weißt es noch gar nicht? Weil er der Kollege ist, der geschossen hat.«

Zwei Dinge passierten gleichzeitig in Steiger. Er hatte sofort Bilder vor Augen, wie der Freund wild auf irgendetwas schoss. Und dann legte sich etwas wie eine eisige Hand um seine Eingeweide.

9

Juli 2016

»Be quiet!«, rief einer der Männer, die seit Istanbul nicht nur den Weg, sondern auch alles andere bestimmten, und Arjun wusste mittlerweile, was diese Worte bedeuteten. Sie waren seit einer halben Stunde in der Dunkelheit an einem Strand unterwegs, der hier aus scharfkantigen Felsen bestand, das fühlte er, wenn er auf dem schwierigen Untergrund strauchelte und sich hin und wieder kurz abstützen musste.

»Down!«, sagte der Mann jetzt mit unterdrückter Stimme, und die Leute duckten sich und drückten ihre Körper so gut es ging an den Felsen. Nach ein paar Minuten kam die Aufforderung zum Weitergehen, ohne dass Arjun den Grund für die Deckung entdeckt hätte.

Am Horizont über dem dunklen Wasser sah er drei kleine Lichter und ein helleres, und ein paar der Männer in der Gruppe hatten gesagt, dass das die Insel Samos, dass dort Griechenland, dass dort Europa sei. Dorthin wollten sie, und sie würden über das Meer fahren.

Nach einer Weile hörten die Felsen auf, und der Weg wurde ein wenig einfacher, weil sie jetzt über einen flachen Kiesstrand gingen.

Wieder wünschte er sich, Onkel Belal wäre da. Er hatte ihn nicht wieder gesehen, hatte nicht einmal von ihm gehört, obwohl er in Istanbul andere Gruppen getroffen und nach ihm gefragt hatte, aber niemand konnte etwas über ihn sagen. Wenn er zu sehr daran dachte, dass ihm etwas zugestoßen sein konnte und dass er jetzt allein war und was werden würde, musste er weinen. Onkel Belal war ein Cousin seines Vaters und hatte sich seit dessen Tod um die Familie gekümmert. Ohne Onkel Belal wäre die Zeit seitdem kaum vorstellbar gewesen. Er hatte mit allem geholfen, mit Nahrung, mit Kleidung, vor allem mit Zuversicht, obwohl er gefährdet war, das wusste Arjun. Und auch diese Reise würde er ohne Onkel Belal nicht machen.

Von Istanbul waren sie mit einem Personenzug gefahren, was viel besser war als die Tage davor in einem Güterwagen. Es gab Toiletten, die man jederzeit benutzen konnte, und durch die Fenster war das Land zu sehen, durch das sie fuhren.

Die Männer in der Gruppe hatten viel von Istanbul gesprochen und meistens dabei gelacht, ihm hatte es Angst gemacht. Nicht, weil diese Stadt so groß war und entsetzlich viele Menschen und Autos dort waren, das war in Kabul nicht viel anders. Aber es war ihm alles fremd gewesen. Die Menschen redeten nicht nur anders, sie taten auch andere Dinge, und sie taten dieselben Dinge anders als in seinem Dorf. Sie benahmen sich anders, und in vielen Momenten hätte er nicht gewusst, was er hätte tun sollen, wäre er allein gewesen. Manche Frauen trugen so wenig Kleidung, wie er es schon einmal im Fernsehen gesehen hatte, aber es war ihm unangenehm gewesen, im Bus ganz dicht neben ihnen zu stehen, weil er nicht wusste, was er tun, wohin er schauen sollte. Obwohl manche ihn angelacht hatten, aber er hatte keine Idee, was das zu bedeuten hatte. So ist es auch in Europa, hatten die Männer gesagt, und das hatte ihm noch mehr Angst gemacht. Wieder spürte Arjun, dass ihm die Tränen kamen, wenn er an Onkel Belal dachte und sich mehr als alles andere wünschte, dass er da sei.

Sie kamen in eine kleine Bucht, die von hohen Bäumen umgeben war. Schon von Weitem sah er die Lichtkegel von zwei Taschenlampen, und auf dem hellen Kies waren auch in dieser Dunkelheit die Umrisse eines Boots zu erkennen, eines Schlauchboots, das erkannte Arjun, als sie die Stelle erreichten.

Die Führer machten Zeichen, dass sie sich setzen sollten, und erklärten auf Englisch und Türkisch, was passieren würde. Schon seit längerer Zeit hatte keiner der Begleiter mehr Paschtu gesprochen, und wenn Arjun nichts verstand, fragte er einen der Männer aus der Gruppe.

Das Boot war so klein, dass sie dicht an dicht saßen. Schon bevor sie losgegangen waren, hatte sich einer der Führer einen jungen Mann zur Seite genommen, der nur ein paar Jahre älter schien als Arjun, und ihm einiges erklärt. Den setzten sie nun als Letzten ins Boot neben den Motor und zeigten ihm noch ein paar Handgriffe und wie er mit dem Motor lenken sollte.

Arjun hatte einen Platz im vorderen Teil des Boots bekommen, seine Beine waren nass bis zu den Oberschenkeln, aber den Rucksack hatte er trockenhalten können. Alle saßen mit angezogenen Beinen, und der Mann am Motor bekam letzte Anweisungen. Er sollte in Richtung der vier Lichter fahren, die sie schon während ihres Marsches über dem Meer am schwarzen Horizont gesehen hatten.

Arjun war erst einmal in seinem Leben in einem Boot gefahren, in seiner Kindheit auf einem kleinen Fluss in der Nähe seines Dorfs. Damals hatte es Spaß gemacht, aber das hier war das Meer. Einer der Männer startete den

Motor, und sie schoben das Boot ein Stück vom Strand weg. Das heftige Schaukeln ließ ihn vor Angst zittern, aber es ließ bald nach, als sie den Strand verlassen hatten. Zum Glück war kaum Wind, und sie bekamen nur hin und wieder den Schlag einer Welle. Kaum jemand sprach ein Wort, was nicht nur an dem lauten, nervenden Dröhnen des Motors lag. Einige sahen nach unten, die meisten anderen hatten den Kopf oben, blickten aufgeregt und hektisch immer wieder nach allen Seiten oder hatten den Blick starr auf die Lichter über dem Bug gerichtet. Trotzdem hatte das Boot niemand gesehen, und der Scheinwerfer kam aus dem Nichts.

Eine tiefe Stimme klang aus einem Megafon und sagte etwas, was Arjun nicht verstand, und der Mann am Steuer machte den Motor aus. Der Scheinwerfer kam näher, und bald konnte man auch das Boot erkennen, auf dem Männer in Uniform standen. Sie sprachen mit einem der Flüchtlinge im Bug, warfen ein Seil herunter, das dieser an einem Ring verschnürte. Das Boot startete den Motor, wendete und mit einem heftigen Ruck zog es das Schlauchboot an und hinter sich her in die Richtung, aus der sie gekommen waren.

Wieder blickte Arjun auf die vier Lichter, die jetzt über dem Heck leuchteten und allmählich kleiner wurden. Es war das erste Mal, dass sie in den Monaten auf ihrem Weg kontrolliert worden waren, und er fragte sich, was nun werden würde.

10

August 2016

Sie tippte es eilig in den Rechner ein und blickte über ihre Brille auf den Bildschirm.

»Ne, so hab ich ihn nicht. Wie heißt der noch mal?«

»Battaglino, mit Doppel-Theodor. Paul Battaglino. Er muss heute Nacht eingeliefert worden sein.«

Sie nickte und korrigierte irgendetwas.

»Ja, da ist er. Paul Battaglino, fünfter Stock, Zimmer 517. Da hinten durch, dort sind die Aufzüge. Wenn Sie oben rauskommen, nach rechts.«

Steiger nahm den Aufzug, drückte die Fünf und auf dem Weg nach oben fiel ihm auf, dass er nicht wusste, was er gleich sagen sollte. Sie waren Freunde seit dem Tag, an dem sie vor über dreißig Jahren bei der Polizei angefangen hatten, und diese Freundschaft war immer etwas gewesen, was unverzichtbar und schön und einfach da war, so wie die Fähigkeit zu sprechen. Und das, obwohl sie so unterschiedlich waren. Bei Batto fühlte es sich immer so an, als habe sein Leben eine Geling-Garantie, als glückte es ihm einfach. Was nicht bedeutete, dass es für ihn nie Rückschläge gegeben hatte, aber er fasste alles einfach anders an. Batto machte nie die guten Dinge, die Dinge wurden zu dem, was sie waren, einfach dadurch, dass und wie er sie tat. Steiger war früh klar gewesen, dass es da in manchen Situationen ein Ungleichgewicht zwischen ihnen gab, er hatte es oft empfunden. Aber weder ihn noch Batto hatte das gestört.

Vom Frühdienst auf der Wache hatte Steiger einiges erfahren. Dass es ein Täter-am-Ort-Einsatz gewesen war, dass der Jugendliche ihn aus einem Versteck angegriffen und erheblich mit dem Messer verletzt hatte, dass Batto zuerst noch zu einen Warnschuss gekommen war, der ihn vermutlich fast das Leben gekostet hätte. All das ging ihm durch Kopf, als er vor der Tür mit der Nummer 517 stand. Dann klopfte er und ging sofort hinein.

Batto lag im vorderen Bett, das hintere war leer, und es war niemand aus dem Präsidium bei ihm, womit Steiger nicht unbedingt gerechnet hatte. Langsam drehte er den Kopf, als der Freund hereinkam, und sein Gesicht blieb völlig regungslos. Steiger sah ihn an, und wieder fühlte er die eisige Hand in seinem Innern. Es war Batto, der dort lag, aber er war es auch nicht, nicht mal äußerlich. Diese besondere Attraktivität des mediterranen Teints seines Vaters und der teutonischen Helläugigkeit seiner Mutter, die immer von ihm ausgegangen war wie ein steter, klarer Ton, war völlig verflogen, und er lag da wie ein Gott in Not.

»Morgen, Batto.« Steiger machte zwei Schritte auf ihn zu und blieb neben dem Bett stehen. »Na?«

Jetzt war eine schwache Regung seiner Züge zu erkennen.

»Was macht der Arm?«

Batto sah sich den eigenen Arm an, als habe er grad eine Neuigkeit erfahren, dann sah er wieder hoch und sagte lange nichts.

»Keine Ahnung, tut weh.«

»War ziemlich knapp, habe ich gehört.«

»Die Arterie ist angeritzt, darum das viele Blut.«

Steiger nickte und wusste nicht, was er sagen sollte.

»Glück gehabt, oder?«

»Schon möglich.«

Wieder konnte Steiger eine wortlose Zeit zwischen ihnen nicht vermeiden, und er ging vor das Bett und umfasste den stählernen Bügel.

»Soll ich …«

»Darf ich dich um was bitten, Steiger?«

Batto wartete sein leises Nicken ab.

»Sei sicher, wenn es jemanden gäbe, mit dem ich jetzt gern reden würde, wärst du das, nur du, wirklich. Aber lässt du mich im Augenblick allein. Ich weiß, du kapierst das.«

Wieder nickte Steiger, jetzt deutlicher. Er blieb noch einen Moment stehen, hob flüchtig den Arm, wandte sich zum Gehen und legte die Hand auf die Klinke.

»Danke …«

Steiger drehte sich noch einmal um, er spürte, dass er lächelte, dann schloss er die Tür.

Für den Weg nach unten nahm er die Treppe und versuchte, den Aufruhr in sich zu beruhigen. Vielleicht war es diese Bedürftigkeit, die so fremd war. Er konnte sich an keine Situation erinnern, in der er Batto in all den Jahren als bedürftig erlebt hatte. Batto war ein Geber, kein Nehmer. Und es war immer klar gewesen, wie die Rollen verteilt waren, wenn in schwierigen Situationen zwischen ihnen gegeben und genommen wurde.

Heute war es anders gewesen, das spürte Steiger, und etwas in ihm wehrte sich dagegen, dass ihm das gefiel.

11

Steiger hatte die gesamte Rückfahrt geschwiegen, und Jana hatte ihn schweigen lassen.

»Er ist nicht mehr derselbe«, war das Erste, was er sagte, als sie den Wagen eingeparkt hatte und er noch einen langen Moment sitzen blieb. Jana verzog den Mund, schwieg aber weiter.

Im Eingang stürmten zwei Teams aus der Wache an ihnen vorbei und fuhren mit Blaulicht los. Jana drückte die Taste des Fahrstuhls. Als die Tür sich aufschob, lehnte Kucharski von den Einbrechern an der Wand, grüßte kurz und las weiter in einer Rotakte. Er zischte zwischen den Zähnen und schüttelte immer wieder den Kopf.

»So lustig?«, fragte Jana nach einer Zeit.

Er blickte kurz auf und nickte.

»Ja, man kann nur lachen. Da sitzt unser Spezi seit viereinhalb Jahren im Bau, weil er alles an und in Autos geklaut hat, was man nicht mit der Flex abtrennen musste. Seit einem Jahr ist er Freigänger und nutzt die freien Tage reumütig dazu, um mit alten Kumpels einen gut laufenden Handel aufzuziehen, mit geklauten Autoteilen, versteht sich, dieses Mal nur etwas größer und mit Internet.«

»Aber ist das nicht der Sinn des Freigangs«, Jana mit gespitzten Lippen, »dass man nicht vollkommen den Kontakt zu seiner realen Welt verliert, dass man seine Wurzeln nicht kappen muss, dass man sein neues Leben vorbereitet?«

»Genau«, Kucharski mit wichtiger Miene, »nicht dass man nach der Haft seinen Lebensunterhalt durch Straftaten bestreiten müsste.«

Janas Lächeln erlosch, als sie Steiger ansah.

Die Fahrstuhltür öffnete sich, Kucharski grüßte und stieg aus.

Im MK-Raum waren nur Gustav Wolf und Marcel Krone, der wie immer mit den Massendaten beschäftigt war. Sie hatten vorsorglich die retrograden Daten der relevanten Funkzelle gesichert, obwohl sie den genauen Zeitpunkt nicht kannten, an dem die Leiche abgelegt worden war, und ohne einen konkreten Anhaltspunkt war mit den paar hunderttausend Handynummern wenig zu machen. Im Eingangskörbchen lagen noch die Spuren vom Morgen, ganz oben erkannte Steiger einen handgeschriebenen Notizzettel.

Bitte B. Opitz zurückrufen.

Bernd Opitz war einer der Daktyloskopen bei der Kriminaltechnischen Untersuchung, und die beiden Packs, die man in der Leiche gefunden hatte, waren seit gestern Abend bei ihm. Steiger hielt Jana den Zettel hin und wählte die Nummer.

»Opitz.«

»Hier ist Steiger, ich sollte mich bei dir melden.«

»Wenn ihr jetzt wieder drin seid, kannst du ja mal rüberkommen, ich möchte dir was zeigen.«

Er sah Jana an, aber sie winkte ab und fuhr weiter ihren Rechner hoch.

Steiger drückte die Schelle der Sicherheitsschleuse zu den Daktyloskopen und wartete auf den Summer.

Opitz stand auf, als er ihn kommen sah und ging vor. In

dem gefliesten Nebenraum, den sie für besonders empfindliche Untersuchungen nutzten, zeigte er auf die Scheibe der kleinen Bedampfungskammer in der Wand und schaltete das Licht ein. Hinter dem Glas lagen auf der weißen Fläche Fetzen, bei denen Steiger erst auf den zweiten Blick erkannte, dass es Folien waren, die Opitz in zwei Gruppen aufgeteilt hatte.

»Das Gift habe ich euch eingepackt, wiegen müsst ihr es selbst, und ihr testet es ja auch noch. Aber darin war es eingewickelt. Sechs Schichten, ist nicht besonders viel, haben mir die Rauschgiftleute gesagt, vielleicht ist tatsächlich eines aufgegangen und hat dem Burschen das Leben gekostet. Aber jetzt das Interessante: Es sind verschiedene Materialien, auch ein Präser und eine Wachsfolie sind dabei. Eine der Schichten war eine Klebefolie, und auf einer habe ich das Fragment einer Fingerspur gefunden, bei dem Stück da oben links.«

Er deutete auf einen Fetzen, der etwas abseits der restlichen Schnipsel lag.

»Es ist nur ein Fragment gewesen, und ich konnte auch kein Grundmuster und nur acht Minutien mit ziemlicher Mühe bestimmen, du weißt, für eine zweifelsfreie Identifizierung braucht man in dem Fall zwölf, aber es ist schon mal was, vor allem weil es eine ganz prägnante Anordnung von Merkmalen gibt. Ich habe sie zum BKA geschickt, und jetzt müssen wir mal sehen.«

»Was passiert da jetzt?«

»Die jagen sie durch ihren Rechner und kriegen wahrscheinlich ein paar Vorschläge, die sie sich dann am Bildschirm ansehen und individuell bewerten. Schauen wir mal, vielleicht haben wir Schwein. Klebefolien sind in solchen Fällen fiese Dinger, da musst du als Täter echt aufpassen. Es gibt in der Literatur einige Fälle bei Erpressungen oder bei Bombenattentaten, bei denen Fingerspuren auf Klebefolien den Tätern zum Verhängnis geworden sind. Die halten deinen Print einfach lange fest.«

»Wie lange wird das dauern?«

Bernd Opitz zuckte mit den Schultern, wiegte den Kopf und schaute auf die Sachen hinter der Scheibe.

»Ich habe jetzt gleich einen Gerichtstermin, darum solltest du es vorher noch erfahren. Ich weiß es nicht, vielleicht kriege ich heute noch eine Nachricht.«

»Okay, bin heute sicher auch länger hier.«

Sie wandten sich zum Gehen.

»Ach, ja«, Opitz machte noch einmal kehrt, »hier ist das Gift.« Er ging zu einem Schreibtisch vor dem Fenster, öffnete eine Schublade und reichte Steiger zwei kleine Tüten mit Klemmverschluss voll weißen Pulvers.

»Wie gesagt, gewogen hab ich es noch nicht, und ihr wollt sicher noch den Wirkstoffgehalt bestimmen.«

Steiger nahm die beiden Tüten und machte sich auf den Weg zu den Drogenleuten, um das Wiegen sofort zu erledigen.

In den ersten beiden offenen Büros, an denen er vorbeiging, saßen Kollegen mit großen Kopfhörern und starrten auf den Bildschirm. Das dritte Büro war verschlossen, im vierten saß ein schwarzer Dolmetscher und übersetzte wahrscheinlich irgendwelche Verkaufsgespräche in Igbo oder Ful. Steigers Zeit bei den Drogenleuten lag viele Jahre zurück, und es hatte sich einiges geändert in dem Geschäft. Aber dass man bei den meisten Verfahren als Micky Maus irgendwelche Gespräche belauschte, von denen die meisten völligen Alltagsschwachsinn enthielten, das war so geblieben.

Steiger fand Jens Rohleder in seinem Büro, er telefonierte.

»Mahlzeit, Jens. Muss grad mal etwas Gift bei euch wiegen.«

Der Leiter des Drogenkommissariats nickte zustimmend und winkte Steiger durch. Er wusste, wo die Instrumente standen, obwohl das Wiegen nur in Ausnahmefällen ihr Geschäft war, meist, wenn sie am Wochenende einen Dealer abgefischt hatten, keiner der Drogenleute da war und sie die Menge für den Haftbefehl brauchten.

Er stellte die Waage auf null, schüttete das weiße Pulver in eine kleine Wanne, die provisorisch aus einem Blatt Papier gefaltet worden war, und klopfte den Rest des Staubs mit dem Mittelfinger aus der Plastiktüte. 9,83 Gramm. Bevor er das Gift zurückschüttete, schrieb er mit einem Permanent-Stift die Zahl auf die Tüte und setzte in Klammern ein »netto« dahinter. Die zweite enthielt 9,78 Gramm, auch etwas zu wenig, was vielleicht beim Öffnen verloren gegangen war. Vielleicht hatte der Abfüller aber auch nebenher ein zehntel Gramm abgezweigt, bei geschätzten hundert Packs pro Lieferung kam da einiges zusammen, und sobald die Folien drum waren, konnte es eh niemand mehr genau feststellen.

Steiger beschriftete auch die zweite Tüte und füllte das Zeug zurück. Jetzt als loses Pulver sah es nach sehr viel mehr aus als in der steinhart gepressten Form als Pack. Er hatte aufgehört sich zu wundern, wie man hundert und mehr dieser Teile schlucken konnte, um sie von einem Land zum anderen, manchmal sogar von einem Kontinent zum anderen zu transportieren. Von den Drogenleuten hatte er bei der letzten Besprechung gehört, dass mittlerweile mexikanische und peruanische Bauernmädchen mit kiloschweren Brustimplantaten das Zeug von Südamerika nach Europa bringen, meist für einen lächerlichen Teil des Werts, den das Zeug einbrachte, was da in ihrem Körper ihr Leben gefährdete. Steiger fragte sich, ob das des jungen Burschen aus dem Müllhalden-Haus das einzige Leben war, das dieses Gift gekostet hatte. Aber diese Frage konnte er sich wahrscheinlich auch bei seinem Handy stellen oder bei einem Pfund Bananen oder beim Kaffee.

Genau, Kaffee.

Er schaltete die Waage aus, legte den Stift zurück und ging.

12

Steiger aß den letzten Happen Tiramisu-Eis, trank den Rest der süßen, trüben Sahnebrühe aus dem Becher und warf ihn mit dem Plastiklöffel in den Abfalleimer neben der Bank. Weil Jana mit ihren drei Kugeln noch nicht durch war, blieb noch Zeit für einen halben Zigarillo, mindestens.

Sie hatten die anderen Spuren so weit ermittelt, wie es ging, und waren dann die Treffpunkte der obdachlosen Drogenabhängigen abgefahren, von denen einige hin und wieder in Abbruchhäusern wie dem in der Nordstraße schliefen oder sich ihr Gift spritzten. Aber es war bis jetzt nichts dabei herausgekommen.

Der herbe Tabakgeschmack hatte die Süße nach zwei Zügen vertrieben, als Jana Steiger antippte und mit dem Löffel Richtung Parkeingang zeigte. Ein jüngerer Mann mit schlechter Haltung und altem Gang kam von der Westerbleichstraße in den Park und auf sie zu.

»Äih, Joschi«, rief Jana, als er ihre Richtung verließ und nach links abbiegen wollte. Ohne herüberzuschauen, änderte er wieder sein Ziel.

Seit Steiger Johannes Schütze kannte, und das waren etliche Jahre, war er immer abhängig von harten Drogen gewesen. Meistens schnorrte er sich das Geld zusammen, klaute hin und wieder bei guter Gelegenheit irgendetwas Brauchbares in einem Laden und hatte vor ein paar Jahren auch schon einmal Rezepte für Substitute gefälscht und diese verkauft.

»Ja?«, sagte er, blieb zwei Meter vor der Bank stehen und sah wie immer nach schräg unten auf den Boden. Er war so dünn, dass ihm die Hose vom Hintern rutschte, obwohl er den Gürtel schon mit provisorisch gestochenen Löchern enger gemacht hatte. Wie immer trug er über einem weißen Hemd ein paar schwarze Steppwesten übereinander, heute drei, meistens waren es ein, zwei mehr. Steiger wusste, jede seiner Taschen war vollgestopft mit irgendwelchen belanglosen Zetteln, von denen die meisten so alt waren, dass man sie nicht mehr auseinanderfalten konnte.

»Tag Joschi, na, alles klar?«

Steiger hatte keine Ahnung, ob die Massen von Drogen dafür verantwortlich waren oder etwas anderes, aber jedem war nach kurzer Zeit in seiner Gegenwart klar, dass Johannes Schütze einen an der Waffel hatte. Das galt auch für sein Verhältnis zu Frauen. Er mochte sie, und er sprach sehr viel lieber mit ihnen als mit Männern. Aber weil das nicht zu spüren war, musste man es wissen, wenn man etwas von ihm erfahren wollte. Jana wusste es.

»Ja, alles in Ordnung.«

»Was macht das Schnorrergeschäft?«

»Mal so, mal so. Läuft irgendwie.«

Janas Ton hatte sich verändert, sie sprach ein wenig behutsamer, sanfter als sonst, fiel Steiger auf. Und er wusste nicht, ob es Kalkül war, oder ob er ihr einfach leidtat, wie er da stand als ein Irrtum des Lebens.

»Und wo pennst du zurzeit, Joschi?«

»Hab 'ne Wohnung.«

Er sagte es mit einem schwach glimmenden Funken Stolz.

»'ne Wohnung.« Jana blies mit ihrem Tonfall noch ein wenig in die Glut.

»Ja, hat Herr Haggart von der DROBS … also, hat mir geholfen.«

»Dann musst du ja zurzeit nachts gar nicht mehr Platte machen.«

Einen kleinen Moment ließ sie ihm Zeit, diese winzige Anerkennung zu genießen. Sie macht es einfach gut, dachte Steiger. »Ich dachte, du könntest uns vielleicht einen Tipp geben.«

Er wandte den Kopf ein wenig, ohne Blickkontakt herzustellen.

»Hast du von der Sache in der Nordstraße gehört?«

»Der Ermordete da? Oder was?«

»Erzählt man sich das, dass da einer ermordet worden ist?«

»Schon.«

»Hast du 'ne Ahnung, was da so abgeht in dem Haus? Wer da pennt aus der Szene?«

Er hatte von Anfang an ständig das Standbein gewechselt, was mit zunehmender Dauer des Gesprächs intensiver wurde. Zwischendurch kontrollierte er immer wieder den Inhalt einer der vielen Taschen. Jetzt tänzelte er fast.

»Keine Ahnung, was da abgeht. War da auch noch nie drin. Hab immer irgendwo anders gepennt und hab ja jetzt auch 'ne Wohnung.«

Jana nickte und schenkte ihm noch ein Mädchen-für-Jungens-Lächeln, das er nicht sah.

»Und immer noch beim alten Stoff geblieben, oder bist du umgestiegen?«, fragte Steiger.

»Ne, nix anderes.«

Von seinen gut dreißig Lebensjahren spritzte sich

Johannes seit mindestens einem Drittel der Zeit Heroin, das wusste er, darum war er vielleicht nicht der erste Ansprechpartner für das Kokaingeschäft. Und natürlich gaben sie niemals ihre Quellen preis, solange sie noch abhängig waren. Aber man konnte ja mal hineinhorchen.

»Hat sich irgendwas verschoben, Joschi, so ganz allgemein in der Szene, meine ich?«

»Wie, verschoben?«

»Na, gibt es neue Quellen oder sind es immer noch die alten Leute, die euch versorgen? Du musst mir keine Namen nennen, schon klar.«

»Keine Ahnung. Ich mach nur mein Ding.«

»Du hast gehört, da wäre einer ermordet worden. Wer erzählt denn so was?«

»Weiß nicht. Stand doch in der Zeitung, oder?«

»Komm, Joschi, verarsch mich nicht.«

»Haste einfach so gehört, irgendwie?« Jana ging mit einem Lächeln dazwischen.

»Ja, irgendwie gehört.«

Was genau es an seiner Sprache war, konnte Steiger nicht exakt sagen, auch nicht, ob er seine Haltung veränderte, aber es war etwas anders an Johannes Schütze, wenn er mit einer Frau sprach. Aber hier kam auch Jana nicht weiter.

»Heute schon gut geschnorrt, Joschi?«, fragte Steiger.

»Ging so.«

Steiger griff in die Hosentasche und holte einen Zehner hervor, den er ihm zusammen mit einer Visitenkarte hinhielt.

»Eigentlich weißt du ja, wie du mich erreichst, aber zur Sicherheit. Solltest du irgendwas hören über den Toten in der Nordstraße, fände ich es echt gut von dir, wenn du mir

Bescheid gibst, mir oder Jana, okay. Egal, was es ist, auch die kleinste Kleinigkeit.«

Joschi streifte Steigers Hand mit einem Blick aus den Augenwinkeln, ohne ganz hochzusehen, und nahm beides mit einem zögernden Griff.

»Ja, danke.«

»Bedank dich nicht, ist ja so was wie ein Honorarvorschuss.«

Ob es den Versuch wert war, wusste Steiger nicht. Aber der Tote hatte keine Papiere gehabt, seine Fingerabdrücke und DNA lagen nicht ein, und sie hatten sonst nichts.

»Aber gib es nicht für irgendwelchen Scheiß aus, Lebensmittel oder Socken oder so, sondern kauf dir gefälligst Drogen davon.«

Johannes Schütze ließ seinen Blick Richtung Steigers Füßen wandern, und es war zu sehen, dass er die Stirn krauszog und noch mehr trippelte.

Jana sah Steiger an, verdrehte die Augen und schüttelte ganz sacht den Kopf.

»War ein Scherz, Joschi, mach damit, was du willst, ist jetzt deins.«

Schütze zog sich noch einmal die Hose hoch und ging.

»Was war denn das mit dem Zehner?«, fragte Jana, als er weit genug weg war. »Das hab ich ja noch nie bei dir gesehen. Ganz neue Fahndungsmethoden, oder was?«

»War einfach ein Versuch, vielleicht bringt's ja was.«

Sie zog eine Augenbraue hoch und warf ihren Eisbecher in den Abfalleimer.

»Nicht dass du noch weich wirst auf deine alten Tage.«

Auf dem Rückweg zum Präsidium fuhren sie einen kleinen Umweg, um noch ein Auge auf die Szene im Westpark zu werfen. Jana suchte nach einem Parkplatz auf der Langen Straße, als ein dunkelhaariger Junge vor ihnen die Straße Richtung Park überquerte. Er trug ein schwarzes Kapuzenshirt mit Bayern-München-Emblem, und obwohl er die Kapuze auf dem Kopf hatte, erkannte Steiger ihn sofort.

»Stopp«, sagte er, stieg hektisch aus und ging mit unterdrückter Eile auf den Jungen zu. Als er etwa fünf Meter entfernt war, bemerkte der Bayernfan, wer sich da näherte, und begann sofort zu rennen.

»Bleib stehen!« In dem Moment, als er es rief, war Steiger bewusst, wie blödsinnig das war.

Der Jugendliche rannte leichtfüßig in den Park, und Steiger sah, dass die Sohlen seiner weißen Turnschuhe rot waren. Er rannte, so schnell er konnte, aber der Abstand wurde zusehends größer. In der Mitte des Parks verließ der Bursche den Weg, lief quer über die Rasenfläche und war bald hinter ein paar Büschen Richtung Ritterhausstraße verschwunden.

Es war von Anfang an aussichtslos gewesen, das war Steiger jetzt klar. Seine Schritte wurden langsamer, er griff zum Handy und wählte Janas Nummer.

»Wo bist du?«

»Im Park. Wo bist du?«

»Ich rolle jetzt langsam die Möllerstraße hoch, schien mir am sinnvollsten bei eurer Laufrichtung, obwohl ich keinen Schimmer habe, worum es geht. Sag doch mal einen Ton!«

»Möllerstraße ist gut. Fahr mal in die Ritterhausstraße, in die Richtung habe ich ihn verloren. Ich erklär's dir gleich.«

Er behielt das Handy am Ohr und ging zügig an dem kleinen Schrein vorbei, in dem ein Grablicht brannte, und blickte in alle Richtungen, aber außer den üblichen Gestalten war niemand im Park zu sehen.

»Bist du jetzt da?«, fragte er.

»Ja, bin jetzt auf der Ritterhausstraße, aber außer ein paar Müllcontainern ist hier nichts.«

»Okay, dann ist er weg. Bleib mal da, ich komme.«

Er stieg die paar Treppenstufen hoch und verließ den Park am südlichen Eingang. Jana stand mit laufendem Motor auf einem Hof gegenüber.

»Hast du noch jemand anderen gesehen«, fragte Steiger, als sie losgefahren waren, »letztes Mal war er mit einem Mädchen unterwegs, die aber dann weg war.«

»Nein, ich habe noch einen Moment überlegt, sofort hinterherzurennen, aber als du im Park verschwunden bist, dachte ich, fahr mal auf die andere Seite. Ist aber kein Nordafrikaner, sieht mehr aus wie ’n Pakistani, Iraker oder Afghane. Was war denn mit dem?«

»Na, weil er Bayernfan ist, die fliegen alle raus.«

»Ah, so …« Mit Lächeln.

»Ist doch unglaublich, als ob es keine besseren Vereine gäbe. Der Marokkaner in dem Haus in der Nordstraße auch. Keinen Pass, kein Visum, aber ein Bayerntrikot.« Er holte einmal tief Luft. »Vorgestern, nee, Montag, als du noch im Urlaub warst, haben wir ihn vom Bahnhof mitgenommen. Als es zur ED-Behandlung ging, wurde er echt eigenartig. Ich dachte erst, der hat es nicht richtig verstanden, was wir von ihm wollten, weil der fast Panik hatte. Ich bin allein mit ihm zur Lichtbildstelle gegangen, hab einen Moment nicht aufgepasst, und er ist dann einfach ins Treppenhaus, unten raus und weg.«

»Ach die Geschichte, ich hab davon gehört.« Jana schmunzelte.

»Ja, kann ich mir denken, was sie erzählen. Da haut dem alten Adam mit gut dreißig Dienstjahren einer mitten aus dem Präsidium ab. Haben sich wahrscheinlich alle bepisst vor Lachen. Fahr noch mal eine Runde um den Park, kann nicht schaden.«

Janas Gesicht wurde schlagartig ernst.

»Nein, was denkst du, kein bisschen. Alle hatten sehr viel Verständnis. Und waren auch sehr mitfühlend, es ging bis hin zum Bedauern.« Sie nickte bestätigend mit ernster Miene, lachte dann laut. »Mann, jetzt bleib mal locker, das ist doch wahrscheinlich jedem mal passiert. Was war denn überhaupt mit dem.«

»Ist wahrscheinlich nur illegal hier, hatte keinen Pass und kein Visum.«

»Also, alles halb so wild, nur einer von den Unsichtbaren. Irgendwann läuft er uns wieder über den Weg, sieht man ja.«

Sie bog zur zweiten Runde noch einmal Richtung Norden in die Möllerstraße ein.

»Wobei es natürlich erst mal zwei zu null für ihn steht.« Wieder mit einem Grinsen. »Was macht dir eigentlich mehr zu schaffen dabei. Ist da deine Bullenehre angegriffen, weil dir einer abgehauen ist, oder wurmt dich mehr, dass dir ein junger Sprinter wie ein Hase weggelaufen ist und du nicht mehr mitgekommen bist?«

Steiger sah sie von der Seite an und schwieg einen Moment.

»Hab ich dir eben ein Eis ausgegeben? Ich hätte die drei Euro gern zurück.«

Sie lachte.

»Stopp«, Steiger sah in den Rückspiegel, »nein, fahr langsam weiter, da ist er.«

Jana sah ebenfalls in den Rückspiegel.

»Geht vielleicht zur U-Bahn.«

»Fahr um den Block, aber schnell, dann passen wir ihn unten ab.«

Jana gab Gas, bog nach rechts in die Detmarstraße, gleich wieder nach rechts in die Hüttermannstraße, gab auf dem engen Stück zwischen den geparkten Autos so gehörig Gas, dass ein Rentner mit der Faust drohend hinter ihnen herrief, bog noch einmal ab und bremste scharf vor der Einmündung zur Münsterstraße.

Steiger hatte die Tür schon im Fahren geöffnet, rannte zur Hausecke und blieb stehen. Er traute sich nicht, um die Ecke zu schauen, um die Chance nicht zu versauen. Im nächsten Moment kam der Junge in sein Blickfeld, sah ihn im letzten Moment, aber es war zu spät. Steiger hatte ihn am Oberarm, und auch Jana war jetzt da und fasste zu.

»Polizei.« Steiger verzichtete darauf, seinen Ausweis zu zeigen, aber Jana hielt ihm ihre Marke vors Gesicht.

»Verstehst du mich?«

Der Jungs sah ihn angstvoll an.

»Do you understand me?«

Jetzt schüttelte er den Kopf.

Sie führten ihn zum Wagen, setzten ihn hinein, Steiger überprüfte noch einmal die Kindersicherung und setzte sich daneben.

»Von wegen zwei zu null«, sagte er, als Jana losfuhr. »Eins – eins.«

»Uuhhh!« Jana lachte.

13

Sie hatten auch bei ihm auf die Fesselung verzichtet, trotzdem saß der Junge auf dem Stuhl vor Steigers Schreibtisch wie verschnürt. Aus seiner Mimik und Haltung floss eine Furcht, die sich Steiger nicht erklären konnte und die über die Unsicherheit hinausging, die auch viele andere in dieser Situation zeigten. Aber wer wusste schon, was das Leben diesen jungen Menschen eingeschenkt hatte, dort, wo sie herkamen, fragte sich Steiger, wie viele Freunde und Helfer sich als Feinde und Peiniger herausgestellt hatten. Das war etwas, was die Sache oft nicht einfacher machte, wenn sie auf Menschen trafen, welche die Polizei in ihrer Heimat als eine dunkle Macht des Bösen erlebt hatten, der man alles entgegenbrachte, aber kein Vertrauen.

Und wie das doch in diesem Job auf Gegenseitigkeit beruhte, dachte er. Der Junge saß da voller Angst, seine Züge waren weich und hatten fast etwas Mädchenhaftes. Vielleicht hatte man ihm Dinge angetan, die klaffende Wunden in seine Seele geschlagen hatten, und vielleicht hatte er dem allen nur entfliehen wollen, um sein junges Leben zu retten. Aber sie behandelten ihn wie jemand anderen, weil ein Engelsgesicht voller Furcht eben kein Fingerabdruck des Herzens war, weil er in zweiunddreißig Dienstjahren so oft Menschen gegenübergesessen hatte, mit diesen Gesichtern voller Unschuld, die aber vorher oder nachher Banken ausgeraubt, Menschen zerstückelt oder Frauen vergewaltigt hatten. Es ging einem in diesem Job ganz einfach das ein oder andere verloren, und Steiger fragte sich, ob das zu vermeiden gewesen wäre.

Er war Afghane, das hatten sie mit schlechtem Englisch und Zeichensprache herausbekommen, jetzt warteten Steiger und Jana auf den Rückruf der Dolmetscherin für Paschtu und Dari. Bevor sie die Frau aufwendig herbestellten, wollten sie klären, ob er so jung war, wie er aussah, dann hätte sich eh alles erledigt.

Das Telefon ging, und Jana nahm ab.

»Frau Doktor Gul, schön dass sie so schnell zurückrufen.« Sie bejahte zweimal lächelnd und sah dann den Jungen an. »Ja, wie immer. Er sitzt hier, ich stell mal auf Lautsprecher, Herr Adam ist auch noch im Raum.«

Steiger grüßte kurz, nachdem Jana einen Knopf gedrückt hatte und dem Jungen zunickte.

Die Dolmetscherin sagte etwas, und die Miene des jungen Afghanen entspannte sich ein wenig, als er seine Sprache hörte. Die beiden unterhielten sich eine Weile, und zwischendurch konnte man erahnen, dass er seinen Namen sagte.

»Also, er ist Afghane, das ist richtig, ist seit ein paar Tagen hier in Deutschland und ist aus Österreich mit dem Zug gekommen. Er ist allein und heißt Milad Amiri. Milad ist ein häufiger Name in Afghanistan und schreibt sich am Ende mit einem ›d‹.«

»Wichtig wäre zu wissen, wie alt er ist, also sein Geburtsdatum«, sagte Jana und schrieb nebenbei.

Sie wechselten wieder ein paar Sätze.

»Er ist am 01.01.2000 geboren, sagt er, dann ist er jetzt sechzehn. Seinen Pass hat er auf der Flucht verloren, das

Übliche halt, und er wäre etwa drei Monate unterwegs gewesen.«

Jana und Steiger nickten sich zu.

»Okay, Frau Doktor Gul, Sie können ihm noch sagen, dass wir jetzt Fingerabdrücke von ihm nehmen und ihn fotografieren werden und dass er dann dem Jugendamt übergeben wird.«

Wieder wechselte die Dolmetscherin in Paschtu und bei dem, was sie sagte, verflog die Entspannung wieder im Gesicht des Jungen.

»War's das?«, fragte sie, als sie fertig war.

»Ja, das war's. Er geht dann ins Clearing-Verfahren. Sollen wir Ihnen eine Zahlungsanweisung zur Unterschrift zukommen lassen?«

»Nein, so etwas ist doch Kulanz, das wissen Sie. Außerdem bin ich grad bei Gericht, werde also schon von der Justiz bezahlt.« Sie lachte.

Jana verabschiedete sich und legte auf.

»Dann ist ja alles klar«, sagte Steiger und wählte die Notdienstnummer des Jugendamts.

»Müller, Jugendamt.«

»Adam, Kripo Dortmund. Frau Müller, hier sitzt wieder mal ein Minderjähriger, dieses Mal ein Afghane ohne Pass und Visum. Wir haben ihn kurz mit der Dolmetscherin angehört, und er sagt, er sei sechzehn, und wenn ich ihn mir so ansehe, könnte das stimmen.«

»Okay, Herr Adam, aber das dauert heute sicher ein, zwei Stunden. Wir sind mit zwei Jugendlichen unterwegs zum Amt, und die müssen wir erst verarzten. Das wird nicht so schnell gehen. Es sei denn, Sie können den bringen?«

»Bringen?« Als ob wir nichts anderes zu tun hätten, als

Taxi für das Jugendamt zu spielen, dachte Steiger. »Das passt grad nicht so dolle. Aber ich schau mal. Wir müssen ihn noch erkennungsdienstlich behandeln, wenn das schnell geht, könnte es klappen.«

»Okay, Sie können sich ja noch mal melden.«

Er legte auf, nahm sofort wieder ab und wählte die Nummer der Lichtbildstelle.

»Kramer, du wolltest 'ne ED-Behandlung machen, Thomas?«

»Exakt, du kannst Gedanken lesen, Kramer, und wenn es geht, ganz schnell dazwischen.«

»Nicht davor, nicht dahinter und schon gar nicht dazwischen, Alter. Wir haben seit anderthalb Stunden Systemausfall, und ich habe keine Ahnung, wie lange das noch dauert. Wir kriegen Bescheid, wenn's wieder läuft.«

»Da war die alte Geschichte mit Tinte auf Papier doch gar nicht so schlecht, oder? Da gab es keinen Systemausfall.«

Kramer machte ein schnaubendes Geräusch, Steiger bedankte sich und legte auf.

Das Jugendamt würde den Jungen eh irgendwann bringen, um seine Fingerabdrücke durch alle möglichen Dateien zu jagen, da musste man jetzt nicht unnötig warten. Die Sache war sowieso quer dazwischengekommen, wo beim toten Bodypacker noch so einiges zu machen war.

»Systemausfall«, sagte er, als Jana ein fragendes Gesicht machte, »und sie können nicht sagen, wann es zu Ende ist.«

»Und das Jugendamt.«

»Das dauert auch noch, die haben beide Teams im Einsatz.«

»Super.«

»Aber wir können ihn natürlich bringen. Komm, das machen wir auch, dann sind wir ihn los.«

Sie gaben ihm Zeichen, dass er mitkommen solle. Er stand auf, blickte hektisch von einem zum anderen, und in seinen Augen war wieder diese unerklärliche Panik.

»Der hat überhaupt keine Sachen dabei«, sagte Jana. »Das ist mir vorhin schon aufgefallen. Scheiße, habe ich eben bei der Dolmetscherin echt vergessen zu fragen, wo der seine Sachen hat. Der ist doch so nicht aus Österreich gekommen.«

Jana griff sich den Autoschlüssel vom Schreibtisch, und sie nahmen Milad Amiri in ihre Mitte. Bevor sie den Fahrstuhl verließen, legte Steiger ihm Handschellen an.

»Aha.« Jana lachte.

»Es soll mindestens beim Unentschieden bleiben«, sagte Steiger, »und ich weiß ja jetzt, dass er schneller ist.«

14

Vor dem Fahrstuhl wartete Theo Bellmann von der Kriminalwache mit einem jungen Kollegen, den Steiger nicht kannte. Die Kriminalwache war der einzige Job bei der Kripo, bei dem wirklich Wechseldienst geleistet wurde, darum war die Fluktuation dort intensiver als anderswo. In ihrer Mitte hatten sie einen Gefesselten, der ein lädiertes Gesicht hatte, nach Alkohol stank und lallte. Wenn die Kriminalwache mit so einer Figur Fahrstuhl fuhr, waren sie auf dem Weg zum Erkennungsdienst.

»Ihr verdammten Arschlöcher! Auf welcher Seite steht ihr eigentlich? Ihr seid doch Deutsche, oder was? Habt ihr keine Ehre im Leib. Auf welcher Seite steht ihr eigentlich?«

»Im Augenblick nicht auf deiner.« Brune, ganz ruhig.

»Ist doch wohl die letzte Scheiße, dass man sich in seinem eigenen Land von so 'n paar Ölaugen auf die Fresse hauen lassen muss, und dann auch noch behandelt wird wie 'n Schwerverbrecher. Verräter seid ihr.«

»Hättest du lieber was von 'nem blonden Blauäugigen aufs Maul gekriegt? Wär das in Ordnung gewesen?« Der junge Kollege hatte sich scheinbar in Sachen Gelassenheit von Brune einiges abgeguckt.

Der Fahrstuhl kam, langsam öffnete sich die Tür, und sie ließen dem Trio den Vortritt.

»Und warum behandelt ihr Pisser mich dann wie einen

Schwerverbrecher, das ist doch das Letzte?« Er zerrte an den Handschellen.

»Die anderen beiden sind doch auch noch unten, beruhige dich, die sind auch noch dran.« Der Junge, immer noch gelassen. »Bei uns bist du eben die Nummer eins, das ist doch auch schon was, oder? Sieh es doch mal so, Landsmann.«

Die Fahrstuhltür schloss sich, das Zahlendisplay zählte nach oben.

Jana sah Steiger an, zog die Brauen nach oben und zuckte mit den Schultern.

»Ich nehme die Treppe«, sagte sie nach einer halben Minute und verschwand Richtung Treppenhaus.

Steiger wartete, der Fahrstuhl war schon wieder auf dem Weg nach unten. Seit dem Morgen waren seine Gedanken in solchen Momenten, wenn er mit niemandem reden oder zuhören musste, sofort bei Batto, bei dem Bild, wie er dagelegen hatte, was von ihm ausgegangen war. Irgendwann würde er sprechen wollen, da war sich Steiger sicher.

Der MK-Raum war leer, aber vor Wolfs Bildschirm stand ein dampfender Kaffee in seiner Gewerkschaftstasse, er konnte nicht weit sein. Im Eingangskörbchen lag ein Zettel, und erst auf den zweiten Blick erkannte Steiger, dass es nicht mehr derselbe vom Morgen war, denn jetzt stand dort nur der Nachname des Kollegen Opitz.

Steiger fand ihn im kleinen Labor des Erkennungsdienstes.

»Ah, Thomas, schön. Lass mich das grad noch machen, dann bin ich bei dir.«

Er hatte die Folienstücke aus der kleinen Kammer, die

Steiger immer an einen Kamin erinnerte, entfernt. Jetzt lag hinter der Scheibe eine Scherbe mit Blut, die er bedampfen wollte, nahm Steiger an.

»Ach, Scheiße, mache ich nachher, dafür habe ich jetzt keine Ruhe.«

Er nahm die Schutzbrille ab, zog die Einmalhandschuhe aus und ging über den Flur in sein Büro.

»Ist nämlich 'ne echte Nummer, und ich hab keine Ahnung, was ihr damit anfangen wollt.«

Er gab am Rechner seine Kennung ein, und auf dem Bildschirm erschien das Fragment der Fingerspur, die er von der Klebefolie gesichert hatte.

»Kennst du dich ein bisschen aus mit Daktyloskopie?«

Steiger zuckte mit den Schultern.

»Wie man sich halt auskennt nach gut dreißig Dienstjahren, nicht besonders. Ich kann dir jeden Fensterrahmen einstauben und das Ding abziehen.«

»Okay, das sind die Merkmale. Bei eurer Spur, also der, von der Folie, sind es sieben.« Er tippte mit dem Kugelschreiber auf den Bildschirm. »Die sind bei jeder Spur anders angeordnet und geben damit den Spuren nicht nur Individualität, sondern auch unterschiedliche Qualitäten. Bei dieser machen diese vier Minutien oder Merkmale ein Gesicht, wenn man nur ein bisschen Fantasie hat.«

Steiger sah auf den Bildschirm und fand, dass es bei diesem Gesicht nicht mit ein bisschen Fantasie getan war. Aber wenn man sich viele Jahre den ganzen Tag diese Muster ansehen musste, machte das vielleicht etwas mit dem Gehirn.

»Und wenn du so was hast, kannst du manchmal auch mit deutlich weniger Merkmalen auskommen als den geforderten zwölf, jedenfalls subjektiv. Ich hab die Spur zum BKA geschickt, aber dem Kollegen da hat es nicht ausgereicht, darum hat er erst mal zurückgeschrieben, es wäre kein Treffer dabei. Aber ich kenne den Ulli von einem Seminar in Meckenheim vor zwei Jahren, hab ihn einfach angerufen und mit ihm darüber gequatscht, auch über dieses Delta mit dem Gesicht. Dann hat er gesagt, dass ihm der Rechner schon acht Vorschläge gemacht hat, aber dass für ihn ganz eindeutig keiner dabei ist. Aber ich habe ihn bekniet, und er hat mir die acht Vorschläge des Computers mal geschickt, und bei den anderen sieben bin ich total seiner Meinung, die fallen raus. Aber bei diesem nicht.«

»Hätte im Leben nicht gedacht, dass es bei Fingerabdrücken auch um Meinungen gehen könnte«, sagte Steiger.

»Normal ja auch nicht, darum die Grundmuster und die geforderten zwölf Merkmale, da ist jede Diskussion vorbei. Aber bei Fragmenten, da kommt es schon mal vor, dass Fachleute unterschiedlicher Meinung sind. Und ich glaube, dass unsere Spur von der Klebefolie aus dem Pack genau diese Spur ist. Ich hätte mein linkes Ei drauf verwettet, und eigentlich bin ich immer noch überzeugt, dass sie von dem Finger stammt, der bei uns einliegt.«

»Hätte …«

»Genau.« Opitz zog die Lippen kraus und machte eine Pause.

»Mach jetzt keinen Film daraus, Bernd. Was ist mit dem? Sitzt er lebenslänglich im Knast, isses 'ne Frau oder was?«

Langsam lehnte Opitz sich im Stuhl zurück, steckte die Daumen in die Ärmelausschnitte seiner Lederweste und schüttelte den Kopf, aber mit Verkündigungsgesicht.

»Nee. Aber unser Spurenleger ist seit zweieinhalb Jahren tot.«

Jetzt lehnte auch Steiger sich zurück.

Opitz zog die Brauen nach oben, nickte, und für einen Moment drang durch das geöffnete Fenster nur der Klang der nahen B1, dessen Auf und Ab sich anhörte wie der Atem der Stadt.

15

Juli 2016

Wie lange Arjun mit den anderen in der Zelle gesessen hatte, konnte er nur ahnen, auch weil er zwischendurch eingenickt war. Es wunderte ihn nicht mehr, dass er mittlerweile auch an Orten schlief, die laut und unbequem und fremd waren, weil es manchmal für so lange Zeit sonst keine Gelegenheit zum Schlafen gab. So war es auch seit ihrer Abfahrt aus Istanbul vor zwei Tagen gewesen, und irgendwie hatte er in so einer Zelle auch das Gefühl, an einem sicheren Ort zu sein, selbst wenn man nicht wusste, wie es weiterging.

Als die Polizei ihn zum Gespräch holte, hatte er es genau so gemacht, wie ihm alle immer geraten hatten, und gelogen. Er solle sich nicht zu jung machen, hieß es von den Begleitern, dann behalten sie dich da, aber auch nicht zu alt, dann wirst du abgeschoben. Darum hatte er zu den Polizisten gesagt, dass er siebzehn sei, und gehofft, dass diese Zahl eine gute Wahl war.

Danach hatten sie ihm noch alle möglichen Fragen gestellt. Wohin er wolle und woher er käme, mit wem er unterwegs sei und ob er Geld bezahlt habe, wollten sie wissen. Seine Antworten waren immer so gewesen, wie ihnen die Begleiter am Anfang der Reise gesagt hatten, und er schien das Richtige gesagt zu haben, denn nach ein paar Stunden gaben sie ihm seinen Rucksack, einer der Polizisten steckte noch ein Brot und zwei Äpfel hinein, und er konnte gehen.

Jetzt saß er in der Sonne am Strand und sah dabei zu, wie die Wellen zwischen den Steinen versickerten, kaum dass sie auf das Land geworfen worden waren. Er fragte sich wieder, was aus Onkel Belal geworden war, und erinnerte sich an die Leichen in den Bergen am Wegesrand. In seinen Gedanken war er in ihrem Haus in Afghanistan viele Tausend Kilometer weit entfernt, sah seine Mutter am Herd etwas kochen, sah Nesrin im Hof, wie sie mit ihrer Freundin Leyla spielte, und er hätte sich nicht verlorener fühlen können, wäre er auf dem Mond gewesen.

Ein Hund kam den Strand entlanggelaufen, schnüffelte hier und da an einem Stück Treibholz oder Müll und kam zögernd zu ihm. Sein Fell war glatt und hell mit einem schwarzen Fleck an der Schulter, und als er in einem Meter Abstand stehen blieb, versuchte Arjun, ihn zu sich zu locken. Der Hund kam noch etwas näher und reckte den Kopf in seine Richtung, um zu schnüffeln, aber immer wenn Arjun ihn berühren wollte, wich er zurück. Schließlich drehte er sich ab und lief weiter den Strand entlang. Eine Weile sah Arjun ihm hinterher, legte den Kopf auf die Knie und begann still zu weinen.

Warum er irgendwann aufstand und losging, konnte er nicht sagen. Vielleicht war es der Gedanke, dass er dort nicht sitzen bleiben konnte und irgendetwas geschehen musste, vielleicht waren aber auch nur die Steine zu hart zum endlosen Sitzen gewesen.

Er ging den Strand entlang Richtung Stadt und sah sie schon von Weitem. Sie saß auf einem Stein, hatte ihren Rucksack neben sich stehen und starrte aufs Meer. Unter ihrem knielangen Kleid trug sie eine Jogginghose und war ungefähr so alt wie er selbst. Ihre Turnschuhe hatte sie ausgezogen und neben den Rucksack gestellt, und sie sah aus wie jemand, der unterwegs war, aber nicht mehr wusste, wohin. Arjun verließ den Saum der Wasserlinie und ging auf sie zu, aber sie beachtete ihn nicht.

»Salaam, ich bin Arjun«, sagte er in Paschtu, und jetzt wandte sie den Kopf, ohne dass das traurige Misstrauen aus ihrem Blick verschwand.

»Kannst du mich verstehen?«, machte er noch einen Versuch, aber ihr Blick wanderte zum Strand, wo der Hund mit dem schwarzen Fleck den Strand jetzt in die andere Richtung entlanglief. Sie machte ein zirpendes Geräusch mit den Lippen, und der Hund merkte auf, verlangsamte seinen Lauf und kam in ihre Richtung gelaufen. Auch jetzt blieb er etwa einen Meter vor dem Mädchen stehen, reckte die Nase in ihre Richtung und schnüffelte. Sie tat nichts, ließ die Hände auf den Oberschenkeln ruhen und sah ihn an, jetzt mit einem Gesicht voller Sehnsucht und Ruhe. Der Hund verhielt sich genauso, wie Arjun es eine Zeit vorher erlebt hatte, plötzlich machte er aber zwei Schritte auf das Mädchen zu, rieb seinen Kopf an ihrem Bein und ließ sich streicheln. Sie tat es mit einem Lächeln, kraulte ihm den Hals, den Kopf, zupfte an den Ohren und hielt schließlich für einen Moment still seinen Kopf in den Händen. Dann löste sich der Hund und lief weiter, ohne sich noch einmal umzusehen. Sie sah ihm hinterher, dann traf ihr Blick Arjun.

»Ja, ich kann dich verstehen, ich bin Samira.«

»Woher kommst du?«

»Aus Afghanistan.«

»Ja, natürlich, aber woher dort?«

»Aus einem Dorf in der Nähe von Kholm.«

Arjun nickte und war unsicher, ob er sich neben sie auf den Stein setzen sollte.

»Was tust du hier?«

Sie nahm einen ihrer Turnschuhe, wischte sich über die Fußsohlen und zog ihn an.

»Nichts.«

Er zog sich seinen Rucksack von der Schulter, ging zu ihr und setzte sich so weit entfernt neben sie, wie es die Größe des Steins zuließ.

»Hast du Hunger?«, fragte er. Im Rucksack hatte er noch die zwei Äpfel und das Brot, das ihm einer der Polizisten gegeben hatte, bevor er die Polizeiwache verlassen hatte. Sie war misstrauisch, aber hungrig, und sie teilten das Brot und aßen jeder einen Apfel.

»Warum bist du allein?«, fragte er.

Sie erzählte ihm, dass sie ihre Familie vor einer Woche verloren hatte, und begann zu weinen, womit Arjun nicht gerechnet hatte, weil sie die ganze Zeit so stark gewirkt hatte.

Als die Sonne nur noch ein paar Handbreit im Westen über den Bergen von Samos stand, hatten sie sich nicht nur ihren Weg bis an diesen Strand, sondern auch viel von ihrer Geschichte erzählt.

»Willst du zurück?«, fragte er, nachdem sie eine Weile geschwiegen hatten.

Sie wandte den Kopf ab und blickte aufs Meer nach Westen. »Ich weiß es nicht«, sagte sie, stand auf und ging ein paar Schritte zum Wasser.

»Und du?«

Auch Arjun stand auf, steckte seine Hände in die Hosentaschen und stellte sich neben sie.

»Ich will keine Angst mehr haben.«

Auf dem Wasser waren Schiffe. Ein paar hatten Segel.

16

August 2016

Hellmann reckte sich und legte die gefalteten Hände hinter den Kopf, Fromm und Finke sahen sich an, aber niemand in der Runde sagte etwas.

»Dafür wird es schon irgendeine Erklärung geben.« Hellmann dann doch. »Und wieso sind die Fingerabdrücke überhaupt noch im System, wenn der schon Jahre tot ist?«

»Genau dafür, meint Bernd, genau für solche Fälle eben«, sagte Steiger, »wenn da irgendwo noch eine Spur auftaucht, dass die dann auch zuzuordnen ist. Du kriegst den zwar nicht mehr verurteilt, schon klar, aber die Tat sonst nicht geklärt. Ich wusste auch nicht, dass das so geregelt ist, wer hat schon mal 'ne Fingerspur von einem Toten? Aber Bernd meint, die bleiben in der Regel noch zwei Jahre danach im System. Warum dieser jetzt sogar noch länger drin ist … keine Ahnung.«

»Ja, aber wir dürfen eins nicht übersehen, dies ist ja gar keine richtige ausgewertete Fingerspur mit ausreichend Merkmalen«, Fromm dazwischen, »das ist ja nur ein Fragment, bei dem der Mann vom BKA gesagt hat, dass ihm das nicht reicht, war doch richtig, oder?«

Steiger nickte.

»Sag ich doch, dafür wird es 'ne ganz normale Erklärung geben.« Hellmann noch mal. »Denn, wenn ich mal ehrlich sein darf, Bernd ist ja ein lieber, netter Kollege, aber aus seinen Fingerspuren, da macht er echt 'ne Wissenschaft und mir manchmal einfach 'ne zu große Welle.«

Ein paar nickende Lacher in der Runde.

»Na ja, so ganz unwissenschaftlich ist das ja nun auch nicht«, sagte Jana.

»Ja, mag ja alles sein, Leute, aber die beim BKA sind doch auch keine Idioten. Wenn denen die Merkmale nicht reichen, sagt das doch schon einiges aus, oder?«

»Bernd meinte, die gehen danach, ob es für ein Verfahren verwertbar ist«, sagte Steiger. »Aber lass gut sein, Dieter, vielleicht spielen da auch andere Dinge 'ne Rolle, wenn sich da zwei Fachleute streiten. Es ist unsere Spur, und wir schauen mal, was dran sein könnte.«

Er sah Jana an, sie erwiderte sein Nicken.

»Ich habe mir den Typen, zu dem sie gehören, auch noch gar nicht genau angesehen, weil ich es auch eben erst erfahren habe. Vielleicht hat sich die ganze Diskussion danach schon erledigt.«

»Okay.« Der MK-Leiter war einverstanden.

Den Rest der Besprechung bestritten die Tatortleute. Seit klar war, dass sie es nicht mit einem Tötungsdelikt zu tun hatten, war die Leitung übereingekommen, die Spurensicherung nur auf den Raum zu beschränken, in dem der Tote lag. Das war in so einem Saustall immer noch genug Zeugs, was untersucht, abgepinselt und auf DNA untersucht werden musste, aber es auf die ganze Etage oder gar das Haus auszudehnen, sprengte bei einem Drogendelikt den Rahmen, auch wenn es um eine nicht geringe Menge ging. Werner Korte erklärte, sie hätten natürlich Fingerspuren und auch Fremd-DNA gefunden, aber man müsse mal schauen, was davon einläge. Und es gab noch eine ganze Reihe von Gegenständen, um deren Herkunft man sich kümmern müsse.

»Fingerspur von einem Toten«, sagte Hellmann zu Steiger, als sie aufstanden. »In diesem Irrenhaus gibt's auch nichts, was dir erspart bleibt.«

Eine ganze Weile hatte Steiger überlegt, ob er zu Batto fahren sollte. Bei so was war es manchmal wichtig, sich über Ängste hinwegzusetzen und sich einfach anzubieten. Die Gefahr, den richtigen Zeitpunkt zu verpassen, war sicher tragischer, als wenn es noch nicht passte, man störte und zum Teufel geschickt wurde. Verlass dich einfach auf dein Gefühl, hätte Batto ihm in der Situation gesagt, das zeigt dir schon den richtigen Weg. Aber sein Gefühl war wie ein Hase auf der Flucht und schlug einen Haken nach dem anderen.

Er war auf dem Weg in den »Totenschädel«, um ein Feierabendbier zu trinken, und er wünschte sich, Batto säße dort und würde ihn mit dem alten Gesicht begrüßen, diesem Lächeln, mit dem er das Leben bisher immer überredet hatte, ihm einen Löffel extra zu geben.

Drinnen waren ein paar Tische besetzt, und auch von den Üblichen waren die meisten auf dem Posten. Steiger setzte sich an die Theke und grüßte Christa, die schon dabei war, sein Bier zu zapfen.

An der Thekenecke saß Hermann, er rutschte zwei Hocker Richtung Steiger, nachdem der sich gesetzt hatte. Hermann war Mitte siebzig und hatte diesen Namen, weil sein Vater als Mitglied einer Bomberbesatzung im Zweiten Weltkrieg von Hermann Göring geehrt worden war. Dass man solche Namen hatte, wenn man in den Vierzigern geboren war, war nichts Besonderes, dass man heute noch stolz darauf war, schon eher, dachte Steiger. Aber vielleicht irrte er sich da auch.

»Na, Steiger, heute wieder ein paar Schwattköppe festgenommen?«

Christa stellte das Bier auf die Theke und machte einen Strich auf Steigers Deckel.

»Komm, Hermann, geh mir nicht auf den Sack, das ist nicht unser Thema, weißt du doch.«

»Du willst es ja auch nicht wahrhaben.«

»Ne, will ich nicht.«

»Geh doch mal hier durch die Nordstadt an so einem schönen Sommerabend, oder durch Hörde, da ist doch nichts mehr in Ordnung.«

Steiger atmete einmal durch und nahm einen Schluck Brinkhoffs.

»Du bist doch in den Vierzigerjahren geboren, Hermann, oder? Wie war das denn im April 45, wenn man da übern Westenhellweg ging, war da alles in Ordnung? Kannste dich noch daran erinnern, wie es da aussah? Oder in Essen oder in Duisburg? War da alles in Ordnung? Komm, hör auf!«

»Das ist doch was ganz anderes, Steiger.«

»Schon klar, was ganz anderes.«

»Und ich sag doch gar nicht, dass wir wieder so einen richtigen Hitler brauchen, aber so 'n kleinen Adolf, so 'n kleinen, der mal für Ordnung sorgt, der in den Ecken mal ausfegt.«

»Wie groß soll er denn sein? Eins zwanzig? Echt Hermann, laber mich nicht mit so einem Scheiß voll.«

»Du kannst dir doch gar nicht mehr sicher sein, und als Frau schon gar nicht. Wenn du bei so 'nem Wetter mit kurzem Rock abends durch den Keuningpark gehst, so was kennen die doch gar nicht. Bei so 'nem Anblick werden die doch vom eigenen Ständer erschlagen, da wollen die doch nur noch eins. Kein Wunder, dass die dann vergewaltigen. Das war früher echt anders.«

»Da gab's ja auch staatliche Einrichtungen, in denen sich alle Sadisten und Kinderschänder bedienen konnten, da brauchten die das draußen gar nicht.«

»Ach, du willst es nicht wahrhaben, Steiger, du bist echt blind. Dabei müsstest du es doch wissen, du hast doch den ganzen Tag mit dem Scheiß zu tun. Schon die ganzen Drogen heute da draußen.«

Steiger stellte sein Bier ab und wandte sich seinem Thekennachbarn zu.

»Hermann, jetzt isses gut, ich will hier in Ruhe mein Bier trinken, kapiert. Und im Übrigen: Dein Namensgeber hat wahrscheinlich mehr Drogen genommen, als ich in meinem ganzen Leben als Bulle zu Gesicht bekomme, das dazu. Und jetzt lass mich in Ruhe.«

»Alles Verleumdungen der Sieger.«

Steiger setzte sich aufrecht hin und sah ihn intensiv an.

Hermann wollte noch etwas sagen, ließ es aber.

Wenn er im »Totenschädel« um die Zeit dieses Thema anschnitt, war er schon ziemlich voll, was man nicht an seiner Sprache erkannte, da hatte er sich im Griff.

Von einem der Tische stand ein junger Mann auf, trat zwischen sie und legte seinen Deckel auf die Theke.

»Zahlen.«

Er sah türkisch aus, trug ein Westfalia-Herne-Trikot, Schlabberjogginghose und Flipflops.

Hermann warf einen Seitenblick auf den Deckel, während Christa die Striche abzählte.

»Was sagt denn dein Gott dazu, dass du dir hier fünf Pils reinziehst? Das darfst du doch gar nicht.«

Der türkische Sportsfreund lachte.

»Wer sagt dir denn, dass das Pils waren, Oppa? Das waren Pfefferminztees.«

»Pfefferminztee.« Für einen Moment sah Hermann mit echter Irritation an ihm hoch, dann checkte er es. »Schon klar, 'nen alten Mann verarschen, das könnt ihr. Hier gibt et überhaupt keinen Pfefferminztee, oder, Christa?«

»Ich mache dir jeden Tee, den du haben willst, Hermann«, sagte Christa und nahm den Schein.

»Und Pfefferminztee ist gar nicht schlecht für die Prostata, Oppa. Und es gibt noch so 'n paar andere Kräutertees, die geben richtig Tinte auf den Füller, auch noch in deinem Alter.« Der Türke machte eine Faust und bewegte den Unterarm horizontal hin und her. »Vielleicht ist das ja 'n interessanter Tipp für dich.«

Hermann winkte ab und glotzte auf sein Bier.

Der Türke nahm sein Wechselgeld, lachte und verschwand durch den Filzvorhang.

»Aber wem solltest du überhaupt noch schreiben Hermann, oder?«, sagte Steiger.

Das war der Knock-out.

Ein paar Biere später fiel ihm auf dem Nachhauseweg auf, dass trotz der ganzen Lichtverschmutzung eine Menge Sterne zu sehen waren. Er hatte den Gedanken, dass Batto vielleicht auch grad am Fenster stand und denselben Himmel ansah. Aber wahrscheinlich war in seinem Kopf ganz was anderes los. Wenn der Freund sich bis morgen nicht gemeldet hatte, würde er hinfahren, ganz sicher.

Den Rest des Wegs kämpfte Steiger mit der Entscheidung, ob er Eva noch anrufen sollte oder nicht. So wie es mit ihnen angefangen hatte und weitergegangen war, konnte man ihre Art der Nähe und Distanz eh niemandem erklären. In der Kesselstraße vor seinem Haus entschied er sich, ihre Nummer zu wählen.

»Hallo, Steiger«, sagte sie.

Als er ihre Stimme hörte, wusste er, dass es eine gute Entscheidung gewesen war.

17

Das Handy lag neben der Kaffeetasse, Battos Nummer war auf dem Display, und Steiger fragte sich wieder, ob er auf den grünen Hörer drücken sollte. Seit drei Tagen hatte er jetzt keinen Kontakt zu dem Mann gehabt, der ihm seit dreißig Jahren das war, was auf Fotos oft so dargestellt wurde, dass zwei zehnjährige Jungen Arm in Arm mit Zahnlücke und Sommersprossen stolz in die Kamera lächelten. Er hatte auf einen Anruf gewartet und sich geschworen, selbst anzurufen, wenn der nicht kam, aber neben den übrigen Zweifeln sprach jetzt auch noch die frühe Zeit dagegen, denn er wusste, dass Batto eigentlich ein Nachtmensch war und morgens schlecht aus dem Bett kam. Vielleicht war aber auch das nach dieser Geschichte bei ihm aus den Fugen geraten.

Den Rest kalten Kaffees schüttete er in die Spüle, steckte das Handy ein und verließ die Wohnung.

Bevor er zum Wagen ging, holte er sich zwei Mettbrötchen vom Fleischer um die Ecke. Es waren nicht die besten der Stadt, aber der Umweg zum Laden seines Vertrauens war um die Zeit keine gute Idee.

Den gestrigen Tag hatten sie damit verbracht, ihre letzten Spuren abzuarbeiten, was in erster Linie hieß, sich mit irgendwelchem Zeugs zu beschäftigen, das am Tatort gefunden worden war. Aber er hatte das Gefühl, dass es der

Versuch war, eine Drehtür zuzuschlagen. In dem Haus hatten seit Monaten alle möglichen Menschen gegessen, gepennt, gespritzt, gesoffen, gekotzt und gepisst, hatten ihren Müll aufgetürmt, und genau danach sahen die Beweismittel auch aus. Und es gab keinen Gegenstand, der eindeutig dem Toten oder denen zuzuordnen war, die ihm die Eingeweide über den Stuhl gehängt hatten.

Auf der Hohen Straße war ein Stau, und Steiger ärgerte sich, nicht wie meistens die Ruhrallee genommen zu haben. Er sah es weit vorn blau blinken, und ihm fiel das Fragment der Fingerspur ein. Opitz war gestern noch einmal bei ihm gewesen. Er habe so etwas in zweiundzwanzig Jahren nicht erlebt, hatte er gesagt, immer noch aufgeregt wie ein Kind. Es seien zwar nur wenige Merkmale, aber die Anordnung sei so prägnant. Opitz war ein Freak, das wussten alle, aber er war nicht dumm. Steiger versuchte, sich die Möglichkeiten vorzustellen, die Opitz recht geben könnten und die realistisch waren.

Der Mann, zu dem die Spur gehörte, war Russe gewesen, den man 2007 wegen eines Drogendelikts in Bochum erkennungsdienstlich behandelt hatte und der vor zweieinhalb Jahren in Recklinghausen bei einem Zimmerbrand ums Leben gekommen war. Zu mehr waren sie nicht gekommen, weil die Akte noch in Bochum war, und Steiger nahm sich vor, sich heute um die Spur zu kümmern.

Auf dem Hof rüsteten zwei Besatzungen ihre Streifenwagen auf, und er erkannte, dass es Battos Tour war, die Frühdienst hatte.

Der Aufzug hielt nach einer Etage, und Lothar Heims stieg zu. Er grüßte kurz und las weiter in einer Rotakte der Staatsanwaltschaft. Heims war Sachbearbeiter für alles, was sich im Rotlichtmilieu abspielte, darum hatten Steiger und Jana oft mit ihm zu tun, weil auch der Einsatztrupp nicht selten auf dem Gebiet unterwegs war.

Lothar lächelte und schüttelte den Kopf, dann sah er Steiger an.

»Du bist doch auch firm in dem Bereich, Steiger.« Er machte eine Pause, rückte die Brille zurecht und sah in die Akte. »Ist es eine sexuelle Dienstleistung, wenn ich dafür bezahlt werde, jemandem beim Wichsen zuzusehen?« Er zog die Stirn in Falten und grinste. »Ich meine, das hat durchaus unterschiedliche rechtliche Folgen und ist eine sehr ernste Frage.«

»Du bist doch nebenbei Dozent an der Fachhochschule, oder?«, sagte Steiger. »Mach doch eine Strafrechtsklausur daraus. Lernen deine Studenten auch mal was aus dem richtigen Leben.«

»Stimmt. Beurteilen Sie den Sachverhalt aus strafrechtlicher Sicht. Ist bezahltes Zuschauen beim Onanieren eine Dienstleistung vor dem Hintergrund des Paragrafen 184f, verbotene Prostitution. Und es geht ja gar nicht nur um Strafrecht. Muss ich dann dafür auch Steuern zahlen? Und hängt das vielleicht vom Erfolg ab? Und wie sähe der aus?« Wieder grinste er kopfschüttelnd.

Der Fahrstuhl stoppte, er gab Steiger mit der Akte sacht einen Klaps auf den Arm und stieg aus.

Als er die Tür öffnete, erwartete er, dass sie ohne ihn angefangen hatten, weil er zu spät war, aber im MK-Raum saßen die meisten noch mit einem Kaffee auf den Tischen und redeten oder lasen Zeitung. Der MK-Leiter fehlte, aber Jana war schon da, blickte aus dem Fenster auf die Stadt und machte ein ernstes Gesicht. Steiger grüßte in die Runde und ging zu ihr.

»Sorgen am Morgen?«

Sie sah ihn kurz an, schüttelte den Kopf und sagte: »Nein«, aber ohne Überzeugung.

In ihrem Körbchen lag keine neue Spur, was ungewöhnlich war. Ihm fiel auf, dass in keinem Körbchen eine Spur lag und dass Gustav Wolf ebenfalls fehlte, worauf er sich erst recht keinen Reim machen konnte.

»Bist du hiermit schon durch?«, fragte er Finke und nahm sich den Dortmunder Lokalteil der *Westdeutschen Allgemeinen*.

Auf der ersten Seite stand etwas davon, dass es in der Nacht in Dortmund-Eving in einer Kneipe einen Toten gegeben hatte, und er war sich sicher, dass das der Grund für die Ungereimtheiten heute Morgen war. In einem Streit hatte man die Argumente aus Solingen ausgepackt, was ein Mann nicht überlebt hatte.

Finke gab auch den Sportteil frei, und Steiger las etwas über seine Schalker, die am Wochenende gewonnen hatten und sich auf den Weg machten, den katastrophalen Saisonstart zu korrigieren.

Sebastian Fromm kam herein, wirkte hektisch und nahm seinen Platz am Kopfende des langen Tischs ein.

»So, Leute…« Er wartete nicht ab, bis alle saßen. »Morgen erst mal für die, die ich noch nicht gesehen habe. Wir haben eine ganz neue Situation. Ihr habt es wahrscheinlich schon gehört oder gelesen, wir haben heute Nacht zwei neue Mordkommissionen aufgemacht. Einen Mord in einer Gaststätte in Eving, bei der der Täter bekannt, aber flüchtig ist, wir haben also eine Fahndungslage. Und die zweite auf einem Bauernhof in der Nähe von Bigge Olsberg, bei der wir einen Toten und eine Schwerverletzte haben. So wie es da aussieht, könnte es ein Raubmord sein. Die Bereitschaftsteams sind natürlich schon raus, aber eine der MKs, die im Sauerland, müssen Gustav und ich übernehmen. Das heißt für unsere EK Ruine, die ja eigentlich von Anfang an keine Mordkommission war, dass wir sie sofort auflösen, so haben wir das grad mit dem Inspektionsleiter abgesprochen. Wir haben einfach keine Leute.«

Er sah von einem zum anderen, wartete einen Moment, aber alle nahmen es wortlos.

»Ich habe grad mit den 22ern gesprochen, die ja jetzt im Boot sind, die lassen das Ganze als das weiterlaufen, was es ist, nämlich 'ne Drogengeschichte, denn der Tote, das ist auch seit eben sicher, ist an einer kompletten Überdosis gestorben, also vermutlich an einem geplatzten Pack. Jens Rohleder sagt, dass sie mit zwei ganz dicken Sachen im Kilobereich auch bis über beide Ohren voll sind und das Verfahren im Moment nur auf kleiner Flamme weiterlaufen lassen können, aber die meisten und wichtigsten Spuren sind ja auch schon abgearbeitet, das habe ich ihm auch gesagt. Die Spuren, die ihr noch habt, erledigt bitte in eurem Tagesgeschäft und gebt sie an die 22er weiter. Ich bedanke mich für die tolle Zusammenarbeit, hat Spaß gemacht. Tut mir leid, dass wir es nicht richtig zu Ende bringen können, aber wir«, er sah Gustav an, »sind eigentlich schon auf dem Weg ins Sauerland.«

Die Kollegen sahen sich an, einige zuckten zaghaft mit den Schultern, aber keiner verließ zielstrebig den Raum. Steiger hatte im Lauf der Jahre einige Mordkommissionen erlebt, bei der sie den Täter am Ende nicht ermittelt hatten. Auch das war kein gutes Gefühl, aber es war irgendwie okay, wenn man alles getan hatte, was zu tun gewesen war. Man konnte nicht immer gewinnen. Aber dies war, als würde das Rennen abgebrochen, obwohl sich die Beine noch ganz gut anfühlten, auch wenn es nicht um einen Mord ging.

Er sah Jana an und bemerkte erst jetzt, dass die Sorge in ihrem Gesicht, mit der sie am Fenster gestanden hatte, noch immer da war.

18

Auf dem Weg zum Einsatztrupp ließ Steiger Jana vorgehen und suchte sich einen ruhigen Platz im Treppenhaus am Fenster. Er wählte Battos Nummer, aber es war nur die Mailbox erreichbar, mit der er sich nicht unterhalten wollte. Dann rief er im Internet die Seite des Krankenhauses auf und wählte auch diese Nummer.

»Knappschaftskrankenhaus im Klinikum Westfalen, guten Morgen.«

»Adam, Morgen, ich hätte gern Herrn Battaglino gesprochen.«

Einen Moment tat sich nichts.

»Der schreibt sich B, a, t...«

»Ja, ich weiß, hab ihn auch schon, der Rechner ist nicht gerade schnell. Herr Battaglino ist leider nicht mehr in unserem Hause, er ist gestern Abend entlassen worden.«

Steiger bedankte sich nach einer Weile und drückte das Gespräch weg. Dann trat er an die Glasscheibe, blickte auf den Westfalenpark und atmete einmal tief durch. Er hätte es auch für Sorge halten können, was plötzlich wie eine kleine, raue Stelle in ihm war, aber es war Enttäuschung, das war ihm klar.

In den Räumen des Einsatztrupps traf er nur auf Gisa und Jana. Die Chefin telefonierte in ihrem Büro, Jana saß vor einem Bildschirm. Er stellte sich hinter sie und legte ihr eine Hand auf die Schulter.

»Komm, Mädchen, was ist los?«

Sie veränderte ein wenig ihre Sitzposition, ohne ihn anzusehen, dann hob sie die linke Hand und zeigte auf den Bildschirm. Darauf war ein Vorgang aus Essen aufgerufen, bei dem es um eine gefährliche Körperverletzung aus der Nacht in einer Kneipe ging.

»Und?«, fragte Steiger.

Sie wechselte zum Bildschirm mit den beteiligten Personen, und dort war als Beschuldigter Georg Goll eingetragen. Steiger wusste, dass ihr kleiner Bruder das Sorgenkind der Familie war und schon ein paarmal mit der Polizei zu tun gehabt hatte.

»Was ist passiert?«

»'ne Schlägerei in einem Schuppen in Essen-Kupferdreh. Er hatte einen Schlagring dabei, der Idiot, und ist festgenommen worden, zusammen mit drei anderen. Ist aber schon wieder auf freiem Fuß.«

»Ist er allein Beschuldigter?«

»Ne, einer von den anderen auch, aber was hilft das? Er ist jetzt achtzehn, kein Jugendlicher mehr, und es ist ja nicht das erste Mal, dafür werden sie ihm einen einstielen.«

»Hast du schon mit ihm gesprochen?«

Sie schüttelte den Kopf.

»Hat sich noch nicht nach Hause getraut und nimmt beim Handy nicht ab.«

Steiger sah auch aus seiner ungünstigen Position, dass ihre Augen wässrig waren, und er wusste, dass es nicht nur Wut war.

Das Telefon klingelte. Jana sah auf das Display.

»Ist dein Apparat.«

Der Anruf kam von Heribert Czaplinski, einem von mehreren VP-Führern im Haus, die sich eine Schar von

Informanten und Hinweisgebern in allen möglichen Szenen hielten und diese betreuten. Steiger nahm ab.

»Adam.«

»Moin, Steiger, hier ist Herri. Ich rufe an wegen der Leiche in der Nordstraße. Hab von Jens gehört, dass die EK aufgelöst wurde, aber dass die Spuren noch abgearbeitet werden. Ihr habt die mit den beiden Kokain-Packs.«

»Das ist richtig.«

»Okay, dann komme ich mal hoch zu euch, hab da vielleicht was.«

Herri Czaplinski war ein seltenes Exemplar bei der Polizei. Er hatte schon sehr früh als Top-Ermittler gegolten, war sehr früh im Goldfischteich der Behörde gelandet, was im Beamtendeutsch »besonders förderungswürdig« hieß, und war sehr früh Leiter eines Kommissariats geworden. Aber nach einem Jahr hatte er den Job aufgegeben, weil es auf diesem Posten zu seinen Aufgaben gehörte, Beurteilungen für die Mitarbeiter zu schreiben, ein Urteil über Menschen zu fällen, das über deren Fortkommen entschied, und damit über ihr Leben. Er könne keine erwachsenen Menschen derart beurteilen, hatte er damals geschrieben, niemand könne das, das sei ihm vorher nicht so klar gewesen. Damit hatte er den Posten zurückgegeben, was das Ende seiner Karriere bedeutete.

Damals war er einer der VP-Führer der Behörde geworden und machte den Job bis heute. Steiger war der Mann immer ein Rätsel gewesen, und irgendetwas hinderte ihn daran, ihm ganz zu vertrauen. Wenn das bei Führungskräften der Fall war, war Steiger sich selbst immer ein wenig verdächtig, aber bei Herri war es neben dem Frust über das eigene Scheitern noch etwas anderes. Er verstand nicht, warum jemand den Gipfel der Aufrichtigkeit bestiegen hatte und sich dann den ganzen Tag mit Menschen abgab, die letztlich bezahlte Denunzianten waren, auch wenn dadurch die ein oder andere schwere Straftat verhindert oder aufgeklärt werden konnte.

Sie gingen in den kleinen Besprechungsraum, er wollte seinen Kaffee mit Milch und Zucker.

»Also, ich habe einen Informanten, der selbst kokst, nur hin und wieder, wie er selbst sagt, der aber in der Szene unterwegs ist. Der ist ganz brauchbar und durchaus glaubwürdig, und für die 22er habe ich da auch vor zwei Jahren mal was über ein Geschäft erfahren, in dem es um drei, vier Kilo Gras ging, was letztlich damals nur gescheitert ist, weil wir den Kurier zwischendrin für eine Viertelstunde verloren hatten. Wenn er nicht von selbst mit ’nem Hinweis kommt, kontaktiere ich ihn regelmäßig und frage, was sich so tut in der Szene. Ich meine, alles hat der auch nicht im Blick, dafür läuft hier in Dortmund einfach zu viel mittlerweile. Aber gestern Abend hab ich mit ihm gesprochen, mal so gefragt, ob alles seinen Gang geht, was so los ist in der Szene, ob sich was verschoben hat. Da erzählte er von einem Typen, den er seit Langem als Drücker kennt, der sich die Kohle fürs Gift mit Klauen und Schnorren verdient, aber seit ein paar Tagen Koks verkauft und sogar größere Mengen angeboten hat, also im Hundert-Gramm-Bereich, was eigentlich sonst nur die bekannten Kurden, Nigerianer und Nordafrikaner können. Das allein wäre jetzt nicht so spannend, ist aber auch noch nicht alles. Was wirklich interessant ist: Er hat von einem anderen Kunden gehört, der bei diesem Besagten gekauft hat, dass er dabei neben den üblichen Gramm- und Halbgramm-Bubbles auch ein Pack gesehen haben will, also so ein Teil, das die Schlucker benutzen. Na ja, und weil ich in der täglichen Lage gelesen hatte, dass bei eurer Leiche in der Nordstraße auch zwei Packs gefunden wurden, dachte ich mir, dass ich es euch zumindest sagen sollte.«

Jana nickte mit vorgeschobener Unterlippe.

»Haben wir einen Namen, ich meine vom Verkäufer?«, fragte sie.

»Das Übliche, er kennt ihn nur vom Vornamen, was ich ihm aber glaube. Der Mann soll Roman heißen, soll aber Deutscher sein, bei dem Namen erst mal nicht selbstverständlich. Von der Beschreibung her nicht auffällig, lediglich die Größe ist ungewöhnlich, nämlich etwa eins neunzig. Er könnte ihn uns natürlich zeigen oder Bescheid geben, wenn er unterwegs ist. Und er ist in der Nordstadt unterwegs an den entsprechenden Punkten.«

Jana sah Steiger an.

»Die beiden Marokkaner hatten doch was von zwei Typen in dem Haus erzählt, hatte deiner nicht 'ne brauchbare Beschreibung von den beiden?«

»Ja, genau daran hab ich auch grad gedacht«, sagte Steiger an Czaplinski gewandt. »Wir hatten nämlich zwei Augenzeugen, die zumindest zwei Leute in dem Haus gesehen hatten. Einer davon soll relativ groß gewesen sein.«

Der zog die Brauen hoch und wiegte den Kopf.

»Wann könnte dein Mann denn zur Verfügung stehen und uns den Burschen zeigen?«, fragte Steiger.

»Keine Ahnung, ich kann ihn kontaktieren und euch Bescheid geben. Wann wäre es euch denn recht?«

»So schnell wie möglich. Wenn es geht, noch heute«, sagte Steiger und holte sich von Jana eine wortlose Zustimmung ab.

»Wann sprichst du deinen Spezi wieder?«

»Ich kann es jetzt versuchen. Wenn er selbst was braucht, ist es manchmal schwierig, aber sonst ist er ganz gut erreichbar. Kleinen Augenblick.«

Er stand auf, nahm sein Handy und ging in ein anderes Büro.

Steiger fragte sich, warum er das Gespräch nicht vom Tisch aus geführt hatte, aber vielleicht wurde Misstrauen ein Grundmuster, wenn man den ganzen Tag mit konspirativen Leuten in konspirativen Augenblicken zu tun hatte, vielleicht traute man da irgendwann keinem mehr.

Nach ein paar Minuten kam er zurück.

»Wenn es euch in den Kram passt, können wir heute einen Versuch starten.«

»Ja, klar, so früh wie möglich.« Wieder stimmte Jana zu. »Ich versuche noch, von uns ein zweites Team auf die Beine zu stellen, würd mir nur vorher gern noch mal die Aussage von dem Marokkaner durchlesen, wegen der Beschreibung.«

»Okay.«

Sie tauschten die Handynummern aus, und Czaplinski ging.

»Na, denn«, sagte Steiger, stand auf, um sich die Akte von den Rauschgiftleuten zu holen. An der Tür blieb er stehen und drehte sich um.

»Können wir irgendwas tun, ich meine, für deinen Bruder?«

»Nein.« Sie stand auf und kam zu ihm. »Und ich muss auch aufhören, immer etwas für ihn tun zu wollen, habe ich schon immer getan.« Sie verzog den Mund zu einem traurigen Lächeln. »Aber tut natürlich weh, und ich mache mir große Sorgen.«

»Ja«, sagte Steiger.

19

Wie an jedem warmen Sommertag lief auf der Mallinckrodtstraße am Mittag der übliche Multi-Kulti-Werbefilm in der Dortmunder Nordstadt.

Gerd Walter und Jochen Bulthaup, das zweite Team der Fahndung, das Steiger angeheuert hatte, war irgendwo auf dem Ring weiter in Richtung Innenstadt unterwegs oder stand dort auf einem Parkplatz. Steiger und Jana deckten die bekannten Orte weiter nördlich ab, und weil es hier weniger auffiel, wenn man in Bewegung war, als irgendwo rumzustehen, fuhr Jana von der Mallinckrodtstraße auf die Borsigstraße, drehte eine Runde um den Borsigplatz und fuhr die Strecke wieder zurück. Für die ganz Ausgebufften reichte auch das nicht. Bei diesem Wetter spielte sich das Leben hier wie in jeder südeuropäischen Stadt vorwiegend draußen ab, und vor manch einer Teestube oder dem ein oder anderen Wettbüro traf sie ein Blick, der nicht erkennender hätte sein können, würden sie mit einem Streifenwagen und eingeschaltetem Blaulicht durch die Gegend fahren.

Vorm Losfahren hatte sich Steiger noch einmal die Vernehmung des Marokkaners durchgelesen, und der hatte tatsächlich von einem großen, dünnen Deutschen gesprochen, den er in dem Haus gesehen haben wollte, wobei das »deutsch« wahrscheinlich eine Schlussfolgerung wegen der blonden Haare war.

Und er hatte bei den Drogenfahndern nachgefragt, ob dort in der Szene ein »Roman« bekannt war, auf den diese Beschreibung passte, aber Fehlanzeige.

In einer Hofeinfahrt hatten sie vor einer halben Stunde ein Drogengeschäft beobachtet, sich aber entschlossen, die Füße still zu halten. Wie es von Weitem ausgesehen hatte, ging es nur um die Tagesration einer jungen Abhängigen, für die sie sich im Lauf des Morgens das Geld zusammengeschnorrt oder einem Rentner in einem Hinterhof einen geblasen hatte, und es lohnte nicht, für ein, zwei kleine Einheiten die Aktion zu gefährden. Denn wenn man um diese Tageszeit jemanden am Nordmarkt auf offener Straße abfischte, war die Nachricht schneller am Borsigplatz, als man diesen mit dem Auto erreichen konnte.

Sie hatten die meiste Zeit geschwiegen, auch Janas Bruder war nicht mehr Thema gewesen, aber Steiger hatte schon am Morgen den Eindruck gehabt, dass dazu fürs Erste alles gesagt war.

Steigers Handy dudelte, und er fuhr zusammen. Seit ein paar Tagen hatte er sich von Marcel Krone, der so etwas am Rechner konnte, das Solo von »Whole Lotta Love« als kleine Datei zurechtschneiden und dann als Klingelton einrichten lassen. Er hatte es immer für das perfekte Gitarrensolo der Rockgeschichte gehalten. Nicht zu lang, originell, prägnant, mit dem unverwechselbaren Jimmy-Page-Biss und vollkommen harmonisch in den Song integriert. Aber er erschrak jetzt jedes Mal, wenn sein Handy losging, außerdem wurde ihm schon jetzt klar, dass dieses kleine Kunstwerk dabei seine Exklusivität für ihn verlor, wenn er es ständig hörte, darum würde er es wieder austauschen.

Es war Czaplinski.

»Herri?«

»Es kann losgehen, Steiger. Mein Informant ist am Hauptbahnhof und euer Mann auch. Ist jetzt auf dem Bahnhofsvorplatz an den Taxiständen und wartet offenbar. Trägt ein schwarzes Kapuzenshirt, eine schwarze Baseballkappe mit irgendwas Rotem drauf und einen schwarzen Rucksack mit gelbem Puma-Emblem.«

»Okay.«

Steiger hatte den Lautsprecher eingeschaltet, und Jana gab die Info schon weiter an Walter und Bulthaup, reichte ihm danach das Funkgerät und fuhr langsam weiter.

»Wo steht ihr?«, fragte Steiger.

»Wir stehen Königswall, sind in dreißig Sekunden da.«

Jana lenkte den Wagen nach der Ecke Schleswiger Straße rechts ran und wartete auf dem Fahrradweg, in welche Richtung es gehen könnte.

Wie immer in solchen Momenten überschlugen sich die Bilder in Steigers Kopf, und er wusste, dass das bei jedem anderen auch so war.

»Nun, kommt, was ist los?«, sagte Jana, schlug mit der flachen Hand aufs Lenkrad und bestätigte ihn.

Ein paar Jugendliche, dem Aussehen nach Bulgaren oder Rumänen, kamen den Bürgersteig entlang, blickten erst misstrauisch, lächelten dann wissend und grüßten schließlich mit hämischer Vertrautheit.

»Da ist er, ich seh ihn, ja, das ist er, die Kappe, eindeutig«, sagte Bulthaup. »Scheiße, der steigt in ein Auto.«

Stille.

»Was für ein Auto?«, fragte Steiger.

Wieder dauerte es viel zu lange.

»Ein Daimler, ’n alter Daimler, aber ich kann das verdammte Kennzeichen nicht richtig sehen, wir sind …«
Wieder war er weg.

»Farbe?«

Jana gab erneut Gas, überholte mit zwei Rädern auf dem Bürgersteig die Kolonne, die bei Rot vor der Ampel wartete, und bog nach rechts in die Bornstraße ab. Ein paar hupten ihnen hinterher.

»Sie fahren jetzt auf den Königswall, wir sind ein paar Fahrzeuge dahinter.«

Bulthaup blieb ruhig dabei. Jana gab ziemlich Gas und überholte links, rechts, links.

»Biegen rechts in die Bahnhofstraße. Scheiße, wir müssen bei Rot warten und kommen auch nicht hinterher wegen der parkenden Autos, und wir haben kein aufsteckbares Blaulicht.«

»Welche Farbe hat die Karre denn?«

»Hellgrüner alter Daimler, Limousine, irgendein ausländisches Kennzeichen, bulgarisch oder rumänisch, Auffälligkeiten habe ich so schnell keine gesehen. Besetzt, glaub ich, mit drei Leuten, inklusive unseres Spezis.«

Jana bog nach rechts in die Heiligegartenstraße ein und überholte weiter wie eine Rallyefahrerin.

»Die fahren mit Sicherheit Richtung Norden«, sagte Bulthaup, »müssten jetzt vielleicht die Schützenstraße hochkommen.«

Die Ampel am Freiherr-vom-Stein-Platz nahm Jana bei Dunkelgelb und fuhr in die Steinstraße.

»Sind sie das?« Sie zeigte auf die Gegenfahrbahn, wo ihnen ein hellgrüner alter Daimler entgegenkam.

»Das müssen sie sein, so viele alte Mercedes in der Farbe gibt es nicht.«

Steiger sah ihnen hinterher, konnte aber das Kennzeichen nicht erkennen und auch nicht, wie viele Leute in dem Auto saßen.

Jana wartete noch einen Moment, bis sie außer Sichtweite waren, und wendete dann über die Sperrfläche vor der Agentur für Arbeit. Ein entgegenkommender Audi musste abbremsen und tobte sich mit der Lichthupe aus.

»Siehst du sie?«, fragte sie und beschleunigte wieder mit Vollgas.

Steiger sah den Wagen, wie er weit vorn bei Gelb nach links in die Leopoldstraße abbog.

Jana hatte es auch gesehen, überholte noch drei Autos vor ihr, aber es war aussichtslos.

»Lass gut sein«, sagte Steiger, »für 'ne Rotfahrt ist zu viel Verkehr. Wenn sie auf der Straße bleiben, haben wir sie vielleicht auch so.«

Bei Grün versuchte Jana, im Abbiegen zu überholen, aber außer einer allgemeinen Huperei und einem gezeigten Vogel brachte das nichts ein. Sie fand eine Lücke zwischen den Autos und gab Gas. Auch die nächste Ampel war grün. Mit einem Seitenblick behielt Steiger auch die Nebenstraßen im Auge, so gut das bei der Geschwindigkeit ging.

»Da ist er«, sagte Jana und zeigte mit einem Nicken nach vorn.

Die Ampel an der Mallinckrodtstraße war rot, und der hellgrüne Daimler stand als erstes Fahrzeug auf dem rechten Fahrstreifen vor der Ampel. Sie versuchte, links möglichst weit nach vorn zu kommen, aber näher als fünf Autolängen kam sie nicht heran. Bei Grün fuhr der Daimler zügig los, der Rest der Kolonne setzte sich gemächlich in Bewegung. Mit etwas Mühe zwängte Jana den Opel zwischen zwei Fahrzeuge auf dem rechten Fahrstreifen, als der Daimler nach rechts vor einer Hofeinfahrt auf den Bürgersteig fuhr, den Blonden aussteigen ließ, und sich sofort wieder in den Verkehr einfädelte.

Der Junge hängte sich den Rucksack über die Schulter, ging zügig Richtung U-Bahneingang und war schon auf der Treppe nach unten, Jana hielt fast daneben, und Steiger lief hinterher.

»Hallo, wart mal«, rief er. Der Junge war auf halber Treppe nach unten, taxierte Steiger für drei oder vier Stufen beim Näherkommen, dann drehte er sich um und rannte los.

Steiger fluchte, versuchte, auf der Treppe nicht zu stolpern, und fragte sich einen Moment, ob er früher auch so oft hinter jungen Kerlen hergerannt war wie in letzter Zeit.

»Polizei, bleib stehen!«, rief er, aber der Flüchtende zeigte keine Reaktion. Auch dieses Mal wurde der Abstand langsam größer, der Blonde durchquerte die Station und rannte zum Ausgang Haydnstraße. Für einen Moment verlor Steiger ihn aus den Augen, und als er am Fuß der Treppe angekommen war, sah er nach oben und den Blonden die letzten drei Stufen nehmen, dann kam von rechts ein Bein ins Bild, dann Janas restlicher Körper, und dann sah Steiger nur noch den blauen Dortmunder Himmel.

Seine Lunge rasselte, als er oben ankam. Der Bursche lag auf dem Bauch, Janas Knie hielt ihn unten, und um sein rechtes Handgelenk hatte sie schon die Acht geschlossen.

»Dass man dir in letzter Zeit immer unter die Arme greifen muss…« Sie grinste, schloss die Acht auch um das andere Handgelenk und zog den Gefesselten am Arm hoch.

»Woher wusstest du, dass er hier rauskommt?«

»Einfach nur Glück. Und so viele Möglichkeiten gibt es ja nicht.«

»Was soll der Scheiß eigentlich, was wollt ihr von mir?«

Aus der Nähe sah der Bursche jünger aus als von Weitem, obwohl aus seinen Augen die typische hagere Verwahrlosung eines Drogenabhängigen sprach. Seine Kappe war verrutscht.

»Gegenfrage? Warum bist du abgehauen?«

»Ja, weiß ich, was Sie von mir wollen. Hier in der U-Bahn war doch letztens grad wieder ein Überfall, man ist hier doch nicht mehr sicher. Ich hatte Schiss, und ich wusste doch nicht, wer Sie sind.«

»Ich hab Polizei gerufen.«

Sie setzten ihn auf den Rücksitz des Opels, der quer auf dem Bürgersteig stand.

»Ja, und das soll ich glauben. Gucken Sie sich doch mal an …«

Jana grinste und schlug die Tür zu.

»Warum nehmen wir ihn überhaupt mit?«, fragte sie.

»Na, wegen Verdacht des Drogenhandels.«

»Dann hoffen wir mal, dass er was dabeihat.«

Steiger öffnete noch einmal die Tür, blickte sich um.

»Wo ist der Rucksack?«

Jana zog die Brauen hoch, öffnete den Mund.

»Scheiße, ja. Der ist hier oben so angekommen.«

Steiger lief sofort die Treppe hinunter zurück in die U-Bahnstation. Wenn jemand anders den Rucksack mitgenommen hatte, konnte es eng werden. Viele Möglichkeiten gab es nicht, wo er ihn weggeworfen haben könnte. Er sah im ersten Abfalleimer nach, und als er sich dem zweiten näherte und den gelben Puma sah, atmete er erleichtert aus.

Jana erwartete ihn oben an der Treppe und hob den Daumen, als er ihn schwenkte.

»Dann hoffen wir mal, dass wir Glück haben und auch

was drin ist, das das Wegwerfen rechtfertigt«, sagte sie, als er zum zweiten Mal oben ankam.

Jana stieg ein, Steiger setzte sich neben den Blonden, und sie fuhren los.

20

Sie hatten Glück. Der Rucksack enthielt neben Getränkedosen und unbedeutendem Zeugs auch siebenunddreißig Bubbles aus halben und ganzen Einheiten, einen Riesenbubble mit etwa fünf Gramm und dreihundertfünfundzwanzig Euro in dealertypischer kleiner Stückelung.

Das war mehr, als Roman Müller jemals bei sich gehabt hatte, wenn er bisher aufgeflogen war. Er nahm seit vielen Jahren Hartdrogen, meistens Heroin, war neunundzwanzig Jahre alt und hatte eine schmale Akte. Zweimal war er mit kleinen Mengen zum Eigenbedarf erwischt worden, ansonsten hatte er die typischen Einträge für einen Junkie. Ein paarmal Leistungserschleichung gegenüber dem Verkehrsverbund Rhein-Ruhr und der Deutschen Bahn, zwei Ladendiebstähle, das war's auch schon. Nichts deutete darauf hin, dass er schon einmal mit Mengen in der Größenordnung zu tun gehabt hatte.

»Setz dich!«, sagte Steiger und schob ihm einen Stuhl vor seinen Schreibtisch, als sie von der erkennungsdienstlichen Behandlung zurückkamen.

Knapp eine Stunde hatten sie ihn vorher angewärmt, zum Schluss schon etwas heftiger, aber er war stur, hatte sich gewunden und behauptet, der Rucksack gehöre ihm nicht. Nur kam diese Sturheit nicht mit Überlegenheit daher, sondern mit Unsicherheit, das war deutlich. In solchen Fällen war es meist günstig, fand Steiger, ihm eine

Zeit zum Überlegen zu geben, und wenn man ihm dabei die Instrumente zeigte, konnte das die Überzeugung steigern, dass es besser war auszusagen. Vor allem die Speichelprobe konnte in diesem Fall eine argumentative Hilfe werden, fand Steiger, weil das Thema DNA noch eine Rolle spielen würde.

Er setzte sich auf seinen Schreibtisch und sah ein wenig von oben auf Roman Müller herab. Jana blieb in seinem Rücken, auch wenn sie ihn ansprach, was ihn offensichtlich verunsicherte. Die Trainingsjacke, die er jetzt trug, passte mit den großen Mustern nicht zu der grünen Baumwollhose und sah auch nicht besser aus als die Klamotten, die sie ihm abgenommen hatten, um sie auf Fremd-DNA zu untersuchen. Für solche Fälle gab es bei der Kriminalwache einen Kleider-Fundus, in den Kolleginnen und Kollegen das aus ihren Kleiderschränken entsorgten, was vor zehn oder fünfzehn Jahren in den Schaufenstern gehangen hatte. Und genau so sah Roman Müller jetzt aus.

»Und? Hast du dir überlegt, ob du ’ne Aussage machen willst?«

Manche Kollegen duzten ihre Straftäter grundsätzlich, und es gab auch die Gruppe derer, die das niemals taten. Steiger verließ sich dabei auf sein Gefühl, was in dem jeweiligen Fall taktisch klüger erschien. Hier hatte es sich nach »Du« angefühlt.

»Ich meine, du kannst dir einen Anwalt nehmen, habe ich dir gesagt, aber ich zähle dir noch mal die Fakten auf: Du hast keinen festen Wohnsitz, und mit der Menge, die keine geringe Menge mehr ist, das weißt du, fährst du auf jeden Fall jetzt schon ein und wirst auch verurteilt. Ach, ja«, er schlug sich mit der flachen Hand vor die Stirn, »das ist ja gar nicht dein Rucksack, stimmt ja. Aber mach dir da nichts vor, Roman. Wir haben eben deine DNA-Probe genommen, du erinnerst dich, und ich verwette mein linkes Ei darauf, dass wir die auch an dem Rucksack und an den Bubbles finden. Möchtest du dagegenhalten? Sei vorsichtig, im Gegensatz zu mir altem Mann brauchst du deine noch.«

Roman vermied den Blickkontakt und saß in einer Art da, die Steiger Hoffnung machte, es könnte weitergehen. Obwohl er sich auf alles noch keinen Reim machen konnte. Wenn der tote Bodypacker mit einem Kilo Kokain unterwegs gewesen war, eine übliche Menge in solchen Fällen, dann ging es um so viel Geld, wie es kein bisschen zu diesem kleinen, abgerissenen Junkie passte.

»DNA ist übrigens ein gutes Stichwort, Roman, auch in anderer Sache. Das eigentliche Thema ist nämlich gar nicht, dass wir dich mit dem Zeug erwischt haben, sondern woher du es hast. Wir glauben nämlich zu wissen, woher, und wir sprechen da von einem bestimmten Ort, oder? Und wenn wir recht haben, und ich verwette mein rechtes darauf, dann werden wir das mit absoluter Sicherheit an deinen Klamotten feststellen. Denn ich nehme nicht an, dass du in den letzten vierzehn Tagen deine Hose gewechselt hast, wenn du überhaupt ’ne zweite hast. Wenn du das Zeug da herhast, finden wir das mit hundertprozentiger Sicherheit heraus. Und dann, mein Lieber, geht es noch um ganz andere Dinge.«

Roman Müller wechselte seine Sitzposition und bewegte seine Augen für einen Moment in Steigers Richtung, ohne ihn anzusehen. Sein Atem schien zu zittern, aber dabei war Steiger sich nicht sicher. Auf jeden Fall spielte sich einiges in ihm ab, das war deutlich.

»Na ja, und du weißt ja, dass es kein leeres Gerede

ist, wenn ich dir sage, dass die Richter schon honorieren, wenn einer von vornherein reinen Tisch macht. Das ist 'ne wirkliche Überlegung wert, vor allem, wenn es so aussichtslos ist wie bei dir. Zweiter Vorteil: Wer zuerst spricht, hat die Deutungshoheit, ich meine, wenn es denn hinterher verschiedene Aussagen geben sollte.«

Damit ließ er ihn einen Moment allein, stand auf und ging ein paar Schritte aus seinem Blickfeld. Jana hatte die Arme vor der Brust verschränkt und wiegte den Kopf, als er zu ihr rüber sah. Steiger ging zum Fenster und sah, wie der sommerliche Bilderbuchhimmel über Dortmund weiter hinten im Westen von Blau-Weiß in ein Dunkelgrau überging. Vielleicht regnete es in Duisburg schon.

»Kann ich meinen Anwalt anrufen.«

Im ersten Moment dachte Steiger, dass es damit vorbei war, aber irgendetwas am Tonfall ließ ihn aufmerksam werden.

»Natürlich, hab ich dir doch gesagt. Hast du eine Nummer.«

»Nein, nur den Namen.«

Roman Müller nannte den Namen, und nach einer kurzen Internetrecherche fand Steiger auch die Nummer.

»Kann ich allein mit ihm reden?«

Jana zog die Brauen hoch, als Steiger sie ansah.

»Klar, wir können dich nur nicht hier drin allein lassen, bei allem Vertrauen. Aber wir haben ja weitläufige Flure, komm mit!«

Vorher tippte er die Nummer vom Bildschirm in sein dienstliches Handy, und sie begleiteten Roman auf den Flur in eine Ecke, aus der er nicht verschwinden konnte und auch aus der Ferne immer im Blick war.

Steiger drückte den grünen Hörer, wartete, bis die

Kanzlei sich meldete, dann gab er das Telefon Roman Müller und ging zu Jana außer Hörweite.

»Wahrscheinlich wird er nichts mehr sagen. Kanntest du den Anwalt?«, fragte Jana, nachdem sie an einer Ecke Posten bezogen hatten.

»Nein, der Name sagte mir nichts, von daher müssen wir mal sehen. Aber wahrscheinlich wird er nichts mehr sagen.«

»Vielleicht haben wir noch 'ne Chance, wenn die DNA-Ergebnisse da sind.«

»Ich glaub, das ändert nichts. Wenn er unser Mann ist, und da bin ich ziemlich sicher, kennt er die Ergebnisse jetzt schon.«

Das Gespräch dauerte länger, als ein schlichter Rat, sich nicht zur Sache zu äußern, benötigt hätte. Nach ein paar Minuten nahm Roman Müller das Handy vom Ohr, drückte das Gespräch weg und kam auf sie zu.

»Ganz schön langes Beratungsgespräch«, sagte Steiger, als er das Telefon zurücknahm.

»Ja. Ich wollte, dass er kommt, aber er kann nicht, ist in einer Verhandlung in Oberhausen, die bis heute Abend dauert.«

»Und? Wie geht es weiter?«

Sie gingen zurück ins Büro, und er nahm wieder seinen alten Platz ein.

»Was wollen Sie wissen?«

Jetzt sah er Steiger direkt an, Jana zog im Hintergrund eine Grimasse.

»Woher hast du das Kokain?«

»Ich denke, das wissen Sie.«

»Ich will es von dir hören.«

Er beugte sich nach vorn und stützte sich mit den Ellbogen auf den Knien ab.

»Der ist uns da einfach verreckt, echt.« Jetzt sah er hoch. »Das ging furchtbar schnell, sonst hätten wir doch noch einen Notarzt geholt, aber das wollte er die ganze Zeit ums Verrecken…«, er ist über seinen eigenen Spruch geschockt, »…nicht, wir haben es ein paarmal gesagt.«

Jetzt nahm Steiger sich einen Stuhl und setzte sich etwa einen Meter entfernt direkt vor Roman Müller.

»Können wir mal ganz von vorne anfangen. Wer war das überhaupt?«

»Ich habe keine Ahnung.« Er richtete sich auf mit Beteuerungsgesicht. »Der ist am Bahnhof auf uns zugekommen, sah da schon unheimlich scheiße aus und hat uns um Hilfe gebeten.«

»Wer ist wir?«

Er zögerte einen Moment, seufzte tief.

»Muss ich das sagen? Das spielt doch keine Rolle. Ach, ich kenn ihn nur als Till, er war früher mal in Dortmund in der Szene, kommt jetzt immer aus Witten, um sich hier Stoff zu kaufen. Er drückt auch schon lange.«

»Okay, ihr wart am Bahnhof.«

»Ja, wir haben uns da zufällig getroffen, weil er ja aus Witten kam mit der S-Bahn. Ich war am Bahnhof, weil ich echt Druck und keine Kohle hatte. Ich wollte sehen, was so geht, und zur Not schnorren. Mache ich eigentlich nicht, nur zur Not. Jedenfalls waren wir hinten raus an der Paul-Winzen-Straße, da kam er aus dem Bahnhof auf uns zu, hielt sich den Bauch, konnte kaum allein gehen und sah echt zum Kotzen aus. Er sprach ganz gut Deutsch, obwohl er ja Marokkaner oder so was war, aber mit 'nem deutschen Pass, und hat immer gesagt, dass wir ihm helfen sollen, und dass er schnell da weg und sich verstecken müsste.«

»Hattet ihr den Eindruck, dass der vor irgendwem weglief? Habt ihr was gesehen?«

Jana aus dem Hintergrund. Er drehte sich zu ihr um.

»Ne, gesehen haben wir nichts, aber dass der vor irgendwas tierisch Schiss hatte, war so was von klar. Wir sollten ihn da wegbringen, hat er immer gesagt. Warum der ausgerechnet zu uns kam … Keine Ahnung. Vielleicht sieht man uns an, dass wir in der Szene sind. Jedenfalls haben wir ihn dann in die Mitte genommen, weil man ja irgendwas machen muss, wenn da so einer aufm Zahnfleisch geht, und sind durch den Bahnhof, weil mir da nur das Haus in der Nordstraße einfiel, da penne ich auch manchmal, und das war eben nicht weit. Und seit die Stadt das vernagelt hat, ist da auch nicht mehr so viel los, aber man kommt natürlich noch rein.«

Ein paar Fragen hätte Steiger zwischendurch gehabt, aber es war wie immer besser, erst mal alles rauszulassen, ob er die Wahrheit sagte oder nicht. Er machte eine Pause und atmete zweimal tief durch.

»Wir sind durch den Keuning-Park gegangen, als seine Krämpfe immer schlimmer wurden. Till sagte, lass uns einen Notarzt holen, das sieht nicht gut aus, weil auch schon ein paar Leute schauten, aber das wollte er auf keinen Fall, der wurde richtig panisch.«

»Im Keuning-Park? Hat euch da keiner angesprochen um die Zeit?« Jana von hinten.

»Doch, aber irgendwie hat das keiner so wirklich mitgekriegt, was mit dem war. Wir sind dann ins Haus, war ja nicht mehr weit, und oben in das Zimmer. Ich kannte das, das obere Zimmer konnte man noch verschließen, und ich hatte den Schlüssel in einem Raum davor versteckt. Da sind wir dann rein und haben zugemacht.«

»Habt ihr da sonst noch jemanden gesehen?«

»Ganz echt, da hab ich nicht drauf geachtet. Mir schwirrte sowieso der Schädel, von dem ganzen Scheiß, und ich hatte doch selbst Druck. Außerdem ging es dem immer schlechter. Kann sein, dass ich da zwei Typen gesehen habe, ich weiß aber echt nicht mehr, wer das war. Wir sind dann in das Zimmer, und er hat sich gleich auf den Boden gelegt und gewimmert. Till hat die ganze Zeit gelabert, dass der verreckt und so und was der uns überhaupt angeht, und wir sollten abhauen. Und dann hat der Typ immer nach 'ner Toilette verlangt, aber Sie kennen das Haus ja, da gibt es keinen Lokus, der nicht randvoll ist. Jedenfalls hat er sich irgendwann die Hose runter gezogen und …« Er machte eine Pause und wischte sich mit der Hand durchs Gesicht. »… tja, und dann ging es echt zur Sache …«, er sah Steiger an, »dann hat er diese acht Bomben ausgekackt, und da wussten wir, wo der Hammer hängt.«

Er strich sich das blonde Haar nach hinten, setzte sich aufrecht hin und sank gegen die Stuhllehne.

»Und dann?« Jana stand mittlerweile neben ihm.

»Er hat dann diese bekackten Dinger«, er verzog das Gesicht, »da war ja Scheiße dran, eingesammelt, in seine Tasche getan und hat sich wieder auf den Boden gelegt. Aber jetzt war er auf einmal viel ruhiger, und ich dachte, das hat ihm jetzt gutgetan, und er hat keine Schmerzen mehr. Aber nach 'ner Zeit merkten wir, dass der total ruhig war, dass der nicht mal mehr atmete …« Er hob die Arme und ließ sie wieder sinken.

»Ihr habt gemerkt, dass er nicht mehr atmete, und habt nichts gemacht?« Jetzt stand Jana direkt neben ihm, beugte sich mit Zorn zu ihm hinunter, und Steiger war sich sicher, dass das nicht taktisch war.

»Äh, als wir das gemerkt haben, hat der schon 'ne ganze Zeit nicht mehr geatmet, da war der bestimmt schon eine Viertelstunde tot, das konnte man auch an seinem Gesicht sehen, weil er die Augen noch so komisch offen hatte.«

Er hat Angst, dachte Steiger. Auch wenn er irgendwo weiß, dass ihm die Sache keiner anhängen kann, hat er Angst.

»Und dann? Da bin ich jetzt wirklich mal gespannt.«

Er atmete ein paarmal tief durch, wurde etwas ruhiger.

»Kann ich was zu trinken haben?«

Steiger sah Jana an, aber sie ging auch ohne Blickkontakt nach leichtem Zögern zum Schrank und stellte ihm ein Glas Leitungswasser hin. Er trank es fast aus.

»Wir, also Till und ich, haben dann ein paar Stunden einfach dagesessen, haben überlegt und waren natürlich völlig durcheinander. Da lag einer, der war tot, und uns war klar, dass der noch einiges von dem Zeug in sich hatte, das konnte man sogar am Bauch fühlen, weil er ja so ein dünner Typ war. Ja, und irgendwann hat Till dann gesagt, dass es doch völlig bescheuert wäre, das alles vor die Hunde gehen zu lassen, und er wäre doch sowieso tot.«

Er sah Steiger mit einem Gesicht an, dass aufrichtig um Absolution bat.

»Ich bin gespannt, wie es weitergeht, Roman.«

»Wir haben dann noch ganz lange rumdiskutiert, ob das geht, und dass das Zeug doch wem gehört und ob das nicht gefährlich ist, ach, alles Mögliche, da war es schon dunkel. Und wir haben natürlich auch mal gerechnet und mal überschlagen, was dabei für jeden rauskommen könnte. Na ja, und irgendwann haben wir gedacht, wir machen das, weil ihn ja auch offensichtlich keiner verfolgt und uns keiner gesehen hatte. Aber im Dunkeln war das natürlich unmöglich, Licht gibt es da schon lange nicht mehr, und wir hatten auch nichts, womit das ging, also kein Messer. Also bin ich los und hab mit der Kohle von dem Typen – der hatte nämlich auch knapp fünfzig Euro dabei – morgens ein Teppichmesser aus dem Baumarkt gekauft. Ja, und dann haben wir angefangen.« Er trank den Rest Wasser und zog die Stirn kraus. »Boh, war das ein Akt, hatte ja keiner von uns beiden eine Ahnung, wie das geht.« Wieder wanderte sein Blick auf den Boden. »Aber wenn man erst mal den ersten Cut gemacht hat und durch ist, isses auch egal.« Wieder eine abwesende Pause. »Mann, war das 'ne Sauerei, und gestunken hat das wie Hektor, und einfach unfassbar, wie viel Darm so in einem Menschen ist, das hört gar nicht auf.«

»Und dann habt ihr alles aus ihm herausgeholt?«

»Ja, wir haben uns Plastiksäcke umgehängt, liegen da ja genug rum, haben ihn auf den Tisch gehoben und haben angefangen. Zweiundneunzig Bomben waren es hinterher, einschließlich der acht aus seiner Tasche, und die haben wir aufgeteilt, na klar.«

»Hatte der sonst noch was dabei? Ein Handy vielleicht? Und was war mit dem Pass?« Jana saß mittlerweile auf dem Schreibtisch.

»Was für ein Irrsinn.« Mit dem Wasserglas in der Hand saß er da, war immer noch in der Szene.

»Hallo, Roman!«

Er sah sie an wie grad aufgewacht. »Was?«

»Was habt ihr mit dem Pass gemacht?«

»Ja, ein Handy hatte er auch, war nur kaputt das Teil. Die Kohle haben wir natürlich behalten, aber den Rest, auch den Pass, und zwei Schlüssel an so 'nem Band haben wir irgendwo in die Büsche geworfen, als wir abgehauen sind, weiß nicht, ich glaub am Brügmannplatz.«

»Kannst du uns die Stelle zeigen.«

Er nickte erst zögernd, dann deutlicher.

»Ja, glaub schon.«

Steiger stand auf, steckte die Hände in die Taschen und ging ein paar Schritte.

»Hat der Typ eigentlich noch irgendetwas gesagt, bevor er gestorben ist, was uns darauf bringen könnte, für wen er das macht, wo er herkommt oder irgendetwas?«

»Nein, der hat immer nur gesagt, dass er vom Bahnhof wegwollte. Und dann hat er nur gestöhnt.«

Wieder entstand eine kleine Pause.

»Wo ist Till jetzt.«

»Ich habe keine Ahnung, echt nicht. Wir haben uns danach am Bahnhof getrennt, und seitdem habe ich ihn nicht mehr gesehen.«

»Okay«, sagte Jana, nahm hinter Steigers Schreibtisch Platz und startete den Rechner, »dann wollen wir das alles mal aufschreiben.« Sie hielt inne, sah zu Steiger. »Oder sehen wir erst nach den Papieren?«

»Die liegen da seit ein paar Tagen, auf die Stunde kommt es nicht mehr an.«

Mit flinken Fingern meldete sie sich an.

»Ach, ja«, fragte Steiger, »ist noch was von dem Gift übrig?«

Mit einem Gesicht wie ein ertapptes Kind sah er Steiger an und überlegte.

»Weiß ich nicht. Hab den Rest irgendwann in den Müll geworfen.«

Steiger blickte zu Jana, dann wieder zu Roman Müller, schließlich nickte er lächelnd.

»Okay, Roman, das war jetzt außer Konkurrenz, nehmen wir es mal als total verunglückten Comedyversuch.«

Roman seufzte tief, sank nach hinten, sodass sein Gesicht zur Decke zeigte und schloss die Augen.

»Ja, schon gut. Dafür kriege ich einiges, oder?«

»Na ja, du hast ausgesagt, das hilft schon, ein wenig. Und du bist seit tausend Jahren drauf, kein Schwein hätte dir geglaubt, dass du so eine Chance in den Müll wirfst. Also, ist noch was übrig?«

»Das meiste«, sagte Roman, »habe vielleicht fünf Packs verkauft bis jetzt.«

»Und wo ist der Rest. Auch noch in dem Haus irgendwo unterm Müll?«

»Ne, war mir zu unsicher, nachher vernageln die das so, dass man wirklich nicht mehr reinkommt. Ist in 'nem anderen Haus, wo ich auch mal gewohnt habe. An einer sicheren Stelle. Kann ich euch zeigen.«

»Okay«, sagte Steiger. »Willst du einen Kaffee?«

Wollte er.

21

Für ein gerichtsverwertbares Gutachten hätten sie den Pass zum Landeskriminalamt schicken und ein paar Wochen warten müssen, aber Raimund Osterkamps Expertise war genauso sicher und reichte für ihre Ermittlungen erst mal aus. Er bearbeitete seit zwanzig Jahren Urkundenfälschung, hatte unzählige Lehrgänge besucht und kannte sich wirklich aus. Steiger war überzeugt, Osterkamp würde auch den falschen Mitgliedsausweis eines Nudistenvereins auf den Fidschi-Inseln erkennen, wenn man ihm den hier vorlegte.

Alle wussten das, darum landete nicht nur jeder in der Behörde sichergestellte verdächtige Ausweis, Pass oder Führerschein auf dem Schreibtisch des Kollegen, auch die ein oder andere befreundete Behörde kannte seine Fähigkeiten und schickte Päckchen mit Dokumenten und der Bitte um ein Urteil. Und dann waren da ja auch noch seine eigenen Vorgänge. Zusammen mit Raimunds leicht distanziertem Verhältnis zu Phänomenen wie Ordnung und Struktur, ergab all das ein Büro, das aussah wie ein bewohnbarer Bombentrichter. Steiger hatte das nie gestört, auch wenn es Angenehmeres gab, als einen irakischen Pass mit eingeklapptem Leberwurstrest zurückzubekommen. Der ein oder andere Vorgesetzte hatte damit aber seine grundsätzlichen Schwierigkeiten gehabt, und darum war Raimund zwar ein Fachmann, wie es nur wenige bei der Polizei gab, fand Steiger, ein immer hilfsbereiter dazu, in Sachen Karriere und Beförderungen hatte er gegen die nassforschen Aufzeiger aber immer die Nuance hinten gelegen, die Vorgesetzte gern anführten, wenn sie einem erklärten, dass man nicht gewollt war. Vielleicht war auch das ein Grund, dass er Raimund mochte, dachte Steiger, weil sie in der Beziehung in einem Team spielten.

Sie waren mit Roman Müller den Weg abgegangen und im dichten Gestrüpp eines Vorgartens in der Mühlenstraße tatsächlich fündig geworden. Die weggeworfene Tüte enthielt außer ein paar feuchten Zetteln mit arabischer Schrift, ein Smartphone mit gesplittertem Display, zwei Schlüssel und einen französischen Personalausweis mit dem Bild des Toten. Glaubte man dem, was da stand, dann hieß der Junge Adil Gerard und war am 3. Juli 1997 in Algier geboren, aber außer dem Geburtsort glaubte Steiger erst mal nichts von dem, was dort stand, obwohl der Pass auf den ersten Blick echt ausgesehen hatte.

Danach hatte Roman sie in ein Haus in Dortmund-Mengede geführt, das auf dem besten Weg war, in ein paar Jahren das Schicksal des Hauses in der Nordstraße zu teilen. Vor Monaten hatte er dort eine Zeit in einer Wohngemeinschaft verbracht, daher wusste er, dass die Kellertür nicht zu verschließen war und die abgehängte Decke im Waschkeller aus einer Konstruktion bestand, bei der man ein paar der Kunststoffplatten nach oben wegschieben konnte. Hinter einer dieser Platten hatte er eine Aldi-Tüte deponiert, in der die restlichen achtunddreißig Packs waren, dazu eine kleine Waage, Milchpulver zum Strecken, kleine Klemmverschlusstütchen und alles andere, was man brauchte, um das Zeug gewinnbringend unter die Leute zu bringen.

Auf den ersten Blick beim Reinkommen sah Steiger niemanden, weil Raimund Osterkamp tief gebeugt über dem Schreibtisch mit irgendeinem beleuchteten Gerät einen Pass begutachtete.

»Da bin ich wieder.«

Osterkamp richtete sich auf.

»Und? Kannst du mir was zu dem Pass sagen?«

»Ah, Thomas, ja, kann ich.«

Sein Schreibtisch sah aus wie immer, es gab keine waagerechte Fläche, auf der nicht irgendetwas lag, meistens in kleinen Stapeln. Mit einem Griff zog er den Pass des toten Bodypackers hervor und wedelte damit.

»Absolute Spitzenarbeit, man könnte ihn für echt halten.«

»Ist er aber nicht, oder was?«

Osterkamp wiegte den Kopf.

»Ich bin mir zu fünfundneunzig Prozent sicher, dass er gefälscht ist, würd ihn aber gern noch mal den Leuten vom LKA zeigen, die haben da noch andere Geräte und auch noch einen größeren Überblick, ob so was sonst schon mal aufgetreten ist. Die gescannte Version habe ich denen schon geschickt.«

»Aha. Wieso bist du unsicher? Oder ist das zu speziell, um es einem Laien zu erklären?«

Es gab Experten, die gar keine waren, welche, die ihr Wissen gern für sich behielten, solche, die bei jeder Gelegenheit damit protzten, und solche, die einfach Spaß daran hatten, es anderen zu zeigen. Raimund war Experte, aber weder ein Geheimniskrämer noch ein Protzer, Steiger wusste das.

»Komm mal rum!« Mit einer flüchtigen Geste winkte er Steiger an seine Seite. »Wenn es eine Fälschung ist, dann eine Totalfälschung auf einem Originalformular, also kein geklauter Ausweis, der verfälscht wurde. Wie die an Originalvorlagen kommen, weiß ich nicht. Siehst du, alle fluoreszierenden Elemente sind da, die da sein müssen.«

Er hielt den Ausweis in einen schwarzen Kasten, der offensichtlich eine ultraviolette Lampe enthielt. Gleichzeitig zeigte er auf seinen Monitor, auf dem eine Seite alle leuchtenden Zeichen und Bilder zeigte, die ein französischer Personalausweis haben sollte. Für Steiger sah alles ziemlich identisch aus, was da leuchtete.

Er schaltete die Lampe wieder aus und gab Steiger das schwarze, halbrunde Teil, durch das er beim Hereinkommen geschaut hatte. Steiger drehte es in seiner Hand.

»Ist 'ne beleuchtete Lupe«, sagte Raimund und drückte auf einen Knopf, »unter anderem.«

Dann gab er Steiger den Pass und zeigte auf eine Nummer. »Das ist die Seriennummer. Die wird in 'nem anderen Verfahren gedruckt als die restlichen Texte, was man erkennen kann, aber auch das ist bei dem Pass richtig. Nur sieh dir mal die Neun an, unten, den auslaufenden Strich.«

Steiger drückte die Lupe auf den Pass, hatte erst einmal Mühe, in der Vergrößerung die Nummer zu finden, sah sie aber nach ein paar Augenblicken.«

»Ach, da. Sieht aus wie eine Neun.«

»Ja, aber jetzt sieh dir die hier mal an. So müsste sie aussehen.«

Er zeigte auf eine Neun auf dem Monitor, und Steiger verglich noch mal mit der Ziffer im Pass.

»Tatsächlich, wenn man drauf aufmerksam gemacht wird… Der Winkel ist ein bisschen anders… und hier läuft der Strich ein bisschen runder aus.« Steiger sah Raimund an. »Und das ist dir aufgefallen, mein Gott.«

»Aber das ist auch wirklich das Einzige, was ich gefunden habe. Bei der Sechs und der Fünf gibt es ebenfalls kleine Abweichungen.«

Steiger gab ihm die Lupe zurück.

»Und das könnte bedeuten, dass er falsch ist?«

»Sehr wahrscheinlich.«

»Dann ist mit Sicherheit auch der Name falsch, darauf wette ich.«

»Ja, mag sein. Aber sonst eine saubere Arbeit, war mit Sicherheit nicht billig.«

»Okay, mir reicht das erst mal, Raimondo. Den Ausweis nehm ich wieder mit, ich checke mal, ob wir ihn noch brauchen, ansonsten kannst du ihn verschicken, wenn die am LKA ihn haben wollen.«

Steiger grüßte und ging. Nach ein paar Metern stoppte er und ging zurück.

»Ach, ja, Raimund: Danke. Vielmals. Wie immer eine große Hilfe.«

Osterkamp lächelte und winkte ab.

»Freu dich, wie erwartet hast du morgen Dienst«, sagte Jana mit künstlichem Grienen, als Steiger zum Einsatztrupp zurückkam. »Vorführung ist um halb elf.«

Er hatte mit nichts anderem gerechnet. An einem Freitag nach 17.00 Uhr bekam man keinen Vorführtermin mehr, Richter wollten schließlich auch ins Wochenende.

»Außerdem will Gisa uns noch sprechen, Jens ist bei ihr.«

In Gisas Büro saß der Leiter des Rauschgiftkommissariats vor ihrem Schreibtisch, beide tranken Kaffee.

»Ah, Thomas«, sagte Rohleder und wartete, bis auch Jana saß, »also ich hab deinen oder euren«, er sah Jana an, »Vorschlag mit Gisa besprochen und auch mit dem Inspektionsleiter. Ist zwar sehr ungewöhnlich, weil es ja ein reiner Rauschgiftvorgang ist, also absolut in unserer Zuständigkeit, aber unter den Umständen können wir dich erst mal als Sachbearbeiter eintragen.«

»Wenn unsere Sachen nicht liegen bleiben …« Gisa dazwischen.

»Ihr habt ja gesagt, da sind durch die Kommission zurzeit alle akuten Sachen abgefrühstückt, und wir kriegen es im Augenblick einfach nicht hin, da ganz intensiv dranzugehen.« Wieder mehr Richtung Gisa. »Wir haben zwei Verfahren im Kilobereich, eins davon sogar im zweistelligen Kilobereich, haben zurzeit fast dreißig Telefonnummern aufgeklemmt, du weißt, was das heißt. Jeden Morgen sind da mehrere Hundert Gespräche aufgelaufen, viele nur mit Dolmetscher. Meine Leute machen schon abwechselnd bis in die Nacht, und das seit Wochen, und gehen echt auf dem Zahnfleisch. Darum können wir das mit dem Toten gern so machen.« Er blickte von Gisa zu Jana und wieder zu Steiger. »Haltet mich nur bitte auf dem Laufenden, und wenn sich was Entscheidendes tut, bitte sofort.«

»Okay«, sagte Steiger. »Der Pass – ich komme grad von Raimund Osterkamp –, den er dabeihatte – übrigens ein französischer Personalausweis –, ist zu fünfundneunzig Prozent falsch, das schon mal als erste Info.«

Rohleder zog die Brauen hoch und spitzte die Lippen.

»Und die Vorführung haben wir heute nicht mehr hingekriegt …« Zu Gisa, die nickte. »Wir sind also beide morgen früh hier.«

Sie grüßten und verließen das Büro.

Steiger ging zu seinem Schreibtisch, um alle Programme zu schließen und den Rechner runterzufahren.

»Dann bis morgen«, sagte er zu Jana, die noch irgendetwas schrieb. »Oder hast du Lust auf ein Feierabendbier im ›Totenschädel‹, so zum Wochenausklang? Wir sind morgen zwar wieder hier, aber …«

Sie hatte Lust, aber nur auf eins.

Im »Totenschädel« war für einen Freitagabend wenig los, was vielleicht am guten Wetter lag. Steiger dachte an seine Kindheit in Gelsenkirchen, als es an den Freitagen auf der Zeche das Geld noch bar auf die Hand gab und hinterher immer den Lohntütenball in der Bergmannskneipe direkt neben dem Pütt. Sein Vater als Steiger und Gewerkschaftler natürlich mittendrin, aber er hatte immer gewusst, wann Schluss war. Bei anderen hatten sich da wahre Dramen abgespielt, wenn manche Ehefrauen in Verzweiflung ihre Männer vor der Kneipe abfingen, damit diese das grad verdiente Geld nach Hause brachten und nicht erst ihre Deckel der letzten Woche abbezahlten, wofür das meiste draufgegangen wäre. Sogar an die ein oder andere Prügelei konnte Steiger sich erinnern.

»Was ist eigentlich mit unserer Fingerspur?«, fragte Jana und trank den letzten Rest ihres Biers aus.

»Noch nichts weiter, gestern und heute war erst mal nur Roman angesagt, wann sollte das passieren, du warst ja dabei.«

»So meinte ich das gar nicht. Was machen wir damit? Gehen wir davon aus, dass das ein Zufall ist?«

Steiger zuckte mit den Schultern.

»Ehrlich gesagt, weiß ich es nicht. Opitz ist kein Idiot und kein Wichtigtuer, wenn der so was sagt … Nur was bedeutet das, wenn er recht hat?«

Sie spielte ein wenig mit ihrem leeren Glas.

»Das kann nur bedeuten, dass da irgendwas mit dem Tod desjenigen nicht richtig gelaufen ist, was auch immer.« Sie sah ihn an. »Oder dass das Pack mit dem Gift zweieinhalb Jahre alt ist, und das ist doch ziemlich unwahrscheinlich, oder?«

»Ja, das ist beides nicht ziemlich wahrscheinlich. Lass uns Montag mal versuchen, noch an die Akte von dem Typen zu kommen. Die war in Bochum, ich ruf da mal an, oder wir fahren hin, dann sehen wir weiter. Vielleicht gibt es eine ganz einfache Erklärung.«

»Okay. Und was ich mich auch noch frage: Warum hat sich unser toter Algerier, wenn wir davon ausgehen, dass Algier als Geburtsort richtig ist, warum hat der sich zum Franzosen gemacht.«

»Hab ich auch schon drüber nachgedacht. Ein Vorteil könnte sein, dass du weniger auffällst, allein schon vom Namen her. Na ja, und dann hast du eben als EU-Bürger erst mal keinen Eintrag im Ausländerzentralregister. Deine gesamte ausländerrechtliche Agenda ist auf einen Schlag weg und nicht mehr zu überprüfen.«

»Ja, das könnte ein Grund sein«, sagte sie nach einer Weile. Dann stand sie auf, winkte Christa und kramte in ihrer Handtasche.

»Komm, Küken, du bist eingeladen, hab ich doch gesagt.«

»Ne, hast du nicht, aber ich nehm's gern an. Und nenn mich nicht Küken.«

»Ja, ich weiß, du gehst zur Gleichstellungsbeauftragten.«

Sie lächelte, schlug ihm auf die Schulter und ging.

Christa kam, stützte sich mit ihren beiden lederhäutigen Armen an der Theke ab und sah Steiger an.

»Und? Möchtest du noch eins?«

»Ja, eins noch. Ist ja Wochenende.«

Sie zapfte das Bier und stellte es ihm hin.

»Was macht eigentlich dein schöner Freund, den du manchmal mitbringst. Hab ich lange nicht mehr gesehen.«

Bei ihrer Frage fiel Steiger auf, dass er das erste Mal seit Tagen eine Zeit lang nicht an Batto gedacht hatte, und er nahm sich vor, morgen nach der Vorführung zu ihm zu fahren.

»Ach, dem geht es derzeit nicht so besonders.«

»Was Ernstes?«

»Wie man's nimmt«, sagte Steiger. Er wusste, dass Christa diskret war, und er hatte schon oft vertrauliche Gespräche mit ihr geführt, aber irgendetwas hinderte ihn, es ihr zu erzählen.

Dann versuchte er zum dritten Mal an dem Abend, Eva zu erreichen. Sie nahm nicht ab, und er wusste nicht, ob die Unruhe in ihm Enttäuschung oder Sorge war, oder das Gefühl der Leere, wenn er sich vorstellte, ohne ihre Berührung einschlafen zu müssen.

22

August 2016

Arjun erwachte davon, dass Samira ihn an der Schulter schüttelte.

»Wir haben angehalten«, sagte sie.

Einen Moment fehlte ihm jede Orientierung, so fest hatte er geschlafen. Am Anfang ihrer Reise war die Panik in diesem Augenblick immer groß gewesen, aber weil er seit Wochen fast jedes Mal an einem anderen Ort erwachte, hatte er sich daran gewöhnt und wartete diese Sekunden ab. Jetzt nahm er den kräftigen holzigen Geruch der Pappe wahr, mit der die Möbel eingepackt waren, die sie umgaben, und er wusste wieder, dass er im Auflieger eines Lkws war, versteckt hinter großen und kleinen Kisten.

»Wie lange habe ich geschlafen?«

»Ich weiß es nicht, eine ganze Zeit.«

Er stellte sich aufrecht hin, um sich einmal ganz auszustrecken, was in dem schmalen Versteck im Liegen nicht vollkommen möglich war.

»Meinst du, wir sind schon in Deutschland?«, fragte sie.

Er schüttelte den Kopf. Mit Onkel Belal hatte er sich vor dem Beginn der Reise die Strecke oft angesehen und wusste um die Distanzen.

»Vielleicht in Österreich, aber weiter noch nicht.«

Mit der Rechten tastete er noch einmal nach seinem Gürtel, eine Bewegung, die er in letzter Zeit fast mechanisch ausführte, vor allem, wenn er grad erwacht war. Dabei waren mittlerweile von seiner Notration nur noch einhundert Euro übrig.

Ein Fischerboot hatte sie mit anderen Flüchtlingen vor fünf Wochen von der Türkei nach Griechenland mitgenommen, was ihn die ersten Hundert Euro gekostet hatte. Dort hatten sie eine Zeit in einem Lager gelebt, wo es etwas zu essen gab und man schlafen und sich waschen konnte, aber wo auch die Aussicht bestand, dass man zurückgeschickt wurde.

Darum war Arjun wie ein paar andere zu den Plätzen gegangen, wo viele Lkws waren, und tatsächlich hatte sie ein irakischer Fahrer bis Serbien mitgenommen, wofür er nicht einmal Geld haben wollte. Leider war seine Reise dort zu Ende, aber dann hatten sie diesen Lkw gefunden, und Arjun war glücklich gewesen. Er hatte gehofft, schon dort einen Weg direkt nach Deutschland zu finden, und dieser Wagen war der Weg. Den Fahrer hatte er angesprochen, weil er freundlich aussah, auch wenn die Verständigung schwierig war, denn Arjun hatte nur wenige Wörter behalten, wenn die deutschen Soldaten aus Kundus in ihren Ort gekommen waren und mit ihnen gesprochen hatten. Trotzdem hatte er dem Mann erklären können, dass er keine zweihundert Euro für jeden von ihnen zahlen konnte, weil er nicht mehr so viel hatte. Schließlich gab er sich mit hundert Euro pro Person zufrieden.

Das Wasser war warm und schmeckte nach Plastik, aber es löschte den Durst. Arjun nahm noch einen Schluck aus der Flasche, die ihnen der Fahrer in ihr Versteck mitgegeben hatte.

Draußen klapperten und knarrten die Hebel, und jemand öffnete die Tür.

Eng aneinandergepresst machten sie sich so klein wie

möglich, wie es abgemacht gewesen war, aber kurze Zeit später erschien nicht der Kopf eines Zöllners oder Polizisten über dem Rand der Kisten, sondern das Gesicht des deutschen Fahrers, den sie »Jo« nennen sollten. Er lächelte, wie er es die ganze Zeit getan hatte, aber Arjun spürte, dass sich etwas in seinem Gesicht verändert hatte.

Die Worte, die er sagte, verstand Arjun nicht, und als er nicht darauf reagierte, zeigte der Mann auf ihn, hob einen Finger und bedeutete ihm, mit ihm zu kommen. Als Samira auch aufstand, gab er ihr zu verstehen, sie solle im Versteck bleiben.

Sie stiegen über einige Kisten, und Jo ließ sich vor ihm von der Ladefläche gleiten.

Als Arjun es ihm nachtat, hielt der Mann ihm, kaum dass seine Füße den Boden berührt hatten, ein Messer an die Kehle. Mit der anderen Hand drückte er ihm erst einen Finger auf die Lippen, dann nahm er ein Stück Klebeband, das er schon vorher dort irgendwo hinterlassen hatte, und legte es dem Jungen über den Mund.

Nachdem Arjun den Schock überwunden hatte, aus einer sicheren Situation so plötzlich in eine Gefahr gestürzt worden zu sein, suchte er nach einem Ausweg. Aber es war, als versuchten seine Gedanken, aus einem Labyrinth zu entkommen. Immer wenn sich ein Gang auftat, war da nach zwei Metern eine neue Wand. Er wollte Samira warnen, ihr helfen, irgendetwas tun, aber es war alles zu spät, weil alles so schnell ging. Er konnte nichts mehr sagen, nicht schreien, und der Mann fesselte seine Hände mit einer rauen, stechenden Schnur auf dem Rücken. Wie einen Hund zog er ihn ein ganzes Stück vom Lkw weg.

Erst jetzt fiel Arjun auf, dass sie auf irgendeinem entlegenen Platz waren, den Bäume umgaben, das konnte er trotz der Dunkelheit erkennen. Es waren keine anderen Autos da, und es waren auch keine Autos zu hören wie von einer nahen Straße.

Jo führte ihn vom Lkw weg und band ihn fest, sodass er sich kaum bewegen konnte, sagte ein paar deutsche Worte, die Arjun nicht verstand, und ging. Sobald der Mann weg war, versuchte er, etwas zu sehen, aber er war so angebunden, dass zwischen ihm und dem Lkw Büsche waren, welche die Sicht verdeckten. Nur hören konnte er, und er hörte einen Schrei Samiras, der wie »Nein« klang, dann das unterdrückte Grunzen, wie es entsteht, wenn man mit verklebtem oder verschlossenem Mund versucht zu schreien.

Er saß auf dem Boden und war an den kräftigen Ast eines Baums gefesselt. Obwohl er sich nicht bewegen konnte, zerrte er heftig an den Fesseln, so sehr, dass sie schmerzten und er fühlen konnte, dass sie seine Haut verletzten. Aus Richtung des Lkws hörte er nur noch hin und wieder einen Laut, der von Samira zu kommen schien, sonst war es still.

Mit aller Kraft zerrte er weiter und fühlte ganz allmählich, dass die Bewegungsfreiheit seiner Arme ein wenig größer wurde. Als habe ihm dadurch jemand Kraft eingeflößt, begann er jetzt, noch unermüdlicher zu zerren, zu reißen und konnte endlich nach ein paar Minuten seine rechte Hand aus einer der Schlingen ziehen. So schnell er konnte, löste er den Knoten auch um die linke Hand, riss sich das Klebeband vom Mund, stand auf und rannte sofort Richtung Lkw. Einen Moment dachte er daran, nach einem Stock als Waffe zu suchen, aber dafür war jetzt keine Zeit.

Das Bild vor ihm nahm er nur undeutlich wahr, weil er lief, so schnell er konnte. Er sah, dass beide auf einer Decke neben dem Lkw lagen, sah Samiras nackte Beine, die strampelten, und er sah Jo, den Fahrer, über ihr, wie er ihre ausgebreiteten Arme festhielt.

Der Mann sah ihn im letzten Augenblick kommen und versuchte noch aufzustehen. Arjun prallte gegen seine Brust und schlug mit aller Kraft, die er hatte, dem Mann mit den Fäusten ins Gesicht.

Jo wehrte sich, versuchte, die Arme des Jungen zu greifen, es gelang ihm aber nicht. Arjun schlug immer weiter, er spürte, dass seine Hände bei manchem Schlag auf Widerstand stießen, ärgerte sich nun, nicht doch einen Knüppel gesucht zu haben, prügelte immer weiter und weiter, schrie auch dabei, dann traf ihn ein heftiger Schlag an der Schläfe und um ihn wurde es schwarz.

23

August 2016

Das war der Vorteil, wenn man sich schon Teile des Wochenendes im Dienst um die Ohren schlagen musste, man bekam um die Zeit noch einen Parkplatz, sogar so nah am Präsidium, dass man nicht mit dem Gedanken spielte, für den Rest des Wegs ein Taxi zu ordern.

Die Nacht war eine von den schlechteren gewesen, was bedeutete, dass Steiger nicht viel mehr als vier Stunden geschlafen hatte. Manchmal schlief er gegen Morgen noch einmal ein, was beim Einsatztrupp leichter möglich war, weil sie ihren Dienst meist später am Tag begannen. Aber immer klappte das nicht, auch heute war er nach ein paar vergeblichen Versuchen irgendwann früh aufgestanden und hatte sich, weil die Zeitung noch nicht da war, irgendetwas über Tiere in einem Korallenriff im Fernsehen angesehen.

Vielleicht lag es daran, dass nachts, wenn man wach lag, andere Gehirnareale aktiv waren, aber er dachte in dieser Zeit anders über alles nach oder mit anderen Gedanken, anderen Ergebnissen als nach dem Aufstehen. Oft war das Empfinden schwärzer, düsterer und hoffnungsloser, oft aber auch ganz ungewöhnlich und neu. Nur war das Zeug, das man da zusammendachte und fühlte, nach dem Aufstehen meist weg, wenn der Schlaf noch mal gekommen war. Er hatte mal darüber nachgedacht, sich Block und Bleistift neben das Bett zu legen, aber weil es meist belanglose Dinge waren, die im Kopf herumschwirrten, und er sich auch blöd vorgekommen wäre, hatte er das gelassen.

Heute Nacht war ihm eine Idee zum toten Bodypacker gekommen, die neu gewesen war, aber sie war weg, er kam nicht mehr heran, so sehr er sich auch konzentrierte, von welcher Seite er es auch versuchte. Jetzt fielen ihm nur die Fragen ein, die er seit Tagen mit sich herumschleppte. Vor wem war der Junge weggelaufen? Wie kam ein junger Algerier an einen so hochwertigen falschen Ausweis? Wovor hatte er diese panische Angst? Und was machten diejenigen, denen das Gift mal gehört hatte, jetzt, wo ihnen ein sechsstelliger Betrag durch die Lappen gegangen war? Waren das seine Verfolger gewesen?

Wobei das bei diesen Leuten wahrscheinlich unter Schwund lief.

Steiger erinnerte sich an eine Geschichte vor einem halben Jahr, als die Rauschgiftler in Bananenkartons irgendeiner Lebensmittelkette hundertvierzehn Kilo Kokain sichergestellt hatten. Das Zeug war wahrscheinlich fehlgeleitet worden, weil der Obstdampfer mitten auf dem Atlantik an irgendeiner Börse der Welt den Besitzer und damit den Bestimmungshafen gewechselt hatte.

Steiger grüßte eine Streifenwagenbesatzung, die gemächlich vom Hof fuhr, und nahm den Fahrstuhl nach oben. Wie immer, wenn dieses riesige Gebäude leer war und das Leben in ihm fehlte, fiel ihm sofort die andere Atmosphäre auf, und er hätte nicht sagen können, ob es diese Abwesenheit von Tönen war, die sie bestimmte, oder ob daraus ein leiser, kaum wahrnehmbarer eigener Ton entstand.

Beim Einsatztrupp war heute Morgen niemand, auch

Jana war noch nicht da, und als er auf die Uhr sah, wurde ihm klar, dass er zu früh war. Er schaltete seinen Rechner ein, holte sich während des Hochfahrens einen Kaffee und nahm sich das E-Mail-Postfach vor. Er schob das oft vor sich her, weil das meiste von dem, was in so einem Behördenmoloch jeden Tag irgendwer an irgendwen steuerte, Gedankenmüll und unwichtig war, man aber ein schlechtes Gewissen hatte, es vollkommen ungelesen zu löschen, weil das hin und wieder böse Folgen haben konnte.

An diesem Morgen waren es einundzwanzig ungelesene Mails, nur zehn mehr als gestern, es hätte schlimmer kommen können. Die erste war die jährliche Aufforderung, eine ganze Reihe von Erlassen zu unterzeichnen, damit man nachweisbar wusste, dass im Dienst kein Alkohol getrunken werden durfte und man seinen Nebenjob genehmigen zu lassen hatte. Irgendwann hatte es mal einen Haar- und Barterlass gegeben, erinnerte sich Steiger, aber das war knapp vor seiner Zeit gewesen.

Die Ausschreibung für die Polizeilandesmeisterschaften im Schießen klickte er weg, und drei Meldungen über größere Cannabisfunde an der holländischen Grenze überflog er nur. Die nächste Mail war eine Meldung, mit der Behörden wichtige Ereignisse ins Land meldeten. Es ging um einen versuchten und zwei vollendete Sexualmorde in einem Kaff im nördlichen Münsterland, Steiger erinnerte sich, im Radio davon gehört zu haben.

Der Tatort hörte sich wie ein kleiner Ort an, dessen Namen Steiger noch nie gehört hatte, der Tatverdächtige war ein vierunddreißigjähriger Deutscher, Steiger rechnete das Geburtsdatum hoch, die Geschädigte eine Fünfzehnjährige aus Eritrea, dann die Namen der Zeugen.

Sachverhaltsschilderung:
Bei der Durchsuchung des Haupthauses eines nicht mehr bewirtschafteten bäuerlichen Anwesens ist in einem Kellerraum die o.g. Geschädigte gefunden worden. In der Auffindesituation war sie entkleidet, angekettet und wies eine Vielzahl von Verletzungen verschiedenen Alters auf. Darüber hinaus war sie sexueller Gewalt ausgesetzt gewesen.
Der Raum war durch bauliche Maßnahmen schallisoliert und nach Betreten des Kellers nicht sofort als solcher zu erkennen und auffindbar.
Beim erweiterten Tatort handelt es sich um ein bäuerliches Anwesen, das bis zum Tod der Eltern des tatverdächtigen W. vor fünf Jahren von diesen bewirtschaftet wurde. Das dazugehörige Areal ist ca. 11 000 Quadratmeter groß und teilweise bewaldet. Zu dem Hof gehören weiterhin 32 Hektar Land, die sämtlich verpachtet sind. Der Tatverdächtige selbst bewohnte den Wohntrakt des Haupthauses. Er ist Angestellter der Kommune und versieht seinen Dienst im Jugendamt, wo er u.a. organisatorisch mit der Betreuung unbegleiteter minderjähriger Flüchtlinge betraut ist, die sich im sog. Clearing-Verfahren befinden.
Ausgangspunkt der Ermittlungen waren die zufälligen Beobachtungen der o.g. 14-jährigen Tochter des Hinweisgebers, einem Beamten des Wachdienstes des PP Münster.
In etwa zweihundert Meter Entfernung vom Haupthaus befindet sich ein Gebäudekomplex, der als Stallung für drei Pferde vermietet worden ist. Eines der Pferde wird dreimal in der Woche von dem Mädchen gepflegt. Vor etwa sechs Wochen – der exakte Zeit-

punkt ist nicht mehr erinnerbar – nahm die 14-Jährige erstmals rhythmische Klopfzeichen wahr, als sie sich dem Haus zufällig über die nach hinten weisende Veranda näherte, um nach einem Heftpflaster zu fragen. Der Tatverdächtige war zu dem Zeitpunkt nicht anwesend. Diese Beobachtung wiederholte sich noch zweimal, als das Mädchen in der Folgezeit sich dem Haus bewusst näherte, wenn der Tatverdächtige nicht zu Hause war. Nachdem die Zeugin etwa zwei Wochen später im 25 Kilometer entfernten Rheine, wo sie zur Schule geht, in einem Supermarkt den Tatverdächtigen, ohne dass er sie bemerkte, dabei antraf, dass er weibliche Hygieneartikel, in diesem Fall Tampons, erwarb, erzählte sie ihrem Vater davon. Vor dem Hintergrund, dass der W. alleinstehend ist und als Sonderling und absoluter Einzelgänger gilt, sind daraufhin erste Nachforschungen angestellt worden. Diese ergaben am Arbeitsplatz des W., dass Auffälligkeiten mit abgängigen Jugendlichen festgestellt werden konnten, welche durch weitere Ermittlungen zu einem Anfangsverdacht führten, aufgrund dessen ein Durchsuchungsbeschluss erwirkt werden konnte.
Da nach den Ergebnissen der Spurensicherung in dem eigentlichen Tatraum weibliche Fremd-DNA von vier weiteren Personen gesichert werden konnte, ist das Gelände mit Leichenspürhunden und technischen Mitteln abgesucht worden.
Dabei sind in zwei Erdgräbern die Leichen zweier weiterer weiblicher Personen gefunden worden. Aufgrund des unterschiedlich weit fortgeschrittenen Fäulniszustands muss von einer sehr unterschiedlichen Liegezeit ausgegangen werden. Nach Einschät-

zung des gerichtsmedizinischen Instituts Münster handelt es sich bei beiden Leichnamen um weibliche Jugendliche zwischen dreizehn und sechzehn Jahren. Darüber hinaus kann aufgrund zweier initiierter Isotopen-Gutachten festgestellt werden, dass die Opfer gebürtig aus Marokko bzw. Algerien stammen und sich seit etwa sechs Monaten in Deutschland bzw. im Bereich Westfalen aufhalten.

Bei einer der beiden Toten war keine daktyloskopische Untersuchung mehr möglich, die Fingerabdrücke der beiden anderen lagen nicht ein, beide Opfer waren somit bisher nicht aufenthaltsrechtlich registriert.

»Morgen.« Jana kam rein, brachte im Vorbeigehen Steigers Haare durcheinander.

»Du spielst mit deinem Leben. Morgen.«

Sie wusste, dass er das hasste.

Der Tatverdächtige macht keine Angaben zur Sache.

Er war bislang polizeilich noch nicht in Erscheinung getreten.

Die Ermittlungen dauern an.

»Meine Fresse. Hast du die Geschichte aus dem Münsterland gelesen, mit den UMFs?«

»Ja, gestern schon. Pfiffiges Mädchen.«

»Bitte?«

»Na, die Tochter vom Kollegen.«

Sie suchte an ihrem Schreibtisch die Sachen zusammen, und Steiger fiel auf, dass sie besserer Stimmung war als gestern.

»Ja. Ist aber schon erstaunlich, dass die auf so was einen Beschluss gekriegt haben.«

»Vielleicht haben sie nicht alles in die WE-Meldung geschrieben.«

»Ja, kann sein.«

Sie klemmte sich die Akte unter den Arm und kam zu seinem Schreibtisch.

»Wollen wir los?«

Steiger sah auf die Uhr.

»Dann sind wir aber sehr pünktlich.«

»Das passt mir gut«, sagte sie, »hab nämlich noch einiges vor nachher.«

Auf dem Weg zum Polizeigewahrsam dachte Steiger darüber nach, warum die Fingerabdrücke der beiden toten Mädchen nicht einlagen, obwohl sie doch in der Obhut einer deutschen Behörde waren.

Roman Müller sah aus, wie man nach einer Nacht auf einer Kunstledermatratze ohne Kopfkissen aussieht, obwohl er schon eine Zeit wach war und einen Kaffee bekommen hatte.

Er faltete die Decke zusammen und zog sich vor der Zelle die Schuhe an.

»Gibt es 'ne kleine Chance, dass ich nicht in U-Haft gehe?«

»Eher nicht«, sagte Jana, »hatten wir doch aber gestern schon, Roman. Du bist ohne festen Wohnsitz und hattest reichlich dabei, das nickt jeder Richter gern ab.«

»Und die Nummer mit der Leiche kommt ja noch dazu«, sagte Steiger. »Das muss man erst mal bringen.«

Als sie im Touran vom Hof rollten und die ersten BVB-Fans mit Fahnen im U-Bahnhof Markgrafenstraße verschwanden, fiel Steiger wieder ein, dass an diesem Wochenende die Bundesliga startete. Seine Blauen mussten nach Frankfurt, mit neuem Trainer. Er hatte kein gutes Gefühl.

24

Steiger klingelte, und Batto drückte den Summer, ohne nachzufragen.

Als er den Fahrstuhl in der sechsten Etage verließ, stand die Tür zur Penthousewohnung schon einen Spalt auf. Er trat ein und hörte Batto in der Küche mit Geschirr klappern.

»Komm rein«, sagte er.

Steiger setzte sich auf einen der Hocker an der Küchentheke und sah, dass Batto die Spülmaschine ausräumte.

»Hallo erst mal«, sagte er mit zwei Tellern in der Hand und ohne Lächeln, »schön, dich zu sehen.«

Er trug ein T-Shirt und eine Jogginghose, was Steiger kaum bemerkt hätte, wäre es für Batto nicht absolut ungewöhnlich gewesen. Wer außer zum Sport in einer Jogginghose rumläuft, hat die Kontrolle über sein Leben verloren, war immer einer von seinen Sprüchen gewesen, und ein großer Teil der trinkenden und rumlungernden täglichen Kundschaft bestätigte das eindrücklich. Da war immer alles dabei, von Ballonseide in Neon aus den Achtzigern bis zur grauen Schlabberbaumwolle. Steiger fragte sich, ob er ihn im Scherz daran erinnern sollte, ließ es aber sein.

»Möchtest du einen Kaffee?«, fragte Batto.

»Ne, danke«, sagte Steiger und überlegte, dass sein letzter Kaffee schon ein paar Stunden her war. »Ach, mach mal doch einen.«

Batto schaltete die Kaffeemaschine an. Sie war so groß und hatte so viele Hebel und Röhrchen, dass man für die Bedienung mindestens einen VHS-Kurs buchen musste, dachte Steiger immer dann, wenn er hier war und sie sah.

Batto nahm eine der sauberen Tassen direkt aus der Spülmaschine.

»Und wie geht es dir, Alter?« Nachdem er es gesagt hatte, fand Steiger an der Frage alles unpassend, den Zeitpunkt, die Worte, ihren Allerweltscharakter, aber ihm war nichts anderes eingefallen.

Batto hantierte noch eine Zeit weiter, ohne darauf zu reagieren.

»Ach, dem Fittich geht es schon wieder ganz gut.« Bei diesen Worten drehte er sich um, sah Steiger für ein paar Sekunden an und bewegte den linken Arm wie einen Flügel. »Die Wunde sieht ziemlich gut aus, und ich denke, dass ich bald wieder Dienst mache.«

»Dienst?«

»Ja, so lange wird's nicht mehr dauern, wenn es irgendwie geht. Die ein oder andere Bewegung schmerzt noch ein wenig, aber das wird schon wieder.«

Er drehte an ein paar Hebeln an der Maschine, dass es zischte und rotzte, und stellte Steiger seinen Kaffee auf die Theke.

»Und wie isses sonst?«, fragte Steiger und nahm einen Schluck Kaffee, der wunderbar duftete.

Batto räumte weiter die Spülmaschine aus und drehte Steiger wieder den Rücken zu.

»Ach, es ist einfach unglaublich. Man glaubt überhaupt nicht, was hier alles zu tun ist, wenn man mal nicht so im täglichen Hamsterrad ist. Trotzdem ist es ganz eigenartig, kennst du vielleicht auch. Du bist den ganzen Tag zu Hause und denkst, du hast unheimlich viel Zeit, aber kriegst manchmal überhaupt nicht alles gebacken. Es gibt tausend Dinge, die erledigt werden müssen, aber dann hast du immer wieder Phasen, da hängst du einfach nur rum. Ich meine, man könnte ja denken, dass man das kennt, wenn man im Wechseldienst ist, hat man ja auch so seine freien Phasen zwischendrin, ist aber echt noch mal was anderes, wenn du so ganz zu Hause bist. Und du hast auch Glück, dass du mich noch antriffst, denn ich bin eigentlich schon auf dem Sprung.«

»Du musst weg?«

Batto war immer jemand gewesen, der Wert auf sein Äußeres legte, wenn er sich unter Leute begab. Heute Morgen sah er nicht danach aus, fand Steiger.

»Ja, gleich, zu einer Ärztin.«

»Heute? Heute ist Samstag.«

»Ich weiß«, sagte Batto, »ich kenne sie privat, das ist schon okay.«

Wie die Penthousewohnung und die luxuriöse Einrichtung war das ein Überbleibsel aus Battos Ehe mit Britta, der Tochter eines großen Autohändlers. Man kannte halt andere Leute, und man kannte andere Leute anders, als wenn man nur Polizist gewesen wäre. Auch wenn die Scheidung zwanzig Jahre her war, hatte Batto noch eine Reihe von Kontakten aus der Zeit.

»Nein, ich meine, wie es dir sonst geht.«

Für zwei Sekunden hielt er in seinen Bewegungen inne, dann räumte er weiter.

»Ach, das meinst du. Ja, die rechtliche Sache entwickelt sich ganz gut. Ich bin schon vernommen worden vom KK 11 aus Bochum, die haben die Geschichte ja übernommen, und die Kollegen meinten, die Sache stellt sich als wirkliche Notwehr heraus, nachdem sie nun alles gehört und auch die ersten Spuren ausgewertet haben. Ich weiß nicht, Galinski heißt der, der die Sache federführend gemacht hat, vielleicht kennst du den ja. Ziemlich erfahrener Mann, müsste etwas jünger sein als wir, aber machte einen sehr abgeklärten und versierten Eindruck.«

Nach dem letzten Teller schloss er Schrank und Spülmaschine und ging in den Wohnbereich, der offen und nicht besonders abgetrennt war. Dort begann er, ein paar Dinge umzustellen und zurechtzurücken und im Sofa die Kissen zu richten.

Steiger nahm seinen Kaffee an der Untertasse, folgte ihm und ging zur großen Glasfront. Wie immer, wenn er hier war, genoss er diesen Blick über die Stadt.

Erst jetzt fiel ihm auf, dass trotz des guten Wetters sowohl die Tür zur sonnigen Dachterrasse wie auch alle Fenster verschlossen waren, und er überlegte, ob er das schon jemals so erlebt hatte.

»Du entschuldigst mich einen Augenblick«, sagte Batto. »Ich sagte ja, ich muss zur Ärztin, putze mir nur grad die Zähne und mach mich ein bisschen fertig.«

Mit dem Löffel strich Steiger den Schaum von der Tassenwand, verrührte ihn mit dem Rest Kaffee und trank den letzten Schluck. Jetzt wusste er, was ihm die ganze Zeit aufgefallen war. Alles an Batto war anders als im Krankenhaus, seine Geschäftigkeit, seine Bewegungen, sein Redeschwall. Aber der Ausdruck in seinem Gesicht war noch derselbe.

»Danke fürs Kommen«, sagte Batto, als sie nach unten in die Tiefgarage fuhren. Im Erdgeschoss hielt der Fahrstuhl, Steiger fasste Batto wortlos an der Schulter und sah ihn an. Jetzt floss ein Ausdruck über sein Gesicht, als habe er in großer Höhe für einen Moment den Halt verloren, aber er fing sich gleich wieder.

»Bedank dich nicht«, sagte Steiger und ging.

Auf dem Weg zum Auto dachte er darüber nach, dass der Täter, den Batto erschossen hatte, wie die toten Mädchen vom Bauernhof nicht identifiziert worden war. Er hatte weder einen Ausweis gehabt noch lagen seine Fingerabdrücke ein, das hatte er im KK 11 aufgeschnappt. Blieb es dabei, würden sie ihn bald anonym beerdigen. Früher wäre er sich sicher gewesen, dass Batto dabei ist, wenn das passiert. Jetzt war er sich nicht mehr so sicher. Der Mann war wirklich ein anderer, und Steiger wusste nicht, was ihn mehr bewegte, die Enttäuschung, dass Batto nicht mit ihm sprach, oder mit anzusehen, wie dieser Mann, der immer dahergekommen war wie einer, dem das Leben glückt, nicht zu wissen schien, wie er den nächsten Moment bewältigen soll.

Als Steiger eingestiegen war und den Motor startete, lief die Bundesliga-Konferenz im Radio. Seine Blauen lagen in Frankfurt mit 0:1 zurück.

Er hatte von Anfang an kein gutes Gefühl gehabt.

25

Allmählich begann Steigers Arm wehzutun, vor allem das abgeknickte Handgelenk.

Er hätte nicht sagen können, wie lange er Eva schon in dieser Position beim Schlafen betrachtete, jetzt, im ersten Licht des Tages, das seinen Weg durch die Maschen der Vorhänge fand und die Konturen ihres Gesichts unter dem dunklen Haar von Minute zu Minute deutlicher und klarer werden ließ. Sie war eine Schönheit für ihn, seit dem ersten Moment jenes Einsatzes vor weiß Gott wie vielen Jahren, als sie schon einmal schwer verletzt worden war, damals von einem Freier. Auch bei diesem ersten Mal hatte sie geschlafen, als er sie im Krankenhaus vernehmen wollte, und auch da hatte ihn dieses Gesicht sofort gefangen genommen, das unter dem weißen Kopfverband wie dargeboten gewirkt hatte, wie ein Kunstwerk, dem man einen Rahmen, einen Platz in einer Vitrine gab, ganz ungestört von anderem, das ablenken konnte.

Er platzierte den Kopf auf den Oberarm, um immer noch von einer etwas erhöhten Position auf sie zu schauen.

Wieder fielen ihm die »ebenmäßigen Gesichter«, das Schönheitskriterium seiner Mutter ein, und er war sich sicher, damit hatte sie solche gemeint.

Evas Gefühl von sich war seit dem Koma ein anderes, er wusste das, aber er verstand sie nicht, und in Momenten wie diesem weniger denn je. Die Gehbehinderung war minimal, und die kleine Lähmung des Lids bemerkte man nur bei bestimmten Blicken. Aber er konnte reden, so viel er wollte, er erreichte sie da nicht. Vielleicht war das so, wenn man von Anfang an als goldglänzendes Kind durchs Leben gegangen war, wenn einem immer nur Blicke voller Freude, Bewunderung und Begehren begegnet waren, vielleicht war da schon eine winzige Trübung des Glanzes, eine minimale Einbuße, etwas, was man nicht kannte und schon gar nicht ertrug. Er hätte ihr in ihrer großen Verzweiflung furchtbar gerne geholfen, aber bei dem Thema scheiterte er immer.

Sie blinzelte, öffnete die Augen einen schmalen Spalt.

»Glotz mich nicht an!«

»Ich sehe dich an. Ich bestaune und bewundere dich, vor allem aber genieße ich es, mehr als du dir denken kannst, hier neben dir zu liegen und dich anzusehen.«

»Viel zu viel Text für diese Zeit.«

»Manchmal braucht die Wahrheit Worte.«

»O Gott.« Sie atmete tief ein, hob die Decke ein wenig an und drehte sich um. »Und wenn ich schlafe, sieht man das ja auch nicht.«

»Jetzt hör doch auf mit diesem verdammten Auge. Ich hab's dir tausend Mal gesagt, man sieht das kaum. Es fällt gar nicht auf, auch dein Bein nicht, Mann.« Es kam viel heftiger heraus, als er es wollte. »Und wenn man es sieht, ja was dann? Es ist doch nichts! Fehlt dir ein Bein? Hast du eine lange Narbe im Gesicht? Sitzt du im Rollstuhl? Nein, du …«

»Schon gut, schon gut, schon gut …«

Ein leiser Wind bewegte die Vorhänge, und Steiger fühlte den kühlen Hauch an der nackten Schulter. Wäre es Frühling, könnte man Vögel singen hören um diese

Zeit, jetzt war draußen nur der Klang der Stadt, die noch schlief.

»Es hilft dir kein bisschen, dass ich es überhaupt nicht so empfinde, oder?« Zumindest den Ton bekam er wieder anders hin. Er legte ihr eine Hand so in den Nacken, dass er mit den Fingerrücken ihren Hals und ihren Haaransatz berührte, und er war erleichtert, dass sie es geschehen ließ. Aber an der Art, wie sie atmete, hörte er, dass sie dem Weinen wieder nahe war, was in letzter Zeit so oft vorkam. In diesen Momenten war seine Hilflosigkeit immer am größten und bittersten, wenn sie in stiller Verzweiflung weinte und der Grund für ihn im Marianengraben ihrer Seele versteckt war.

Nach einer Weile stand sie auf, zog sich Slip und Sweatshirt an und verließ das Schlafzimmer.

Wahrscheinlich hatte sie trotz der Tabletten wieder kaum geschlafen. Er drehte sich auf den Rücken und blieb einfach liegen. Ihm fiel nichts ein, was er hätte sagen oder tun können, um den Augenblick in etwas zu verwandeln, was ihr angenehm war. Früher hatte er sich in solchen Momenten immer gewünscht, Batto zu sein, weil der genau das konnte: Augenblicke verwandeln. Etwas sagen oder tun, dass man sich wieder gut fühlte, sich an das Lachen erinnerte, wieder Hoffnung haben konnte. Nur war im Moment auch diese Vorstellung nicht ganz so einfach. Er dachte daran, wie entwurzelt Batto bei ihrem ersten Treffen im Krankenhaus gewirkt hatte und wie lächerlich ignorant in seiner verzweifelten Geschäftigkeit beim zweiten. Steiger schämte sich fast bei diesen Gedanken, weil er sie für unfair hielt. Sie alle wussten, dass ihnen so etwas passieren konnte, jeden Tag, und auch, wenn sich nicht jeder davor fürchtete, hatte keiner von ihnen für das, was Batto erlebt hatte, eine emotionale Prozedur, einen inneren Plan.

Eva saß in der Küche am Tisch und hatte sich einen Tee gemacht. So unauffällig wie möglich schaute er zweimal hin, konnte aber keine Tränen erkennen und war erleichtert.

Er schaltete die Kaffeemaschine ein, nahm sich eine Tasse, etwas Milch und wartete, bis die rote Lampe nicht mehr blinkte. Dann setzte er sich an den Tisch und fühlte, wie der erste Schluck in seinem Magen ankam.

»Wenn es dir wirklich unangenehm ist, sehe ich dich nicht mehr an. Ich meine, nicht mehr so, so wie eben.«

»Schon gut.« Sie versuchte ein Lächeln.

»Ich meine es ernst, auch wenn ich dann auf ein Vergnügen in meinem Leben verzichten muss.«

»Ich weiß das, Steiger.« Jetzt sah sie ihn an, lächelte wieder, und der zweite Versuch gelang ihr etwas besser. »Aber schon seit Längerem habe ich das Gefühl, mir sind nicht nur die Wegweiser in meinem Leben abhandengekommen, ich habe das Gefühl, ich erkenne nicht mal mehr die Wege.« Sie nahm einen Schluck Tee und wandte den Blick wieder ab, weil ihr die Augen jetzt doch feucht wurden. »Manchmal denke ich, ich packe es nicht. Das ist doch kein Leben.«

Etwas in ihm zog sich zusammen, und er überlegte, ob er sie berühren solle, ließ es aber sein.

»Wollen wir heute irgendwo hinfahren und ein wenig gehen, irgendwas trinken? Vielleicht ans Wasser, an die Ruhr.«

Sie brauchte etwas Zeit, um zurückzukommen.

»Es ist Sonntag und schönes Wetter, da fahren dich an der Ruhr die Radfahrer und Skater platt.«

Da hatte sie recht.

»Dann an einen Stausee ins Sauerland, in einer Stunde sind wir dort.«

»Mal sehen.«

Sie stand auf und stellte den Wasserkocher an, der nach kurzer Zeit zu brodeln begann.

»Ich war gestern bei Batto.« Er hielt das Thema für eine gute Idee.

»Und, wie geht es dem?«

»Weiß ich auch nicht genau. Ich glaube, ziemlich beschissen, aber ich erreiche ihn nicht. Er redet nicht, jedenfalls nicht darüber, und nicht mit mir. Scheint es irgendwie nicht zu können.« Er dachte daran, dass Batto gestern wirklich in Jogginghose das Haus verlassen hatte. »Er wirkt wie jemand, der von einer ganz langen Reise zurückkommt und ein anderer geworden ist.«

Sie setzte sich wieder zu ihm.

»Vielleicht ist er ja ein anderer, und vielleicht braucht es dafür manchmal keine lange Reise.«

»Ja, mag sein«, sagte Steiger. »Nächste Woche wird der Junge beerdigt, den er erschossen hat. Wenn ich kann, werde ich hinfahren, ich glaube nämlich, er wird auch da sein.«

»Der wird beerdigt?«

»Ja, eigentlich werden sie verbrannt, er nicht, sagen die Kollegen. Vielleicht, weil sie nicht wissen, wer er ist, und sich nicht aller Möglichkeiten berauben wollen. Darum wird er anonym beerdigt.«

»Anonym? Wie läuft so etwas ab?«

»Sie buddeln ein Loch, legen ihn rein und schütten es zu.«

»Da ist kein Pfarrer dabei?«

»Nein.«

»Und keiner sagt was? Ein Gebet oder ein paar Worte?«

»Keiner sagt was.«

»Mein Gott.«

Sie schüttelte sacht den Kopf, und einen Moment war nur zu hören, dass das Haus erwachte und dass in einer Wohnung über ihnen die Spülung gezogen wurde.

»Ich werde meine Wohnung aufgeben und mir was Neues suchen müssen«, sagte Eva. »Ich weiß zwar noch nicht, welchen Job ich demnächst machen werde, aber für diese Wohnung wird es nicht reichen.«

»Okay.«

»Ich habe einiges zurückgelegt in den Jahren, das schon, aber ich will das nicht nach und nach einfach nur fürs Wohnen verbrauchen, das ist unnötig.«

Steigers erster Gedanke war, sie zu fragen, ob sie erst mal zu ihm ziehen wolle, aber er tat es nicht. Und er hatte keine Ahnung, ob er Angst davor hatte, sie würde Nein sagen oder Ja.

26

Zwei Passanten auf der anderen Straßenseite blickten etwas verwundert, als Steiger die gelb-rote DHL-Jacke aus dem Kofferraum nahm und sie anzog, gingen aber weiter.

»Dieter kennt er und Jochen wahrscheinlich auch, aber ich kann das auch machen, Thomas, ist ja unser Haftbefehl«, sagte Krone.

»Du passt doch gar nicht in die Jacke«, sagte Jana und klopfte auf Krones dreißig Kilo Übergewicht, die ihm über dem Gürtel hingen.

Alle schmunzelten.

»Alles sexuelle Schwungmasse.«

»Bitte!« Jana mit gespielter Empörung. »Die Bilder werde ich ja nie wieder los.«

»Bevor das hier abgleitet, lasst uns mal zur Sache kommen«, sagte Jochen Bulthaup. »Für dich Steiger: Es ist die Erdgeschosswohnung, wenn du in den Hausflur reinkommst, geradeaus, es steht kein Name an der Tür. Du nimmst Jana und Benno mit. Gerd, Dieter und ich gehen zur Terrasse, beziehungsweise zum seitlichen Fenster, aber ich denke, wenn er es versucht, und das könnte wirklich sein, dann über die Terrasse. Ihr Auto steht hinten auf dem Parkplatz, darum müsste er da sein, denn das wird nur von ihm benutzt. Und du hast dir das Bild angesehen und weißt, wie er aussieht?«

Steiger nickte.

»Wie viel hat er offen?«

»Drei Jahre. Wegen gefährlicher Körperverletzung. Ist also nicht ohne«, sagte Bulthaup. Dann sah er in die Runde.

»Okay, alles klar?«

Keiner hatte mehr eine Frage, Steiger nahm sich noch einen leeren Pappkarton mit Quelle-Aufkleber, und der Trupp ging los. An der Hausecke trennten sie sich, und Steiger, Jana und Krone warteten, bis die anderen drei hinter dem Haus verschwunden waren.

Er hätte sich an diesem Morgen lieber gleich wieder um den toten Bodypacker gekümmert und wäre gern sofort nach Bochum gefahren, aber Gisa hatte gemahnt, die Dinge beim Einsatztrupp nicht zu vernachlässigen, und diese Festnahme versprach, schnell vorbei zu sein.

Er klingelte bei einer Wohnung in der ersten Etage, und sie hatten Glück, weil sofort jemand öffnete. Jana sprintete die Treppe hoch und erklärte dem Öffner kurz, wer im Haus war. Steiger wartete, bis sie zurückkam und auf halber Treppe außer Reichweite des Spions stehen blieb.

Kurzes Nicken zu Krone, dann klingelte Steiger. Drinnen waren Geräusche zu hören, aber nichts tat sich. Er schellte ein zweites Mal.

»Ja?«

Die Stimme war direkt hinter der Tür, also hatte der Mann durch den Spion gesehen.

»Die Post. Können Sie ein Paket für einen Nachbarn annehmen?«

»Nein, ich nehme nichts an.«

»Okay, dann entschuldigen Sie die Störung.« Er wartete zwei Sekunden. »Ach, ja, können Sie mir bei einer

Adresse helfen. Ich blicke hier bei diesen kleinen Straßen nicht durch, und mein Navi spinnt da irgendwie.«

Drei Sekunden vergingen, dann öffnete sich die Tür, und Steiger erkannte den Mann sofort. Er zückte seinen Ausweis.

»Adam, Polizei Dortmund, Herr Krüger?«

Andreas Krüger sah auf den Ausweis, dann zu Steiger und zuckte einmal gelangweilt mit den Schultern. Dann warf er die Tür zu, versuchte, sie zu schließen, aber Steigers Fuß war dazwischen und er rammte die Schulter gegen das Türblatt. Krüger drückte dagegen und hielt stand, bis Jana und Krone da waren. Dann gab die Tür nach, Steiger stürzte fast, sah, dass der Mann im Wohnzimmer verschwand, und fühlte Jana an sich vorbeistürzen. Für zwei Sekunden verlor er ihn aus den Augen, rannte ins Wohnzimmer und sah die wehende Gardine vor der geöffneten Verandatür. Dann hörte er einen Schrei und wusste, dass alles gut war. Andreas Krüger lag auf dem Rasen, und Bulthaup und Rosenberg knieten auf ihm. Bulthaup legte ihm die Acht an, sah dann Richtung Verandatür und hob den Daumen.

»Herr Krüger, Sie sind festgenommen, weil ein Haftbefehl besteht, aber da erzähle ich ja nichts Neues.«

Ein Raucher in einem Nachbargarten glotzte entgeistert herüber, sonst hatte die Aktion niemand mitbekommen.

Sie führten ihn zurück in die Wohnung, um seinen Ausweis und ein paar Sachen mitzunehmen. Erst jetzt fiel Steiger auf, dass er eine Jogginghose trug.

Batto hätte sich bestätigt gefühlt.

Janas Harndrang verhinderte, dass sie von der Festnahme sofort nach Bochum fuhren.

»Die halbe Stunde schaffe ich nicht mehr, und wenn auf der B1 viel los ist, dauert es noch länger.«

Sie waren im Präsidium vorbeigefahren, weil das die nächste Toilette war, und Steiger nutzte die Zeit, um bei Renate Winkler etwas nachzufragen.

»Hast du einen Moment Zeit?«

Ihre Tür war offen, und sie saß konzentriert am Rechner. Ihr Schreibtisch hatte Ähnlichkeit mit dem des Kollegen Osterkamp, was ihn bei Frauen immer noch wunderte, obwohl Chaos am Arbeitsplatz keine Geschlechtsfrage war. Bei Renate bestand die Hälfte des rumliegenden Zeugs allerdings aus privaten Dingen. So viele Teesorten hatte nicht einmal die Kantine anzubieten.

»Komm rein!«

Sie schrieb einen Satz zu Ende, wandte sich dann ihm zu.

»Watt gibbet, Steiger?«

»Eure vermissten Jugendlichen, die schreibt ihr doch immer sofort aus …«

»Ja. Wir schreiben die immer sofort aus, auch wenn sie zum dreiundsiebzigsten Mal abgehauen sind und wir wissen, dass sie nach zwei Tagen am Bahnhof wieder auftauchen.«

»Und das sind auch immer eine ganze Menge?«

»Kannst du ja jeden Tag in der Tageslage sehen. Manchmal zehn, manchmal zwanzig am Tag, manchmal auch weniger.«

Sie stand auf, ging zum Schrank und nahm eine Flasche Wasser aus einer der Türen.

»Ist das bei den unbegleiteten minderjährigen Flüchtlingen auch so. Ich hatte in letzter Zeit nämlich ein paarmal welche von denen überprüft, die aus einem Clearing-Haus abgehauen waren, weiß der Geier, in Bielefeld, Göttingen oder meinetwegen auch in Hessen, und die nicht einlagen.«

»Das kann schon sein. Die UMFs werden nach vierzehn Tagen aus der Fahndung rausgenommen.«

»Wieso das?«

»Den genauen Grund kann ich dir gar nicht sagen, aber es hat auch damit zu tun, dass sie keinen Pass haben und wir nicht wissen, wie ihre wahre Identität ist. Na ja, und viele geben ja auch falsche Personalien an. Das ist das Erste, was sie von den Schleusern erzählt kriegen: Schmeiß den Pass weg und sag einen falschen Namen, dann kannst du nicht abgeschoben werden.«

»Und nach vierzehn Tagen sucht keiner mehr nach denen?«

»Jedenfalls nicht mit unseren Dateien. Und so ganz grundlos ist das auch nicht, weil die im Clearing-Verfahren ja nicht sofort registriert werden, manchmal erst nach Wochen oder Monaten.«

Steiger nickte.

»Das heißt, wenn die abhauen, haben wir noch keine Fotos und keine Fingerabdrücke von denen?«

»Meistens nicht. Darum wissen wir eben nie, wie die wirklich heißen. Wenn die sich drei Wochen später in Essen mit anderem Namen als Jugendliche melden, merkt das kein Schwein.«

»Und warum hauen die ab? Denen kann es doch egal sein, wo sie im Clearing-Verfahren sind.«

»Isses aber nicht. Erst mal sind es Jugendliche, die sind genauso durch den Wind wie unsere Deutschen oder Türken. Und dann wollen die manchmal auch einfach in eine bestimmte Stadt, oder zu Verwandten oder Freunden. Mit der Residenzpflicht im Asylverfahren ist das ja nicht so einfach, dahin zu kommen, wo man hinwill.«

Steiger lehnte sich zurück, faltete die Hände hinter dem Kopf und dachte einen Moment nach.

»Und was ist, wenn ein paar von denen vom großen schwarzen Mann mitgenommen und in einen Keller gesteckt werden?«

Sie nahm einen Schluck Wasser, zuckte mit den Schultern und zog die Augenbrauen hoch.

»Dann haben sie verdammtes Pech gehabt.«

»Das heißt, nach vierzehn Tagen kräht kein Hahn mehr nach denen?«

»Nicht ein halber.« Sie musste über ihren eigenen Scherz schmunzeln.

»Gibt's da nicht manchmal auch Eltern, die das anzeigen? Du sagst doch, dass die meistens zu irgendwelchen Verwandten wollen, auch wenn die irgendwo in Deutschland untergebracht sind.«

»Das kommt ganz selten vor, weil die doch alle Angst haben, dass sie abgeschoben werden. Und wenn die hier ihren falschen Namen angegeben haben, was ja die meisten tun, dann können die Verwandten nach denen suchen, so viel sie wollen.«

Er stand auf, steckte die Hände in die Hosentaschen und sah aus dem Fenster. Er dachte an den toten Bodypacker, der auch noch sehr jung gewesen war und der auch einen falschen Pass hatte.

»Und dann passieren solche Sachen wie in Münster. Hast du davon gelesen?«

»Ja, nicht ausführlich, aber es hört sich so an, als ob das da reinpasst.«

Er ging zur Tür.

»Okay, danke für die Info.«

»Jetzt hab ich dir gar nichts angeboten, Kaffee oder so, ’tschuldigung.«

»Kein Problem, bin eh auf dem Weg nach Bochum.«

Er grüßte und ging.

Auf dem Flur legte Jimmy Page mit seinem Solo los, er erschrak wieder. Es war Jana, sie wartete wahrscheinlich schon am Wagen.

Er musste diesen Ton wieder ändern.

27

»Thomas? Thomas Adam?«

Steiger drehte sich um, und der Mann mit der Stirnglatze und dem Bauchansatz kam ihm bekannt vor. Die Zeit, die er für die fünfzehn Meter brauchte, um Steiger per Handschlag begrüßen zu können, reichten aus, um sich zu erinnern, dass sie gemeinsam eine Zeit zur Polizeischule gegangen waren, wahrscheinlich. Aber der Name war weg.

»Du erinnerst dich?«

Jana kam von der Toilette und bekam nach einem Zögern auch die Hand.

»Klar, die Ausbildung ist zwar schon 'ne Weile her, und deine Haare sind wirklich weniger geworden, aber das Gesicht ist noch das alte.«

»So sieht man sich wieder.«

»Ja, so sieht man sich wieder. Bist du hier in Bochum?«

»Seit acht Wochen, etwa.«

»War mir nie aufgefallen, manchmal liest man ja mal was.«

»Hab mich nach der Ratsprüfung auch mehr im Kölner Raum rumgetrieben.«

»Ah, ja. Und was machst du hier?«

Seine Haltung wurde eine Spur straffer.

»Ich bin hier Leiter Leitungsstab. Hab mir quasi meine A15 auf der Stelle abgeholt.« Er machte lächelnd eine kleine Wirkungspause. »Und was machst du so?«

»Ich bin in Dortmund, schon seit vielen Jahren.«

Rolf Lehmann. Jetzt fiel Steiger nicht nur der Name wieder ein, sondern auch, dass Lehmann damals ein Einzelgänger gewesen war, einer von den Aufzeigern, der sich für jeden Scheißauftrag meldete und von Anfang an mit allem deutlich machte, dass er mal was werden wollte in diesem Verein. Den langen Weg zum Speisesaal war er meistens allein gegangen, hatte nie bei den Rauchern gestanden und für Fußball schon damals nur den abgelutschten Ignorantenspruch der zweiundzwanzig Idioten mit dem einen Ball übrig gehabt. Das waren die Erinnerungen, die jetzt in Steiger hochkamen, und er überlegte einen Moment, ob er Lehmann schon damals so gesehen hatte, oder ob ihm das gespiegelte eigene Scheitern da grad für einen Moment die Erinnerungskriterien ein wenig verschob.

»Was führt euch nach Bochum?«

»Wir haben einen Toten mit BtM-Bezug in Dortmund, und es könnte sein, dass wir bei euren Rauschgiftleuten ein paar Hinweise bekommen.«

»Ah, so.«

Lehmann nickte und presste die Lippen aufeinander.

»Tja, Mensch, nach so vielen Jahren«, sagte er nach einer Weile.

»Ja, verdammt lang her.«

»Dann wünsch ich euch viel Erfolg bei euren Ermittlungen.«

»Danke, wird schon klappen.«

Rolf Lehmann gab beiden wieder die Hand und ging.

»Ach, ja«, nach ein paar Metern drehte er sich um, »wenn du noch mal hier bist und Zeit für ’nen Kaffee hast, komm doch vorbei, wenn grad nichts bei mir anliegt, ist dafür immer Zeit … Hier weiß jeder, wo mein Büro ist.«

Dann verschwand er durch eine Glastür.

Jana kam an Steigers Seite, und gemeinsam blickten sie ihm nach.

»Die ganz dicken Freunde wart ihr aber auch nicht, oder?«, sagte sie.

»Er hat schon damals jedem erzählt, dass er was werden wollte, und wusste immer, dass im Keller das Licht brennt«, er hatte immer noch die Tür im Blick, durch die Rolf Lehmann verschwunden war, »und er ist immer allein zum Essen gegangen.«

»Aha«, sagte Jana. »Hat aber geklappt. Das mit dem Was-werden, meine ich.«

»Ja, hat geklappt«, sagte Steiger, und ihm war klar, dass das auch Janas Plan war.

Aber sie hatte schon immer gern in Gesellschaft gegessen.

Kurt Kentschke erwartete sie in seinem Büro mit Kaffee, und sie hatten noch einmal Glück. Obwohl die Geschichte fast zehn Jahre her war, stand ihnen mit Kentschke noch der Sachbearbeiter gegenüber, der den Fall damals bearbeitet hatte.

»Könnt ihr mir noch mal in drei Sätzen erklären, was da gelaufen ist. Du hast am Telefon schon was von ’nem toten Bodypacker erzählt, aber so ganz habe ich es noch nicht voreinander bekommen.«

Steiger erzählte ihm die längere Version, und Kurt Kentschke schwieg ein paar Augenblicke, als er fertig war.

»Und ihr meint, diese Spur in dem Pack aus der Leiche könnte tatsächlich von ihm hier sein.«

»Ich habe keine Ahnung, aber unser Daktyloskop hält das anhand der Spur für möglich«, sagte Steiger.

Kentschke winkte ab und nahm sich eine Akte, die auf dem Tisch lag.

»Wie auch immer. Lass uns mal der Reihe nach gehen, ist nämlich einiges zu dem Typen zu sagen, mehr als ich selbst dachte. Ich habe euch die Akte mal rausgesucht, muss aber gleich dazu sagen, dass das wahrscheinlich nur der kleinere Teil eurer Ermittlungen ist, denn unser Spezi hat noch eine Akte beim Staatsschutz, und die ist nicht von schlechten Eltern, sagt Evelyn, die Kollegin, mit der ich gesprochen habe.«

»Beim Staatschutz?«

»Ja. Ich wusste übrigens gar nicht, dass der tot ist, oder tot sein soll.« Mit hochgezogenen Brauen. »Mir oder den Kollegen hier ist der nach diesem Verfahren nicht mehr über den Weg gelaufen, und er ist seitdem auch sonst nie wieder aufgefallen, jedenfalls nicht erkennungsdienstlich behandelt worden. Wo ist der denn gestorben?«

»Gestorben ist der vor zweieinhalb Jahren in Recklinghausen, also auch nicht besonders weit von hier.«

»Und wie?«

»Keine Ahnung, müssen wir noch ermitteln. War offenbar eine normale Leichensache, das sagte die Kollegin am Telefon.«

»Also, aus dem Verfahren selbst kann ich euch gar nicht so viel dazu sagen. Ihr habt ja gesehen, im System steht er als Oskaras Kairys, 01.08.83 in Vilnius geboren, also Litauer. Das stimmt sehr wahrscheinlich nicht, aber das werden sie euch beim Staatsschutz noch sagen. Wir haben ihn jedenfalls damals mit diesen Personalien und mit litauischem Pass erkennungsdienstlich behandelt, darum steht oder stand er auch mit diesen Führungspersonalien im System. Wir sind auf den gekommen, weil wir gegen eine Gruppe von vier Tätern ein ziemlich dickes Verfahren wegen Heroinschmuggels im satten Kilobereich aus Holland hatten. Wir hatten eine ganze Reihe Telefone aufgeklemmt – WhatsApp gab es damals übrigens noch nicht, da vertut man sich schnell –, und irgendwann bei einem Gespräch von unserem Hauptverdächtigen mit seinem holländischen Lieferanten tauchte einmal der Vorname von Kairys auf, Oskaras, ist ja auch ziemlich ungewöhnlich. Wir sind davon ausgegangen, dass dieser holländische Lieferant eine ganz dicke Nummer war. An den sind wir aber nicht rangekommen, weil das BKA damals nicht mitspielte. Jedenfalls tauchte von unserem Spezi hier der Vorname im Zusammenhang mit 'ner Firma auf. Bis dahin war der nicht auf dem Tableau. Dazu muss man wissen, dass Kairys hier damals als Student für Informatik und Chemie eingeschrieben war, eine völlig irrsinnige Kombi. Aber – dazu werden euch die Staatsschützer noch mehr sagen – der soll einen irren IQ gehabt haben, galt als absolut hochbegabt, sprach mehrere Sprachen, ich glaube, neben den normalen«, er schrieb mit den Fingern Anführungszeichen in die Luft, »auch arabisch. Neben dem Studium hatte er aber damals schon zwei Firmen, von denen eine auch eine Niederlassung in Litauen hatte. Eine Firma hieß Lilac-Tree-Solutions, dabei ging es um Softwarekonzepte, ich glaube sogar für gewerbliche Betriebe, jedenfalls stand so was in der Beschreibung beim Handelsregister. Die zweite Firma war einfach nur auf seinen Namen angemeldet, und damit handelte er mit Hardware und allen möglichen Sachen in dem Bereich. Auch das stand erst mal nur auf dem Papier. Ob da wirklich Geschäftsbetrieb war, haben wir damals nicht ermittelt. Wir haben jedenfalls mit diesen Ermittlungsergebnissen tatsächlich Durchsucher für seine Firmen bekommen, haben aber nichts gefunden. Wir waren danach sicher, dass er noch anderswo Räume hatte, aber wir haben sie nicht gefunden. In der Vernehmung hat er natürlich nichts gesagt, ich weiß gar nicht mehr, ob er hinterher einen Anwalt hatte, aber wir haben ihn ED-behandelt, und er ist gar nicht angeklagt worden. DNA ist damals nicht genommen worden, das war zu der Zeit noch nicht so Usus. Wir glauben aber, dass er irgendwie was mit Drogenhandel zu tun hatte. Nicht in unserem Verfahren, aber dass er auch mit dem Großhändler in Holland Geschäfte machte, und dass diese Namensnennung am Telefon einfach eine Nachlässigkeit war, die denen ja normalerweise nicht passiert mit ihrem verschlüsselten Gequatsche. Das alles passte auch sonst ins Bild, weil bei den Lieferanten in Holland handelte es sich sehr wahrscheinlich um anerkannte irakische Asylbewerber. Und unser Mann, also Oskaras, ist wahrscheinlich Tschetschene, und zwar nicht irgendein Tschetschene, sondern einer, der im Untergrund gekämpft hatte und da auch organisiert gewesen sein soll. Das wussten wir nur damals überhaupt nicht, das hab ich jetzt erst erfahren, nachdem du mich vor ein paar Tagen angerufen hast und ich mir die Akte noch einmal vorgenommen habe, erst da habe ich rausbekommen, dass der Staatsschutz etwa ein Jahr nach dieser Geschichte auf den aufmerksam geworden ist. Ist ja so, diese Staatsschutzklamotten, da kommst du ja schon in der Vorgangsverwaltung gar nicht dran. Kurzum: Wir waren damals jedenfalls sicher, dass da noch mehr war, dass da noch andere Räume waren als die offiziellen Firmenräume, und dass der im Geschäft war, aber wir konnten es ihm nicht nachweisen. Und wenn du ihn durch die Systeme jagst, ist das auch das einzige Mal gewesen, dass er aufgefallen ist.«

»Hätte das MEK ihn nicht eine Zeit observieren können, ich meine, wenn er schon in so einem Verfahren genannt wird?«

»Ganz ehrlich: Wir haben es überlegt, wenn ich mich richtig erinnere, aber haben es verworfen. Wir waren damals in anderen Sachen so fett drin, wo es wirklich was zu holen gab, und du weißt selbst, wie aufwendig das ist, wenn du so eine Observierungs- und TÜ-Maßnahme fährst. Wir hatten dafür einfach keine Kapazitäten mehr frei, und es war wenig erfolgversprechend, denn wir waren ja schon einmal umsonst drin gewesen. Um da noch mal rangehen zu können, hättest du ja erst mal ein bisschen Fleisch drankriegen müssen, damit du überhaupt noch mal Beschlüsse bekommst.«

»Was war das für ein Typ«, fragte Jana.

»Tja, der Typ war einfach … wie soll ich sagen, kontrolliert bis in die Haarspitzen. Ich hatte ja schon erzählt, dass der als hyperintelligent galt, ließ sich kein bisschen aus der Reserve locken und sagte von sich aus überhaupt nichts. Aber es war nicht nur das, es war die ganze Art. Der wirkte nicht cool, der wirkte …«, er suchte nach einem Wort, »… eiskalt. Kann sogar sein, dass das in Wahrheit 'ne ganz dicke Nummer war, wenn der in Holland mit dem Lieferanten zu tun hatte, aber danach war der bei uns von der Bildfläche verschwunden.«

Steiger sah Jana an. »Würde ja schon zu unserer Geschichte passen, das alles.«

Jana nickte.

»Nur«, Kentschke mit gespitzten Lippen, »wenn ihr das wirklich ernsthaft in Erwägung zieht, wie soll das denn gelaufen sein mit der Fingerspur? Hatten die noch eine Ladung Packs von vor drei Jahren auf Halde, oder wie?«

»Ich habe keine Ahnung. Ich weiß, dass das eigenartig klingt, bei uns halten sie uns auch für ein bisschen bescheuert, und vielleicht irrt er sich auch, aber wenn wir unseren Dakty-Mann ein bisschen ernst nehmen, müssen wir es zumindest ausschließen, soweit es geht.«

Kentschke zeigte ein breites, freundliches Lachen mit etwas Mitleid.

»Dann viel Glück. Ach, ja, wenn ihr zu Evelyn wollt, die ist erst wieder ab zwei im Haus, da habt ihr also noch etwas Zeit. Ihr könnt ja essen gehen, unsere Kantine ist gar nicht schlecht.«

Steiger und Jana nickten sich zu, gute Idee. Sie bedankten sich, Jana klappte ihre Mappe mit den Notizen zu, und sie standen auf.

»Halt mich mal auf dem Laufenden, was daraus geworden ist«, sagte Kentschke beim Rausgehen, »interessiert mich einfach.«

»Machen wir«, sagte Steiger. »Ach, ja, nur ’ne Frage. Rolf Lehmann ist ja bei euch jetzt Leiter Leitungsstab, hab ihn eben zufällig getroffen, kennst du den?«

»Persönlich nicht, und wir Fußvolk haben ja wenig mit der Teppichetage zu tun, aber man hört Gutes von ihm.«

»Ah, ja …«

Steiger überlegte einen Moment, dann gingen sie.

»Na, siehst du, manchmal lernt man auch was dazu im Leben«, sagte Jana und legte ihm im Gehen eine Hand auf die Schulter.

»Klar«, sagte Steiger, »sich verstellen.«

Sie lachte laut.

»Wie geht der Spruch noch mal? Ich bin nicht stur, ich bin meinungsstabil.«

»Eine oft verkannte Fähigkeit«, sagte Steiger.

28

August 2016

Arjun erwachte davon, dass Samira ihn an der Schulter schüttelte und seinen Namen sagte. Aber es war kein Erwachen wie sonst, was nicht nur am Tonfall ihrer Stimme lag. Jetzt war es kein widerstandsloses Gleiten von einem Zustand in einen anderen, es war ein Gestoßenwerden, und als sie sein Gesicht berührte und er aufstöhnen musste, wusste er, warum.

Direkt über seinem Ohr fühlte er einen Schmerz, als stecke dort ein Gegenstand in seinem Kopf.

Mit aller Vorsicht legte er sich die Finger auf die Stelle, aber außer dem Schmerz, der schon bei der zartesten Berührung wie eine kleine Explosion begann und sich dann in seinem Kopf ausbreitete, fühlte er dort nichts, schon gar nichts, was dieses heftige Drücken verursachen konnte.

Ganz langsam setzte er sich auf. Samira war nah bei ihm, und sie saßen auf der blauen Decke, auf der er sie zuletzt zusammen mit dem Mann gesehen hatte in einer Situation, so eindeutig und so bedrohlich, dass er jetzt Angst hatte, sie danach zu fragen. Er blickte in Samiras Gesicht, in dem keine Spur wiederzufinden war von dem, was sie erlebt haben musste, sondern das ein Lächeln zeigte. Obwohl noch einige Sterne zu sehen waren, konnte er das erkennen, denn im Osten zeichneten sich die Wipfel der Bäume schon deutlicher gegen einen heller werdenden Morgenhimmel ab.

»Bist du verletzt?«, fragte sie.

Wieder fasste er sich an den Kopf und zog die Luft ein, weil schon die geringste Berührung wehtat.

»Weiß nicht. Es tut sehr weh. Kann man etwas sehen.« Er drehte die linke Schläfe in ihre Richtung, und sie kam dichter heran.

»Nein, man sieht nichts. Vielleicht aber auch nur, weil deine Haare darüber sind.«

Arjun sah sich um und entdeckte neben der Decke ihre beiden Rucksäcke. Er versuchte, sich vorzustellen, was passiert sein könnte. Jo und der Lkw waren verschwunden, und sie saßen am Rand eines Platzes, der eine Art Parkplatz zu sein schien, das konnte er in diesem ersten, grauen Licht nun erkennen. Der Ort machte den Eindruck, als sei er abgelegen, weil noch kein anderes Auto zu sehen gewesen war, seit sie hier waren.

Das Geld!

Hektisch tastete er nach dem Gürtel und versuchte, ihn zu öffnen, um das Fach zu kontrollieren.

»Das Geld ist noch da«, sagte sie. »Keine Angst. Er hat in deinen Taschen nachgesehen und auch in den Rucksäcken, aber er hat es nicht gefunden.«

Wieder lächelte sie, und wieder suchte er in diesem Lächeln, in der Art, wie sie sprach, nach einem Hinweis, und er wusste nicht, ob er erleichtert sein sollte, dass er keinen fand.

Von dem Geld und dem Fach hatte er ihr erzählt, seit sie von der Türkei gemeinsam mit dem Fischerboot nach Griechenland gebracht worden waren. Samira hatte kein Geld und hätte dort bleiben müssen, die Männer auf dem Boot waren da unerbittlich gewesen. Aber Arjun war sehr froh gewesen, nicht mehr allein zu sein, darum hatte er für beide gezahlt. Bevor er ihr von dem Fach erzählte, hatte er überlegt, warum er ihr so vertraute, obwohl sie sich kaum kannten. Er wusste es nicht.

Es war eine milde Nacht gewesen, und es schien ein schöner Tag zu werden, dennoch kroch in der Stunde vor dem Sonnenaufgang eine Kühle über den Platz, die sie frösteln ließ.

Als die Sonne schon durch die Baumkronen zu sehen war, entschlossen sie sich, aufzubrechen und den Weg entlangzugehen, der durch den Wald vom Platz wegführte.

»Es ist schön, dass es dir gut geht«, sagte Samira, nachdem sie schon eine Weile gegangen waren. Sie drehte sich zu ihm um und sah ihn an. »Als er dich geschlagen hat und du dort gelegen hast, hatte ich Angst, wieder allein zu sein. Furchtbare Angst.«

Er konnte nichts darauf sagen, sondern ging nach ein paar Augenblicken einfach weiter. Sie folgte ihm, und Seite an Seite gingen sie schweigend eine Strecke.

»Hat er dir was getan?«, fragte er, ohne seinen Schritt zu unterbrechen, den Blick weiter nach vorn gerichtet.

»Was meinst du?«, fragte sie, blieb stehen, und jetzt musste er sie ansehen. »Meinst du, ob er mich vergewaltigt hat?«

Vielleicht vertraute er ihr deshalb vom ersten Augenblick an, weil sie mutig war und weil dieser Mut von ihr ausging wie eine Kraft.

»Ja, das meinte ich.«

»Nein«, sagte sie, und ihr Gesicht wurde ganz weich.

»Zum Glück«, sagte er und fühlte, wie ihm vor Erleichterung die Augen feucht wurden.

»Ja, zum Glück.« Sie sagte es mit einem Lachen, das Arjun nicht einordnen konnte.

»Und weißt du, warum. Es ging nicht.«

Er wusste nicht, was sie meinte.

»Wie?«

»Na, es ging bei ihm nicht.«

»Ach so«, sagte er, war sich aber nicht sicher, ob er es richtig verstanden hatte und das Richtige meinte.

Dann begann sie zu lachen, erst ein wenig, dann aber so sehr, dass er mitlachen musste. Sie lachte und lachte immer weiter, taumelte fast dabei, und konnte kaum aufhören, auch nicht, als ihr die Tränen über beide Wangen liefen. Arjun lachte mit, er musste mitlachen, er konnte sich nicht dagegen wehren, obwohl die Stelle an seinem Kopf davon schmerzte und auch ihm die Tränen liefen, und sie lachten und lachten.

Nach einiger Zeit kamen sie an eine Straße und entschieden sich für eine Richtung. Als die ersten Autos an ihnen vorbeifuhren und sie auf die Kennzeichen schauten, wussten sie, dass sie in Österreich waren.

»Jetzt ist es nur noch eine Grenze«, sagte Arjun, »bald wird alles gut.«

Er lachte wieder, aber dieses Mal ohne Tränen.

29

August 2016

Statt der Königsberger Klopse hätte er den Salat nehmen sollen, das wurde Steiger klar, als er der Kollegin vom Staatsschutz gegenübersaß. Er schien vergessen zu haben, dass ihm Kapern nicht bekamen. Alle zwei Minuten kam es ihm sauer hoch, und er wusste, dass das den Nachmittag über so bleiben würde.

Evelyn Mattern kam Steiger vor wie ein Überbleibsel der Weiblichen Kriminalpolizei. Diese Einrichtung war in den Siebzigern, ein paar Jahre, bevor er zur Polizei kam, aufgelöst und die Belegschaft in die normale Kripo übernommen worden. Sie waren damals die ersten und einzigen Frauen bei der Polizei überhaupt gewesen, und es hatte im Wesentlichen zwei Exemplare gegeben. Entweder waren es Blaustrümpfe aus besserem Hause gewesen, die bei Durchsuchungen in versifften Wohnungen schon mal das mit Kölnischwasser getränkte Taschentuch zückten, oder sie waren härter als jeder männliche Kollege und schnitten keinen Erhängten ohne coolen Spruch ab. Evelyn Mattern hätte zur zweiten Kategorie gehört, dachte Steiger, und sie sah aus, als müsse man sich vor Sex mit ihr fürchten.

»Hallo, ihr seid die Dortmunder Kollegen.«

Für ein paar Augenblicke war er absolut sprachlos und starrte die Frau an.

Mit einem einzigen Satz gelang es ihr, diesen Eindruck

vollkommen aufzulösen. Sie hatte sicher zehn Kilo zu viel, aber das Lächeln machte aus ihrem Gesicht das eines vorpubertären, hübschen Schulmädchens, das zwar fast im Gegensatz zu ihrer tiefen, fraulichen Stimme stand, die wiederum sich aber danach anhörte, dass man damit singen sollte, dachte Steiger.

»Kurt hat mich schon informiert, jedenfalls ein bisschen, könnt ihr mich trotzdem mal kurz wirklich auf Ballhöhe bringen.«

Dieses Mal ließ Steiger Jana erklären, auch weil er zwischendurch immer mit der Kapernsoße kämpfte.

»Okay«, sagte Evelyn, als Jana fertig war, »ist ja schon eine ungewöhnliche Vorstellung und Überlegung. Aber wenn euer Dakty-Mann so überzeugt ist.«

Den deutlichen Zweifel in ihrer Stimme konnte auch dieses Mädchenlächeln nicht verwehen. Sie nahm sich einen flachen Aktenordner und begann zu blättern, Steiger zückte sein Notizbuch.

»Also, wo fange ich an?« Wieder blätterte sie. »Wir …«, sie ließ die Akte noch einmal sinken. »Ich sage jetzt ›wir‹, aber das war alles lange vor meiner Zeit, ich bin erst seit vier Jahren hier und hatte mit den Ermittlungen nichts zu tun. Ich habe mich gestern nur mal einen Tag mit der Akte befasst und noch ein, zwei Telefonate mit dem Verfassungsschutz geführt. Also die Polizei ist auf ihn aufmerksam geworden, weil die Staatsschützer aus Mecklenburg-Vorpommern 2008 Erkenntnisse hatten, dass ehemalige tschetschenische Kämpfer mit gefälschten Pässen der neuen EU-Mitgliedstaaten – die baltischen Staaten waren ja 2004 dazugekommen – hier im Westen mit falschem Namen teilweise untergetaucht waren, aber auch illegale Geschäfte machten. Und zwar nicht mit diesen Aliens-

Pässen, die es in Estland und Lettland für die russische Minderheit gibt, sondern mit gefälschten ganz normalen National-Pässen, wenn ich das mal so sagen darf.«

»Das Problem mit den Aliens-Pässen kenne ich«, sagte Steiger. »Bei unseren russischen Prostis haben wir das häufiger.«

»Genau«, sagte Evelyn. »Jedenfalls haben die da ein dickes Verfahren wegen Menschenhandels gehabt, bei dem junge Frauen aus ehemaligen Sowjetrepubliken – Weißrussland, Ukraine und so weiter – auch mit falschen Pässen in den Westen gebracht und zur Prostitution gezwungen wurden. Die Täter waren eine Gruppe von Tschetschenen, die im zweiten, einige sogar schon im ersten Tschetschenienkrieg gekämpft hatten. Die Sache ist damals nicht so erfolgreich zu Ende gegangen, es gab ein paar Festnahmen, aber den ganz großen Aufschlag haben die nicht gemacht, weil was ziemlich schiefgegangen ist, schiefer geht's nicht. Die hatten für eine Zeit einen verdeckten Ermittler mit russischen Wurzeln relativ nah an der Gruppe, und nach dessen Informationen hat es noch mindestens zwei weitere Gruppen oder einzelne Leute gegeben, die hier in Deutschland oder im EU-Ausland mit falschen Personalien lebten und mit kriminellen Mitteln für die Geldbeschaffung zuständig waren. Eine im Grenzgebiet zu Frankreich in Saarbrücken, die viel mit Waffen gemacht hat, und einer im Ruhrgebiet. Dieser Mann hier im Pott war Dzhamal Aydamirov, 12.12.1983 in Grosny geboren, und das ist wahrscheinlich der wirkliche Name und die wahre Identität von Oskaras Kairys, eurem vermeintlichen Spurenleger.«

»Wie schreibt der sich?«, fragte Steiger.

Sie hielt ihm die Akte hin, und er schrieb den Namen ab.

»Wobei Kairys noch zwei andere Identitäten hatte, ähnlich wie die Mitglieder der Tätergruppe in Mecklenburg-Vorpommern. Ich kopier euch die Personalien und die Alias-Personalien nachher. Die Aufgaben zwischen den Gruppen waren einigermaßen aufgeteilt. Zumindest die Drogengeschäfte liefen wohl komplett über die Ruhrgebietsschiene, aber auch in Sachen Menschenhandel gab es einige Kurierfahrten, bei denen der VE dabei war und die Essen und Bochum zum Ziel hatten. Tja, und die Sache ist deshalb nicht besonders erfolgreich ausgegangen, weil der Kontakt zum VE irgendwann abbrach und der Mann nicht wieder aufgetaucht ist. Es spricht alles dafür, dass er verbrannt ist, was das Schlimmste annehmen lässt. Jedenfalls sind damals die überwachten Handys sofort tot gewesen, man hat noch versucht zu retten, was zu retten war, einiges hatten sie ja an Material, haben auch ein paar Festnahmen gemacht, aber wie gesagt, der ganz große Aufschlag war es nicht mehr.«

Sie legte die Akte auf den Schreibtisch und klappte einen Schreibblock auf.

»So, und die Infos ab jetzt sind nicht mehr rein polizeilichen Ursprungs aus Meck-Pomm oder sonst woher, sondern das habe ich vom Verfassungsschutz. Die sind mit ihren Infos ja schon sehr vorsichtig, und ihre Quellen geben die eigentlich gar nicht preis, auch uns Staatsschützern nicht, woher diese Dinge stammen, kann ich euch also meistens nicht sagen.« Sie presste die Lippen aufeinander und machte die Augen groß. »Aydamirov alias Kairys tauchte erst 2010 wieder auf, und zwar im Irak. Zunächst wohl als Kämpfer für den ISI, wie er damals noch hieß, aber aufgrund seiner Kenntnisse – er war ja Chemiker und ein IT-Fachmann – hat er sich auch da später um die Herstellung und den Verkauf von Heroin gekümmert. Diese Infos stammen, wenn ich den Kollegen richtig verstanden habe, von ehemaligen ISI-Kämpfern, die desertiert und als Informanten eingekauft worden sind. Wann genau und warum er dort hingegangen ist, weiß niemand. Tschetschenen wurden damals wie heute gern rekrutiert, weil sie nach zwei Kriegen als gewiefte und erfahrene Kämpfer galten. Aydamirov war im ersten Krieg dreizehn und noch zu jung, er ist aber der Sohn eines Offiziers der tschetschenischen Armee. Sein Vater ist jedoch vermutlich 1995 bei einem Attentat gezielt ausgeschaltet worden.« Sie machte eine Pause und blätterte wieder. »Tja, was gibt es sonst noch über den zu sagen? Er soll weniger religiös, sondern mehr politisch nationalistisch motiviert gewesen sein und muss über außergewöhnliche Fähigkeiten verfügt haben. Er hatte angeblich einen IQ von 140, sprach mehrere Sprachen, auch ein paar exotische, soll sogar Gebärdensprache gekonnt haben und galt als absolut kühler Denker und kalter Stratege. Es gab sogar Schilderungen, dass er im Irak ehemalige Kampfgefährten bei Verfehlungen exekutiert hat.«

»Ganz ehrlich: Woher haben die diese Infos?«, fragte Steiger. »Dass du mir hier über Dinge berichtest, die irgendwann mal im Irak passiert sind, ist doch wohl irre.«

Sie lehnte sich in ihrem Stuhl zurück und lächelte eine Lightversion ihres Schulmädchenlächelns.

»Ich kann es dir nicht sagen, Thomas. Du weißt, dass es für den Infoaustausch mit den Verfassungsschützern schon gesetzliche Grenzen gibt, und praktische erst recht, soll heißen, dass die Kollegen das nicht preisgeben, und der Verfassungsschutz geht da noch. Vom BND oder vom MAD hörst du gar nichts als ganz normaler Ermittler.«

Steiger nickte.

»Gab es noch was Wichtiges, was wir zu unserem Mann wissen sollten?«

Sie sah auf ihren Block.

»Eigentlich war es das. Aydamirovs Spur endet im Irak, jedenfalls endete sie damals dort. Er ist erst wieder auf der Bildfläche erschienen, als er 2014 in Recklinghausen gestorben ist, natürlich unter anderem Namen, und ja auch angeblich, wie ihr sagt.« Sie lächelte, und Steiger war klar, dass sie es für Blödsinn hielt.

Er sah sich das Bild von Aydamirov an, das Evelyn ihnen gleich am Anfang hingelegt hatte. Der Mann hatte ein schmales Gesicht, gleichmäßige und feine Züge, sah nicht sehr männlich, sondern fast ein wenig farblos aus, und wieder dachte Steiger, dass seine Mutter auch dieses Gesicht ebenmäßig empfunden haben könnte. Man sah es ihm nicht an, nicht die unglaubliche Intelligenz, nicht das grausame Erlebte, auch die Kälte nicht. Aber das war keine Erkenntnis, die Steiger erst an diesem Nachmittag gewann.

30

Ob das eigenartige Gefühl schon auf der Fahrt zu Evas Wohnung eingesetzt hatte, weil sie nicht ans Handy gegangen war, oder erst, als er vor der Tür stand und sie auf das Schellen nicht reagierte, konnte Steiger nicht mehr sagen. Sie musste zu Hause sein, er hatte ihren Wagen an der Straße stehen sehen.

Nachdem er um das Haus herumgegangen war und ihre offene Balkontür sah, war es aber so intensiv da, dass er die Unruhe in sich wie ein eigenes Organ fühlen konnte, mit dem etwas nicht in Ordnung war. Zweimal rief er ihren Namen, aber der Balkon blieb leer.

Um sich zu beruhigen, suchte er nach Erklärungen, wo sie sein könnte, ob sie vielleicht einen Spaziergang machte und ihr Telefon vergessen hatte, aber all das passte nicht zu ihr. Er ging wieder nach vorn zur Eingangstür, zupfte aus seinem Schlüsselbund ihren Schlüssel, der sich seit Monaten daran befand, ohne dass er ihn einmal benutzt hätte. Noch einmal drückte er den Knopf, wieder tat sich nichts. Er schloss die Tür auf und ging die Treppe nach oben. An ihrer Wohnungstür klingelte er noch einmal, klopfte zwei-, dreimal zu heftig für dieses Haus, rief ihren Namen und legte sein Ohr an die Tür, aber es war nichts zu hören.

Wieder besah er sich den Schlüssel, den er den ganzen Weg nach oben schon bereit zwischen Daumen und Zeigefinger gehalten hatte, und verschwendete in dieser

Situation ein paar Sekunden für die Antwort auf die Frage, warum es so eine große Sache für ihn war, einfach so in Evas Wohnung zu gehen, obwohl er den Schlüssel schon so lange besaß und sie das wusste. War es Angst davor, wie auch immer zurückgewiesen zu werden? War es auch nach vielen gemeinsamen Nächten in diesen Räumen die Scheu, etwas zu betreten mit einer Selbstverständlichkeit, die ihm immer noch nicht zustand? Hatte er Angst, auf eine Situation zu treffen, die ihn schmerzen würde?

Das Schloss war nur eingeschnappt, er horchte erst einen Moment, dann rief er wieder ihren Namen. Aber es kam keine Antwort.

Als er sie schlafend auf dem Bett fand, war er im ersten Moment erleichtert, beim Blick auf die leeren Tablettenheftchen auf dem Nachttisch war das innere Flimmern aber heftiger wieder da als vorher und wurde noch schlimmer, als er auf dem Boden ihres Weinglases krümelige Reste fand.

»Eva!« Er rüttelte sie, aber es kam kaum eine Reaktion.

»Eva!« Ein schwacher Klaps auf die Wange geriet ihm so viel heftiger, als er es wollte, dass er selbst erschrak. Aber alles Rufen und Schütteln half nichts, außer einem nasalen Stöhnen zeigte sie keine Reaktion. Ihm fielen all ihre resignierten, verzweifelten Sätze der letzten Wochen ein, ihre oft unvermittelten Tränen, ihre schlaflosen Nächte, ihre apathische Niedergeschlagenheit über die körperlichen Spuren aus der Schießerei.

Ohne sie loszulassen, zog er einhändig mit etwas Mühe das Handy aus der Tasche und wählte 112.

»Notruf der Feuerwehr.«

Steiger gab die Adresse an und seinen Namen, den Grund seines Anrufs und beantwortete noch zwei Fragen.

Nachdem er das Gespräch weggedrückt hatte, bemerkte er, wie das Telefon in seiner Hand zitterte.

Er versuchte weiter, Eva wach zu bekommen oder so wach zu halten, wie sie war, und nach und nach wurden ihre Reaktionen ein wenig lebendiger.

Der Rettungswagen kam mit üblichem Getöse und war schon von Weitem zu hören. Steiger ließ ihren Oberkörper zurück in das Kissen gleiten und ging nach unten, um die Tür zu öffnen. Sie sagte leise ein paar Worte, die er nicht verstand.

Ihr Blick war noch etwas trübe, als er mit den Rettungssanitätern wieder ins Schlafzimmer kam, aber sie hatte sich schon seitlich auf den Ellbogen aufgestützt.

»Was ist los?«, fragte sie und klang etwas verwaschen.

»Alles in Ordnung bei Ihnen, Frau ...«, der junge Mann sah Steiger an.

»Kramer.«

»Frau Kramer?«

Der zweite Mann in Orange-Gelb hatte schon die Tablettenpackung in der Hand und zeigte sie dem Kollegen.

»Wie viel haben Sie denn davon genommen, Frau Kramer?«

Eva strich sich mit der Hand durchs Gesicht und schob ihre Haare nach hinten.

»Was ...?«

Er hielt ihr das Tablettenheftchen hin.

»Haben Sie diese Tabletten genommen?«

»Was ist denn ...«

»Wie viele von diesen Tabletten haben Sie genommen?«

Sie besah sich den Plastikstreifen in seiner Hand.

»Vier ...«

Durch das gekippte Fenster kam der Ton eines zweiten Martinshorns näher. Steiger wusste, dass das der Notarzt war, und hoffte, dass niemand die Haustür wieder verschlossen hatte.

»Okay, können Sie sich aufsetzen.«

Mit etwas Hilfe setzte sie sich aufs Bett, und wieder fielen ihr die Haare vors Gesicht.

Der Notarzt kam ins Schlafzimmer und grüßte kurz. Steiger kannte den Mann, vermutlich von irgendeiner Leichensache, aber das Erkennen beruhte offensichtlich nicht auf Gegenseitigkeit.

Die Sanitäter schilderten dem Mann mit knappen Sätzen die Situation und zeigten ihm die Tablettenheftchen und das Weinglas.

Der Arzt setzte sich zu Eva aufs Bett.

»'n Abend, Frau Kramer, mein Name ist Gärtner, ich bin der Notarzt. Haben Sie …«

»Notarzt«, das genervte Erstaunen gab ihr Lebendigkeit zurück, »wieso Notarzt?«

»Ihr Mann«, er sah Steiger an, »hat uns gerufen, weil sie nicht ansprechbar waren. Haben Sie diese Tabletten genommen?«

Wieder schob sie den Vorhang der Haare nach hinten und besah sich das Heftchen in seiner Hand.

»Ja, nehme ich manchmal …«

»Wie viele haben Sie heute davon genommen?«

»Vier, habe ich doch schon gesagt. Erst zwei, und dann noch zwei.«

»Wie lange ist das her?«

»Weiß ich nicht. Wie spät isses denn?« Sie sah auf den Radiowecker. »Zwei Stunden, ungefähr.«

Sie sprach immer noch wie in Zeitlupe.

»Und wie viel Wein haben Sie getrunken?«

»Zwei Glas, glaub ich.«

»Zwei Gläser, nicht mehr?«

»Nein, mehr nicht, die Flasche muss noch irgendwo stehen.«

Einer der Sanitäter verließ das Zimmer.

Eva wirkte immer noch nicht wach, aber jetzt sah es mehr aus wie sehr verschlafen, und Steiger fragte sich, ober er falschen Alarm gegeben hatte.

»Okay, Frau Kramer, können Sie aufstehen?«

»Wieso soll ich aufstehen?«

Der Notarzt erhob sich und zog sie mit lächelndem Nachdruck am Arm hoch.

Eva stand auf und breitete die Arme aus wie eine Artistin nach einem Kunststück.

»Isses jetzt gut?« Wieder etwas genervter.

»Ja, alles gut«, sagte er.

Der zweite Sanitäter kam mit einer Weinflasche zurück ins Zimmer und zeigte sie dem Arzt. Die Flasche war noch knapp halb voll.

»Okay«, der Arzt wandte sich an Steiger, »ich glaube, da müssen wir nichts machen. Bleiben Sie jetzt bei ihr.«

»Ja«, sagte Steiger.

»Gut, dann sollte sie nur jetzt keine Tabletten mehr nehmen und nach Möglichkeit nichts mehr trinken heute. Wenn sie wirklich vier davon genommen hat vor zwei Stunden, wird sie ganz sicher wieder einschlafen, aber sie muss sicher nicht beobachtet werden.« Er machte eine Pause. »Ich will nichts dramatisieren, aber vier Schlaftabletten, Rotwein… Es gibt da den Kriseninterventionsdienst. Das ist…«

»Ich weiß, was der Kriseninterventionsdienst ist, ich

bin Polizist hier in Dortmund. Ich glaube, den brauchen wir nicht.«

Er nickte erkennend.

»Stimmt, Sie kamen mir gleich bekannt vor, ich wusste nur nicht mehr, woher.«

Sie packten ihren Kram zusammen, verabschiedeten sich und gingen.

Steiger schloss die Tür hinter ihnen und setzte sich neben Eva aufs Bett.

»Was war denn das für 'ne Nummer?« Seitenblick mit gesengtem Kopf.

»Ich hatte Angst«, sagte er.

»Mann, ich habe die letzten drei Tage beschissen geschlafen, du weißt doch, dass ich die manchmal nehme.«

»Ich hatte Angst.«

»Ja, aber was glaubst du denn? Den Notarzt, ich fasse es nicht.«

»Ich hatte Angst.«

»Kannst du noch was anderes sagen? Auch wenn man Angst hat, kann man mal überlegen.«

»Nein, kann man nicht. Ich weiß gar nicht, wann ich das letzte Mal so eine Angst hatte.«

Wieder ein Seitenblick, jetzt mit weniger Vorwurf. Sie legte ihm eine Hand auf den Oberschenkel und lehnte sich an seine Schulter.

»Sind die mit Blaulicht gekommen?«

»Blaulicht, Martinshorn, das ganze Orchester.«

»O Gott. Da werden sie alle geglotzt haben und sich wer weiß was denken. Aber ich bleib ja eh nicht mehr hier wohnen.«

Einen Moment zögerte er und überlegte, ob es der richtige Moment war.

»Wollte ich dir letztens schon sagen. Also, wenn du hier rausmusst, und erst mal nichts findest so schnell, du könntest bei mir sicher unterkommen, vielleicht erst mal oder länger oder was weiß ich. Meine Wohnung ist jedenfalls groß genug.« Er sah sie von der Seite an, aber ihr Gesicht war wieder hinter dem Haarvorhang verschwunden. »Ist nur ein Angebot.«

Sie nahm die Hand von seinem Bein, lächelte unsicher und stand auf.

»Ich muss mal zur Toilette«, sagte sie.

Er ließ sich rückwärts aufs Bett fallen, spürte wieder das Flimmern in sich und wusste nicht genau, ob es an ihrer Reaktion lag oder ob es noch mit dem Wärmeball zu tun hatte, der in ihm aufgegangen war, als der Notarzt »Ihr Mann« gesagt hatte.

31

Wie lange saß er jetzt schon vor dem Bildschirm und starrte auf dieses Bild? Das Gesicht hatte seine Schönheit nicht verloren, aber es war tot, unverkennbar, und Steiger überlegte wieder, ob das Leben diesen Linien und Erhebungen etwas nahm, wenn es ging, oder ob der Tod, wenn er kam, etwas hineingoss, was sofort erstarrte und blieb. Er erinnerte sich an einen Bildband, den er in den letzten Jahren bei seinem Vater vor dessen Tod gesehen hatte, ein Buch voller Porträts gestorbener Menschen, Kindern und Greisen, Männern und Frauen, und dessen Name fälschlicherweise etwas mit Schlaf zu tun gehabt hatte. Dennoch hatten die Fotos etwas Fesselndes gehabt, aber ihm fiel der genaue Titel nicht mehr ein.

Dieses Bild vor ihm von Amir Berisha hätte aus diesem Buch sein können.

Jana hatte ihn vorgewarnt.

»Du wirst geschockt sein. Guck mal deine E-Mails nach.«

Mehr konnte sie nicht sagen, als sie mit Bulthaup auf der Markgrafenstraße an ihm vorbeigerollt war, wahrscheinlich zu irgendeiner Ermittlung, vielleicht auch zum Brötchenholen um die Zeit.

Er hatte zuerst den Anhang der E-Mail geöffnet, jetzt schloss er das Bild wieder und klickte den Text an.

Betreff: Erkenntnisanfrage von Interpol Kroatien
hier: Tötungsdelikt zum Nachteil des albanischen StA Amir Berisha, *23.01.1997 in Durres, Albanien u.a.

Steiger scrollte durch die ellenlangen Steuerungsangaben ganz nach unten.

gesteuert: wiesbaden bka

gesteuert: düsseldorf lka

pp dortmund

Sachverhalt:
Am Samstag, dem 27.08.2016, fanden Mitarbeiter einer Mülldeponie in der Nähe der kroatischen Stadt Ivanec in vernähten Textilsäcken wesentliche Teile einer männlichen und einer weiblichen Leiche. In den Säcken befanden sich jeweils die Torsi, Extremitäten und die Köpfe der Personen. Sämtliche Organe waren trotz intensiver Suche nicht auffindbar.
Die weibliche Leiche konnte bislang nicht identifiziert werden, die männliche Leiche ist durch Abgleich der Fingerabdrücke mit dem Datenbestand über das deutsche Bundeskriminalamt in Wiesbaden als der albanische Staatsangehörige

Amir Berisha, geb. 23.01.1997 in Shkodra,

identifiziert worden.
Die einzige erkennungsdienstliche Behandlung, die auch zur Identifizierung der Person führte, erfolgte

nach Auskunft des BKA am 24.08.2016 in Dortmund wegen des Verdachts des illegalen Aufenthalts und der Urkundenfälschung.
Die Leichenfunde stehen mit an Sicherheit grenzender Wahrscheinlichkeit im Zusammenhang mit einem ähnlichen Leichenfund am 03.04.2016 ebenfalls auf einer Mülldeponie nahe der kroatisch/slowenischen Grenze. Eine unbestimmte Anzahl nicht entdeckter weiterer Fälle wird für möglich gehalten.
Sowohl die Art der aufgefundenen Leichenteile als auch weitere Ermittlungsergebnisse lassen den Schluss zu, dass es sich um Straftaten im Zusammenhang mit international agierenden Organhändlern handelt.
Eine Ermittlungskommission ist seit April 2016 eingerichtet.

Für PP Dortmund:
Um Übermittlung aller Erkenntnisse und der näheren Umstände des in Rede stehenden Delikts im Zusammenhang mit der erkennungsdienstlichen Behandlung des Berisha vom 24.08.2016 wird gebeten.
Weiterhin wird um die Übersendung aller weiteren dort existierenden Erkenntnisse zur Person des Berisha gebeten, insbesondere seiner möglichen Kontaktpersonen und Aufenthaltsorte vor und nach der Festnahme am 24.08.2016.
Welche ausländerrechtlichen Maßnahmen sind darüber hinaus getroffen worden?

Gisa kam herein, ihre Ledermappe unterm Arm, ging zu Steiger und schaute über seine Schulter auf den Bildschirm.

»Ganz schön heftig, oder? Ich habe es heute Morgen schon gelesen. Was habt ihr mit dem gemacht?«

»Das Übliche. Nachdem er hier verarztet worden ist, haben wir ihn zum Ausländeramt gefahren, was schon ein Service ist, machen wir ja sonst auch nicht, eigentlich werden sie geschickt, aber weil er echt 'ne arme Sau war, und ein Netter.«

»Und was haben die mit ihm gemacht?«

»Ich habe keine Ahnung, hab auch noch nicht angerufen. Wenn es normal gelaufen ist, hat er eine Ausweisungsverfügung bekommen und ein paar Tage Zeit, Deutschland zu verlassen. Aber ich hab es grad erst gelesen und bin ehrlich gesagt noch leicht geschockt. Das war echt ein Sonderfall. Der hat als Kind fast zehn Jahre mit seinen Eltern in Deutschland gelebt, sprach akzentfrei Deutsch und musste dann mit zehn Jahren wieder nach Albanien. War klar, dass der wiederkommt, nur leider mit falschem bulgarischem Pass. Der hatte sich hier sogar schon einen Job gesucht. Eigentlich ein Superjunge, der nur aufgeflogen ist, weil er für den Job ein Konto brauchte. Ich kann mir das kein bisschen erklären. Aber vielleicht ist es auf der Ausreise passiert. Wenn er nicht geflogen ist, liegt es ja ungefähr auf dem Weg.«

»Und ein sehr hübscher«, sagte Gisa und ging in ihr Büro.

Steiger wählte die Nummer der Ausländerbehörde.

»Strecker.«

»Guten Morgen, Ben«, sagte Steiger. »Thomas Adam hier. Erst mal noch meine Anerkennung für den geglückten Saisonstart.«

»Man dankt. Und ich spare mir mal mein Bedauern …«

»Kannst du auch. Ich rufe an wegen Amir Berisha. Das

war der Albaner, den wir letzte Woche zu euch geschickt haben.«

»Kleinen Augenblick, ich glaube…«, Steiger hörte durchs Telefon das Klappern der Computertasten, »…ja, genau, das war der mit dem falschen bulgarischen Pass. Das war mal wieder einer, der nicht gekommen ist. Du hattest mir ja die Durchschrift der Anzeige geschickt und die Passkopien, der wirklich grottenschlecht gemacht war.«

»Was? Der ist nicht gekommen?«

»Ne, ich habe die Unterlagen noch hier. Als du angerufen hattest, habe ich schon mal was angelegt, aber er ist nicht gekommen. Hattest du dem 'ne Anlaufbescheinigung mitgegeben?«

»Nein, das war unnötig. Wir haben ihn quasi vor eurer Tür abgesetzt. Und der war auch völlig einsichtig.«

»Tja, dann ist die Einsicht wohl auf den letzten Metern flöten gegangen, und er hat noch die Biege gemacht, ist ja nicht so selten. Was ist mit dem?«

»Der ist tot.«

»O Gott, so 'n junger Mensch.«

»Ja, und er ist offensichtlich getötet worden, und wahrscheinlich unter heftigen Bedingungen, wenn ich die Mail von den Kollegen aus Kroatien lese.«

»In Kroatien?«

»Ja, wahrscheinlich, aber ich rufe da vielleicht mal an, das würde ich gern genauer wissen.«

»Okay, kannst mich dann ja mal bei Gelegenheit informieren, interessiert mich auch. Dann hefte ich seine Papiere mal im ›Erledigt‹-Ordner ab.«

Steiger legte auf und war sich unsicher, ob das Wortspiel gewollt oder ob es ein Versehen war. Bei Ben wusste man das nie. Aus dem Fernschreiben suchte er sich die Nummer des Kollegen vom BKA und wählte.

»Schmidbauer, BKA.«

»Thomas Adam, Polizei Dortmund. Kollege, du hast an uns beziehungsweise ans LKA gestern Abend die E-Mail mit der Erkenntnisanfrage aus Kroatien weitergesteuert.«

Er brauchte einen Moment.

»Ja, hier hab ich sie. Die Organhandelsgeschichte.«

»Genau. Besteht da die Möglichkeit, mit den Kollegen dort zu telefonieren?«

»Wenn Sie bei sich einen kroatischen Dolmetscher haben, sicher. Ich könnte das wohl arrangieren.«

»Wie soll das ablaufen, was musst du da machen?«

»Am besten, ich frage da mal nach, wann es möglich ist, und melde mich bei Ihnen. Sie können dann ja für die Zeit einen Dolmetscher bereithalten.«

»Wie lange könnt das dauern, kannst du da was sagen?«

»Das kann ganz schnell gehen. Ich schreibe Ihnen einfach eine Mail, okay?«

»Vielen Dank, so machen wir es.«

Steiger legte auf. Ein Siezer. Beim BKA gab es manchmal noch diese Pflegefälle, dachte Steiger, dabei hatte er eigentlich ganz nett geklungen.

Einen kroatischen Dolmetscher kannte er nicht, deshalb suchte er sich einen Namen aus der Dolmetscherdatei und notierte sich schon mal die Nummer.

Bevor er den kroatischen Kollegen ihre Fragen beantwortete, rief er noch einmal das Bild des toten Amir Berisha auf, dessen Gesicht auch über den Tod hinaus so ebenmäßig war.

Er musste sich mal in einer Buchhandlung erkundigen, wie dieses Buch geheißen hatte.

32

Jana hatte weder mit Bulthaup etwas ermittelt noch Brötchen geholt. Beide hatten die 22er dabei unterstützt, aus einem Keller eine etwa hundert Quadratmeter große Cannabisplantage mit Hunderten erntereifer Pflanzen sicherzustellen, und danach roch die Kollegin auch.

»Du stinkst wie die größte Kifferin westlich von Santa Fe, zurückhaltend formuliert«, sagte Steiger.

»Häh, westlich von Santa Fe?«

»Ist aus den Siebzigern, kennst du nicht.«

»Ich hab's dir angeboten, fahr bei mir zu Hause vorbei, ich dusche und zieh mich um. Länger als zehn Minuten brauche ich nicht.«

Steiger sah auf die Uhr im Display.

»Hinterher. Vorher schaffe ich das nicht mehr.«

Er parkte den Wagen direkt am Eingang. »Bleibst du hier.«

»Auf jeden Fall. Auf so was habe ich keinen Bock.«

»Dann lass ich den Wagen hier stehen.«

Steiger hatte am Morgen beim Ordnungsamt angerufen und erfragt, wo der Bereich für die anonymen Bestattungen war, und fand die Stelle relativ schnell. Schon von Weitem sah er, dass seine Vermutung richtig gewesen war. Batto stand etwa zwanzig Meter abseits und sah den drei Stadtangestellten dabei zu, wie sie zwei Bretter quer über die ausgehobene Grube legten.

»Hallo.« Steiger stellte sich neben Batto und war erschrocken, als dieser sich ihm zuwandte. Der Freund sah aus, als habe er drei Tage und Nächte durchgesoffen. Wenigstens trug er keine Jogginghose, aber eine Jacke, die viel zu warm war für diesen Nachmittag, auch das passte nicht zu ihm.

Einer der drei Arbeiter zog ein Handy aus der Brusttasche seiner Latzhose, führte ein kurzes Gespräch und steckte das Telefon wieder weg. Zwei der drei zündeten sich eine Zigarette an, erzählten und lachten.

Steiger sah Batto von der Seite an, überlegte, ob er etwas sagen sollte, aber die Art, wie Batto die Szene beobachtete, ließ ihn schweigen.

Nach kurzer Zeit kamen zwei weitere Männer und eine junge Frau in derselben Kleidung. Sie nahmen den Sarg vom Rollwagen und stellten ihn auf die Bretter. Die Raucher warfen ihre Kippen am Sarg vorbei in die Grube, und zwei der Männer verlegten Seile, die sie vom Auflieger eines kleinen Arbeitsfahrzeugs holten, unter dem Sarg entlang, und sie stellten sich in zwei Dreierreihen neben den Sarg. Auf das Kommando eines von ihnen zogen zunächst die beiden an einer Seite den Sarg so hoch, dass die Frau vom mittleren Team das Brett wegziehen konnte. Danach beeilte sie sich, die Prozedur auf der anderen Seite zu wiederholen. Dann nahm sie ihr Seilende, und alle sechs ließen den namenlosen erschossenen Jungen langsam in die Erde gleiten.

Steiger sah nach oben. Wie aus dem Nichts hatte sich eine dunkle Wolke vor die Sonne geschoben, und der erste Tropfen traf ihn im Gesicht, bald der zweite und dritte, und nach wenigen Sekunden begann es heftig zu regnen.

Die Arbeiter zogen die Seile unter dem Sarg hervor,

warfen sie auf die Ladefläche und drei von ihnen begannen, die Erde zurück in die Grube zu schaufeln.

Als der Regen zunahm, hielten sie inne, sprachen kurz miteinander gingen erst in Richtung einer Baumgruppe, liefen dann.

Der erste Schritt war zögerlich, der zweite auch, dann ging Batto zügig zum Grab und blieb vor der Grube stehen. Steiger folgte ihm und spürte, wie ihm das Wasser in den Kragen der dünnen Jacke lief, die auch schon vollkommen nass war.

Batto stand da und blickte regungslos auf die braune Kiste, auf der der Regen die wenigen Schaufeln Erde schon zerlaufen ließ.

»Komm mit, sagte der Esel«, seine Stimme klang kehlig und ein wenig fremd, »etwas Besseres als den Tod werden wir überall finden.«

Dann nickte er kurz, drehte sich um und ging.

Steiger folgte ihm.

»Jetzt hör doch mal mit diesem Scheiß auf, verdammt noch mal! Glaubst du, das hilft dir, solche Sprüche?« Er fasste Batto am Arm und zwang ihn, stehen zu bleiben. »Du musst ja nicht mit mir reden, aber du bist doch nicht im Ernst der Meinung, dass das hilft, wenn du dich einschließt und mit keinem sprichst.« Wieder fand Steiger seine eigenen Worte zu heftig, zu laut, aber er konnte es nicht kontrollieren. »Was war das denn jahrelang für ein Gelaber, dass es hilft, wenn man über die Dinge spricht? Jedes Gespräch macht den Deckel auf und lässt etwas Druck raus. Reden ist das Wichtigste. Ohne Reden bleibt es immer in uns. Wer hat das denn immer gepredigt?«

Batto stand vor ihm, sah ihm in die Augen, und das Wasser tropfte ihm von der Nase und aus den Haaren.

Mit beiden Händen fasste Steiger ihn an den Armen und schüttelte ihn.

»Verdammt, sag mal was. Mach dir doch mit solchen Sprüchen nicht selbst das Leben zur Hölle. Du kannst nichts dafür. Was hättest du denn anderes machen sollen in dem Moment?«

Batto verzog den Mund, presste die Lippen aufeinander und fasste Steiger einmal an der Schulter. Dann ging er in eine Richtung, in der keiner der Ausgänge lag.

»So wird das nichts, Batto!«, rief Steiger hinter ihm her. »So wird das nichts!«

Einen kurzen Moment überlegte er, ihm zu folgen, dann ging er zum Wagen.

Jana war mit ihrem Handy beschäftigt; durch den Regen waren die Scheiben von innen beschlagen.

»Na, da habt ihr euch aber genau die richtige halbe Stunde ausgesucht.« Sie steckte das Telefon weg und sah ihn an. »Und? Wie isses gelaufen?«

»Beschissener geht es nicht«, sagte Steiger, und die nassen Klamotten ließen ihn frieren.

Der Regen hatte aufgehört.

33

Einmal duschen und zweimal umziehen hatte so viel Zeit gekostet, dass sie eine gute Stunde später in Recklinghausen ankamen als geplant.

Im KK 11 trafen sie die Leiterin an; Kollege Grabowski, mit dem sie sich verabredet hatten, war zu einer Leichensache unterwegs. Beate Körner begrüßte sie und entschuldigte Grabowski.

»Rolf hat euch aber die Akte dagelassen, ihr könnt euch ja einlesen. Vielleicht habt ihr Glück, seine Leiche geht schnell und ihr erwischt ihn noch.«

Steiger nahm den Heftordner, der für eine normale Leichensache fast ein wenig zu dick war, fand er.

»Hab ihr irgendeinen Platz, wo man in Ruhe etwas lesen kann?«

»Natürlich. Unser MK-Raum wird zurzeit nicht benötigt. Wollt ihr einen Kaffee?«

»Gern«, sagte Steiger, Jana lehnte ab.

Sie nahmen sich einen Platz am Ende des langen Tischs, und Steiger schlug die Akte so auf, dass Jana mit hineinschauen konnte.

»Ne, lies du man, das ist blöd so. Du wirst es mir sowieso hinterher erzählen.«

Sie kramte ihr Handy hervor und wischte über den Bildschirm.

Steiger blätterte.

Am Montag, dem 24.02.2014, um 23.17 Uhr ging bei der Leitstelle der Feuerwehr ein Notruf ein, dass es …

»Das war eine Brandleiche, hatte ich dir das überhaupt gesagt?«, fragte er, und Jana sah kurz von ihrem Handy auf.

»Ne, hattest du nicht.«

Er blätterte weiter.

Beate Körner stellte ihm lächelnd den Kaffee hin und ging wieder.

Beim weiteren Brandort handelt es sich um ein frei stehendes Einfamilienhaus, Baujahr 1928, in einem alten Siedlungsverbund in Marl. Das umgebende Grundstück hat eine geschätzte Größe von 600 Quadratmetern. Zum Haus gehört noch eine zur westlichen Seite hin gelegene Garage. Weiterhin …

Unwichtig.

Betritt man das Haus von der Straße aus durch die Eingangstür, gelangt man in den Hausflur, von dem im Uhrzeigersinn folgende Räume abzweigen: vorn links ein als Abstellraum genutztes Zimmer. Dahinter links die Küche. Geradeaus führt eine Glastür ins Wohnzimmer, durch die einzige Tür an der rechten Seite gelangt man ins Schlafzimmer. Vorn rechts führt direkt hinter der Eingangstür eine Holztreppe in den ersten Stock des Hauses.

Besonders das zum Garten hin weisende Wohnzimmer ist durch Löschwasser stark beschädigt, die anderen Räume in abgeschwächter Form.

Über die bezeichnete Holztreppe erreicht man das

Obergeschoss des Hauses einen etwa acht Quadratmeter großen Flur, von dem drei Räume abzweigen. Der Raum, in dem sich sowohl die Leiche als auch der Brandherd befinden, liegt nach hinten zum Garten hin weisend. Man betritt ihn durch einen 90-Grad-Schwenk am Kopfende der Treppe.
Der Raum hat eine geschätzte Größe von 3x4 Metern. An der Wand gegenüber der Eingangstür befinden sich zwei etwa 80x60 cm große Fenster. Rechts und links weist der Raum eine Dachschräge auf, die beidseitig auf einem etwa 50 cm hohen Drempel aufsetzt.
Der Raum ist spärlich möbliert. Links vom Eingang vor dem Drempel auf einem niedrigen Holztisch steht ein Fernseher. Vorn rechts nach dem Betreten des Raums ein etwa kniehoher Couchtisch, auf dem sich eine Flasche mit verkohltem Etikett befindet, der Form nach eine Wodkaflasche und ein Glas. Weiterhin ein Aschenbecher, eine stark verkohlte Schachtel, vermutlich mit Zigaretten.
Dahinter an der Stirnwand und vom rechten Drempel durch die Schräge etwa zwanzig Zentimeter entfernt steht ein Sofa, auf dem die Leiche in Rückenlage liegt.
Das Sofa, der umliegende Teppichboden und die Wand dahinter weisen starke Brandschäden auf. Die Leiche ist bis auf den vom Sofa herabhängenden linken Unterschenkel stark verkohlt. Der Unterschenkel lässt zum Fuß hin noch etwas Haut erkennen, die allerdings auch dunkel verfärbt ist.

Steiger blätterte in der Akte weiter und fand ein paar Fotos, die genau das wiedergaben, was er gerade gelesen hatte. Die Leiche lag auf einem fast zerschmolzenen Sofa und war bis auf kleine Teile des linken Unterschenkels schwarz.

»Wie haben die den denn identifiziert?«, fragte Steiger.

»Wieso?« Jana sah von ihrem Handy auf.

»Sieh dir das an.«

Er zeigte ihr die Fotos.

»Höchstens DNA.«

Er blätterte weiter.

Vermerk

1. Mieter des durch den Brandschaden beschädigten Hauses ist laut Einwohnermeldeamt der Stadt Recklinghausen der griechische Staatsangehörige Kostantinos Migiakis, *16.09.1983 in Athen. Eine griechische Identitätskarte konnte im Wohnzimmerschrank aufgefunden werden.
2. Eine auf visueller bzw. daktyloskopischer Basis beruhende Überprüfung der Identität des Toten war aufgrund des fortgeschrittenen Verbrennungszustands nicht möglich.
3. Die Identifizierung durch eine DNA-Untersuchung konnte wegen fehlenden Vergleichsmaterials ebenfalls nicht vorgenommen werden.
4. Wie dem gesonderten Bericht der Kriminaltechnischen Untersuchung zu entnehmen ist, ist das gesamte Haus auf Fingerspuren untersucht worden. Dabei ist daktyloskopisches Material verschiedener Personen gesichert worden. Im ganz

überwiegenden Teil aber Fingerspuren, die dem Vergleichsmaterial des in polizeilichen Fahndungssystemen als
Oskaras Kairys, *01.08.1983 in Vilnius,
registrierten litauischen Staatsangehörigen zuzuordnen sind.
Die der Identifizierung zugrunde liegende erkennungsdienstliche Behandlung stammt aus dem Jahre 2007 im Zusammenhang mit einem Verfahren wegen des Verdachts des Handelns mit Betäubungsmitteln in nicht geringer Menge, das beim FP Bochum geführt wurde.

5. Auch für diese Personalien befand sich in der Wohnung ein Personaldokument in Form eines litauischen Passes.
   Bei beiden Dokumenten handelt es sich vermutlich um Fälschungen von hoher Qualität. Das Gutachten des Landeskriminalamtes NRW steht noch aus.
6. Intensität, Art, Charakter und Umfang der vorgefundenen Fingerspuren lassen mit an Sicherheit grenzender Wahrscheinlichkeit den Schluss zu, dass es sich um die Spuren der Person handelt, die das Haus bewohnte.
7. Auch wenn, wie unter Punkt 2 und 3 erläutert, eine eindeutige Identifizierung nicht erfolgen konnte, weisen alle Ermittlungsergebnisse darauf hin, dass es sich bei dem Toten um den Wohnungsinhaber handelt.
8. Vorbehaltlich des abschließenden Gutachtens des Brandsachverständigen ist der Tote mit einer brennenden Zigarette auf dem Sofa eingeschlafen. Ge-

stützt wird diese Vermutung durch den Umstand, dass die Untersuchung des bei der Obduktion entnommenen Herzbluts eine Blutalkoholkonzentration von 2,24 Promille aufwies.

Weiterhin…

Die Tür ging auf, und ein Mann mit grauem Haar, schlanker Figur und Urlaubsbräune kam in den Raum.

»Ah, die Dortmunder.« Er gab beiden die Hand. »Rolf Grabowski.«

»Ist es doch schneller gegangen?«, fragte Steiger.

»Ja, 'ne ganz schnelle Leiche, ein Zweiundachtzigjähriger. Ich habe den Hausarzt erreicht, der natürlichen Tod bescheinigt, nichts für uns. Ihr habt schon gelesen?«

»Ja, ich habe es mir angesehen. Sieht ja schon ein wenig eigenartig aus. Hundertprozentig identifiziert ist er nicht.«

»Stimmt, wir haben damals auch hin und her überlegt, sind aber aufgrund der gesamten Umstände überzeugt, dass er das war. Es gab keinen einzigen Hinweis darauf, dass es anders sein könnte. Und wir sind überzeugt, dass es ein Unfall war. Der ist granatenvoll auf dem Sofa eingepennt mit brennender Zigarette, und dem ist einfach zum Verhängnis geworden, das das ein uraltes Sofa war, was man so heute gar nicht mehr verkaufen dürfte. Die Oberfläche war aus so einer Kunstfaser – den Namen hab ich jetzt vergessen, steht da irgendwo drin –, die unglaublich brennbar ist. Du hast ja die Bilder gesehen, die Couch ist vollkommen in Flammen aufgegangen, und der Sachverständige sagt, das hat Sekunden gedauert.«

»Und ihr seid sicher, dass er das ist?«

Grabowskis Lächeln kam in Begleitung von etwas, das

Steiger nicht deuten konnte, aber was zumindest nicht eindeutig Mitleid oder Herablassung war.

»Ich weiß, worauf du hinauswillst, du hast es mir ja am Telefon geschildert. Ja, sind wir. DNA-Material hatten sie 2007 leider nicht genommen. Aber die Größe stimmte, und man hatte da auch niemand anderen gesehen. Seine Fingerabdrücke waren im gesamten Haus, am Zahnputzbecher und auf der Lokusbrille, wir haben beide falschen Pässe gefunden. Und, das hast du wahrscheinlich noch nicht gelesen, wir haben auch etwas Heroin gefunden. Wir glauben einfach, dass der unter anderer Identität sein altes Geschäft weitermachen wollte. Und dass er eigentlich Tschetschene ist, Aydamirov heißt und im Untergrund gekämpft hat, das haben wir erst erfahren, als die Bochumer Staatsschützer auf uns zukamen. Das war aber ein paar Wochen nach der Leichensache.«

»Okay.«

Steiger erhob sich, trank den letzten Rest kalten Kaffee und sah Jana an, die auch aufstand.

»Dann hab vielen Dank für die Unterstützung.«

»Gern geschehen«, sagte Grabowski, der auf jedem Kreuzfahrschiff eine Riesenkarriere als Heiratsschwindler gemacht hätte, fand Steiger. »Und lass mich das noch sagen: Du hast mir das ja am Telefon geschildert, und das ist schon echt eigenartig, was euer Dakty da rausgefunden hat. Aber wenn wir so sicher sind, dass der Tote unser Mann ist, sollte das nicht anmaßend klingen. Ich weiß auch nicht, wie ich damit an eurer Stelle umgehen würde, und manchmal muss man einfach auch das Unmögliche denken.«

Steiger sah ihn an und wusste nicht, was er von diesem Satz halten sollte.

Sie verabschiedeten sich und gingen.

34

»Könnt ihr mal grad reinkommen?«, rief Gisa aus ihrem Büro, als Jana und Steiger aus Recklinghausen zurückkamen.

Sie gingen zu ihr, und Steiger setzte sich.

»Ihr wart in Recklinghausen, richtig?«

»Ja, wegen der Leichensache«, sagte Steiger.

»Wegen der Leichensache des vermeintlichen Spurenlegers, ja, das ist doch richtig, oder.« Gisa zog ein Gesicht, bei dem sich neben ihren Nasenflügeln kleine Grübchen bildeten, und Steiger wusste, dass das nicht von bester Stimmung zeugte.

»Also, Leute, ihr wisst, ich lasse euch alle immer ganz eigen euer Ding machen, dich sowieso, Thomas, und das soll auch kein Anschiss werden, aber ich habe gesagt, wir übernehmen diese Rauschgiftgeschichte nur, wenn unsere Klamotten da nicht drunter leiden. Unsere Fächer sind auch voll, wie ihr wisst, aber dass ihr jetzt schon zwei Tage mit dieser komischen Fingerspur verbraten habt, das geht echt nicht.«

»Klingt aber schon so ein wenig nach Anschiss«, sagte Steiger.

»Komm, Steiger, laber nicht! Im Gegensatz zu einigen anderen hier im Hause schätze ich dich und deine Arbeit sehr, das weißt du. Und ich lasse hier ja weiß Gott nicht die Chefin raushängen. Aber dass wir unsere Vorgänge erledigen, dafür stehe ich auch gerade. Und diese Fingerspur ist echt was Abstruses. Das BKA sagt, das sind zu wenig Merkmale, lass dir das mal auf der Zunge zergehen, und ihr fahrt dafür tagelang durch die Weltgeschichte.«

»Lass es dir mal von Opitz zeigen und erklären, dann sieht es gar nicht mehr so eigenartig aus«, sagte Jana, und da erst fiel Steiger auf, dass sie sich vorher noch nie so klar zu diesem Punkt geäußert hatte.

»Also Opitz' Fähigkeiten hin oder her, aber ich glaube da wirklich nicht dran.« Die Chefin atmete einmal tief durch und lehnte sich in ihrem Stuhl zurück.

»Hat's denn wenigstens was gebracht?«

»Na ja«, sagte Steiger, »wir können Bernds Theorie zumindest nicht mit absoluter Sicherheit ausschließen. Die haben die Leiche nicht zweifelsfrei identifiziert, weil sie vollkommen verbrannt war und kein DNA-Material existierte. Sie haben es aufgrund der Tatsachen nur hochgerechnet, wofür auch vieles spricht, keine Frage.«

»Was ist mit dem toten Bodypacker?«

»Wir warten auf die Handyauswertung«, sagte Jana, »das könnte noch ein Ansatz sein. Und es stehen noch ein paar Untersuchungsergebnisse von der Obduktion aus, vielleicht ergibt sich da was.«

»Okay, ihr zwei, ihr wisst Bescheid. Ihr haltet mich auf dem Laufenden und verliert das eigentliche Ding nicht aus den Augen.«

Sie gingen. In der Tür drehte Steiger sich um.

»Und vom Charakter her war es sehr wohl ein Anschiss.«

»Ach, Steiger.« Sie sagte es, ohne hochzusehen. »Ich kann nichts dafühür.«

Steiger fuhr noch einmal seinen Rechner hoch und

überprüfte die E-Mails nach irgendetwas Unaufschiebbarem, aber außer einer Nachricht von Renate Winkler mit ein paar Anhängen war nichts Wichtiges dabei.

Hallo Thomas,
habe nach unserem Gespräch, was mich übrigens nachdenklich gemacht hat, mal ein bisschen recherchiert, was die vermissten Jugendlichen aus den Clearinghäusern angeht, und ich bin auf zwei sechzehnjährige guineische (musste ich echt nachsehen ;-)) Mädchen gestoßen, die hier bei uns im Juli 2015 aus einem Clearing-Haus vermisst gemeldet worden sind. Man hat sie im Mai dieses Jahres in der Nähe von Frankfurt mit französischen ID-Cards in einem Wohnungsbordell aufgegriffen. Ich habe mir die Vernehmungen mal zumailen lassen und die entscheidenden Stellen farblich markiert. Schon mehr als interessant.
Gruß
R.

Steiger öffnete den Anhang und fand die blau markierten Stellen schnell.

Frage: Und wo bist du angesprochen worden?

Antwort: Da war ein Mann, der war sehr freundlich. Er hat uns angesprochen, als wir das zweite Mal allein in die Stadt gegangen sind. Wir haben auf einer Straße, an der viele Geschäfte waren, auf einer Bank gesessen.

Frage: Was hat der Mann gesagt?

Antwort: Er hat gesagt, er hieße Omar, und hat gefragt, wie lange wir schon in Deutschland wären, und ob wir allein wären. Dann wollte er wissen, wo wir jetzt wohnten. Als wir ihm gesagt haben, dass wir in einem Haus schlafen, in dem viele Flüchtlinge sind, alles ganz junge und nur Mädchen, so wie wir, wollte er wissen, ob wir schon bei der Polizei oder woanders fotografiert worden sind und man schon mal unsere Fingerabdrücke genommen hat.

Frage: Und was habt ihr ihm gesagt?

Antwort: Dass wir bei der Polizei noch nicht fotografiert worden sind. Und Fingerabdrücke hatten wir auch noch nie abgegeben. Die anderen Jugendlichen in dem Haus sagten, dass wir das irgendwann tun werden, die Betreuer würden mit uns dort hinfahren.

Frage: Hat er sonst noch was gefragt.

Antwort: Ja, er wollte wissen, wie alt wir sind, aber das mit den Fotos hat er ein paarmal gesagt und gefragt, und ob das auch nicht gelogen wäre.

Frage: Und der Mann sprach französisch?

Antwort: Ja, er hat uns erst auf Arabisch angeredet, aber dann hat er französisch gesprochen.

Frage: Was hat er sonst noch gesagt?

Antwort: Omar hat gesagt, wenn wir in Deutschland bleiben wollten, dürften wir dort nicht wieder hingehen. Er sei schon lange hier und wüsste, dass man, wenn man aus Guinea käme, nicht in Deutschland bleiben könnte und irgendwann wieder zurückmüsste, sogar sehr bald, das wäre ganz sicher. Er könne uns aber helfen, dass wir ganz sicher hierbleiben könnten für immer. Er selbst wäre auch schon längst nicht mehr in Deutschland, wenn er es nicht anders machen würde. Und er habe auch schon vielen anderen Jugendlichen aus Afrika geholfen. Er könnte uns einen Pass besorgen, mit dem man hierbleiben könnte.

Frage: Dann seid ihr mit Omar mitgegangen?

Antwort: Ja. Aminata und ich haben uns erst besprochen, und dass man nicht in Deutschland bleiben könnte, hatten unterwegs auch schon andere erzählt. Und wir wussten das auch von Flüchtlingen, die schon einmal in Deutschland waren und noch in Afrika in unserer Gruppe mitgegangen sind. In dem Haus haben das auch ein paar Jugendliche erzählt, dass man irgendwann zurückmüsste. Aber wir wollten ja auf keinen Fall zurück.

Jana kam zu Steiger und legte ihm etwas auf den Schreibtisch.

»Hier, sieh dir das mal an.« Er zeigte auf den Bildschirm. »Hat mir Renate Winkler geschickt. Vernehmungen von zwei Mädchen aus Guinea, die sie in einem Puff in Frankfurt gefunden haben. Die waren hier schon in einem

Clearing-Haus und sind dann angesprochen worden. Unglaublich.«

Sie stellte sich hinter ihn und schaute auf den Bildschirm.

Frage: Wohin seid ihr dann gegangen?

Antwort: Vorher hat Omar noch mal das mit den Fotos gefragt. Und dann haben wir ihm gesagt, dass wir ja unsere Sachen in dem Haus hätten, die müssten wir erst holen. Da hat er gesagt, das ginge nicht, weil man uns dann sofort zur Polizei bringen würde. Er hätte alles, was wir brauchten, und wir könnten uns auch neue Sachen zum Anziehen kaufen. Er hat uns auch Geld gegeben, und wir konnten uns sofort in einem Geschäft etwas kaufen. Dabei hat er uns geholfen, weil wir ja die Sprache nicht konnten.

Frage: Was habt ihr euch gekauft?

Antwort: Ich habe mir ein Tuch gekauft, Aminata auch.

Frage: Was geschah weiter?

Antwort: Wir sind dann mit einem Auto zu einem großen Haus gefahren, in dem viele Wohnungen waren. Er hat uns in eine Wohnung mit drei Zimmern geführt, und in jedem Zimmer war ein Bett. Es war auch ein Badezimmer und ein Fernseher in der Wohnung. Er hat gesagt, wir dürften ein paar Tage die Wohnung nicht verlassen, weil er uns erst einen Pass besorgen müsste, und wenn wir ohne einen Pass von der Polizei angetroffen würden, dann würden wir sofort wieder zurück nach Conakry geschickt. Wenn wir einen Pass hätten, könnten wir auch aus der Wohnung und uns etwas kaufen. Er hat dann noch Fotos von uns gemacht und ist gegangen.

Frage: Ihr wart dann allein in der Wohnung?

Antwort: Ja. Es war genug zu essen in der Küche, und wir haben ferngesehen, auch wenn wir das meiste nicht verstanden haben. Omar kam am nächsten Tag, hat uns ein paar Schminksachen gebracht und ein paar Hamburger zum Essen und ist dann wieder gefahren.

Frage: Kam er jeden Tag?

Antwort: Ja, aber wir waren ja nur drei Tage dort. Am dritten Tag hat er uns Ausweise gezeigt mit unseren Bildern, das waren französische Ausweise. Aber wir haben sie nicht bekommen. Omar sagte, wir würden eine kleine Reise machen, dafür brauchte er die Ausweise.
Wir sind dann mit dem Auto eine ganze Zeit gefahren, ich weiß nicht, wohin, es hat vielleicht ein oder zwei Stunden gedauert. Es war abends, da waren wir auf einem großen Platz, ich glaube, ein Parkplatz, und dort haben dann die anderen Männer in zwei Autos gewartet. Omar hat dann gar nicht mehr mit uns gesprochen. Die anderen Männer haben uns angefasst, in ihre Autos gebracht, und Omar ist gefahren.

Frage: Warum seid ihr überhaupt mit Omar mitgegangen. Habt ihr euch nie gefragt, warum der das für euch tun wollte, einer, der euch gar nicht kennt?

Antwort: Doch, haben wir, aber er hat uns gesagt, dass er Menschen helfen wollte, die genau so eine Geschichte wie er haben. Er hat gesagt, er habe einfach Glück gehabt, und ihm hätte auch jemand geholfen. Er …

»Na, was sagst du dazu?« Sie stützte sich auf seiner Schulter ab, er drehte sich ihr zu.

»Schon der Hammer. Wann ist das passiert?«

»Letztes Jahr im Juli.«

»Und hier bei uns in Dortmund?«

»Ja, hier bei uns.«

Sie richtete sich auf, rollte sich einen Bürostuhl heran und setzte sich.

»Ist aber nicht unsere Sache, eigentlich was für die Rotlichtleute.«

»Schon, aber so selten sind wir ja nun auch nicht im Rotlicht unterwegs. Da hat es einer begriffen«, sagte Steiger. »Er fragt danach, ob sie registriert sind. Weil er weiß, dass keiner nach ihnen sucht, wenn das nicht passiert ist. Genau wie bei der Sache im Münsterland, aber da war es ein Jugendamtsfuzzi, der wusste natürlich, wie der Hase läuft. Und dieser hier verpasst ihnen eine EU-Identität, dann sind sie erst mal aus allem raus. Damit kannst du hier wohnen, arbeiten, stehst erst mal nicht im Ausländerzentralregister. Bei jeder Kontrolle gehst du einfach durch.«

»Aber alles nicht unsere Sache«, sagte Jana.

»Ja, ich weiß. Darum mache ich jetzt auch Feierabend.« Er fuhr den Rechner runter.

»Aber wir müssen das im Auge behalten, denn das kann doch wohl nicht wahr sein. Noch Lust auf ein Bier im ›Totenschädel‹?«

»Ne, heute Abend nicht.«

Vielleicht kam Eva ja mit, dachte er. Obwohl ihr die Kneipe nicht gefiel.

35

Steiger erwachte, und wie meistens, wenn er intensiv geträumt hatte, war da keine schläfrige Benommenheit, kein Schlafrest mehr, der zäh im Bewusstsein klebte und sich nur schwer abschütteln ließ, sondern er war sofort so wach, wie er es im Traum gewesen war, wie er dort alles erlebt hatte. Es war ein Traum von einem Buch voller Gesichter gewesen, Gesichter von Toten, Bilder, wie er sie in dem Buch seines Vaters gesehen hatte, und erst jetzt fiel ihm auf, dass es das Buch seines Vaters war, auch wenn es ganz anders ausgesehen hatte, mit ganz anderen Menschen. Auf dem Titel war jenes Bild des toten Amir Berisha gewesen, das ihm die kroatischen Kollegen per Mail zugesandt hatten. Als er das Buch aufgeschlagen hatte im Traum, waren da die Porträts der Menschen gewesen, die schon gestorben waren in seinem Leben, das Bild seines Vaters und seiner Mutter, das seines Onkels Gunnar, den er sehr gemocht hatte und noch ein paar andere aus all den Jahren.

Die Bilder hatten zum Ende des Traums hin angefangen zu reden, ohne dass sie den besonderen Ausdruck des Todes verloren hätten. Nur sein Vater hatte nicht mit ihm gesprochen, was er nicht deuten konnte. Aber es war auch nicht von Bedeutung gewesen, denn auch all die anderen hatte er nicht verstehen können.

Eva schlief, er hörte es an ihrem Atem, und wenn das

um diese Zeit so war, hatte sie wahrscheinlich den größten Teil der Nacht wach gelegen. Gern hätte er sie berührt, aber er ließ es.

Er zog sich an und verließ das Haus. Bevor er zum Dienst fuhr, kaufte er noch zwei Brioche-Brötchen und legte sie ihr auf den Küchentisch. Die hatte sie früher mal gern gegessen, heute Morgen war die Chance eher gering. Aber für alle Fälle …

Oft begannen sie im Einsatztrupp ihren Dienst später und arbeiteten bis in den Abend, nicht selten bis in die Nacht. Für Steiger einer der großen Vorteile dieses Jobs, obwohl auch er meist schlecht schlief und früh wach war. Aber er hatte sich über die Jahre ein Muster zugelegt, einfach in den Tag hineinzutrödeln, er fand das sehr angenehm.

Wenn er in einer Kommission war, lief es anders, und auch durch die Sache mit dem Bodypacker hatte sich das in den letzten Tagen wie von allein geändert, auch heute, und Steiger nahm die Gelegenheit wahr, um an der Frühbesprechung der Kripo teilzunehmen, die alle paar Wochen stattfand.

Die 11er stellten ihre beiden Mordkommissionen von letzter Woche vor, zumindest bei dem Raubmord auf dem Bauernhof im Sauerland sah es nicht besonders gut aus. Auch die Geschichte mit dem Bodypacker wäre es wert gewesen, sie hier den anderen zu präsentieren, aber das war noch nie so seine Sache gewesen. Als aber Jens Rohleder, der Leiter des Rauschgiftkommissariats aufstand und genau das tat, obwohl er das Verfahren abgegeben hatte, wusste Steiger wieder, was den Unterschied machte. Dazu passte, dass er von der eigenartigen Fingerspur nichts erzählte.

Die Wirtschaftsleute erklärten ein großes Verfahren

wegen Insolvenzverschleppung, und zum Schluss wurden sie über eine neue Datenbank zur besseren Recherche bei Straftaten mit Auslandsbezug informiert. Das war's.

Im Gedränge mit den anderen auf dem Weg nach draußen fühlte er eine Hand auf seiner Schulter.

»Gut, dass ich dich hier treffe.« Heinrich Krüger schob sich neben ihn. »Dann muss ich dir keine Mail schreiben. Ich habe ein Back-up von eurem Handy gemacht. Hat einen Tag länger gedauert, das Ganze, weil die Nummer nicht auf der Karte war, da musste ich an den Anbieter rantreten. Manchmal kommt das vor. Ist aber sonst nicht viel drauf, irgendwie eigenartig, weil es doch so 'n altes Ding ist. Komm gleich mal vorbei, dann kannst du dir die Daten mitnehmen.«

Steiger sagte zu.

Beim Einsatztrupp war für die Tageszeit ungewöhnlich viel los, was daran lag, dass Krone eine Durchsuchung geplant und ein größeres Team zusammengestellt hatte. Steiger hatte davon nichts mitbekommen in den letzten Tagen. Er fragte, ob sie gebraucht würden; als das nicht der Fall war, nahm er sich einen Kaffee und ging zu Heinrich Krüger.

Die Büros der Computer-Auswerter hatten mehr Ähnlichkeit mit einem Elektroladen, fand Steiger, überall lagen Kabel, Stecker oder irgendwelche schwarzen Kästen mit Kontrollleuchten und Digitalanzeigen.

»Ah, Thomas, so schnell.«

Krüger stand vom Stuhl vor einem der fünf Bildschirme auf und setzte sich vor einen anderen. Er war zu jung für diesen Namen, fand Steiger, aber er war okay und kannte sich aus.

»Du hast dir den Kaffee gleich mitgebracht, hast dir gedacht, bei uns gibt es keinen.« Er lachte. »Euer Handy war ja das mit dem kaputten Display. Das mit dem Display war kein Problem, ich hab hier mal das Back-up gemacht.«

Er rief eine Seite auf dem Bildschirm auf.

»So. Dieses Programm zum Auswerten habt ihr auch auf eurem Auswerterechner … Kennst du dich damit aus?«

»So einigermaßen, ist länger her. Ich muss da wieder reinkommen, aber wird schon gehen.«

»Okay, dann könnt ihr das selber machen, ich zeig es dir noch mal. Was erstaunlich ist: Es war kaum was drauf. Wenige Nummern, die Listen und Bibliotheken sind so gut wie leer, was gelöscht werden konnte, war gelöscht. Was drauf war, sind zum Beispiel ein paar Fotos, diese hier.«

Er klickte auf ein kleines Icon, das sich sofort vergrößerte. Das Bild zeigte vier männliche Jugendliche, vermutlich Marokkaner oder Algerier, die auf einem Bett halb sitzend, halb liegend und lachend ein Foto von sich gemacht hatten. Der Junge vorn links war unverkennbar der tote Bodypacker aus dem Haus, die anderen kannte Steiger nicht. Krüger scrollte die Bilder durch, und das Motiv war immer ähnlich. Beim letzten Bild hatte sich die Perspektive ein wenig gedreht, und es war ein Fensterausschnitt zu sehen, durch den ein Stück Horizont zu erkennen war und im Hintergrund ein Hochhaus und ein hoher Turm.

»Kannst du den Fensterausschnitt mal vergrößern, ist das da hinten der Florian?«

Krüger zoomte das Bild heran, und es war der Floriansturm im Westfalenpark.

»Super, da müsste man doch rauskriegen, wo das Foto ungefähr gemacht worden ist.«

»Wenn er sein GPS eingeschaltet hatte, kriegst du es nicht nur ungefähr raus, sondern ganz genau.«

»Wieso.«

»Na, wenn du dein GPS eingeschaltet hast, und es bei der Kamera niemand ausgeschaltet hat, dann werden mit dem Foto die Geotagging-Daten mitgespeichert. Wusstest du das nicht als alter Ermittler?«

»Doch, schon, war mir nur nicht mehr so klar.«

Krüger lächelte und holte den Eigenschaften-Modus des Bildes auf den Bildschirm.

»Jupp, genau so war das bei ihm. Das Bild ist aufgenommen vor vierzehn Tagen in Dortmund, Vogelpothsweg 20, bingo.«

Er sah Steiger von der Seite an mit Erwartung.

»Scheiße«, sagte Steiger.

»Warum? Kennst du die Adresse?«

»Kennst du den Hannibal nicht?«

»Nein. Ich bin erst zwei Jahre hier im Präsidium und wohne noch in Arnsberg, darum kenne ich mich nicht so besonders aus.«

»Das ist der Hannibal in Dorstfeld, den kennt jeder hier im Haus.« Steiger hörte am eigenen Tonfall, dass er die Chance zur Revanche nutzte und kam sich im gleichen Moment dämlich vor. Krüger war okay.

»Keine gute Adresse?«

»Das ist ein Monstrum. Ich weiß gar nicht, wie viele Wohnungen da sind, ein paar Hundert, mindestens. Und das ist 'ne Adresse, die Polizisten in Dortmund einfach gut kennen, weil sie oft dort sind. Die Leute aus dem Wachdienst sind da täglich. War mir trotzdem eine Riesenhilfe, danke Heinrich.«

Steiger nahm das Handy und die Festplatte mit dem Back-up und ging, um es Jana zu erzählen.

Sie kamen gleichzeitig in ihrem Büro an, Jana lächelte und schwenkte eine Klarsichtfolie, in der sich Papiere befanden.

»Ich habe Neuigkeiten«, sagte Steiger.

»Ich auch.« Sie wedelte noch etwas heftiger mit der Folie. »Du zuerst.«

»Du zuerst«, sagte er.

Sie musste lachen, und in solchen Momenten wurde Steiger bewusst, was er in der hektischen, harten Atemlosigkeit des täglichen Dienstes oft vergaß, nämlich dass sie bei aller Professionalität nicht einmal ein Viertel seiner Dienstjahre hinter sich hatte, und manchmal einfach nur ein Mädchen war.

»Okay, ganz kurz: Ich weiß wahrscheinlich, wohin unser toter Schlucker aus dem Müllhaus wollte. Ira hat mir den arabischen Zettel übersetzt. Und du?«

»Ich weiß vielleicht, wo unser toter Schlucker letzte Woche gewesen ist, vielleicht sogar, wo er wohnt.«

Sie zog eine anerkennende Miene.

»Auch nicht schlecht.«

»Und wo wollte er hin?«

»Die Stadt hab ich noch nicht, aber auf dem Zettel steht die Wegbeschreibung mit U-Bahnlinien und so weiter bis zu einem Hotel, das *Parkhotel* heißt. Das Problem dabei: Ein *Parkhotel* gibt es fast in jeder verdammten Stadt, aber vielleicht komme ich über die Beschreibung weiter, denn es muss ja die vom Flughafen zum Hotel sein. Und wieso weißt du, wo er wohnt? Wo denn überhaupt.«

»Auf dem Handy sind Fotos von letzter Woche, und wenn das GPS eingeschaltet war, kann man bei Fotos sagen, wo sie aufgenommen worden sind, und …

»… die Geotagging-Daten …«

»… genau, und diese Daten zeigen ein Foto von letzter Woche, aufgenommen im Vogelpothsweg 20.«

»Ach, du Scheiße, im Hannibal. Hätte er sich da nicht was anderes aussuchen können? Und du meinst, der wohnte da?«

»Er wohnte da oder jemand, der ihn kennt. Er hatte doch dieses Band dabei mit den beiden Allerweltsschlüsseln, die wir nicht zuordnen konnten. Vielleicht haben wir ja Glück und einer passt.«

»Was machen wir zuerst? Oder willst du jemand anderen mitnehmen? Aber es ist keiner mehr da, die sind alle mit Krone zur Durchsuchung.«

»Die Chefin ist noch da, kommt sie auch mal wieder auf die Straße.«

»Gisa!«

»Ja.«

»Hast du zwei Stunden Zeit?«

Hatte sie.

36

August 2016

Sie waren angekommen. Seit Stunden sah Arjun aus dem Fenster und versuchte, Ordnung in das zu bringen, was er dachte und fühlte. Draußen, hinter der Scheibe, zog das Land vorbei, auf das sie so lange gewartet hatten.

Es schien die Sonne, aber die Klimaanlage des Zuges leistete ganze Arbeit und ließ ihn frösteln. Wie waren die Bilder gewesen, die er sich von Deutschland gemacht hatte, als noch zu Hause darüber gesprochen worden war? Vielleicht waren sie ihm in den drei Monaten seiner Reise abhandengekommen, vielleicht waren sie in all den Bildern, die er seitdem gesehen hatte, verloren gegangen, aber er wusste nicht mehr, ob er es sich so vorgestellt hatte. Die Häuser waren anders als zu Hause, die Menschen trugen andere Sachen, und das viele Grün sah schön aus, aber fremd.

Im Sitz gegenüber schlief Samira. Die anderen aus der Gruppe, mit der sie seit Österreich reisten, hatten sich im Waggon verteilt. Drei der Männer waren Afghanen wie sie, sprachen Paschtu und kannten sich aus. Sie waren auf dem Weg nach Norden, dort sei es gut, hatte einer der drei gesagt. Man müsse aus Bayern raus, und je weiter nach Norden sie kämen, desto besser sei es.

An der Grenze waren sie nicht kontrolliert worden, und jetzt fuhren sie schon seit Stunden durch dieses Land mit den ganz anderen Farben.

Es musste schon später Nachmittag sein, als Walid sagte, sie könnten bald aussteigen. Walid kannte sich am besten aus. Er hatte diese Reise schon einmal gemacht, war zurückgeschickt worden und sprach sogar etwas Deutsch. Er war ein wenig ihr Führer gewesen bis an diesen Punkt und hatte einmal sogar verhindert, dass sie kontrolliert wurden.

Samira sog die Luft durch die Zähne ein, rieb sich mit geschlossenen Augen die Arme vor Kälte, und Arjun nahm einen Pullover aus seinem Rucksack und legte ihn ihr über Schultern und Brust. Auch wenn die Gruppe in Österreich zufällig zueinandergefunden hatte und Samira und er die weitaus jüngsten waren, reichten diese Stunden aus, ein Gefühl entstehen zu lassen, dass man zusammengehörte.

Draußen zogen üppig grüne Wälder und Wiesen vorbei, und auch die Kühe sahen anders aus als zu Hause. Und wenn sie durch eine Stadt fuhren, oder eine Straße parallel zu den Gleisen verlief, waren fast alle Autos dunkel, nicht weiß oder hell wie zu Hause, und alle waren funkelnd und sauber und sahen aus, als seien sie neu.

Ein Junge mit sehr hellen Haaren, der etwa so alt war wie er selbst, aber ganz andere Kleidung trug, kam den Gang entlang, und sah ihm im Vorbeigehen in die Augen. Er hatte dabei kaum merklich den Mund verzogen und war, ohne seinen Gang zu unterbrechen, weitergegangen.

Arjun überlegte, ob das ein Lächeln gewesen sein könnte, dann entschied er, dass es nun an der Zeit war, die Schuhe zu wechseln.

Seinen Rucksack hatte er nicht oben auf die Ablage gelegt, sondern in unmittelbarer Nähe auf den Sitz neben sich, obwohl außer den Schuhen nichts Wertvolles mehr darin war. Selbst noch einmal eingepackt in eine Plastiktüte hatten sie auf dem langen Weg doch gelitten und ein paar Schrammen abbekommen. Er nahm sie heraus, drehte sie, strich sanft über die rote Sohle. Mit etwas Spucke versuchte er, einen dunklen Strich wegzuwischen, der sich ausgerechnet über die Spitze zog, aber ganz verschwand die Schramme nicht.

Er zog die Schuhe an und überlegte einen Moment, was er mit den alten tun sollte, die sehr mitgenommen aussahen, dann steckte er sie in die Plastiktüte und verstaute sie im Rucksack. Man konnte nie wissen.

Walid stand auf und kam zu ihnen, und Samira wurde vollends wach, als er sich in den Sitz neben sie setzte.

»Also, die nächste Stadt, in der wir halten, heißt Dortmund. Dort steigen wir aus, und ich rate es euch auch, das ist ein guter Ort, weil es dort eine Behörde für Flüchtlinge gibt. Wenn ihr kontrolliert werdet, gebt nicht eure wirklichen Namen an, hatte ich euch schon gesagt. Wenn ihr hierbleiben wollt, zumindest eine längere Zeit, ist das wichtig. Und ihr seid sechzehn und siebzehn, richtig?«

Beide nickten.

»Das ist gut, sagt das so, vielleicht nicht mit eurem wirklichen Geburtstag, sagt, ihr wärt am ersten Januar geboren, das machen die meisten. Wichtig ist, dass ihr noch keine achtzehn seid, da behandeln sie euch anders. Wenn ihr niemanden habt, zu dem ihr gehen könnt, geht vielleicht gleich am Bahnhof zur Polizei, das ist besser, als wenn sie euch kontrollieren. Und ihr wisst ja, das wichtigste Wort ist immer ›Asyl‹.«

Wieder nickten sie. Der Zug begann zu bremsen. Walid lächelte noch einmal beiden zu.

»Viel Glück.«

Dann stand er auf, nahm seine Tasche von der Gepäckablage und ging mit den anderen Richtung Ausstieg.

Samira gab Arjun seinen Pullover mit einem Danke-Lächeln zurück und nahm ihren Rucksack.

»Und? Wie heißt du jetzt?«, fragte sie.

»Weiß nicht, hab ich noch nicht drüber nachgedacht.« Arjun zuckte mit den Schultern. »Sag du einen Namen.«

»Ich?« Sie lachte und überlegte einen Moment. »Gut, dann heißt du jetzt Milad.« Sie musste kichern. »Ist das in Ordnung?«

»Ja.« Auch Arjun musste lachen.

»So heißt ein Junge aus unserem Dorf, der nebenan wohnte und mit dem ich oft als Kind gespielt habe. Und dann musst du jetzt sagen, wie ich heiße.«

Er sah sie an und überlegte eine ganze Zeit.

»Nesrin«, sagte er schließlich, und Samiras Lachen verschwand nicht, aber von einer Sekunde auf die andere ging ihm die Unbeschwertheit verloren.

»Wie deine Schwester?«

»Ja«, sagte er.

Dann blieb der Zug mit einem sanften Ruck stehen. Sie standen auf und gingen mit den anderen nach draußen.

Auf dem Bahnsteig und der Treppe nach unten war ein solches Gedränge, dass Arjun Angst hatte, seine neuen Schuhe könnten gleich wieder Schrammen bekommen, aber im Tunnel, der die Aufgänge zu den Gleisen verband, verlief sich die Menge schnell. Nach einem Moment, den sie zur Orientierung brauchten, gingen sie Richtung Ausgang.

Arjun sah die bunten Geschäfte, die üppigen Auslagen, die ihn an die Märkte zu Hause erinnerten, obwohl hier alles hinter Glas verstaut war, und als sie an einem Bäcker vorbeigingen und er das Gebackene in der Vitrine sah, spürte er, dass er seit dem Morgen nichts mehr gegessen hatte. Es war noch etwas Geld übrig, aber weil er unsicher war, wie er fragen sollte, verzichtete er.

Sie verließen den Bahnhof durch eine der gläsernen Eingangstüren zum Vorplatz, und für zwei Sekunden vertrieb die Sonne die Kälte der Klimaanlage aus seinem Körper, dann verschwand sie hinter einer Wolke. Ohne sich abzusprechen, gingen sie zu einer kleinen Betonmauer und setzten sich, obwohl sie im Zug seit Stunden nichts anderes getan hatten.

Auf dem Platz vor dem Gebäude gab es nur wenige Menschen, die herumstanden, sich unterhielten oder auf ihr Handy sahen, die anderen bewegten sich, gingen schnell, ein paar rannten sogar, meist jene, die in Richtung Bahnhof unterwegs waren. An einer großen Straße dicht neben ihnen starteten Autos an einer Ampel, und etwas weiter hinten sah Arjun zwei uniformierte Polizisten in eines der Gebäude gehen, mit denen der Bahnhof zu den Seiten hin auslief. Dorthin mussten sie.

Samira saß schweigend neben ihm und blickte auf die glänzenden gläsernen Fassaden auf der anderen Straßenseite.

Sie waren angekommen, machte er sich wieder klar, auch wenn in seinem Innern alles noch genauso unterwegs war wie die Menschen, die vor ihm über den Platz und die Straße hetzten und sich auch von einer roten Ampel nicht aufhalten ließen. Aber er hatte sich in den Monaten an dieses Gefühl gewöhnt, und es war nicht unangenehm.

»Salam.«

Arjun drehte sich um, und der Mann stand so dicht hinter ihnen, dass er sich wunderte, ihn nicht schon früher gesehen zu haben.

Er fragte, ob sie Dari sprachen, und als beide verneinten, sprach er Paschtu.

»Ich bin Omar.« Er gab Arjun die Hand und nickte Samira zu. »Woher kommt ihr.«

»Aus Afghanistan«, sagte Arjun.

»Ja, ich weiß.« Er lachte. »Woher dort?«

»Aus Kholm«, sagte Samira.

»Und ich aus einem kleinen Dorf im Norden.«

»Seid ihr schon lange hier?«, fragte er, immer noch mit einem Lächeln.

»Nein, wir sind grad angekommen«, sagte Samira und erzählte von Österreich und von ihrer Fahrt mit dem Zug.

Er kenne diesen Weg, sagte Omar, er sei vor langer Zeit auch so nach Deutschland gekommen, und er wisse genau, was sie erlebt hätten.

»Seid ihr schon irgendwo registriert worden auf der Fahrt«, wollte er weiter wissen, und für einen Moment verschwand sein Lächeln, »ich meine, hat man schon eure Fingerabdrücke genommen und euch fotografiert.«

»Nein«, sagte Arjun, »es hat uns niemand kontrolliert. Nur vor längerer Zeit in der Türkei. Aber auch dort hat man keine Fotos gemacht.«

Auch Samira schüttelte den Kopf.

»Ihr wollt hierbleiben, hier in Deutschland, richtig?«, fragte er.

»Ja«, sagte Arjun, aber seit er dieses Land durch das Fenster des Zuges an sich hatte vorbeigleiten sehen, wusste er gar nicht mehr, was er wollte.

»Dann kann ich euch helfen, wenn ihr wollt.«

Er sah von einem zum anderen, und Arjun und Samira blickten sich ebenfalls an.

»Ich meine, wirklich helfen.« Das Lächeln in seinem Gesicht hatte er jetzt durch eine bedeutungsvolle Wichtigkeit ersetzt, mit hochgezogenen Brauen. »Ihr wolltet wahrscheinlich um Asyl bitten, nehme ich an?«

»Ja«, sagte Arjun, »wir wollten zur Polizei, und dort …«

Omars wissendes Nicken ließ ihn den Satz nicht beenden.

»Dann seid ihr in ein paar Monaten wieder zurück, vielleicht schon eher. Wenn ihr wirklich hierbleiben wollt, kann ich euch helfen. Wollt ihr?«

Wieder sahen Arjun und Samira sich an.

»Ja«, sagte Samira.

»Gut, dann kommt mit.«

Sie nahmen ihre Rucksäcke und folgten Omar zum ersten Taxi, das in der langen Reihe stand. Omar stieg vorn ein und nannte dem Fahrer eine Adresse, die Arjun nicht verstand.

Dann fuhren sie los.

37

August 2016

Wenn Steiger auf den Hannibal in Dorstfeld zufuhr, erinnerte ihn das immer an die Darstellung gigantischer Raumschiffe in Science-Fiction-Filmen, die auf irgendeinem Planeten gestrandet waren und verrotteten.

Sie hatten sich mit einem der Hausmeister verabredet, um vielleicht ein paar Tipps zu bekommen, wo die Wohnung sein könnte.

»Es muss ja eine der Wohnungen nach Osten raus sein, da fallen ja schon gut zweihundert weg«, sagte Oleg Jaschin, als er sich das Foto anschaute, und zwinkerte beiden schmunzelnd zu, »und auf jeden Fall höher«, er schob die Unterlippe vor und wiegte den Kopf, »höher als vierter Stock, würde ich sagen.«

Gern hätte Steiger ihn gefragt, ob er mit der Torwartlegende verwandtschaftlich etwas zu tun hatte, aber der Mann war keine vierzig und kannte den Fußballer vermutlich gar nicht.

»Kennen Sie einen von den Jungen, schon mal einen von denen gesehen?«

Er sah noch einmal genauer hin und schüttelte den Kopf.

»Das ist aber auch kein Wunder. Hier wechseln in manchen Bereichen so schnell die Mieter, da kommt man gar nicht mit. Ich kann es mal meinen Kollegen zeigen, aber erst mal sind jetzt nicht alle im Dienst, und auch sonst ist die Chance nicht so groß. Dafür ist hier einfach zu viel los.«

Wieder schaute er auf das Bild.

»Ich habe die Schlüssel für zwei leer stehende Wohnungen im siebten Stock von Haus 18, wir gehen da mal rein und schauen aus dem Fenster, einverstanden? Vielleicht kriegt man da ein Gefühl dafür.«

Gisa und Steiger hatten keinen anderen Vorschlag und folgten ihm.

»Und keine Angst, dieser Aufzug geht ausnahmsweise.« Wieder schmunzelte er mit Blickkontakt über seinen eigenen Scherz. Ein Spaßvogel. Steiger hatte immer wieder in der Presse gelesen, dass einige der Aufzüge wochenlang ausgefallen waren, und in so einem Komplex bekam man den Job als Hausmeister sicher besser mit Humor hin.

Die Flure und das Treppenhaus waren einigermaßen in Ordnung, was Steiger wunderte, er wusste aus anderen Einsätzen, dass andere Blöcke des Hannibal schlimmer aussahen.

Der Hausmeister schloss die Tür auf, und sie betraten eine Wohnung, die bis auf ein paar alte Kartons leer war. Steiger stellte sich vor die Glastür zum Balkon und genoss den Blick auf die Dortmunder Horizontlinie, die vom Florian und den üblichen Hochhäusern bestimmt wurde.

»Das hier müsste ungefähr der Standort des Fotografen gewesen sein«, sagte Oleg. »Darf ich noch mal das Bild sehen?«

Steiger reichte ihm den DIN-A4-Bogen.

Er blickte darauf, verglich es mit dem Fensterausschnitt, stellte sich einen Fußbreit nach rechts und nickte.

»Ja, ziemlich genau sogar, das ist die Position im Raum,

die Wohnungen sind ja gleich geschnitten. Es passt auch, dass man dort das Bett hinstellt.«

Dann hob er das Foto auf Augenhöhe an und wechselte den Blick immer vom Bild zum Horizont.

»Aber ich glaube, wir sind zu hoch.« Wieder das ständige Hin und Her der Augen. »Und wahrscheinlich zu weit rechts.«

Steiger stellte sich hinter ihn, aber ihm fiel es schwer, auf den ersten Blick einen entscheidenden Unterschied zu erkennen. Oleg zeigte auf etwas auf dem Foto.

»Dieser Abstand zum Hochhaus ist in Relation zu dem Teil des Turms, der über den Horizont ragt, zu groß, also müssen wir weiter nach rechts.« Er blickte Steiger über die Schulter an und erwartete Zustimmung.

»Man kann das auch berechnen, ziemlich genau sogar, aber dafür müsste ich mir ein paar Geräte besorgen.«

Gisa warf Steiger einen versteckten Blick zu.

»Bitte empfinden Sie meine Frage nicht als anmaßend, Herr Jaschin, ich will nicht unhöflich sein«, sagte Gisa, »aber wieso können Sie so etwas berechnen?«

»Weil ich das in Russland mal gelernt habe. Ich war dort Ingenieur, aber man hat mir meine Ausbildung hier nicht anerkannt.«

Er zupfte an seinem grauen Kittel und versuchte, die transportierte Enttäuschung mit einem Lächeln zu mildern, und erst jetzt fiel Steiger auf, dass er akzentfrei sprach und seinen russischen Namen behalten hatte.

»Aber ich glaube, so weit müssen wir gar nicht gehen. Lassen sie uns mal in die nächsten beiden Häuser nach rechts gehen und ein oder zwei Etagen tiefer. So viele Wohnungen sind das gar nicht, die infrage kommen, vielleicht werden wir da schon fündig.«

Sie verließen die Wohnung, Jaschin verschloss sie wieder, und sie gingen ein Haus weiter und begannen auf der sechsten Etage. Steiger hielt es für besser, erst zu klingeln, bevor er einen der beiden Schlüssel ausprobierte.

Die erste Tür öffnete ein alter Mann im Unterhemd, bei dem Steiger sich auswies und für die Störung entschuldigte. In den nächsten beiden Wohnungen trafen sie niemanden an, aber auch keiner der beiden Schlüssel passte.

Vor der vierten Tür hörten sie schon draußen Kindergeschrei, und es öffnete eine junge Frau mit müdem Gesicht und einem Kind auf dem Arm, dem Tränen aus den Augen und in einer gelben Bahn Rotz aus der Nase lief. Danach probierte er an vier weiteren Türen die Schlüssel, aber es war nicht die richtige dabei.

Obwohl Steiger wusste, dass die Wohnung vom Foto irgendwo in diesem Moloch sein musste, war seine Zuversicht beim Wechsel ins nächste Haus vollkommen verflogen. Wenn Adil Gerard gar nicht der Wohnungsinhaber war, sondern einer der anderen Jungen auf dem Foto, war die Chance sehr gering.

Wieder begannen sie in der fünften Etage ganz links mit derselben Prozedur. Steiger klingelte, und als niemand öffnete, probierte er die Schlüssel. Als der zweite beim Drehen auf keinen Widerstand stieß, war er im ersten Moment so überrascht, dass er es kaum wahrnahm. Dann drehte er sich zu den beiden anderen um, und Jaschin nickte bestätigend.

»Hallo! Hier ist die Polizei. Ist jemand zu Hause?« Obwohl er sicher war, niemanden anzutreffen, kam dieser Satz wie selbstverständlich. Sie betraten die Wohnung mit der üblichen Vorsicht, die man sich als Polizist im Lauf der Jahre zulegte, wenn man unbekannte Räume betrat, aber die Wohnung war leer. Auf den spärlichen Möbeln lagen hier und da Kleidungsstücke, die davon zeugten, dass hier ein junger Mensch wohnte, und nach kurzer Zeit fanden sie auch das Bett, das Kulisse für das Foto gewesen war. Um ganz sicherzugehen, hielt Steiger einmal kurz das Foto hoch und verglich.

»Ich schlage vor«, sagte er zu Gisa, »wir sehen einmal grob durch, damit wir nichts Entscheidendes übersehen, holen uns einen Beschluss und lassen den Erkennungsdienst hier rein. Wenn hier in der Zwischenzeit niemand aufschlägt, denn wir wissen ja nicht, ob hier mehrere Leute wohnen, hielte ich es für klug, die Wohnung mindestens ein paar Tage zu observieren.«

Gisa nickte.

»Wenn du so schnell ein MEK bekommst, unsere sind, glaub ich, komplett von den Drogenleuten in Beschlag genommen.«

»Dann machen wir eben einen Teil selber. Nur, was man jetzt schon sagen kann«, er machte eine ausladende Handbewegung, »das ist auf keinen Fall die Wohnung von jemandem, der mit Koks im Kilobereich handelt. Ich bin sicher, dass da jemand ganz anderes dahintersteckt. Und vielleicht bringt das ja was.«

Gisa nickte zustimmend, und sie sahen grob in alle Räume. In der Küche fand Steiger zwei leere Orangensaftflaschen und eine Keramikschüssel, an deren Boden eingetrocknete Reste von Orangensaft zu sehen waren.

»Sieh dir das an!«

Gisa kam aus einem Nebenraum. »Was bedeutet das?«

»Die Rauschgiftleute sagen, sie legen die Packs in O-Saft ein, bevor sie sie schlucken.«

Gisa zog die Brauen hoch, und sie verließen die Wohnung wieder.

38

»Hast du ein Auto?«

Steiger hatte mit Gisa kaum die Räume des Einsatztrupps betreten, als Jana ihm so entgegenkam.

»Hast du?«, fragte sie noch einmal mit Nachdruck, als er sie nur anstarrte.

»Ja, aber was ist denn so Wichtiges los? Terroranschlag? Flugzeugabsturz? Willst du Pommes holen?«

»Oh, der alte Mann macht Scherze.« Sie steckte geschäftig ein paar Blätter in ihre Klemmbrettmappe, diese in ihre Tasche und lachte.

Steiger hielt einen Moment bewusst inne.

»Ja, okay, ich wünsch euch dann viel Erfolg beim Ermitteln. Es findet sich bestimmt ein Kollege.«

»Laber, laber … Es war ein Scheherz. Komm jetzt.«

»Weißt du … Mit den wirklichen Gebrechen der Menschen macht man keine Scherze. Dickenscherze macht man auch nie mit Leuten, die wirklich dick sind. Außerdem muss ich vier Anrufe machen, das muss sein, ist wichtig. Wenn du die Zeit nicht hast, musst du Gisa mitnehmen. Ich habe dir nämlich auch was zu erzählen.«

»Dann beeil dich, ich gehe grad noch mal aufs Klo. Ich erzähl dir alles im Auto. Wenn du ausnahmsweise mal fährst, kann ich auf meine Notizen schauen.«

»Wo willst du überhaupt hin?«

»Zum Flughafen.«

»Nun los, so weit ist es nicht«, sagte Steiger, als sie eine halbe Stunde später auf die B1 einbogen. Die Anrufe wegen des Beschlusses, beim Erkennungsdienst und beim Mobilen Einsatzkommando, hatten länger gedauert.

Jana schlug ihre Klemmbrettmappe auf.

»Also, hab ich dir vorhin ja schon gesagt, dass es ein *Parkhotel* wirklich in jeder Stadt gibt, fast jedenfalls. Ich hab dann, weil da von Stationen die Rede war, nur die Städte mit U-Bahnen genommen, aber das sind auch mittlerweile so viele, dass du darüber nicht weiterkommst. Also habe ich den Weg über das Hotel sein lassen, denn so eindeutig war die Beschreibung nicht. Dann ist mir eine Mail von letztens eingefallen, dass es mittlerweile eine zentrale Stelle gibt, wo du alle Fluggäste, die an einem Tag von einem Flughafen gebucht haben, abfragen kannst, du brauchst also nicht mehr das Ziel oder die Gesellschaft.«

»Ja, da war was, ich erinnere mich schwach.«

»Und dann habe ich Adil Gerard für den Tag abgefragt, an dem er gestorben ist.«

Sie schwieg und sah ihn von der Seite an. Steiger blickte zweimal rüber.

»Nun komm … Du hast ihn gefunden.«

»Exakt. Für Adil Gerard war für den Tag ein Flug nach London gebucht. Und wenn man dann da den Weg vom Flughafen nach der Wegbeschreibung geht und fährt, landet man in der Belgrave Road, und da ist in London das … täterätä … *Park Hotel.*«

Steiger sah rüber.

»Ich denke, das ist noch nicht das Ende.«

»Nein, ist es nicht. Ich habe dann in London im Hotel angerufen, und die haben erst ein bisschen rumgezickt, als ich mit ›German Police‹ kam, aber mit zwei Anrufen übers BKA und LKA und über die britische Polizei haben sie es dann rausgerückt. Und tatsächlich war auf Adil Gerard ein Zimmer für zwei Nächte gebucht.«

»Zwei Nächte«, sagte Steiger, »wahrscheinlich, weil es manchmal auch etwas länger dauern kann, bis alles von dem Zeug raus ist. Aber nehmen die da nicht irgendwelche Mittel, ich meine vorher, dass nichts passiert, und hinterher, dass das wieder in Gang kommt.«

»Kann sein. Ich hab dann bei der Fluggesellschaft angerufen, ob die einen Beschluss brauchen, wenn sie uns die Daten geben, aber brauchen sie nicht, und darum sind wir dahin unterwegs. Außerdem habe ich die Fotos dabei, vielleicht erkennen sie ja einen.«

»Dann kommt doch ziemlich Fahrt in die Sache«, sagte Steiger und überlegte, dass sie vielleicht erst ganz am Anfang waren.

»Und was war bei dir?«

In knappen Sätzen erzählte er ihr, was im Hannibal gelaufen war, denn sie waren bereits am Flughafen.

»Jedenfalls geht der Erkennungsdienst gleich rein, und das MEK observiert heute Nacht. Wir müssen die nur morgen früh ablösen, weil die einen Einsatz in Essen haben.«

Er parkte auf dem Bürgersteig und legte die Anhaltekelle ins Fenster.

Am Schalter der Fluglinie bat sie eine Frau in einen kleinen hinteren Raum. Sie hatte sich mit Özdemir vorgestellt und war heftig geschminkt, obwohl sie das gar nicht nötig hatte, fand Steiger. Ihre Haare fielen wie ein schwarzer Wasserfall herab, und das halbe Gesicht schien aus ihren

Augen zu bestehen. In dem Raum gab es nur einen weiteren Stuhl, und Steiger blieb stehen.

»Ich habe mit dem Namen, den Sie mir genannt haben, mal weiter nachgeforscht, und Herr Gerard ist mit uns in den letzten acht Wochen sechs Mal geflogen, nach London allerdings zum ersten Mal. Alle anderen Flüge gingen nach Ankara und Riga.«

»Können Sie von hier aus seine Bank- oder Kartendaten einsehen«, fragte Jana, »oder geht das nur über ihre Zentrale.«

Die Schönheit tippte auf dem Keyboard und begann langsam zu nicken.

»Dann hatte ich es richtig in Erinnerung. Es gibt keine Daten von dem Fluggast, der Flug wurde bar bezahlt, die anderen übrigens auch.«

»Bar?«

Janas Stimme war das Erstaunen deutlich anzuhören.

»Ich hätte gedacht, das geht gar nicht mehr.«

»Doch, das geht.«

Frau Özdemir lächelte und legte zwei Zahnreihen frei, die ebenfalls von einem Zahnklempner in Beverly Hills hätten stammen können, fand Steiger.

»Es muss ja möglich sein, wenn Sie spontan von hier fliegen wollen, dass Sie das bei uns können, auch wenn Sie grad keine Karte zur Hand haben. Außerdem ist Geld halt immer noch ein Zahlungsmittel. Vielleicht ändert sich das mal, aber noch können Sie bei uns am Schalter in bar bezahlen, und soweit ich weiß, bei den meisten anderen auch. Und ich bin sicher, auch über ein Reisebüro können Sie mit Bargeld einen Flug buchen. Sie brauchen halt nur einen amtlichen Ausweis.«

Jana wandte sich Steiger zu, der hinter ihr stand.

»Clever, oder? Wenn du dann einen gefälschten Pass hast, hinterlässt du null Spuren.«

»Ist die Kollegin, die den Flug verkauft hat, im Dienst, ich würde ihr nämlich gern ein Foto zeigen.«

Frau Özdemir klickte sich etwas auf den Bildschirm, nahm das Telefon und fragte nach »Carmen«, die mal zum Schalter kommen solle.

»Kleinen Augenblick, sie ist sofort da«, sagte sie zu Steiger und Jana und legte auf.

»Carmen Gonzales. Was kann ich für Sie tun?«, stellte sie sich nach einer Minute mit derselben Freundlichkeit vor, die professionell, aber nicht unecht war, dachte Steiger, und auch sie verhalf der kosmetischen Industrie zu guten Renditen.

»Sie haben letzte Woche gegen Bargeld einen Flug nach London verkauft. Können Sie sich noch an den Mann erinnern?«

»O Gott, letzte Woche.« Sie blickte nach schräg oben. »So oft kommt das nicht vor, aber ja, ich erinnere mich.«

»War das der Mann?«

Jana hielt ihr das Bild vom toten Adil Gerard hin.

»Nein, so ganz genau kann ich mich nicht mehr erinnern, aber so jung war der nicht. Der war älter, meine ich, vielleicht um die vierzig.«

»Können Sie ihn beschreiben«, fragte Jana.

»Nein, so ganz genau nicht mehr. Der sah irgendwie normal aus, wenn ich mich erinnere, soll heißen, der war nicht besonders dick oder groß. Ich glaube, er hatte auch keine Glatze oder so.«

Jana zeigte ihr noch ein weiteres Bild, aber sie kannte auch keinen der Jungen, die sich in der Wohnung im Hannibal hatten fotografieren lassen.

Frau Özdemir druckte ihnen noch die Liste der gebuchten Flüge aus, dann bedankten sie sich und gingen.

»Die betreiben einen ziemlichen Aufwand, dass man nicht an ihre Identität kommt«, sagte Steiger, als sie einstiegen.

»Mit Erfolg«, sagte Jana.

»Bis jetzt.«

Er startete den Wagen und fuhr los.

Nachdem sie geparkt hatten, kam ihnen auf der Rampe zum Eingang des Präsidiums die Dienstgruppenleiterin des Spätdienstes mit einem jungen Kollegen entgegen. Sie begleiteten eine junge, sehr schmächtige Frau mit Kopftuch und in langen, schwarzen Kleidern, die einen Rollstuhl die Rampe hinabschob. Darin saß zusammengesunken und mit leidendem, erschöpftem Gesicht eine Greisin in derselben Kleidung. Das Gewand der jungen Frau war bis in Kniehöhe verdreckt, und der Rollstuhl erinnerte Steiger an Autos, wie sie nach einer Etappe der Rallye Dakar aussahen. Überall war Staub, und an den Rohren des Rahmens klebte zentimeterdick verkrustete Erde. An den Griffen links und rechts hielt sich jeweils ein Kind fest, der Junge mochte vier Jahre alt sein, das Mädchen vielleicht ein Jahr älter.

»Hallo Jana, hallo Steiger«, sagte Martha, »so spät noch unterwegs?«

»Ja«, sagte Steiger, »du auch?«

Martha Wieland war ein paar Jahre jünger als Steiger, aber sie kannten sich lange. Er mochte sie und wusste dasselbe auch von Batto.

»Wir bringen sie zur zentralen Ausländerbehörde. Sie sind vor drei Monaten in Syrien aufgebrochen, und sie will zu ihrem Mann, der schon in Schweden ist, und das ist ihre Schwiegermutter.«

Die Frau war noch keine dreißig, schätzte Steiger, wog keine fünfzig Kilo, aber ihre Augen waren voller Kraft, Entschlossenheit und ohne jede Angst.

»Sie will kein Asyl beantragen«, sagte Martha, »weil sie glaubt, dass sie dann hierbleiben muss und nicht mehr nach Schweden kommt. Einen Pass hat keiner von ihnen, ihr könntet sie also mit raufnehmen und ihnen eine Anzeige schreiben.«

Er sah Martha an und wusste, dass sie das nicht ernst gemeint hatte, nicht nur wegen ihres Tonfalls, auch weil sie sich dafür einfach zu lange kannten.

Die beiden Kinder ließen den Rollstuhl nicht los und sahen ihn an wie den rot gekleideten Geschenkebringer an Weihnachten, nur sehr viel müder.

»Ich glaube, wir verzichten heute mal«, sagte Steiger und wünschte noch einen schönen Dienst.

Die Frau schob den Rollstuhl Richtung Bulli. Nach ein paar Metern sah sich das Mädchen zu Steiger um, und er versuchte zu lächeln. Aber das Gesicht des Kindes blieb ernst.

39

Steiger hatte Jana nur abgesetzt, im Büro den Beschluss aus dem Faxgerät gezogen und war noch einmal zum Hannibal gefahren, wo er sich mit dem Erkennungsdienst und dem Mobilen Einsatzkommando treffen wollte.

Auf dem Parkplatz am Vogelpothsweg wartete Werner Korte schon mit einer jungen Kollegin, als Steiger dort ankam. Sie begrüßten sich kurz und gingen in die Wohnung.

»Und wonach suchen wir, Thomas?«, fragte Korte.

»Nach allem.« Steiger lächelte. »Nein, ihr müsst natürlich nicht alles abpinseln. Ich hab's dir geschildert. Die Wohnung ist auf eine Fantasiepersonalie gemietet, gewohnt hat hier aber mit ziemlicher Sicherheit der tote Rauschgiftkurier, dessen Brocken ihr letzte Woche in dem Haus in der Nordstraße zusammengesucht habt. Wir haben nichts von dem, seinen wirklichen Namen nicht, seine Fingerabdrücke liegen nicht ein, aber auf seinem Handy war ein Foto aus dieser Wohnung, auf dem er zu sehen ist. Darum wäre es wichtig zu wissen, ob in diesen Räumen Leute waren, die wir kennen.«

Korte nickte.

»Verstehe. Also Türklinken, Griffe, Gläser und so weiter, das Übliche, was man so anfasst. Brauchst du auch DNA?«

»Nein, so aufwendig machen wir es nicht. Wenn wir

hier Fingerspuren haben, die wir kennen, reicht uns das«, sagte Steiger.

Die junge Kollegin hatte den Koffer schon auf dem Sofa aufgeklappt, beide nahmen sich ihre Marabu-Pinsel und machten sich an die Arbeit.

Steigers Handy dudelte mit einem Allerweltston. Er hatte sich erinnert, vor Jahren in einem Interview mit Jimmy Page gelesen zu haben, dass der für das Solo in »Whole Lotta Love« wochenlang mit verschiedenen Effektgeräten experimentiert hatte, um diesen besonderen Sound hinzubekommen. Page hätte es mit Sicherheit als respektlose Anmaßung und entehrende Schmach empfunden, dass dieses Solo einmal, völlig herausgerissen aus dem Gefüge des Songs, als Telefongedudel missbraucht wurde. Auch dieser Gedanke hatte Steiger veranlasst, sich wieder von irgendeinem harmonischen Gebimmel anzeigen zu lassen, dass jemand ihn sprechen wollte. Und er erschrak nicht mehr bei jeder Gelegenheit, auch das war ein Vorteil.

Es war Ronny Schütze vom MEK, der mit einem weiteren Kollegen von der technischen Gruppe schon vor dem Haus wartete. Steiger sagte, dass er gleich unten sei, begrüßte dort beide und ging mit ihnen zurück in den Flur, der zur Wohnung führte.

»Ist nicht so ideal, wenn wir die Tür im Blick behalten wollen, aber irgendeine technische Lösung lassen wir uns da einfallen, oder Wolle?«

»Jupp«, sagte Wolle, den Steiger nicht kannte. Er machte mit dem Handy ein paar Fotos den Flur entlang.

»Und ab jetzt hast du gesagt.«

»Nach Möglichkeit ab jetzt. Der Erkennungsdienst ist noch drin, aber ich denke, die sind in einer Stunde fertig.«

Beide gingen wieder nach unten.

Steigers Handy dudelte erneut, es war Jana.

»Schon wieder dringende Neuigkeiten?«

»Bist du noch lange draußen?«, fragte sie.

»Nein, ich komme jetzt gleich rein, warum?«

»Ich muss gleich weg, weil ich noch was für meine Eltern erledigen muss. Da hat ein Kollege vom BKA angerufen, es geht glaub ich um die Sache mit Berisha, du wolltest da eine telefonische Erreichbarkeit mit den Kroaten, sagte er.«

»Genau.«

»Der hat dir hier eine Telefonnummer hinterlassen. Die Kroaten haben einen, der kann Deutsch. Der ist heute Abend bis acht erreichbar unter der Nummer, die ich dir auf deinen Schreibtisch gelegt habe.«

»Ja, danke, kriege ich hin. Wenn wir uns nicht mehr sehen, bis morgen. Nicht vergessen, halb sechs auf der Matte.«

»Ach, Gott, ja …«

Sie drückte sich weg.

Steiger regelte mit Werner Korte ein paar Kleinigkeiten und fuhr noch kurz zu den MEK-Kollegen, die mit ihren Autos auf einem Parkplatz um die Ecke standen und dabei waren, sich ihre blauen Elektrikeroveralls anzuziehen, um die technische Lösung zu installieren. Er hatte keine Ahnung, was das sein könnte.

»Werner Korte bringt euch den Schlüssel, wenn er fertig ist, wir sehen uns dann morgen früh.«

»Gut«, sagte Schütze, »ihr müsstet nur so gegen sechs da sein, weil wir ab Mittag einen Einsatz in Essen haben, hatte ich ja gesagt. Dass ich noch ein bisschen pennen kann.«

»Hab ich auf dem Schirm«, sagte Steiger und fuhr.

Außer Krone war niemand mehr beim Einsatztrupp, aber auch der war dabei, seinen Rechner runterzufahren. Die Nummer mit Namen fand Steiger mitten auf seinem Schreibtisch. Der Mann, mit dem er reden sollte, hieß Kovac. Das Rufzeichen ertönte lange, dann wurde abgenommen.

»Kovac.« Dann kam noch ein Satz, den Steiger nicht verstand.

»Adam, Polizei Dortmund.«

»Ah, Herr Adam, ich habe Ihren Anruf erwartet.«

»Das freut mich.«

»Zunächst einmal vielen Dank für die ausführliche Mail, da waren sehr viele Informationen, die für uns auch neu waren.«

Sein Akzent war kräftig, aber er wirkte sehr sicher beim Sprechen.

»Keine Ursache, ich habe nur das aufgeschrieben, was wir wussten. Der Mann ist hier in Dortmund ausgewiesen worden, und er ist offensichtlich ausgereist. Haben Sie Erkenntnisse, wie der dorthin gekommen ist? Es sieht so aus, als wäre er auf dem Heimweg auf die Täter gestoßen.«

»Nein, wir wissen zurzeit nichts darüber, wie die Täter an die Opfer geraten sind, und dies ist auch der erste Hinweis auf die Identität eines Opfers. Die beiden anderen Opfer, bei denen Nachforschungen möglich waren, weil wir die Köpfe gefunden haben, sind bisher noch unbekannt.«

»Die Leiche, die Sie mit Berisha gefunden haben, sah auf dem Foto, das sie geschickt haben, wie eine Nordafrikanerin aus.«

»Ja, und das ist ein großes Rätsel für uns. Wir wissen

nicht, wie sie hierhergekommen sein könnte. Wir haben hier viel mit Flüchtlingen zu tun, aber nicht mit Nordafrikanern.«

»Wie kommt ihr darauf, dass es um Organhandel geht? Nur weil die Organe fehlen?«

»Ich weiß nicht, ob Sie es wissen: Der Organhandel hat hier auf dem Balkan eine traurige Tradition, denken Sie nur an das Gelbe Haus in Burrel, und es hat immer mal wieder Hinweise gegeben. Wir haben zwei Aussagen von Opfern, die nicht getötet wurden, sondern denen eine Niere gegen einen geringen Betrag entnommen wurde, die aber nicht wirklich sprechen wollen, weil sie Angst haben und dafür Geld bekommen haben. Ein wichtiges Argument sind auch noch Aussagen von Anwohnern über Hubschrauberflüge in der Gegend, die nicht angemeldet waren. Wir nehmen da stark einen Zusammenhang an, denn ein Hauptproblem der Täter ist es, die Ischämiezeit, also die Zeit, in denen die Organe nicht durchblutet werden, gering zu halten und die Organe zeitnah dorthin zu transportieren, wo sie gebraucht werden.«

»Und wie kommen diese Organe in den legalen Handel?«

»Konkret wissen wir es nur von einem Fall aus dem Jahre 2010. Da wird mit hohen Summen bestochen, es ist da einfach sehr viel Geld im Spiel.«

»Können Sie mal eine Zahl nennen? Ich habe nämlich keine Vorstellung.«

»Für eine Niere zahlen sie auf dem Schwarzmarkt einhunderttausend bis einhundertvierzigtausend Euro, für andere Organe möglicherweise noch mehr. Wenn sie da einen ganzen Menschen haben, den sie vollkommen nutzen können, wenn ich das mal so sagen darf, können Sie sich ausrechnen, um welche Summen es geht. Sie hatten doch auch in Deutschland diese Unregelmäßigkeiten schon im legalen Organgeschäft, das Reiche bevorzugt wurden. Es gibt eben viele sehr reiche Leute, die ein Organ brauchen und nicht akzeptieren, warum man auf Wartelisten hinten stehen soll, wenn man viel Geld hat.«

»Was ich mich die ganze Zeit frage: Wie kommen da Kunde und Lieferant zusammen? Das ist doch alles mit viel Aufwand verbunden… Ist ja nicht so, als ob man einen Gebrauchtwagen verkauft.«

»Sie fragen mich viele Fragen, Herr Adam…« Er lachte den kleinen Vorwurf beiseite. »Wir stehen noch ganz am Anfang, obwohl wir schon seit ein paar Monaten dabei sind, aber die Hinweise sind rar. Unsere Computerspezialisten sind sich sicher, dass auch das Darknet dabei eine Rolle spielt.«

»Ja, entschuldigen Sie meine Fragerei, Herr Kovac, aber wie gesagt, einen solchen Fall hatte ich in zweiunddreißig Dienstjahren nicht, und mir stellen sich da einfach viele Fragen, wo etwa diese Entnahmen stattfinden. Ich meine, das ist doch ein medizinischer Eingriff, das kann man ja nicht mal so eben im Hinterzimmer einer Kneipe machen.«

»Doch, das könnte auch möglich sein. Bei einem Fall aus dem Jahre 2012 gab es ein Operationszimmer in einem Wohnhaus. Das kann auch jetzt so sein, weil wir die Kliniken natürlich im Blick haben. Und wenn sie den Spender nicht beatmen müssen, weil er eh stirbt, ist es noch weniger aufwendig. Wir halten es auch für möglich, dass es so etwas wie einen mobilen Operationssaal gibt, vielleicht in einem Lkw, was die Suche natürlich noch schwieriger macht.«

Steiger hatte sich nebenher noch einmal die E-Mail des BKA mit den beiden Fotos auf den Bildschirm geholt und sah sich die Bilder des toten Amir Berisha und des unbekannten Mädchens an. Dann erinnerte er sich an die Aussagen der beiden Mädchen aus Guinea, die in Dortmund waren.

»Gut, Herr Kovac, ich bedanke mich erst mal.« Wieder blickte er auf das Gesicht der Toten, die mit Amir Berisha gefunden worden war.

»Gern geschehen«, sagte Kovac, und es klang aufrichtig.

»Zwei Bitten hätte ich noch. Wenn Sie etwas erfahren, wie der tote Junge dorthin gekommen ist, könnten Sie mich dann informieren, auch wenn es wahrscheinlich nur zur Information ist. Und zweitens: Sie schrieben in der Mail, dass es im Frühjahr ein drittes Opfer gab. Können Sie etwas dazu sagen?«

»Auch das könnte ein Flüchtling gewesen sein. Die Mediziner schätzten ihn auf fünfzehn bis siebzehn Jahre, und er war Asiat, ein Pakistani oder Afghane.«

»Können Sie mir von dem ein Bild schicken, meine E-Mail-Adresse haben Sie ja.«

»Gern. Und wenn Sie sonst noch Informationen brauchen, rufen Sie mich jederzeit an.«

»Ja, eine noch«, sagte Steiger. »Woher können Sie so perfekt unsere Sprache?«

»Ich war noch vor dem EU-Beitritt ein Jahr in Wiesbaden beim BKA und danach noch drei Monate in Brüssel.«

»Dann versteh ich es.«

Steiger legte auf und sah sich auf dem Bildschirm noch einmal die Bilder der Toten an. Es war abwegig, aber man konnte nie wissen …

Er fuhr den Rechner herunter und entschloss sich, mit Eva essen zu gehen, wenn sie wollte.

Was ist für einen Mann eine Ewigkeit? Die Zeitspanne vom Abspritzen bis zu dem Zeitpunkt, wenn er aufstehen, sich anziehen und gehen kann.

Sein Gesicht in Evas Haar und ihren Rücken an seiner Brust musste Steiger an diesen Witz denken, den Krone letztens mit grinsendem Genuss beim Kaffee erzählt hatte, und Steiger dachte daran, dass jetzt, in diesem Moment von diesem Gefühl nicht ein Hauch in ihm war. Er überlegte, ob er das früher bei anderen Frauen anders empfunden hatte, ob es überhaupt einmal so bei ihm gewesen war, weil Situationen, die in Witzen vorkommen, meist eine Entsprechung im Leben haben. Er wusste es nicht mehr. Aber ihm war schon länger klar, dass er noch niemals so sehr die Nähe zu einem Menschen gesucht hatte wie zu Eva.

Wenn er über die Jahre meistens allein gelebt hatte, dann nicht deshalb, weil er sich damit eingerichtet hatte, dass niemand da war, sondern weil es ihm gut ging mit sich. Das hatte sie ihm verdorben. Aber gesagt hatte er es ihr noch nie.

»Ich kann nicht bei dir einziehen, Steiger«, sagte sie in einem Moment, in dem er dachte, sie wäre schon eingeschlafen.

»Okay«, sagte er.

»Ich habe dazu nicht den Mut. Ich habe mich seit dreißig Jahren nicht mehr auf jemand anderen verlassen. Immer, wenn ich es bis dahin getan hatte, hat es nicht geklappt.«

»Okay«, sagte er noch einmal, nur etwas leiser.

»Wenn es jemand wäre, dann du, mein Lieber. Ich weiß, du verstehst das.«

Bei den letzten Worten fiel Steiger ein, dass Batto im Krankenhaus auch so einen Satz zu ihm gesagt hatte. Irgendwie trauten ihm die Menschen in seiner Umgebung viel Verständnis zu, und er hatte keinen Schimmer, warum das so war.

40

September 2016

An den Temperaturen lag es nicht, es war auch für diese Uhrzeit schon sommerlich warm, es hatte mit dem Licht zu tun, dass Steiger an diesem ersten Septembermorgen des Jahres, der unter einem klaren Himmel über Dortmund heraufzog wie an einem Sommertag, zum ersten Mal den Herbst fühlte. Vielleicht spielte dabei auch eine Rolle, dass die B1 um diese Zeit schon dicht war, weil sich ein Lkw quer gelegt hatte, weshalb sie jetzt den Umweg über die Emil-Figge-Straße nahmen, wo sie ein kleines Stück durchs Grüne und durch Felder fuhren, und sich dieses Gefühl eher einstellte als auf dem Westenhellweg. Der Acker neben der Straße war frisch gepflügt, und der Geruch der aufgebrochenen Erde, die noch dunkel und feucht war, erfüllte den Wagen. Steiger erinnerte sich an seinen Vater, wenn der von seiner Kindheit und von Bauern erzählt hatte, welche die Qualität der Erde prüften, indem sie ein Stück aßen und sich auf den Geschmack verließen. Ein an sich unappetitlicher Gedanke, fand er, aber in diesem Moment konnte er diese Männer verstehen.

An der Stelle, wo gestern Ronny Schützes Wagen gestanden hatte, erwartete sie jetzt ein anderes Auto und eine blonde Kollegin mit kurzen Haaren, die Steiger nicht kannte, aber die von Jana als »Rita« begrüßt wurde.

Der zweite Wagen war schon reingefahren, nahm Steiger an.

Sie stieg aus.

»Morgen. Ihr seid pünktlich, wie schön. Aber ihr seid allein, oder?«

»Ja, warum?«

»Ihr hattet mit Ronny nicht abgesprochen, ob wir euch informieren sollten. Ihr seht, ich bin allein, weil Sebastian in der Goslarstraße steht.«

»Goslarstraße?«

»Wir hatten heute Nacht eine Bewegung an der Wohnung. Ein Jugendlicher, offensichtlich ein Nordafrikaner, hat an der Tür zur Wohnung geklopft und nach ›Nabil‹ gerufen, zweimal. Als nicht geöffnet wurde, ist er wieder gegangen. Wie haben ihn wie abgesprochen nicht angehalten, sondern Sebastian ist drangeblieben, und der Typ ist wahrscheinlich nach Hause in ein Mietshaus in der Goslarstraße gefahren. War ein bisschen aufwendig, weil er mit der S-Bahn gefahren ist, da mussten wir zwei Teams ranholen und dem Wagen nachfahren.«

»Goslarstraße ist Mengede, glaub ich«, sagte Jana.

»Ja, genau, da steht er jetzt und wartet auf euch.«

Steiger sah Jana an.

»Okay, fahren wir zur Goslarstraße«, sagte Steiger, »wenn sich da nichts tut, können wir überlegen, ob wir noch ein Team von unseren Leuten auftun, die hier weitermachen. Aber die Wohnung hier steht auch schon ein paar Tage leer, wenn sich da was getan hat, dann eher in den ersten Tagen. Da war der Bursche heute Nacht fast ein Glückstreffer, und wir bleiben da auf jeden Fall dran.«

»Sehe ich genauso«, sagte Jana.

»Okay, dann baue ich oben ab und verschwinde«, sagte Rita und schloss den Wagen ab. »Ihr müsstet nur einen

Moment warten, wegen des Hausschlüssels. Oder es lässt mich grad jemand ins Haus, raus komme ich ja wieder.«

»Soll jemand mit raufkommen?«, fragte Steiger.

»Da wird grad jetzt niemand kommen, aber okay.«

Sie verzichtete um diese Zeit auf den Overall und ging los. Jana begleitete sie, und Steiger fand die Gelegenheit für einen halben Zigarillo günstig.

Sie kannten den Eingang, aber nicht die Wohnung. Und bis zu dem Augenblick, an dem sie Sebastian abgelöst hatten, waren drei Männer in dasselbe Haus gegangen, nachdem der unbekannte Jugendliche darin verschwunden war, das hatte er ihnen noch gesagt.

Mittlerweile war der normale Morgenbetrieb vorüber, ein paar Leute waren hinein- und viele hinausgegangen, und Steiger und Jana konnten nur noch mit Sicherheit sagen, dass ihr Mann das Haus nicht verlassen hatte. Das Handyfoto des Kollegen, das er heimlich in der S-Bahn gemacht hatte, gewann keinen Preis, aber es reichte aus, um sich da sicher zu sein.

Um zehn war Jana schon einmal auf der Toilette des Getränkemarkts um die Ecke gewesen, und sie hatte sich ihr Brot mit Steiger geteilt, weil er an seine Zigarillos gedacht hatte, aber nicht an Verpflegung.

»Da ist wieder einer«, sagte Jana, aktivierte das Bild auf ihrem Handy und ließ es gleich wieder sinken. »Zu alt.«

»Ob ich mir noch was zu trinken hole?«, fragte Steiger und sah sie an. »Aber das wird immer riskanter, je später es wird.«

»Du bist ja wieder hervorragend ausgerüstet.«

Sie griff in ihre Tasche und reichte ihm eine halb volle Wasserflasche.

»Nor oinen wönzigen Schlock«, sagte er und lachte sie breit an, aber Jana machte nur eine verständnislose Miene.

»Kennst du nicht, oder?« Er trank. »Ist aus der *Feuerzangenbowle*, ein Beschwichtigungsfilm aus dem Zweiten Weltkrieg, aber ganz lustig. Kennt in meiner Generation jeder.«

Ihr Platz in einer Reihe geparkter Autos war günstig, und sie hatten eine gute Sicht auf den Hauseingang, aber allmählich vertrieb die Sonne den Schatten, und es wurde immer wärmer im Auto.

»Achtung!«

Die Haustür öffnete sich wieder, aber es war eine alte Frau, die mit kleinen, angestrengten Schritten einen verschlissenen, karierten Trolli hinter sich herzog. Noch bevor die Tür wieder ins Schloss fiel, verließen zwei Männer das Haus, und Jana setzte sich aufrecht hin. Sie blickte zweimal aufs Handy, dann wieder zu den Männern, von denen der jüngere einen Rucksack trug.

»Das ist er, der zweite, der größere.«

Die beiden überholten die Frau und bogen nach links ab, wo sie halb durch eine Hecke verdeckt waren.

»Gehen die zu 'nem Auto?«, fragte Steiger.

»Weiß ich noch nicht.«

»Wir können sie auch abfischen, und bevor wir sie verlieren, machen wir das auch, aber vielleicht können wir erst mal sehen, was jetzt passiert.«

Jana stieg aus und stellte sich hin.

»Sie steigen in ein Auto, schwarzer Golf, Kennzeichen kann ich noch nicht lesen.«

Sie stieg wieder ein, startete den Wagen und rollte langsam los. Der Golf bog auf die Strünkedestraße, und Jana musste zwei Autos dazwischenlassen.

Steiger versuchte, über das Handy jemanden beim Einsatztrupp zu erreichen, aber außer Gisa war niemand greifbar.

Der Golf bog nach rechts ab Richtung A45, und Jana folgte ihm auf dem Königshalt. Der jetzt lockere Verkehr erleichterte es dranzubleiben, und Steiger machte über die Leitstelle eine Halterabfrage; es war der Wagen einer Autovermietung.

»Wollen wir Gisa da mal anrufen lassen, wer den Wagen fährt, oder trauen wir denen nicht?«

Sie sah ihn mit einem prüfenden Seitenblick an.

»Das läuft uns nicht weg«, sagte sie, »lass es uns davon abhängig machen, was hier noch passiert.«

Der Verkehr war locker genug, um den Wagen nicht zu verlieren, und dicht genug, um nicht aufzufallen. Der Golf fuhr auf die A45 Richtung Süden, und Jana ließ auf dem Zubringer die Leine etwas länger.

Steiger überlegte, was sie tun würden, wenn sich die beiden trennten, und er fragte über die Leitstelle nach, ob ein zweiter Zivilwagen in der Nähe war.

Der Golf fuhr am Kreuz Dortmund West auf die B1 Richtung Osten.

»Was machen wir, wenn die auf die Autobahn fahren?«, fragte Jana. »Weiß der Teufel, was die jetzt vorhaben. Vielleicht machen die 'ne kleine Städtetour nach München.«

»Wir bleiben erst mal dran. Wenn es wirklich auf die Bahn geht, überlegen wir neu«, sagte Steiger. »Schlimmer ist, dass wir kein zweites und drittes Fahrzeug haben. Erst mal zum Observieren, und was ist, wenn die nicht auf die Bahn fahren und sich trennen?«

Der Golf ließ die Innenstadt links liegen und fuhr weiter Richtung A2. Als er an der Abfahrt zur Köln-Berliner-Straße den Blinker setzte, war für Steiger alles klar.

»Die fahren zum Flughafen.«

Er fragte bei der Leitstelle nach, ob ein Zivilwagen in der Nähe war, aber das nächste K-Fahrzeug war zu weit entfernt.

Der Wagen vor ihnen fuhr weiter, sodass sie in der Kehre jetzt direkt hinter dem Golf waren, darum ließ Jana sich zurückfallen. Er bog in die Emschertalstraße ein, und sie folgten ihm mit Abstand bis vor die Abflughalle. Der Golf parkte in einer der Boxen, der Jüngere stieg aus, nahm seinen Rucksack von der Rückbank und schlug die Tür ohne Gruß zu.

Der Fahrer setzte sofort den Blinker links und fuhr wieder an, der Junge verschwand in der Abflughalle.

»Lassen wir den anhalten?«, fragte Jana, als sie den Wagen parkte.

»Nein. Wir bleiben am Jungen dran, und wenn er abfliegen will, fischen wir ihn ab. An den Leihwagenfahrer kommen wir schon irgendwie dran.«

Er legte die Kelle ins Fenster, und sie rannten in die Halle. Nach einem kurzen Rundumblick entdeckten sie den Jüngeren und blieben in sicherem Abstand dran, was bei dem Trubel nicht so schwer war.

Bei einem Bäcker kaufte er sich eine Cola und trank sie im Stehen. Mittlerweile war ihnen klar, dass der Fahrer nicht noch nachkommen würde, was die Möglichkeit, dass der Bursche selbst fliegen und niemanden abholen wollte, wahrscheinlicher machte.

»Jetzt!«, sagte Steiger, als er sich an einem Schalter zum Einchecken anstellte und seine Papiere aus dem Rucksack fingerte. Sie nickten sich zu und stellten sich am Schalter dicht hinter ihn. Steiger wäre es lieber gewesen, sie hätten ein zweites Fahrzeug, ein zweites Team dabei, der Junge sah nicht besonders kräftig aus, aber man wusste nie. Jetzt war es, wie es war.

»Polizei«, sagte er und fasste ihn von hinten am linken Oberarm. Jana nahm den anderen Arm und hielt ihm ihren Ausweis vors Gesicht.

Er blickte sich um, erst rechts, dann links, mit erschrockenem Gesicht, und seine Atmung wurde augenblicklich schneller.

»Kannst du mich verstehen«, fragte Steiger und fasste noch einmal nach.

Der Junge sah ihn schweigend an und blickte dann endlos lange nach unten. Im nächsten Moment drehte er sich mit einer heftigen Bewegung zu Janas Seite, versuchte, sie wegzustoßen, traf sie im Gesicht und riss sich los. Die Aktion war so überraschend, dass er Steigers Griff eine Sekunde entglitt, Jana mit der freien Hand wegdrücken konnte und losrannte. Er hatte drei Meter Vorsprung, und Steiger rannte hinterher.

»Polizei, stehen bleiben!«, rief er, aber der Junge rannte weiter, und der Abstand wurde größer. Nach wenigen Metern stellte sich ihm ein junger Mann in den Weg, rammte ihn heftig mit der Schulter, sodass der Flüchtende stürzte. Bevor er sich wieder aufrappeln konnte, war Steiger auf ihm, und auch Jana war da.

Sie stellten ihn aufrecht hin und legten ihm Handschellen an.

Der Mann, der sich in den Weg gestellt hatte, war ein bulliger Typ und nicht viel älter als der Festgenommene.

Jana hielt ihm den Ausweis hin.

»Nur damit Sie nicht denken, es wäre ein Fake«, sagte

sie. »Können Sie kurz mit zum Wagen kommen, wir brauchen Ihre Personalien, dauert nicht lange.«

Sie durchquerten die Halle und gingen zu ihrem Dienstwagen. Nachdem sie den Festgenommenen auf der Rückbank untergebracht hatten, notierte Jana sich die Personalien des Helfers.

»Und noch mal danke«, sagte Steiger, »ohne Sie hätten wir ihn so schnell nicht gehabt.«

»Ist eine Selbstverständlichkeit«, sagte der Mann, »gegen dieses verdammte Asylantenpack muss man doch an einem Strang ziehen.«

Steiger hatte das Gefühl, jemand hätte ihm in die Magengrube geschlagen. Er ließ sich von Jana den Ausweis geben und sah ihn sich an. Dann gab er dem Mann das Teil zurück.

»Damit ein paar Dinge klar sind, Herr Herkenrath: Der Mann ist vielleicht gar kein Asylbewerber, und wir zwei«, er ließ den Zeigefinger zwischen ihnen hin und her wandern, »ziehen auf gar keinen Fall an einem Strang, und hätte ich es mir aussuchen können, hätte ich auf Ihre Hilfe verzichtet.«

»War mir trotzdem ein großes Vergnügen.« Er sagte es mit einem Grinsen, steckte den Ausweis ein und ging.

Steiger setzte sich hinter Jana und rief Gisa an, damit sie einen Wagen zur Autovermietung schickte.

»Arschloch«, sagte er.

Dann fuhren sie los.

41

»Er ist voll bis obenhin.«

Der Arzt tippte mit dem Kugelschreiber auf den Monitor, auf dem die Packs in der Computertomografie aussahen wie blasse, kleine Eier, die sich neben der deutlicheren Wirbelsäule und den Rippenbogen etwas schwächer vom dunklen Hintergrund abhoben.

»Und sie sind auch schon im Dickdarm, könnte bald losgehen, es sei denn, er hat was Deaktivierendes eingenommen.«

»Müssen wir dabei irgendwas beachten, muss er medizinisch irgendwie begleitet werden?«

»Erst mal nicht. Normal kommt das alles auf normalem Wege raus. Er sollte nur genau zählen und wissen, wie viele es waren, nicht dass sie hinterher warten müssen und nicht wissen, ob es das jetzt war.«

Er richtete sich auf und lächelte breit. Alles an diesem Mann war für Steiger türkisch, die dunklen Augen, der weiße Haarkranz, der Slang, und aus dem Schnurrbart hätte man einen dieser Riesenbesen machen können, welche die Stadtreinigung für die Bürgersteige benutzte. Aber auf seinem Namenschild stand deutlich lesbar in goldenen Lettern der Name »Müller«.

Er bemerkte, dass Steigers Blick darauf fiel.

»Sie wundern sich sicher, aber ich heiße Alper Yilmaz von Geburt an, und in Yilmaz war kein ›ü‹«, sagte er und machte eine kleine Pause. »Und das als Türke, da habe ich den Namen meiner Frau angenommen.«

Einen Moment lang war Steiger unsicher, weil er es mit einer demonstrativen Ernsthaftigkeit gesagt hatte, dann lachte der Arzt herzlich los.

»Es ist wirklich der Name meiner Frau.« Mit dem Rest ließ er ihn allein.

Steiger ging zu Jana, die vor dem Untersuchungsraum geblieben war, weil sie keine Lust auf ein zweites Wettrennen an diesem Morgen hatten. Bevor sie zum Präsidium zurückfuhren, fesselten sie Sofiane Amara wieder, zumindest stand dieser Name auf seiner französischen Identitätskarte, mit der er fliegen wollte und die dieselben geringfügigen Fälschungsmerkmale aufwies wie die seines toten Freundes. Ein Blick durch die beleuchtete Lupe hatte Raimund Osterkamp genügt, um ihnen das zu bestätigen. Es war also wahrscheinlich, dass beide Dokumente aus derselben Fälscherwerkstatt kamen.

Bisher hatte der Bursche keinen Ton gesagt, auch nicht, als sie ihn per Telefon von der Dolmetscherin auf Arabisch hatten ansprechen lassen. Aber Steiger war sich aufgrund einiger Reaktionen sicher, dass er Deutsch verstand.

Wenn er das Gift bald loswerden musste, stellte das ein Problem dar, weil sie ihn keine normale Toilette benutzen lassen konnten. Zu groß war die Gefahr, dass dann ein Teil des Gifts in der Kanalisation landete, und für eine Anklage brauchten sie jedes Gramm. Außerdem war es wichtig, Dr. Müllers Hinweis ernst zu nehmen und die ausgeschiedenen Packs genau zu zählen. Steiger wusste, dass die Kollegen vom Zoll eine Zelle hatten, in der eine entsprechende Toilette mit Abscheider war, aber er hatte dort niemanden erreicht, bevor sie zum Krankenhaus aufgebrochen waren.

»Und wie stellst du dir das vor, Steiger?«, fragte Hoppy vom Gewahrsam mit einer leisen Fassungslosigkeit im Gesicht, als sie Amara dort mit dem Hinweis ablieferten, er dürfe nur in eine Zelle ohne Toilette.

»Wir sind dabei, eine andere Lösung zu organisieren, Hoppy, so lange müssen wir improvisieren«, sagte Steiger. »Ihr habt doch Zellen ohne Toilette, oder?«

»Haben wir, aber sei sicher, wenn er sich meldet und kacken muss, rufe ich euch an, sofort, ich mache da nichts, das steht nicht in meinem Vertrag.«

In der Zwischenzeit hatte Gisa ermittelt, dass der Leihwagen unmittelbar nach der Fahrt zum Flughafen wieder abgegeben worden war, und dass die Personalien, die der Fahrer hinterlassen hatte, wahrscheinlich ebenfalls falsch waren. Ioannis Papadopoulos hatte auf der griechischen Identitätskarte und dem Führerschein gestanden, aber mit diesem Namen war niemand in Dortmund gemeldet. Außerdem hatte der Mann die Wagenmiete und die Kaution in bar hinterlegt und wieder mitgenommen, genau wie bei den Flugtickets.

»Ich würde ihn gerne über Nacht in der Zelle lassen, aber das kriegen wir rechtlich nicht hin«, sagte er zu Jana und Gisa. »Eine Nacht im Tempel der Besinnung hat oft schon Wunder bewirkt, aber wir müssen ihn heute noch vorführen.«

»Auf jeden Fall«, sagte Gisa, »ich versuche mal, einen späten Termin zu kriegen, vielleicht sagt er bis dahin noch was.«

Er sah auf die Uhr, es war kurz nach eins.

»Dann fahre ich jetzt schnell noch einmal zur Goslarstraße. Der Erkennungsdienst ist schon in der Wohnung, ich würde einfach gerne mal einen Blick hineinwerfen.

Danach machen wir noch einen Vernehmungsversuch mit Sofiane. Wenn es in der Zwischenzeit losgeht, ruft mich an, oder Krone oder Bulthaup sollen schon mal anfangen. Willst du mit?«

»Nein«, sagte Jana. »Was soll ich da? Ich klemm mich mal hinter die Autoverleiher. Mal sehen, ob der Typ sich schon öfter ein Auto geliehen hat. Und wenn in der Zwischenzeit niemand anderes den Wagen benutzt hat, sollten wir den auch noch mal nach Fingerspuren untersuchen lassen, vielleicht kennen wir den Fahrer ja.«

Steiger nahm sich einen Autoschlüssel und verschwand.

Die Wohnung war etwas üppiger eingerichtet gewesen als die seines Freundes Adil, und auch hier hatten sie die leeren Packungen Orangensaft im Müll gefunden, aber sonst war auf den ersten Blick nichts Auffallendes darin.

Als Steiger auf dem Rückweg zu spät einfiel, dass der Weg über die A45 und die B1 schneller sein könnte als über die Ellinghauser Straße, und er am Amtshaus vorbeifuhr, sah er eine Buchhandlung. Er überlegte einen Moment, parkte und ging hinein.

»Was kann ich für Sie tun?«, fragte der Mann hinter dem kleinen Tresen.

»Ich bin mir nicht sicher, ob Sie mir helfen können. Ich erinnere mich an einen Fotoband, den mein Vater vor einigen Jahren hatte. Darin waren ausschließlich Porträts gestorbener Menschen, und der Titel war irgendwas mit ›Schlaf‹. Gibt es das Buch noch?«

»Sie meinen sicher *Der ewige Schlaf.*« Eine Frau kam aus dem hinteren Teil des Ladens nach vorn. »*Visages de Morts*. Ich glaube, das ist schon länger vergriffen.«

Der Mann am Rechner tippte und nickte dann.

»Richtig, das ist vergriffen, schon eine ganze Weile. Das gibt es wahrscheinlich nur noch gebraucht. Wollten Sie es unbedingt haben?«

»Ach, schade«, sagte Steiger, »es war ein eigenartiges Buch. Ja, ich hätte es gern gehabt.«

»Ich kann versuchen, es für Sie irgendwo zu beschaffen, es gibt da so Portale. Aber Sie müssten mir dann schon Ihre Telefonnummer dalassen, weil das mit den Preisen manchmal sehr wild ist.«

»Ja, wenn Sie das probieren wollen, gern.«

Er hatte nur seine dienstliche Visitenkarte, auf deren Rückseite er seine private Handynummer schrieb.

»Uups, die Polizei«, sagte der Mann, als er auf die Karte sah, und die Frau lächelte unsicher.

»Es wäre schön, wenn es klappen würde.«

Steiger verließ den Laden wieder, und als er ins Auto stieg, klimperte sein Handy. Es war Jana.

»Wo bist du?«

»Auf dem Heimweg.«

»Hoppy hat grad angerufen, du sollst umgehend da erscheinen. Und ich bin als Frau ja bei der Nummer vollkommen raus.«

»Ja, ich weiß ... Hat der Zoll sich gemeldet? Ich habe denen auf den Anrufbeantworter gesprochen.«

»Nein.«

»Ich beeile mich.«

Hoffentlich war die Autobahn frei, aber es war noch früh genug.

Hoppy erwartete Steiger und Bulthaup mit einem grünen und einem roten Eimer, einer Rolle Klopapier und einer Packung Einmalhandschuhe.

»Gutes Gelingen«, sagte er und schloss ihnen die Zelle auf. »Der hat schon länger geklingelt, liegt jetzt schon 'ne ganze Zeit gekrümmt auf der Pritsche.«

Genau so war es. Sofiane Amara lag in Embryonalstellung auf der Kunstledermatratze und hatte die Arme vor dem Bauch verschränkt.

»Pass auf, Sofiane«, sagte Steiger, »ich bin sicher, du verstehst mich. Du hast Rauschgift in dir, das wir haben müssen. Darum werden wir dich keine normale Toilette benutzen lassen. Das ist jetzt sicher ziemlich unangenehm, und wir werden auch draußen warten, aber du musst dein Geschäft in diesen Eimer machen.« Er stellte ihm den roten Eimer vor die erhöhte Pritsche. »Hier ist Papier und hier sind Gummihandschuhe. Wenn du fertig bist, sag Bescheid, sonst kommen wir so rein.«

Steiger legte beides auf ein freies Stück der Matratze neben seinen Kopf, dann verließen sie die Zelle, um ihm einen Rest Würde zu gewähren. Die Tür ließ Steiger angelehnt, um ihn durch den Spalt beobachten zu können.

Nach kurzer Zeit stand er auf, zog sich die Hose herunter und suchte eine Stellung, um keine Sauerei zu veranstalten. Dann entleerte er sich.

»Das hört sich doch gut an«, sagte Hoppy, als die Packs mit einem Ploppen in den Eimer fielen.

Nach zwei Minuten sah Steiger, wie er sich die Hose hochzog, und er ging wieder hinein. Im Eimer war erstaunlich wenig Kot und etwa zwanzig weiße Packs. Er hielt Amara die Schachtel mit den Einmalhandschuhen hin.

»Glaub nicht, dass ich die sauber mache«, sagte er, als der Junge ihn fragend ansah. Amara nahm zögernd ein Paar, zog sie sich ungeübt mit etwas Mühe an, und sie gingen ans Ende des Zellentrakts, wo ein Abfluss mit Rost in den Boden eingelassen war und wo an der Wand ein Schlauch hing. Steiger füllte den Eimer gut halb voll und ließ Amara das Gemisch abgießen. Nachdem er den Vorgang zweimal wiederholt hatte, war kaum noch Kot in dem Abgegossenen sichtbar. Den zweiten Eimer füllte er mit Wasser.

»Habt ihr hier irgendwo was zum Putzen?«, fragte er.

»Die Putzfrau hat ihren Wagen da hinten«, sagte Hoppy, öffnete die Tür zu einem Verschlag und kam mit einer Flasche Domestos zurück.

Steiger gab einen kräftigen Schuss in den Eimer mit den Packs.

»Nun zu. Wasch sie ab und tu sie in den anderen Eimer.«

Zögernd fischte Amara das erste Pack aus dem schaumigen Wasser, rieb es ab und legte es dann in den anderen Eimer. Der Geruch des Putzmittels gewann nach und nach die Oberhand. Auch diesen Vorgang wiederholten sie. Danach war Steiger überzeugt, dass sie sauber waren.

»Hast du irgendeine Tüte oder so was? Hab ich jetzt vergessen.«

Hoppy zuckte mit den Schultern.

»Nur meine Butterbrottüte von heute Morgen.« Er ging nach vorn in den Kontrollraum, kam zurück und gab Steiger eine durchsichtige Plastiktüte.

»Brauche ich auch nicht zurück«, sagte er und blieb völlig ernst dabei.

Bulthaup lachte.

Steiger ließ den Jungen die Packs mit Toilettenpapier abtrocknen und in die Tüte stecken. Neunzehn Packs zählte er und konnte durch die Tüte fühlen, dass sie noch körperwarm waren.

Beide Eimer ließen sie ihn noch einmal mit Putzmittel auswaschen, dann führten sie ihn zurück in die Zelle. Er setzte sich auf die Matratze, Steiger legte den Beutel neben ihn, zog das Foto des toten Adil Gerard aus der Brusttasche des Hemds und blieb stehen.

»Das allein bringt dir Jahre, Sofiane, mit dem, was noch aus dir rauskommt, sowieso. Du hängst mit dem Arsch vollkommen am Fliegenfänger, du ganz allein, obwohl noch eine ganze Reihe anderer Leute die dicke Kohle an der Sache machen.« Er zeigte ihm das Porträt des Toten. »Hier, kennst du den?«

Sofiane sah sich das Bild an, und es war deutlich zu erkennen, dass er erschrak.

»War das ein Freund von dir? Den hat es das Leben gekostet, du hast bisher Glück gehabt. Du kannst natürlich weiter schweigen, das hab ich dir schon gesagt, und du kannst dir einen Anwalt nehmen, dein gutes Recht. Nur dann sag mir das wenigstens und unterschreib es mir. Oder du sagst wirklich bei uns aus. Dass Richter das honorieren, ist kein Märchen, und das können ein paar Jahre sein. Also, brauche ich gleich einen Dolmetscher?«

Er sah ihn lange an, aber Sofiane Amara blickte auf den Boden und bewegte keine Faser seines Körpers.

»Okay«, sagte Steiger, nahm die Tüte und ging zum Zellenausgang.

»Ich kann es ohne Dolmetscher versuchen«, sagte er, sein Akzent war deutlich.

Steiger drehte sich zu ihm um.

»Okay, dann komm mit hoch.«

Er stand auf, und sie gingen.

42

Sein wirklicher Name war Mahmoud Saifi, wenn er die Wahrheit sagte, er war am 29.06.1998 in Algier geboren, und er wollte keinen Kaffee, keinen Tee, nur ein Glas Wasser.

»Wie lange bist du in Deutschland?«

»Ich bin im Sommer 2014 nach Deutschland gekommen, war erst in Spanien.«

»Dafür sprichst du gut Deutsch.«

Sein Dialekt war deutlich, aber grammatisch machte er nur wenige Fehler, was selten war bei Leuten wie ihm.

»Das wollte ich, weil, ist dann leichter hier. Und im Clearing-Haus hatten wir Unterricht in Deutsch.«

Jana kam herein und nahm ihren gewohnten Platz in seinem Rücken ein.

»Wie ging das vor sich?«, fragte Steiger.

»Bitte?«

»Also, wie lief das ab, wie bist du hier nach Dortmund gekommen?«

»Ach so. Ich war erst in Köln, dahin sind wir mit Auto gekommen aus Spanien. Mit acht Leuten im Bus.«

»Hast du Geld dafür bezahlt?«

»Ja, fünfhundert Euro, nur von Spanien bis Köln. In Köln habe ich gehört, dass Dortmund besser ist, weil hier ist eine Erstaufnahmeeinrichtung.«

Steiger wunderte sich, dass er dieses Wort fehlerfrei

kannte, aber das war wohl bei allen so, deren Ziel Asyl war, auch wenn sie keine drei Worte Deutsch konnten.

»Eine ist hier und eine in Bielefeld. Wir sind dann von Polizei kontrolliert worden, und die haben uns zum Jugendamt gebracht, weil wir noch keine achtzehn waren. Und beim Jugendamt hat man mich in ein Clearing-Haus gebracht, auch weil ich noch jugendlich war. Da war ganzen Tag, also, Programm. Viele Gespräche mit Psychologen und Sozialarbeiter, haben Deutsch gelernt, Tischtennis gespielt und so. Und wir sind auch raus in die Stadt manchmal, auch allein. Und da hat mich am Bahnhof ein Mann angesprochen, hat gefragt, woher ich komme.«

»Welche Sprache sprach der Mann, und hat er gesagt, wie er hieß?«, fragte Jana.

»Arabisch, aber sprach nicht so gut Arabisch. War auch kein Marokkaner, auch kein Araber, und er hat gesagt, er heißt Ahmed.«

»Wenn er kein Marokkaner war, was war er dann?«

»Weiß nicht so genau. Der konnte auch russisch sprechen, hab ich mal gehört, als er mit Handy telefoniert hat. Jedenfalls hat er gefragt, ob ich in Deutschland bleiben will, und …«

Er hielt inne und verzog das Gesicht.

»Ich glaube, ich muss auf Toilette …«

Eine halbe Stunde und einundzwanzig gründlich gewaschene Packs Kokain später saß er wieder auf dem Stuhl und trank einen Tee.

»Also«, begann Steiger und rief die Datei mit der Vernehmung wieder auf, »Ahmed hat dich am Bahnhof angesprochen. Was wollte er von dir?«

»Er hat gesagt, wenn ich bleiben will in Deutschland,

kann ich das mit Asyl vergessen als Marokkaner. Und auch, wenn ich keinen Pass habe, nur Duldung, in ein paar Monaten wäre ich abgeschoben, ganz sicher. Aber er kann mir helfen, hat er gesagt. Und er hat gefragt, ob ich schon registriert bin, ob ich schon mal bei Polizei fotografiert bin und habe Fingerabdrücke gegeben. Aber hatte ich nicht, ich sollte irgendwann zur Polizei, in ein paar Wochen, hat Boris vom Clearing-Haus gesagt, aber hatte ich noch nicht. Ich habe auch gefragt, warum er mir hilft, da hat er gesagt, weil er auch kein Asyl hat, und er auch nur so hier ist, also mit Trick. Und andere haben ihm geholfen, und er will wieder anderen helfen. – Ich bin dann mitgegangen, und wir sind in eine Wohnung in der Nordstadt. Da war noch ein anderer Junge, aus Pakistan, Tariq, sprach aber nur Paschtu. Und nach einer Nacht da ist Ahmed auch gekommen am nächsten Tag und hat mich in die Wohnung in der Goslarstraße gebracht. Hat gesagt, da kann ich wohnen, ist meine Wohnung jetzt.«

»Hat er nicht gesagt, was weiter passiert, warum er dir hilft und dir einfach so eine Wohnung gibt?«

»Er hat gesagt, ich könnte ihm manchmal Gefallen tun, könnte mal ein bisschen für ihn arbeiten, und er will helfen, hat er gesagt. Aber ich müsste erst einen Ausweis haben. Foto hatte er schon in der Wohnung mit Tariq gemacht, und er hat gesagt, der Ausweis dauert ein paar Tage, und ich dürfte auch auf keinen Fall rausgehen ohne Ausweis, weil mich sonst die Polizei mitnimmt und Fingerabdrücke nimmt, und das ist gar nicht gut.«

»Was war mit deinen Sachen im Clearing-Haus?«, fragte Jana aus dem Hintergrund, »was sollte damit passieren?«

»Ahmed hat gesagt, ich soll die dalassen, soll da gar nicht mehr hingehen, sonst würden die die Polizei holen, ich kriege neue Sachen. Und er ist auch einmal mit mir in die Stadt gefahren und hat mir eine neue Jacke, neue Hose und so Sachen gekauft und neue Turnschuhe. Nach drei Tagen ist er dann gekommen und hatte französischen Ausweis für mich, den Sie jetzt haben. Er hat gesagt, damit kann ich rausgehen. Und wenn Polizei kommt, soll ich sagen, ich bin französischer Student und wollte in Deutschland studieren, und ich soll sagen, ich würde bei einem Freund wohnen.«

Steiger sah rüber zu Jana, die mit bestätigender Miene nickte.

»Aber das ging nicht so weiter, oder. Du sitzt jetzt ja hier, weil du voller Rauschgift bist. Wann fing das an?«

Er atmete einmal stoßweise aus.

»Er hat schon am Anfang gesagt, ich könnte mal einen Gefallen tun. Und nach einer Woche ist er gekommen, und ich soll ein Paket nach Frankfurt bringen mit dem Zug. Ich bin dann morgens nach Frankfurt gefahren und habe da im Café einen Mann getroffen, und der hat das Paket bekommen.«

»Was war das für ein Paket? Weißt du, was da drin war?«

»Nein, war so verklebt in einer Pappe, ich weiß nicht, ob das Rauschgift war, ich konnte das nicht aufmachen. Dafür hat Ahmed mir aber dreihundert Euro gegeben, und er hat gesagt, ich könnte viel mehr verdienen.«

Sofianes Handy, das neben Steigers Tastatur auf dem Tisch lag, piepte und vibrierte. Im Display erschienen drei Sterne für einen unbekannten Anrufer.

Er stand auf und warf einen Blick auf das Display.

»Das ist Ahmed«, sagte er, »ich müsste jetzt ja in London im Hotel sein.«

Steiger fiel auf die Schnelle keine passende Legende ein,

und er ärgerte sich, nicht vorher drüber nachgedacht zu haben.

»Du gehst nicht dran, und wir überlegen, was du nachher sagen kannst. Wie ist die PIN-Nummer? Schreib sie mal auf, für alle Fälle.«

Er reichte Sofiane einen Zettel, und er schrieb die vier Zahlen auf.

»Ahmed wird sehen, ich bin nicht in London, weil immer GPS eingeschaltet ist, wenn ich mit einer Ladung unterwegs bin.«

»Nein, wird er nicht«, sagte Jana, »ich habe es ausgeschaltet, als wir es dir abgenommen haben.«

Der Alarm verstummte, Steiger nahm das Handy, hielt es hoch und sah Jana an.

»Wenn du hier weiterschreiben willst, geht das auch, dann bringe ich die Sache auf den Weg.«

»Nein, schon gut, ich mache das.« Sie stand auf und kam zu Steiger. »Außerdem muss er ja noch ein paarmal zum Klo, da bin ich sowieso nicht die Richtige.« Sie nahm das Handy und den Zettel. »Ich nehme an, die 31er sollen den letzten Anrufer identifizieren und die Nummer klemmen wir dann so schnell wie möglich auf, oder?«

»Genau. Hast doch was gelernt bei mir.« Er lachte breit, Jana machte eine freundliche Miene.

»Das mit der Nummer wird schnell gehen, aber den Antrag muss ich natürlich noch schreiben, dann zum Gericht schicken und zurück… 'ne knappe Stunde kann das dauern.«

»Dann ist das so, ruf Kristin auf der Geschäftsstelle vorher an, dann geht es schneller.«

Sie verließ das Büro.

»So, Sofiane, weiter im Text. Wie laufen diese Kurierfahrten mit dem Schlucken ab? Und wo schluckst du das Zeug.«

»Ahmed ruft vorher an auf Handy, wann ich da sein soll in der Wohnung, dann kommt er und hat die Packs dabei. Er kommt immer rechtzeitig, weil manchmal brauche ich etwas länger. Ich bin kein guter Schlucker, andere sind schneller, sagt Ahmed. Dann gibt er mir Ticket, etwas Geld und fährt mich zum Flughafen.«

»Fliegst du immer von Dortmund?«

»Nein, ganz verschieden. Manchmal Dortmund, manchmal Düsseldorf, manchmal auch Münster.«

»Und das Ziel ist meistens London?«

»Oft London, ja, aber auch Riga oder Madrid.«

»Und du triffst dich dann da mit Leuten, die dir das Rauschgift abnehmen?«

»Ja. Ich bin meistens zwei Tage im Hotel, weil manchmal dauert es länger, bis alles kommt. Dann kommen Männer, die holen das Gift ab, und ich fliege wieder zurück.«

»Warum tust du das? Du weißt, dass das eine Straftat ist und du dafür ins Gefängnis kommst.«

Er sah nach unten, machte eine Pause.

»Ja, ich weiß. Aber in Marokko geht es meiner Familie schlecht. Ahmed gibt mir Geld dafür, und wenn ich sage, ich will nicht, dann sagt er, dass er zur Polizei geht und ich zurück nach Marokko muss.«

»Wie viel Geld bekommst du für einen Flug?«

»Tausendfünfhundert Euro.«

»Weißt du, was das Zeug wert ist, das du da in dir hast? Das Fünfzigfache, mindestens.«

»Ja, ich weiß, aber wenn ich dreimal im Monat fliege, ich habe viel Geld. Kann sogar Geld nach Hause schicken, und meine Familie ist glücklich.«

»Und er droht dir auch? Dass er zur Polizei gehen wird?«

»Ja. Er sagt, wenn ich aufhören will, gibt er Polizei einen Tipp.«

»Wie heißt Ahmed weiter. Und weißt du, wo er wohnt. Wohnt er in Dortmund?«

»Ich weiß nicht, wie er heißt, wirklich nicht. Ahmed kommt immer nur, wenn ich fliegen muss. Manchmal ich sehe ihn ein, zwei Wochen nicht. Er ruft auch nicht oft an, eigentlich immer nur, wenn ich fliegen muss, oder wenn er Handy bringt.«

»Wenn er Handys bringt?«

»Ja, er wechselt das Handy immer aus. Alle paar Wochen. Er sagt, das ist sicherer, muss sein, weil man nie weiß, ob Polizei irgendwo Handynummern kontrolliert.«

»Und du weißt wirklich nicht, wie Ahmed weiter heißt?«

»Nein, wirklich nicht.« Mit Beteuerungsgesicht. »Ich habe einmal gesehen im Auto mit anderem Mann in der Stadt, da hat er mich nicht gesehen.«

»Kanntest du den Mann?«

»Nein.«

»Und was war das für ein Auto?«

»Ein Mercedes, so ein kleiner Lkw.«

Er holte dreimal tief Luft und rutschte auf dem Stuhl hin und her.

»Ich glaube, es geht wieder los.«

»Okay«, sagte Steiger und stand auf. »Dritte Runde. Aber wir sind noch nicht fertig. Wir müssen noch über einiges reden, auch darüber, woher du Adil gekannt hast. Oder wie hieß er wirklich?«

»Nabil«, sagte er und folgte Steiger nach unten.

43

August 2016

Samira lag auf dem Bett und hielt sich den Bauch.

»Nein, ich komme diesmal nicht mit, mir geht es heute nicht gut.«

Arjun sah aus dem Fenster, und in der Ferne konnte er die Hochhäuser Dortmunds sehen, weiter hinten stieg ein Flugzeug auf und berührte dabei die Spitze des hohen Turms.

»Und du solltest auch überlegen, ob du es noch einmal versuchst. Vorgestern hatten wir Glück und du großes Glück, dass du fliehen konntest.«

»Wir sind jetzt seit vier Tagen in diesen Zimmern, ich war seit Monaten nicht mehr so lange in einem Zimmer. Und ich werde nicht wieder zum Bahnhof gehen, es war ein Fehler, dorthin zu gehen, da suchen sie immer. In der Stadt ist es nicht gefährlich.«

»Ja, ich weiß, wenn es mir besser ginge, würde ich vielleicht wieder mitkommen, aber heute geht es nicht.«

Er zog seine weißen Adidasschuhe an und die neue Kapuzenjacke von Bayern München, die Omar ihm am Morgen gebracht hatte. Sie brauchten neue Kleidung, weil die Sachen von der Flucht schmutzig und kaputt waren, und Omar hatte sie gefragt, ob sie Wünsche hätten. Sobald die Pässe fertig wären, würden sie gemeinsam einkaufen, so lange müssten sie hierbleiben. Aber er hatte die Kappe vergessen. Arjun nahm sein restliches Geld und war sicher, es würde reichen.

»Glaubst du, Omar meint es gut?«, fragte er. »Warum tut er das alles für uns?«

Samira drehte sich auf die Seite und sah ihn an.

»Ich glaube ihm, dass er uns helfen will. Wenn er sagt, dass wir zurückgeschickt werden, sagt er die Wahrheit. Das erzählen doch auch alle anderen.«

»Aber er ist kein Afghane, sein Paschtu ist schlecht.«

»Ja, ich weiß. Aber er ist gut zu uns, und wir haben einen Schlüssel und können jederzeit gehen. Wäre das so, wenn er Böses wollte?«

»Nein, wahrscheinlich nicht.«

»Und weißt du was, Arjun, weißt du, was noch ist?«

»Nein?« Er sah sie an, weil ihr Ton anders war.

»Es ist schön hier. Ich habe ein Bett, ich habe eine Dusche und einen Schrank voller Essen. Das hatte ich lange nicht.«

Er lächelte ein kurzes, verstehendes Lächeln.

»Aber das mit der Blutprobe ist trotzdem eigenartig. Ich weiß nicht, ob man die Blutgruppe für einen französischen Ausweis braucht.«

Arjun ging noch einmal zum Kühlschrank, nahm einen Schluck Cola und aß etwas von dem Salat und dem Fleisch.

»Ich weiß es auch nicht, aber es könnte sein. Für manche Pässe muss man auch seinen Fingerabdruck geben. Was sage ich, wenn Omar kommt?«

»Sag, es sei mir hier zu warm geworden, ich wollte nur ein wenig an die Luft. Aber er wird nicht kommen, er war heute Morgen hier und hat die Sachen gebracht. Und ich bin bald wieder da.«

Dann ging er.

Beim ersten Polizeiauto, das auf dem Weg zur U-Bahn an ihm vorbeifuhr, zuckte Arjun noch zusammen und drehte sich weg, beim zweiten war die Angst schon kleiner, und er unterbrach kaum seinen Schritt.

Vorgestern war er sehr froh gewesen, Samira bei sich zu haben, als sie die S- und U-Bahn nahmen, weil sie diese Dinge offensichtlich schneller verstand. Heute profitierte er schon von dieser Übung und hatte sich irgendwann die richtige Karte gezogen.

Die Richtung hatte er sich gemerkt und die Station, wo er umsteigen musste, um dorthin zu kommen, wo die Geschäfte waren, und obwohl er wusste, wo er aussteigen musste, sah er in der Bahn immer wieder auf den Plan, um ihn besser zu verstehen.

Nach dem Umsteigen in den zweiten Zug waren eine Frau und zwei Männer im selben Wagen wie er, die keine Polizisten waren, aber eine Uniform trugen, was ihn aber sofort unruhig machte. Sie gingen von Fahrgast zu Fahrgast und kontrollierten offensichtlich die Tickets. Obwohl er einen Fahrschein gezogen hatte, stieg er an der nächsten Station aus, auch wenn es eine zu früh war. Aber der Weg von hier war zu Fuß sicher zu bewältigen.

Als er auf die Straße trat, versuchte er, sich den Plan noch einmal vorzustellen und bei der Richtung am Sonnenstand zu orientieren, wie er es bei ihren Märschen oft getan hatte. Aber schon bald wusste er nicht mehr, wo er war. Vielleicht war auch das eine Gewohnheit, die er von dieser Reise mitgenommen hatte, aber neben der Straße hinter den Häusern war ein Park, und sofort zog es ihn zu den Bäumen, weil man dort geschützter gehen konnte. Beim Überqueren einer schmalen Straße, nachdem er den Park wieder verlassen hatte, hörte er ein Auto kommen, das anhielt. Er sah sich um und wusste nicht, was ihn mehr erschreckte. Dass der Mann so nah hinter ihm war, oder dass es derselbe Mann war, der ihn vor zwei Tagen vom Bahnhof mitgenommen hatte.

Arjun rannte sofort wieder in den Park, rannte so schnell wie er nicht mehr gerannt war, seit er zu dem Platz wollte, an dem sein Vater von einem Moment zum anderen verschwunden war. Ohne sich umzusehen und ohne zu überlegen rannte er weiter und erst, als er mitten auf einer Rasenfläche war, fiel ihm auf, wie ungünstig das war. Er schlug einen Haken nach links, konnte jetzt aus den Augenwinkeln erkennen, dass der Mann weit hinter ihm war, und er lief weiter, bis ihn Büsche verbargen und er sich an einer sehr undurchsichtigen Stelle verstecken konnte. Sein Atem galoppierte, aber durch die Blätter konnte er sehen, wie der Mann, der Polizist war, nach ihm suchte, aber bald an der Stelle vorbeiging, ohne näher gekommen zu sein.

Vielleicht war es eine halbe Stunde, vielleicht kürzer, er hätte nicht sagen können, wie lange er in dieser kleinen Laube in den Büschen gesessen hatte, bevor er wieder genug Mut gewann, sein Versteck zu verlassen. Es erschien ihm klug zu sein, den Weg zu wählen, der ihn wieder in der Richtung aus dem Park führte, aus der er gekommen war.

Vorsichtig ging er auf einen schmalen, asphaltierten Gang zu, der zwischen den Häusern entlangführte. Er wurde links von einer hohen Hecke gesäumt, was günstig war, weil sie ein wenig Schutz bot. Langsam ging er zu dem Punkt, wo er wieder auf den Bürgersteig hätte treten müssen, blickte im Schutz der Hecke einmal nach links und rechts, aber der Mann war nicht zu sehen, sondern auf der Straße rollte normal der Verkehr. Nach rechts glaubte er, weiter hinten an der nächsten größeren Kreuzung das Blau eines U-Bahnschilds wahrzunehmen und die Station zu erkennen, an der er angekommen war. Er ging nach rechts, überquerte nach kurzer Zeit die Straße, beschleunigte seinen Gang und fühlte sich mit jedem Schritt mehr in Sicherheit.

Dann war der Mann wie aus dem Nichts vor ihm, fasste ihn am Oberarm und sagte das Wort, das in allen Sprachen der Welt irgendwie gleich klang.

44

September 2016

Um kurz nach acht hatten sie am Abend die Vernehmung abgebrochen, weil der Junge einfach fertig war. Er hatte seit vier Uhr am Morgen einhundertzwei Packs geschluckt, und wenn er richtig gezählt hatte, waren zu dem Zeitpunkt noch zweiunddreißig Packs in ihm. Steiger war sich lange sicher gewesen, eine Nacht im Büro schlafen zu müssen, weil er auch dem Nachtdienst im Gewahrsam nicht zumuten wollte, Mahmouds Toilettengänge zu begleiten, auch wenn die Kollegen dort in Sachen menschlicher Ausscheidungen einiges gewöhnt waren. Glücklicherweise hatte sich noch am späten Nachmittag der Zoll gemeldet, und sie konnten deren Zelle mit der Abscheidertoilette benutzen.

Jetzt waren sie auf dem Rückweg von der Vorführung, und die Richterin hatte dem jungen Mann, der Mahmoud Saifi als seinen wirklichen Namen angab, verkündet, dass er in Untersuchungshaft müsse. Danach waren die Justizwachtmeister sehr schnell damit gewesen, ihn schleunigst in ein Auto zu setzen, um ins Gefängniskrankenhaus nach Fröndenberg zu fahren, weil es auch dort eine entsprechende Toilette gab. Denn wenn Sofiane beim Schlucken richtig gezählt hatte, waren da immer noch zwölf Packs in ihm.

»Glaubst du ihm, dass er Ahmed nicht näher kennt?«, fragte Jana, nachdem sie eine Weile nur dem normalen Funkverkehr zugehört hatten.

»Ja, ich glaube ihm das, weil es zu allem anderen passt. Der ist extrem vorsichtig, hinterlässt nirgendwo die Möglichkeit, auf seine Identität zu kommen, bei den Flügen nicht, beim Autoverleiher nicht, bei den Mietwohnungen nicht. Da passt es völlig rein, dass er ihm den Namen nicht sagt.«

»Und ist ja auch erfolgreich«, sagte sie. »Wir kennen zwei Kuriere, einen davon haben wir eingehend vernommen und trotzdem keinen Schimmer, wer dahintersteckt.«

»Und dazu passt auch diese Nummer, dass sie nur Leute ansprechen, die nicht registriert sind. Fällt dann nämlich wirklich mal einer auf, womit auch immer, und wenn es nur 'ne normale Kontrolle ist, liegt er nicht ein, und es fällt bei der Qualität nicht auf, dass der Pass falsch ist.«

Wieder hörten sie dem Funk zu, in dem es für einen Freitag ruhig zuging.

»Hast du die Vernehmung der beiden Mädchen mal ganz gelesen, die sie in Frankfurt in 'nem Puff gepackt haben mit falschem Pass?«, fragte Steiger. »Hatte ich dir weitergeleitet.«

»Ja, hab ich.«

»Die sind auch in Dortmund angesprochen und genauso gefragt worden, ob sie schon registriert sind.«

»Du meinst …«

»Keine Ahnung. Bei dem einen handeln sie mit Drogen, bei dem anderen mit Menschen, aber auffallend ist das schon.«

»Die sind wieder hier in ihrem Clearing-Haus, hat mir Renate erzählt. Wir haben in der Kantine drüber gesprochen. Ist übrigens hier um die Ecke.«

Steiger sah sie an und machte eine fragende Geste.

»Was? Willst du mit denen reden?«

»Das hatte ich sowieso vor«, sagte er. »Amara ist in Haft, da ist erst mal alles erledigt, und wenn wir schon hier sind?«

»Die sprechen aber mit Sicherheit kein Deutsch.«

»Ach, in den Clearing-Häusern haben die meistens auch Betreuer aus den Ländern, die können alle möglichen Sprachen, da findet sich schon einer.«

Jana setzte den Blinker, bog ab und parkte den Wagen vor der alten Villa.

Im Flur des Hauses kamen ihnen drei junge Mädchen entgegen, die offensichtlich viele Tausend Kilometer von Dortmund entfernt das Licht dieser Welt erblickt hatten; die Leiterin fanden sie mit drei anderen Frauen in der Küche des Hauses, wo sie um einen Tisch saßen und Kaffee tranken. Sein Blick fiel auf die asymmetrische Frisur und die bunten Klamotten der Frau, und er war sich nicht sicher, ob sie die Mädchen gleich sprechen konnten. Die Polizei war in diesen Kreisen manchmal per se ein Feindbild, das man sich möglichst weit vom Halse hielt, völlig egal, was man wollte und wie man auftrat.

»Guten Tag, Adam, Polizei Dortmund, das ist meine Kollegin Frau Goll.«

Er hielt ihr seinen Ausweis hin.

»Ach, die Polizei«, sagte die Frau und lächelte warm, »da kann uns ja nichts mehr passieren.«

Zwei der anderen Frauen lächelten ebenfalls über den Scherz; sie stand auf, reichte beiden die Hand.

»Ich bin Frauke Selke, was kann ich für Sie tun.«

»Wir haben dienstlich erfahren, dass bei Ihnen ein junges Mädchen aus Guinea, ein UMF, untergebracht ist, die vermisst war und in einem Bordell bei Frankfurt der Polizei aufgefallen ist.«

»Zenab, ja richtig. Die ist schon wieder eine Weile hier, die ist aber schon vernommen worden von ihren Kollegen in Frankfurt, sogar eingehend, wenn ich das so laienhaft beurteilen kann.«

Wieder lächelte sie freundlich und ohne jede Feindseligkeit, und Steiger bat innerlich wortlos um Verzeihung.

»Das glaube ich, aber wir haben hier zurzeit einen Fall aus dem Drogenmilieu, der ein paar zum Teil sehr eigenartige Parallelen aufweist, dazu hätte ich sie gern einmal selbst befragt. Ich kann mir vorstellen, dass sie einiges mitgemacht hat, aber es …«

»Ja, sie hat wirklich einiges mitgemacht, aber sie ist stark. Sie brauchen aber eine Dolmetscherin. Michelle?«

Sie wandte den Kopf, und jene der Frauen, die am Anfang nicht gelacht hatte, stand mit einem ergebenen Nicken auf.

»Wenn es besser ist, kann auch Frau Goll die Fragen … ich meine, wir machen das eh zusammen.«

»Nein, das ist nicht nötig. So grausam es klingt, aber diese Monate in einem Bordell waren nicht das Einzige, was sie Schlimmes in ihrem Leben erfahren hat. Kommen Sie, ich bringe Sie in unseren Aufenthaltsraum und hole sie dann.«

Sie ging vor und stieg eine Treppe nach oben.

»Sie war noch nicht registriert, also erkennungsdienstlich behandelt, oder?«, fragte Jana.

»Nein, wir haben daran zunächst einmal auch kein so großes Interesse, hier sollen die Mädchen erst mal psychologisch betreut werden. Wir haben zwar auch viele minder schwere Fälle, zum Glück, aber viele haben wirklich die Hölle hinter sich.«

Sie drehte sich um, das freundliche Lächeln war einer

traurigen Resignation gewichen. »Da sind Fingerabdrücke erst mal nicht das Wichtigste. Irgendwann kommt das Ausländeramt auf uns zu, das kann aber dauern.«

»Und wenn diese minderjährigen Mädchen oder auch Jungen vermisst sind, nehmen sie sie nach kurzer Zeit wieder aus der Fahndung.«

»Ja, das ist so. Weil ihre Person eben nicht feststeht und viele von ihnen sich in der nächsten Stadt unter anderem Namen anmelden.«

»Und solange sie nicht erkennungsdienstlich behandelt sind, kann man sie nicht identifizieren, wenn sie aufgegriffen werden. Das bedeutet, dass sie nirgendwo vermisst werden.«

Sie presste die Lippen aufeinander, und ihr Lächeln verschwand ganz.

»Ich weiß, Herr Adam, ich bin mit dieser Lösung auch nicht glücklich. Zenab konnten wir nur deshalb identifizieren, weil sie Dortmund nennen konnte und wir Bilder von unseren Jugendlichen machen. Als die Polizei Frankfurt dann ein Bild von ihr an unser Jugendamt schickte, war es klar.«

»Sie machen Bilder von ihren Mädchen?«

»Ja, das machen die meisten Clearing-Häuser, soweit ich weiß. Kann ich Ihnen nachher unten im Büro zeigen, wenn Sie mögen.«

»Ja, seh ich mir gern an.«

Zenab hatte eine Menge kleiner Zöpfe auf dem Kopf, nicht einmal um die Augen ein einziges Fältchen und eine Haut, die aussah, als habe ein Maler mit größter Mühe versucht, diese Fläche auf seinem Bild in völliger Makellosigkeit hinzubekommen.

Sie war gerade siebzehn, hatte fast ein Jahr gegen ihren Willen in einem deutschen Bordell ihren jugendlichen Körper fetten Männern zur Verfügung stellen müssen, die zum großen Teil wahrscheinlich ihre Väter und Großväter sein konnten, aber sie lächelte.

Steiger und Jana stellten sich vor, und Michelle übersetzte, dass sie von der Polizei waren.

»Wir möchten dir nur ein paar Fragen stellen, Zenab«, sagte Steiger, versuchte, eine freundliche Ernsthaftigkeit zu zeigen, und sah das Mädchen dabei an, »weniger zu dem, was in Frankfurt passiert ist, sondern vorher, hier in Dortmund.«

Irgendwann war ihm bei Vernehmungen mit Dolmetschern aufgefallen, dass er mehr mit dem Dolmetscher sprach als mit dem Menschen, der der eigentliche Gesprächspartner war. Seitdem versuchte er, den Übersetzer zu ignorieren.

»Du hast ja schon bei der Polizei in Frankfurt gesagt, dass der Mann Omar hieß, der euch angesprochen hat.«

»Ja.«

»Und ihm war es wichtig, dass ihr noch keine Fotos bei der Polizei gemacht habt?«

»Ja, danach hat er ein paarmal gefragt.«

»In der Wohnung, in der ihr ein paar Tage wart, hast du da auch andere Mädchen oder Jungen gesehen?«

»Nein, wir, Aminata und ich, waren die drei Tage allein dort. Aber unter einem der Betten lagen noch Sachen, ein Pullover und Strümpfe, die waren von anderen. Aber als wir da waren, haben wir keinen anderen gesehen.«

»Hatte Omar euch in der Wohnung eingeschlossen?«

»Nein, die Tür war offen, und Aminata ist auch einmal nach draußen gegangen, weil die Sonne so schön schien.

Da hat sie auf dem Flur auch jemand angesprochen, ein alter Mann. Aber sonst waren wir immer in der Wohnung, weil Omar gesagt hatte, er könnte uns sonst nicht helfen.«

»Und ihr hattet immer nur mit Omar zu tun, oder habt ihr auch jemand anderen gesehen?«

»Einmal ist Omar mit uns in ein Geschäft gefahren und hat uns Turnschuhe gekauft, da ist er vorher zu einem Haus gefahren, aus dem ein Mann kam. Er hat neben dem angehalten und wollte aussteigen, aber ist dann sofort wieder eingestiegen und ist weitergefahren. Ich glaube, der Mann war über irgendetwas ärgerlich, er hat geschimpft, und Omar ist dann sofort weitergefahren.«

»Könntest du diesen Mann, also den, der aus dem Haus kam, wiedererkennen, wenn du ihn siehst oder auf einem Foto?«

Sie zuckte mit den Schultern.

»Ja, vielleicht.«

»Und weißt du noch, wo das Haus war?«

»Nein.«

»Und wie sah das Haus aus?«

Sie überlegte einen Augenblick.

»Es war in so einem Hof, da musste man durch ein Tor fahren, und da waren Schilder neben der Tür, die ich nicht lesen konnte.«

Steiger sah Jana an.

»War's das, oder hab ich was vergessen?«

»Welche Sprache sprachen die beiden Männer miteinander?«, fragte sie.

»Die habe ich nicht verstanden, es war kein Französisch und auch kein Arabisch.«

»Gut, Zenab, ich danke dir«, sagte Steiger, »du hast uns sehr geholfen.«

Als sie aufstand, lächelte sie, als sei ihr Leben bisher ein normales gewesen.

An der Wand in Frauke Selkes Büro hing ein großes Plakat, auf das unzählige kleine Passfotos von Mädchen aller Hautfarben geklebt waren. Einige waren rot durchkreuzt.

»Das sind die Abgängigen?«

»Ja«, sagte sie, »die waren irgendwann weg.«

Die Fotos von Zenab und Aminata waren in dem Wust leicht zu finden. Sie hatten auch ein rotes Kreuz, aber es waren die einzigen, um die ein grüner Kreis gezeichnet war.

45

»Von zwei Bodypackern wissen wir sicher, es könnte aber gut sein, dass für diese Leute – vielleicht ist es auch nur einer – noch mehr arbeiten. Das alles ist perfekt durchorganisiert, und der Mann ist extrem vorsichtig und verwischt alle Spuren, versucht das zumindest. Wir haben jetzt schon zwei Kuriere abgefangen, aber wir haben keine konkrete Verbindung zu dem Hintermann oder den Hintermännern.«

»Und was ist mit den Ausweisen?«, fragte Gisa, die sich von Steiger und Jana berichten ließ.

»Auch das ist klug durchdacht. Ich habe das mit Ben Strecker vom Ausländeramt besprochen. Die geben ihren Leuten Identitätskarten aus EU-Staaten, erstens weil man damit in Deutschland Freizügigkeit genießt, das heißt, du kannst hier wohnen und arbeiten, ohne dir das genehmigen zu lassen. Und zweitens erscheinst du nicht mal im Ausländerzentralregister, wo eigentlich alle Ausländer erscheinen, selbst die mit Niederlassungserlaubnis. Und wenn du dann sagst, du wohnst bei einem Freund oder so, musst du dich hier nicht anmelden und nichts.«

Bulthaup und Rosenberg standen mit einem Kaffee im Türrahmen und hatten ebenfalls zugehört.

»Was ist mit den Handydaten?«, fragte Bulthaup.

»Die wechseln ihre Handys und die ihrer Kuriere in unregelmäßigen, aber ziemlich kurzen Abständen aus.

Das machen auch viele andere unserer Kunden, aber die machen es systematisch. Ich sage doch, die sind extrem vorsichtig. Wir haben eine Nummer, die das Handy von unserem Kurier gestern angerufen hat, identifiziert und den Anschluss seit heute Morgen in der TÜ, ich schaue gleich mal im Rechner nach, ob Gespräche gelaufen sind.«

Alle waren still und ließen die Informationen sacken.

»Und«, sagte Jana, »eine echte Besonderheit: Wir waren vorhin im Mädchen-Clearing-Haus, da ist jetzt wieder ein Mädchen aus Guinea, das …«

»Ich habe die E-Mail gelesen«, sagte Gisa.

»Die ist genau so angesprochen worden wie unser Bodypacker von gestern, haargenau so, also mit der Wichtigkeit, dass sie noch nicht registriert sind, was nämlich bei so was den Vorteil hat, dass die niemand vermisst.«

»Und da soll es eine Verbindung geben?«, fragte Gisa und bemühte sich gar nicht erst, ihren Zweifel zu verstecken. »Trotzdem, wenn da noch mehr dazukommt, machen wir ab Montag eine EK daraus, ich bespreche das mit dem KI-Leiter, unter deiner Leitung, Steiger.«

»Oh, Mann, Steiger als Leiter. Da machst du auf deine alten Tage echt noch Karriere«, sagte Rosenberg und grinste breit. »Steiger als Führungskraft, dass ich das noch erlebe. Wie ist dein Spruch doch immer, Steiger: Führungskräfte sind charakterlose …«

»Ne, ne«, sagte Jana und streckte den Zeigefinger in die Luft wie Lehrer Lempel. »Führungskräfte sind meist semibegabte denkökonomische Charakteramateure.«

»Gilt ja nicht für alle«, sagte Steiger.

Er hörte, wie hinter ihm die Tür geöffnet wurde, und drehte sich um. Da stand Batto in Jogginghose und der für das Wetter viel zu warmen Jacke, und so wie er aussah, wäre er am Bahnhof mit einer Flasche DAB in der Hand nicht aufgefallen.

»Batto?«, sagte Steiger.

»Hast du Zeit?«, fragte er und ließ die Türklinke nicht los.

Steiger stand auf und sah Jana an.

»Machst du weiter. Wir sind für heute eh durch, oder?«

Jana nickte mit demonstrativer Bestätigung.

Dann ging er zu Batto. »Komm!«, sagte er, zog ihn am Arm, und sie gingen.

An der ersten Tankstelle kaufte Steiger zwei kalte Dosen DAB, dann fuhr er weiter über die Blickstraße und bog im Ortsteil Auf dem Schnee in einen kleinen Weg zu ihrem Platz ab. Nach einem Einsatz, an dem sie beide beteiligt waren, hatten sie vor Jahren diesen Ort entdeckt und manchmal, wenn in gemeinsamen Diensten nachts oder an Sonntagen nichts los war, trafen sie sich hier, um zu reden und auf die Stadt zu blicken, die von hier oben in täuschender Friedlichkeit dalag wie eine Oase, in der einen nach einer langen Reise Gutes erwartete.

Sie hatten die Viertelstunde der Fahrt geschwiegen. Jetzt setzten sie sich auf die Haube von Steigers Wagen, und er reichte Batto eine der beiden Dosen, auf der das Kondenswasser perlte.

Steiger nahm einen Schluck, Batto öffnete die Dose nur und ließ sie auf den Oberschenkel sinken.

»Ich weiß gar nicht, wie ich anfangen soll.« Jetzt nahm er einen Schluck Bier.

»Willst du nicht erst mal die Jacke ausziehen, das warme Ding.«

»Was?«, fragte Batto, wandte ihm das Gesicht zu und kam von weit her.

»Ach, vergiss es.«

Wieder brauchte er eine Zeit.

»Weißt du, es gibt dieses psychologische Modell, haben wir damals oft in unseren Seminaren benutzt, dass du innerlich aus einem Team bestehst, das dich ausmacht, dich bestimmt, das letztendlich deine Persönlichkeit darstellt. Viele dieser Team-Mitglieder hast du schon ganz früh, viele ein Leben lang. Ich habe das Gefühl, da sind bei mir jetzt ein paar dabei, die ich noch nie gesehen habe und die den Rest meines Lebens bei mir sein werden. Ein paar von denen mag ich gar nicht, kein bisschen, ich möchte sie am liebsten rausschmeißen, aber sie werden ab jetzt da sein, da bin ich verdammt noch mal sicher.«

Wieder nahm er einen kleinen Schluck Bier und blickte lange auf die Stadt, deren Klang manchmal von einem günstigen Wind leise und gedämpft bis zu ihnen geweht wurde.

»Weißt du, wir haben uns das alle mal vorgestellt, da bin ich sicher, denn es ist zwar unwahrscheinlich, dass es passiert, aber es kann ja so kommen. Du fährst jeden Tag mit diesem Ding raus, und es ist eben da, und einige wollen dir halt manchmal wirklich ans Leder. Dreißig Jahre lang legt man im Schießkino ganze Hundertschaften von Einbrechern und Gewalttätern um, die da plötzlich um die Ecke kommen und auf dich anlegen, alles in Notwehr und Nothilfe und all das Zeug, und wenn du schnell genug getroffen hattest, kippte der Kerl um, und wenn nicht, wenn der andere schneller war, hast du dir gesagt, war ja nur 'ne Übung. Und ja, natürlich, wenn der vor dir zusammenbrach und sich die Leinwand schön rot färbte, haben wir uns immer gesagt, dass es auf die Situation ankäme, wenn eben die Situation richtig wäre, dass man es dann schon hinbekommen würde hinterher, irgendwie.«

Er schwieg einen Moment und atmete mit offenem Mund ein paar Züge.

»Aber es ist anders, Steiger, glaub mir, das alles hat nichts damit zu tun, wie es wirklich ist, es ist ganz anders als im Schießkino, es ist anders als in jeder Vorstellung.«

Wieder nahm er einen Schluck Bier. Vor ihnen setzte sich ein Rabe auf einen Ast, und als er sie wahrnahm, verschwand er wieder.

»Auf einem Seminar zu dem Thema hat mal irgendein kluger Theologe einen Satz von Bonhoeffer gesagt, den ich mir sogar aufgeschrieben und oft gelesen habe. Ich krieg ihn jetzt nicht zusammen, hatte was mit Freiheit und Verantwortung zu tun, und dass man dabei sündlos schuldig werden kann. Sündlos schuldig! Klingt fantastisch oder? Ich war ganz besoffen davon. Wie klug man über solche Dinge reden kann, wenn sie weit weg sind. Aber es hat nichts mit dem zu tun, was jetzt in mir ist.«

Als er eine Weile nichts sagte, sah Steiger ihn an, und in seinen Augen schimmerte es feucht.

»Hab mal einen Film gesehen über einen amerikanischen Kollegen aus L.A., der im Dienst in den Jahren vier Leute erschossen hatte. Machte ihm nichts aus, sagte er, die haben die Bedingungen diktiert, sagt er, die haben die Ursache gesetzt, die waren die Bösen. Kann sein, dass er tatsächlich so damit klarkam, ich kann's dir nicht sagen. Aber er fuhr nach Feierabend auch manchmal in die Berge und schoss zur Entspannung zweihundert Schuss auf Blechdosen. Vielleicht muss man so sein, um es so wegzustecken.«

»Spielt es denn gar keine Rolle, dass …«

Batto hob die Hand.

»Ich weiß, was du sagen willst, hast du ja schon ein paarmal gesagt. Er hätte mich vielleicht getötet, vielleicht hatte er das in dem Moment sogar vor, oder es war ihm wenigstens egal. Es war also seine Verantwortung, er war der Verbrecher, der einen Menschen töten wollte … Alles richtig, nichts dagegen zu sagen, hab ich mir auch schon oft genug gesagt, sei sicher. Aber es gibt etwas dabei, das hat mit all dem nichts zu tun, es ist einfach da, und es bewegt sich danach unentwegt in dir wie ein Nagel im Schuh in einer Wunde beim Gehen. Und ich bin sicher, das wäre auch dann da, wenn du Hitler erschossen und damit Millionen Menschen das verdammte Leben gerettet hättest, na ja, und bei einem vielleicht siebzehnjährigen Burschen ohne Namen natürlich erst recht. Weißt du, es gibt in der ganzen Situation einen Punkt, an dem das überhaupt keine Rolle spielt, wen man erschossen hat, unter welchen Umständen, sondern es geht einfach nur darum, dass jemand wegen dir nicht mehr lebt, dass du ein Leben genommen hast, ganz direkt und unmittelbar. Und du hast das Gefühl, du hast irgendwas an dir, was es für alle sichtbar macht, wenn du über den Westenhellweg gehst.«

Steiger sah weiter geradeaus auf die Stadt, aber er hörte an seiner Stimme, dass er jetzt weinte.

»Und manchmal wünschst du dir, es käme dir jemand entgegen, bei dem du es auch siehst, einfach so, nur, um damit nicht mehr so allein zu sein.«

Er trank einen Schluck.

»Früher hast du immer gesagt, wenn wir über solche Dinge bei anderen sprachen: Du musst schaffen, es so anzunehmen, dass es ein Teil deines Lebens wird, dass es zu dir gehört. Waren das nicht immer deine Worte?«

Er nickte mit einem traurigen Lächeln.

»Ja, das ist die Theorie, du musst akzeptieren, irgendwann, dass es in deinem Rucksack ist, dass es dazugehört. Wer weiß, klappt vielleicht irgendwann, mag sein, aber es bleibt ganz sicher der schwerste Brocken darin für den Rest meines Lebens, das weiß ich sicherer als alles andere in meinem Leben. Du hast einfach eine Grenze überschritten, hinter der du völlig allein bist.«

Er sah Steiger an, und ihm liefen Tränen in die Bartstoppeln. Es war das erste Mal, dass Steiger ihn so weinen sah, und es war ihm viel weniger unangenehm, als er gedacht hatte.

»Und weißt du, was das Schlimmste ist, Steiger?«, er musste aufhören zu sprechen und schluchzte jetzt, als sei er zwölf und von seinen Freunden im Stich gelassen worden, »das Schlimmste von allem? Manchmal, wenn ich nachts wach liege, ist da einer in mir, der sagt«, wieder zog er die Luft zitternd ein, »der sagt: Er hat es verdient, die Sau. Er wollte dir ans Leben, wie kommt der dazu, verflucht, er hat es verdammt noch mal verdient, dass du ihn plattgemacht hast…« Er beugte den Kopf so stark, dass sein Kinn auf der Brust lag, und die Stöße, mit denen er nach Luft schnappte, gingen durch seinen ganzen Körper.

Steiger sah, dass ihm die Tränen von der Nase tropften. Dann wandte Batto ihm sein Gesicht zu.

»Bin ich das, Steiger? Das bin doch nicht ich! Hab ich den, der das sagt, wirklich in mir?«

Steiger legte ihm einen Arm um die Schultern und fühlte durch die dicke Jacke das unregelmäßige Zucken, das lange nicht aufhören wollte. So verharrten sie eine

Zeit wortlos, und die Stadt lag in der abendlichen Sonne da wie ein Ort, der Hoffnung ausstrahlte.

Irgendwann fingerte Batto aus einer der Taschen ein Papiertaschentuch und wischte sich das Gesicht ab, und sein Atem wurde ein wenig ruhiger.

»Er ist gestorben, bevor der Notarztwagen da war.« Seine Stimme war leise, und Steiger hatte bei jedem Wort das Gefühl, sie könnte kippen. »Und vorher hat er ein paarmal einen Satz gesagt, immer wieder. Il est froid. Il est tellement froid.«

Der Rabe kam zurück, setzte sich auf den Ast und blieb dieses Mal sitzen.

»Was heißt das?«, fragte Steiger nach einer Weile.

»Es ist so kalt.«

46

Nachdem er Batto abgesetzt und im »Totenschädel« noch ein paar Biere getrunken hatte, war Steiger ziellos durch die Stadt gegangen, wie er es manchmal tat, wenn er sicher war, nicht schlafen zu können. Trotzdem hatte er danach noch lange wach gelegen, und der Schlaf war erst gegen Morgen gekommen, weshalb er jetzt von dem Geklimper seines Handys geweckt wurde.

»Adam.«

»Kriminalwache, Zimmermann, moin Thomas. Hier ruft gerade eine Autovermietung an und sagt, du hast gestern unsere Nummer da hinterlassen. Die sollen sich melden, wenn ein bestimmter Mensch ein Auto bestellt oder abholt, ist das richtig?«

»Ja, das stimmt, hat Jana eingestellt.«

»Dann hau mal rein, denn der hat sich auf neun angesagt.«

»Wie spät ist es?«

»Viertel nach acht.«

Das war mit dem Umweg über die Dienststelle kaum zu schaffen.

Trotzdem saß Steiger nach einer Notwäsche fünf Minuten später im Auto und war froh, dass der Samstagsverkehr nicht sofort alle Hoffnungen zerstörte, noch pünktlich sein zu können. Er erreichte Jana auf dem Handy, auch bei ihr wurde es knapp, und er hoffte, dass der Verkehrsdienst heute Morgen komplett im Wochenende war und nirgendwo mit der Radarpistole stand.

Janas Recherchen am Abend hatten noch ergeben, dass der Mann, der gestern den schwarzen Golf mit polnischen Personalien gemietet hatte, auch bei einer anderen Vermietung barzahlender Kunde gewesen war. Sie hatte daraufhin alle Dortmunder Autovermietungen angerufen und gebeten, sich zu melden, wenn sich eine Person mit diesen Personalien ein Auto bestellte oder mietete. Ihnen war klar, dass das ein Risiko war, schließlich wusste niemand, wer bei diesen Firmen arbeitete, und Steiger hatte auch nicht damit gerechnet, dass es so bald passieren würde.

Sie kamen fast gleichzeitig am Präsidium an, wo es am Samstag keine Parkplatzprobleme gab. Nachdem sie ihre Waffen geholt und das Auto gewechselt hatten, machten sie sich um 8.52 Uhr auf den Weg.

»Das ist kaum zu schaffen«, sagte Jana und nahm die Ampel an der Ruhrallee vorsichtig bei Rot.

Steiger wählte die Nummer der Autovermietung und ließ sich die Daten und das Kennzeichen des bestellten Autos geben. Außerdem teilte ihm Frau Stickdorn mit, dass der Kunde früher gekommen war, den Papierkram grad schon erledigt hatte und auf dem Weg zum Auto sei.

»Er ist schon fertig und fährt gleich vom Hof«, sagte er nebenbei zu Jana und notierte das Kennzeichen, »grauer Audi A3, Hamburger Kennzeichen.«

Dann sprach er wieder mit Frau Stickdorn und bat sie, unauffällig nach draußen zu gehen, um ihnen sagen zu können, in welche Richtung der Mann fuhr.

Jana nahm auch die Ampel auf den Wall bei Rot, ein älterer Herr in silberner A-Klasse von rechts tobte hinter dem Lenkrad.

»Okay, danke«, sagte Steiger und drückte das Gespräch weg. »Er ist auf den Wall in westlicher Richtung unterwegs, vielleicht kommt er uns gleich entgegen.«

Jana fuhr so schnell es ging, aber der Verkehr ließ schon nicht mehr viel zu, ohne einen Unfall zu riskieren.

»Auf die Lampe verzichten wir noch, oder?«, fragte sie, weiter den Blick auf die Straße gerichtet.

»Erst mal noch«, sagte Steiger, »die nehmen wir nur im Notfall. Wenn er die sieht, weiß er, wo der Hammer hängt. Der wird sich doch sowieso fragen, was los ist. Er weiß jetzt, dass sein Mann nicht in London angekommen ist, nicht mehr ans Handy geht und das GPS ausgeschaltet hat, bei dem läuten wahrscheinlich schon so alle Alarmglocken.«

»Oder er denkt, dass ihm nach Adil oder Nabil oder wie der hieß, jedenfalls nach dem toten Bodypacker der zweite Kurier von der Fahne geht. Würde er sich sonst am nächsten Tag wieder ein Auto leihen?«

Das war eine der Infos, die Sofiane Amara in seiner Vernehmung noch zum Besten gegeben hatte, bevor er in U-Haft gegangen war. Er hatte Nabil durch einen großen Zufall in der Stadt an einem Treffpunkt für Nordafrikaner kennengelernt, und am Anfang wussten beide nicht, dass sie für denselben Mann arbeiteten. Nabil hatte aussteigen wollen, aber Ahmed hatte ihm mit allem Möglichen gedroht. Mehr wusste auch Sofiane nicht, nur, dass irgendetwas schiefgelaufen sein musste. Dass Nabil tot war, hatte er erst von Steiger erfahren, jedenfalls hatte er es so in seiner Vernehmung gesagt.

»Ist er das?«, fragte Steiger und zeigte auf die Gegenfahrbahn. Er erkannte das Hamburger Kennzeichen. »Das ist er.«

»Scheiße, wir können hier nicht wenden.«

Sie waren schon an der Brinckhoffstraße vorbei, und Jana überholte einen Sprinter rechts, den nächsten Audi wieder links, um das Ende des bepflanzten Mittelstreifens zu erreichen.

Steiger drehte sich im Sitz um und reckte den Hals. Im letzten Moment, bevor der Audi aus dem Blickfeld verschwand, sah er den Blinker.

»Der blinkt, der biegt ab.«

Er griff zum Funkgerät.

»Von 96/52, steht ein Fahrzeug Rheinische Straße oder in der Nähe, nach Möglichkeit ein Zivilfahrzeug?«

»Der 13/35 steht Adlerstraße, aber wir sind kein bisschen zivil.«

»Wir observieren ein Fahrzeug, 13/35, grauer A3, Hamburger Kennzeichen. Der ist grad vom Königswall in die Rheinische Straße abgebogen, und wir haben ihn verloren. Könnt ihr da erst mal locker dranbleiben, es wenigstens versuchen?«

»Wir versuchen es mal ganz unauffällig.« Das Schmunzeln des Kollegen war durch den Funk zu hören.

»Versucht es mal, aber im Notfall haltet ihn an. 13/35, wir sind auch gleich da.«

»Was ist mit dem?«

»Der hat gestern einen Drogenkurier gefahren, und seine Personalien sind wahrscheinlich falsch.«

»Okay.« Das Schmunzeln in der Stimme war einer ernsthaften Aufmerksamkeit gewichen.

»96/52 von Union. Hattet ihr den Einsatz angemeldet?«

Steiger sah Jana an, die trotz ihres riskanten Wendemanövers auf dem Königswall Zeit für ein ertapptes Lächeln hatte. Die Leitstelle hatten sie in der Eile vergessen.

»Nein, haben wir nicht, Union, sorry. Kannst du uns einen aufmachen?«

»Kann ich.«

Jana überholte wieder so, dass sie angehupt wurden.

»96/52 von 13/35, er ist jetzt an uns vorbeigefahren, und wir sind ein paar Fahrzeuge dahinter. Fährt Rheinische Straße Richtung Marten. Der hat uns aber im Vorbeifahren gesehen, das war deutlich.«

»Wir biegen gleich vom Königswall in die Rheinische ab, wir beeilen uns, bei euch zu sein. Wenn wir ihn noch eine Weile im Auge behalten können, wäre das gut. Aber wie gesagt, bevor er weg ist, haltet ihn an.«

An der Möllerstraße schlug die Ampel im letzten Moment um, und Jana musste den Querverkehr erst passieren lassen, dann nahm sie auch diese Ampel bei Rot.

»96/52, entweder hat der einen nervösen Fuß, oder er hat es generell etwas eiliger, der fährt ganz schön zügig.«

»Dann wird es schwer, dass wir drankommen«, sagte Jana.

»13/35 von 23, wir stehen Arminius-/Höfgerstraße und rollen mal in eure Richtung.«

»Der nimmt jetzt Dorstfelder Allee 'ne Ampel bei Dunkelgelb, wenn wir jetzt dahinter bleiben und der uns im Blick hat, fällt das auf.«

»Versucht es mal, das ist ein Leihwagen. Wenn der die Kiste hinterher nicht in Dortmund, sondern wer weiß wo abgibt, kriegen wir den nicht mehr, der darf auf keinen Fall weg sein«, sagte Steiger.

»Okay.«

Trotz des kurzen Funkspruchs war im Hintergrund der aufheulende Motor zu hören. »Ach, verdammt, wir haben echt 'ne Serie«, sagte Jana.

Zwanzig Meter vor der nächsten Ampel schlug auch diese auf Rot und Jana stieg auf die Bremse, um wieder den Querverkehr vorbeizulassen.

»13/35 an die eingesetzten Fahrzeuge, wir kommen da kaum unauffällig dran, der gibt unheimlich Gas. Hat wieder Dunkelgelb und fährt auf den Zubringer zur Mallinckrodtstraße.«

»Union für 13/22, wir stehen Mallinckrodt-/Ecke Bornstraße und begeben uns mal in die Richtung.«

Ein paar Sekunden war es still am Funk, und Jana fuhr auf die Dorstfelder Allee.

»Der versucht abzuhauen, das sieht echt so aus. Der ist jetzt unter der Überführung Sunderweg, ungefähr zweihundert Meter vor uns.«

Jana bremste den Zafira aus hoher Geschwindigkeit ab und ließ an der Auffahrt zum Zubringer wieder den Querverkehr durch, der Grün hatte.

»Das bin ich jetzt leid.«

Steiger zog die Schutzhaube vom Blaulicht, nahm es aus seiner Halterung vor dem Rücksitz und drückte den Magneten auf seiner Seite aufs Dach. Dann schaltete er es ein.

»13/35 von 22, wir kommen euch entgegen, sollen wir versuchen, ihn anzuhalten?«

»Der nimmt die Ampel Lagerhausstraße jetzt deutlich bei Rot, der versucht eindeutig abzuhauen. Wir fahren mal mit Sonderrechten, Union.«

Beim letzten Satz war über den Funk das Martinshorn zu hören, dann war wieder eine Zeit Stille.

»Union, der 13/22 stellt sich mal Höhe Leibnitzstraße auf, und wir versuchen, ihn mal anzuhalten, mal sehen, was er macht.«

»22 von Union, ihr denkt an Eigensicherung, okay.«

»Schon klar, Union, wir sind außerhalb des Fahrzeugs.«

Jana fuhr auf die Mallinckrodtstraße, und das Blaulicht hatte nicht die Wirkung wie bei einem Streifenwagen, aber es half.

»Von 13/22 an die eingesetzten Fahrzeuge Mallinckrodtstraße, wir sehen ihn jetzt.«

Wieder Stille.

»Der hat uns gesehen und biegt ab in die Schützenstraße, mit einem Affenzahn.«

»Der 13/35 ist jetzt bis auf hundert Meter dran, der nagelt die Schützenstraße hoch mit über hundert. Nimmt Erwinstraße die Ampel bei Grün.«

»Union an die eingesetzten Fahrzeuge. Wenn das zu riskant wird, brechen wir ab.«

»Wir sind jetzt auf fünfzig Meter dran, der fährt hundertvierzig.«

»Der 13/21 steht in Lindenhorst und fährt auch die Richtung, Union.«

Jana bremste wieder hart ab, weil die Ampel auf Rot sprang, dann fuhren auch sie in die Schützenstraße ein.

»Wir lassen den mal an der längeren Leine, Union, der fährt wie eine Sau.«

Wieder ein Moment Stille.

»Nimmt die Ampel Immermannstraße bei Rot, wir … Scheiße …!«

Stille.

»Der ist vom Querverkehr voll erwischt worden, ist gegen einen Baum und liegt auf dem Dach, wir steigen aus.«

»Das ist da vorne«, sagte Steiger.

Vor sich sahen sie das Blaulicht des 13/22, der ein paar Meter Vorsprung hatte, dann kam auch das Blaulicht des

13/35 in den Blick. Mitten auf der Kreuzung stand quer ein roter Passat, dessen Frontpartie völlig verschoben war und qualmte, der Fahrer war ausgestiegen und kniete neben seinem Fahrzeug. Der graue Audi lag auf dem Dach links im Park und war gegen den Stamm eines großen Ahorns geprallt. Aus dem Wagen stieg deutlich Rauch auf, die beiden Kollegen hockten vor der Fahrerseite und versuchten, den Fahrer rauszuziehen.

»Du zu dem auf der Kreuzung?«

»Okay«, sagte Jana und fuhr den Zafira rechts auf den Bürgersteig. Beide sprangen aus dem Auto.

Der Fahrer des Audi war nicht bei Bewusstsein und lag völlig verdreht auf dem, was eigentlich die Dachfläche war. Die beiden Kollegen hantierten durch die zerborstene Seitenscheibe, um ihn aus dem Gurt zu befreien. Deutlicher Qualm stieg aus dem Motorraum auf. Sie versuchten mit hektischer Mühe, den Gurt zu öffnen, dann lief einer der beiden zum Streifenwagen und kam mit einem Messer zurück. Sie schnitten den Gurt an der Schulter durch und zogen den Mann so vorsichtig wie möglich aus dem Wagen. Steiger sah, dass aus dem Motorraum eine erste Flamme schoss. Er rannte zum Zafira, nahm den Feuerlöscher aus seiner Halterung und lief zum Wagen zurück, wo jetzt permanent Flammen schlugen.

»Wir brauchen hier auch die Feuerwehr!«, rief Steiger der anderen Streifenwagenbesatzung zu und rannte wieder zum Wagen.

Die beiden Schutzleute trugen den Mann ein paar Meter zur Seite, sein Gesicht war blutüberströmt.

»Er hat Puls, deutlich«, sagte der jüngere und drückte ihm einen Finger unter die linke Kinnlade.

Steiger gab drei Stöße aus dem Feuerlöscher auf den

Motorraum ab, aber die Flammen verschwanden nur für wenige Sekunden. Er versuchte, den Winkel zu ändern, ging auf die andere Seite des Wagens und gab noch ein paar Stöße hinein. Auch dieses Mal kamen die Flammen nach wenigen Momenten zurück.

Die beiden Kollegen hatten den Verletzten in eine stabile Seitenlage gebracht, von seiner Nasenspitze tropfte in kurzen Abständen Blut, und Steiger konnte nicht sagen, ob es von der Kopfwunde kam oder aus der Nase.

Mit dem nächsten Stoß war der Feuerlöscher leer, die Flammen schlugen jetzt deutlich aus dem Motorraum.

»Habt ihr einen Feuerlöscher dabei?«, fragte er die beiden.

»Ja, hinten drin.«

Steiger rannte zum Streifenwagen, öffnete die Klappe, riss auch diesen Feuerlöscher aus der Haltung und entleerte ihn in den Motorraum des umgestürzten Audi.

Als nach zwei Minuten der Notarztwagen eintraf und die Besatzung sich eilig um den Bewusstlosen kümmerte, hatten sie alle verfügbaren Feuerlöscher aufgebraucht, aber die Flammen kamen immer wieder stärker zurück als zuvor.

»Hatte der nichts dabei?«, fragte Steiger die beiden Kollegen, nachdem der Notarzt die Versorgung des Verletzten übernommen hatte.

»Keine Ahnung«, sagte der Jüngere der beiden.

Steiger überlegte einen Moment, weil hin und wieder schon eine Flamme in den Innenraum fingerte, dann kroch er auf allen vieren zum Fenster der Fahrertür, hielt einmal die Luft an, steckte den Kopf hinein und versuchte, vom hinteren Teil des Dachs eine schwarze Tasche zu ziehen. Der Qualm wurde stärker, und als er fast dran war, schoss von rechts eine lange Flamme in die Fahrgastzelle, und er wich so heftig zurück, dass er sich den Kopf an der Tür stieß. Schnell nahm er wieder Abstand, weil jetzt immer mehr Qualm auch aus dem Seitenfenster drang.

Vom Team des Notarztes rannte jemand zum Rettungswagen und kam mit einem Infusionsbeutel zurück. Aus der Ferne war das nächste Martinshorn zu hören, und Steiger hoffte, dass es zum Löschzug der Feuerwehr gehörte.

Drei Minuten später lag das Auto unter einer Schaumschicht, und der zweite Notarztwagen kümmerte sich um den ebenfalls verletzten Passatfahrer. Überall auf der Kreuzung standen Einsatzfahrzeuge, und es blinkte blau an jeder Ecke. Auch Dieter Brune, der Dienstgruppenleiter war angekommen, Steiger kannte ihn lange.

»Morgen Dieter«, sagte Steiger.

»Morgen Thomas. War das euer Täter?«

»Kann man so sagen. War alles anders geplant, wir wollten dranbleiben und mal schauen, wohin er so fährt, die Sache ist echt aus dem Ruder gelaufen.«

»Habt ihr Personalien von ihm?« Er zeigte auf die Trage, die von den Sanitätern Richtung Notarztwagen geschoben wurde.

»Wir haben Personalien«, sagte Steiger, »aber mit ziemlicher Sicherheit nicht seine echten.«

»Dann gib uns mal das, was du hast, damit wir einen Namen haben.«

»Die Unfallaufnahme wird doch noch ’ne Zeit dauern, oder? Ich würde gern mit ins Krankenhaus fahren und so früh wie möglich seine Fingerabdrücke nehmen, vielleicht kennen wir ihn ja. Könnt ihr dann den Wagen sicherstellen?«

»Hätten wir eh gemacht«, sagte Brune.

»Ich würde ihn mir nämlich gern noch mal ansehen, wenn er abgetropft ist.«

Erst jetzt bemerkte Steiger, dass Jana neben ihm stand, die er nicht mehr gesehen hatte, seit sie ausgestiegen waren.

»Ach, Frau Kollegin, auch noch da?«

»Was machen wir jetzt? Fahren wir mit ins Krankenhaus wegen der Fingerabdrücke? So wie der aussah, wird der aber wahrscheinlich erst mal länger versorgt?«

Steiger lächelte.

»Was gibt es denn da zu grinsen.«

»Wir arbeiten doch schon länger zusammen«, sagte er. »Ja, wir nehmen seine Fingerabdrücke, wenn es geht. Aber dazu brauchen wir den Spurenkoffer von der Kriminalwache, da ist ein Leichenlöffel drin, glaub ich.«

»Vielleicht ist er ja wieder bei Bewusstsein.«

»Danach sah es eben nicht aus.«

Sie gingen zum Zafira und fuhren ab.

47

August 2016

Es war dunkel und fast Mitternacht, als Arjun das Haus wiedergefunden hatte, in dem ihre Wohnung war. Lange hatte er auf den Plan in der U-Bahn geschaut, nachdem er sich aus dem Haus geschlichen hatte, in das man ihn von der Polizei gebracht hatte, war einmal in der falschen Bahn gelandet und musste dann ein ganzes Stück zu Fuß gehen. Immer wenn ein Polizeiwagen vorbeikam, war er in die Büsche gesprungen oder hinter eine Häuserecke, und sie waren immer weitergefahren.

Jetzt schaute er sich um, aber es waren vor diesem riesigen Haus auch in dieser Stunde noch genug Menschen unterwegs, um nicht aufzufallen, auch viele Menschen, die wie er nicht aus Deutschland kamen.

Seinen Schlüssel, den ihm die Polizisten zurückgegeben hatten, hatte niemand in dem Haus bemerkt, auch Hakim nicht, und so hatte er ihn noch. Er schloss die Tür auf, stieg die Treppen nach oben und öffnete die Wohnung. Alles war dunkel, und er bemühte sich, leise zu sein.

»Wo warst du?«

Samira stand barfuß, aber in Jogginghose und T-Shirt in der Tür ihres Zimmers. Auch wenn es hier nicht mehr nötig war, trug sie zum Schlafen immer noch die Kleidung, die sie auch auf der Reise nachts nicht abgelegt hatte.

»Wo warst du?«

Sie machte das Licht an.

Er ging zum Kühlschrank, nahm die Flasche Cola und setzte sich auf einen Stuhl.

»Bei der Polizei, und die haben mich in ein Haus gebracht, Clearing-Haus nennen sie es. Ich bin demselben Mann von der Polizei über den Weg gelaufen wie am Montag.«

Er verzog das Gesicht, nahm einen kräftigen Schluck, und die Kohlensäure brannte ein wenig in der Nase.

»Was haben sie mit dir gemacht bei der Polizei?«

»Sie haben mir Fragen gestellt, wie ich heiße und wie alt ich bin. Eine Frau am Telefon hat es übersetzt.«

Ihre nackten Sohlen tappten auf dem Boden, und sie kam zu ihm und setzte sich in einen der Sessel gegenüber.

»Haben sie dich fotografiert?«

»Nein, haben sie nicht, sie haben auch nicht meine Fingerabdrücke genommen, gar nichts, sie haben mir nur Fragen gestellt und mich dann zu diesem Haus gebracht. Da waren eine ganze Reihe anderer Jugendlicher, alle möglichen, Afrikaner, viele Araber, und auch zwei Pakistanis, die Paschtu sprachen.«

Er trank noch einen Schluck.

»War Omar hier?«

»Ja, und er war ärgerlich, glaub ich. Er sprach davon, dass er uns vertraut hätte.«

»Hast du gesagt, wo ich bin?«

»Ja, ich habe gesagt, du wolltest frische Luft schnappen.«

»Wann war er hier? Spät?«

»Nein, am Nachmittag, und er hat noch deine Kappe gebracht, liegt auf deinem Bett. Und für mich auch etwas, eine Hose.« Sie zupfte am Stoff, und erst jetzt fiel Arjun auf, dass er diese Hose noch nicht an ihr gesehen hatte.

»Dann schlaf jetzt, du bist sicher müde«, sagte sie.

»Ach, warum soll ich schlafen, das kann ich den ganzen Tag.«

»Ist irgendwas, du bist so … ich weiß nicht.«

»Was soll sein? Nein. Schlaf gut.«

Nach einer Stunde lag er immer noch wach im Bett und war sicher, dass Samira im Nebenzimmer wieder eingeschlafen war. Er hatte auf dem langen Weg von zu Hause irgendwann gelernt, überall zu schlafen, und wenn es kopfüber hängend an einem Ast gewesen wäre. Manchmal an Orten, die ihm völlig unbekannt waren, manchmal in Momenten, in denen er nicht wusste, wie es weitergehen würde. Jetzt lag er hier in einem weichen Bett und hatte eine Unruhe in sich, die jeden Schlaf vertrieb.

Verlass dich immer auf das, was du fühlst, mein Kind, hatte ihm seine Mutter unter Tränen gesagt, als er mit Onkel Belal aus dem Haus und zu dem Lkw gegangen war, der sie bis zur iranischen Grenze bringen sollte. Er hatte auf dem langen Weg immer versucht, diesen Rat zu beachten, und war gut damit gefahren, vor allem bei den Menschen, die ihm begegnet waren. Bei Omar hatte er ein Gefühl, dass er nicht einordnen konnte. Die Menschen in diesem Haus waren freundlich gewesen, sie hatten ihn gut behandelt, und Hakim, der Paschtu sprechen konnte, hatte ihm alle Hilfe angeboten, und sein Gefühl sagte ihm, dass er das ehrlich gemeint hatte. Omar war auch freundlich, aber seine Freundlichkeit war anders, sie hatte ein anderes Gesicht.

Bei diesen Gedanken sah er vor sich das Gesicht von Onkel Belal, und ihm fiel auf, dass er gar nicht mehr so oft an ihn dachte. Wo er wohl war? Und ob er noch lebte? Er fühlte, wie ihm bei diesen Gedanken die Augen nicht nur feucht wurden, sondern die Augenlider schwer, und dass die Unruhe in ihm langsam verschwand.

48

September 2016

Vom Erkennungsdienst war an diesem Samstagmorgen noch niemand da, aber die Kriminalwache konnte eine Zeit lang auf einen ihrer Spurensicherungskoffer verzichten. Ihr anschließender Weg zum Krankenhaus war aber vorerst umsonst gewesen, weil der Mann noch behandelt würde, was Schwester Karola ihnen mit deutlicher Herablassung mitgeteilt hatte.

Das Verhältnis von Polizisten zum Krankenhauspersonal war meistens von einer stillen Verbundenheit geprägt, deren Ursache Steiger auch nach all den Jahren immer noch nicht ganz klar war. Vielleicht hatte sie damit zu tun, oft gemeinsam in Zeiten zu arbeiten, wenn andere im Bett lagen oder mit einer Flasche Union vorm Fernseher die Füße hochlegten. Hin und wieder gab es aber Ausnahmen. Steiger erinnerte sich an seine Streifenwagenzeit, wenn manche Ärzte mit fadenscheinigen medizinischen Argumenten und Robin-Hood-Attitüde verhindert hatten, dass bei einem Unfallverursacher eine Blutprobe genommen wurde, auch wenn der betrunken außer sich selbst noch andere in die Notaufnahme gebracht hatte. Schwester Karola gehörte eindeutig zu dieser Kategorie.

Herr Korte von der Autovermietung war anders. Außer einem Kaffee hatte er freundliche Hilfsbereitschaft im Angebot.

»Der Wagen war für zwei Tage, also bis morgen, bestellt und auch gemietet worden.«

»Mit polnischen Papieren?«

»Ja, Herr Pawel Szymanowski hatte gestern den Golf gemietet und heute den A3, jeweils mit einem polnischen Personalausweis, also einer Identity-Card und auch einem polnischen Führerschein.« Er drehte den Vertrag so, dass Jana auf die eingetragenen Personalien schauen konnte, und legte die Kopie beider Dokumente daneben.

Steiger nahm den Kaffee von einer jungen Mitarbeiterin entgegen und tat sich Milch und Zucker hinein.

»War nur leider alles mit ziemlicher Sicherheit gefälscht, die Wohnung, die er angegeben hat, existiert gar nicht, aber das wissen Sie ja mittlerweile«, sagte Jana. »Frau Stickdorn hatte mir gestern schon gesagt, dass Herr Szymanowski öfter Kunde bei Ihnen war«, sagte sie, »können Sie nachvollziehen, wie oft, und hat er immer in bar gezahlt?«

»Ich habe Ihnen das schon mal ausgedruckt, als Sie sich angekündigt hatten, die Kopien der Papiere auch. Ja, er hat immer in bar gezahlt, was bei uns allerdings nur bis zu einer bestimmten Kategorie möglich ist.«

»Danke«, sagte Jana, notierte sich alles und sah Steiger an. »Brauchen wir noch was?«

Brauchten sie nicht.

Steiger bedankte sich für den sehr guten Kaffee, und sie verabschiedeten sich.

»Wenn wir uns erst das Auto ansehen und dann zum Krankenhaus fahren, hat Schwester Karola vielleicht keinen Dienst mehr«, sagte Steiger beim Einsteigen.

»Magst du sie nicht?« Jana lachte.

Sie fuhren zum Gelände der Sicherstellungsfirma, wiesen sich aus und ließen sich erklären, wo der kaputte und halb ausgebrannte Audi stand. Steiger zog sich Latexhandschuhe an und hatte sich aus dem Spurensicherungskoffer eine Atemmaske mitgenommen.

»Was ist denn jetzt los?« Jana klang überrascht. »Herr Doktor bittet zur OP?« Sie grinste.

»Verarsch mich ruhig. Habe ich vor zwanzig Jahren mal auf 'nem Umweltlehrgang gelernt. Wenn dieser ganze Kunststoff verbrennt, entstehen reichlich Dioxine und Furane. Die sind heftig krebserregend und staubgebunden. Und wenn ich schon Lungenkrebs kriege, dann wenigstens vom Tabak.«

Jana machte ein gespielt anerkennendes Gesicht und zog die Tür mit dem unangenehmen Geräusch auf, das entsteht, wenn Metall auf Metall reibt.

»Danke für den kleinen Exkurs, aber da drin staubt nichts mehr.«

Da hatte sie recht. Sie hatten den Wagen wieder auf die Räder gestellt, und es tropfte zwar nicht mehr, aber alles war feucht, und der Fußraum war bedeckt mit Schaumresten. Als Erstes klappte Steiger den Fahrersitz nach vorn, nahm vom Rücksitz die schwarze Tasche, an die er an der Unfallstelle nicht herangekommen war, und gab sie Jana. Dann brach er sich von einem Strauch in der Nähe einen Zweig ab, der durch den Sicherheitszaun gewachsen war, und durchsuchte damit das Sediment und die Ritzen neben und unter den Sitzen.

Vor dem Fahrersitz stieß er mit dem Stock an etwas, was sich verschieben ließ, und er hob mit spitzen Fingern ein Handy hoch, von dem etwas Schaum tropfte.

»Das können wir wohl vergessen«, sagte Jana.

Er wechselte die Seite, öffnete mit Mühe die völlig verzogene Beifahrertür und sah zuerst im Handschuhfach nach. Darin war nur eine Plastikmappe mit den Wagenpapieren und den Mietunterlagen. Dann wiederholte er die Prozedur mit dem Zweig auf der Beifahrerseite. Als er das Holz zwischen Sitz und Konsole entlangführte, gab es ein leises, metallenes Geräusch, und als er noch einmal nachfasste und den Ast hochhielt, baumelte am Zweigende ein Schlüsselbund mit einigen Schlüsseln.

Jana hielt Steiger eine Plastiktüte hin.

Er ließ die Schlüssel hineinfallen, nahm die Tüte und hielt sie hoch. Vier Schlüssel und ein Anhänger in Form einer springenden Raubkatze.

»Einer sieht aufwendig aus«, sagte Jana.

Damit meinte sie einen messingfarbenen Bohrmuldenschlüssel, der auch größer war als die anderen.

»Das ist ein Wohnungs- oder Büroschlüssel oder so was«, sagte Steiger, »und wenn wir Glück haben und der gehört zu einem Schließsystem, kriegen wir über die Nummer sogar die Tür raus, zu der er passt.«

Bevor sie zum Wagen gingen, stellte Jana die schwarze Tasche auf die Motorhaube und öffnete vorsichtig den Reißverschluss.

»Müssen wir wegen DNA aufpassen?«

»Vielleicht innen drin ein wenig«, sagte Steiger, »aber das Ding hat die Schaumdusche der Feuerwehr abbekommen, da wird keine Hautzelle mehr zu finden sein.«

Mit spitzen Fingern legte er die Lasche zur Seite, und sein Blick fiel auf eine Flasche Wasser, eine Mappe, aus der ein paar Papiere hervorschauten, und eine durchsichtige Plastiktüte, in der eng verpackt weiße Packs verstaut waren, wie auch Sofiane sie geschluckt hatte.

»Na, dann wissen wir ja auch, wohin er wollte«, sagte Steiger und zog den Reißverschluss wieder zu. »Und wir wissen, dass es zumindest noch einen Dritten gibt, der für sie Rauschgift schmuggelt.«

»Schwester Karola, ich hatte Sie um diese Zeit schon im wohlverdienten Feierabend vermutet«, sagte Steiger beim Betreten der Ambulanz mit einer Freundlichkeit, auf der Eisblumen wuchsen. »Sie erinnern sich, Adam, Polizei Dortmund, das ist meine Kollegin, Frau Goll.« Er hielt ihr den Ausweis hin, den sie nicht beachtete.

»Was war noch mal ihr Anliegen?«, fragte sie in demselben Ton wie am Morgen.

»Wir hätten gern die Fingerabdrücke des Mannes genommen, den sie als Pawel Szymanowski behandelt haben.«

»Als Pawel Szymanowski ...«

»Ja, er heißt mit ziemlicher Sicherheit anders, aber für Menschen, die sich Ihrer Profession verschrieben haben, sind Namen ja ohnehin nicht wichtig, da kommt es auf den Menschen an ...«

Sie brauchte ein paar Sekunden.

»Herr Szymanowski ist nicht mehr bei uns. Sie müssten sich an die medizinische Intensiv wenden.«

»Gut«, sagte Steiger, drehte sich um und ging.

Er sah Jana an, die mit einem Grinsen neben ihm lief.

»Wolltest du etwas sagen?«

»Nein, nichts«, sagte sie, »nichts.«

In der »Med Intensiv« waren die Leute freundlich, verlangten nur, dass sie sich sterile Kleidung anzogen.

Der Mann, der vorgab, Pawel Szymanowski zu sein, hatte mit seiner Stirn vermutlich die Stabilität der A-Säule geprüft, und das Material hatte bestanden. Er lag im künstlichen Koma, sein Kopf war stark verbunden, aber das Gesicht einigermaßen frei und zu erkennen. Darum machte Jana ein paar Fotos, um sich bei Sofiane Amara bestätigen zu lassen, dass das Ahmed war.

Als Steiger ihm die Fingerkuppen mit einer Folie einschwärzte und auf dem Papier im Leichenlöffel abrollte, fiel ihm auf, wie viel leichter ihm das fiel als bei einer Leiche, die noch im Griff der Totenstarre war. Die Prozedur ging schnell. Sie entsorgten die grünen Klamotten in zwei großen Behältern, bedankten sich und fuhren zur Dienststelle.

49

Steiger klickte auf den Play-Button, ließ das kurze Gespräch noch einmal laufen, und Jana schüttelte bestätigend den Kopf.

»Nein, außer dem ›Hey‹ verstehe ich nichts. Das ist kein Russisch. Das ist Tschetschenisch.«

»Und das verstehst du nicht?«

»Nein«, sagte sie.

Nachdem Sofianes Handy während der Vernehmung mit unterdrückter Nummer zweimal angerufen worden war, hatten sie die Nummer identifiziert, sich einen Beschluss besorgt und das Handy überwacht. Angemeldet war es auf eine Scheinpersonalie, die Person existierte nicht, und an der Adresse in Hamburg war ein unbebautes Grundstück. Es hatte in der Zeit nur einen Anruf auf diese Nummer gegeben, ebenfalls von einem Mobiltelefon, das auf eine Scheinpersonalie angemeldet war.

Steiger rief die Dolmetscherdatei auf, in der für Tschetschenisch nur ein Name verzeichnet war. An der Festnetznummer meldete sich niemand, also versuchte er es mit der mobilen.

»Wiktorov.«

»Adam, Kripo Dortmund. Schön, dass ich Sie an einem Samstag erreiche, Herr Wiktorov. Ich habe Ihre Nummer aus unserer Dolmetscherdatei. Haben Sie einen Moment Zeit? Ich habe folgendes Anliegen: Wir haben ein kurzes

Telefonat, von dem wir annehmen, dass es Tschetschenisch ist. Könnten Sie sich das mal anhören und wenn möglich sagen, was dort gesprochen wird?«

»Jetzt gleich übers Telefon?«

»Wenn das ginge, wäre es hilfreich für uns.«

»Wie lang ist das denn?«

»Kaum eine Minute.«

»Okay. Kleinen Augenblick, ich hol mir was zu schreiben.«

Mit der Stimme könnte er in jedem gregorianischen Chor den ersten Bass singen, dachte Steiger und er erinnerte sich, irgendwann gelesen zu haben, dass in der Verteilung der Stimmlagen tatsächlich Unterschiede zwischen den Völkern existierten. Darum gab es auch mehr berühmte italienische Tenöre als Bässe. In den östlichen Nationen war es umgekehrt. Nach kurzer Zeit war er wieder da.

»Gut, dann los!«

Er ließ das Gespräch einmal ganz durchlaufen.

»Ja, das ist Tschetschenisch, ist wirklich nicht lang. Trotzdem: Wenn Sie es wörtlich haben wollen, lassen Sie es mal laufen und stoppen kurz, wenn ich es sage.«

Steiger ließ die Datei abspielen, und der erste Bass brauchte nur vier Stopps.

»Okay, ich lese es mal wörtlich vor:

›Hallo.

Hallo.

Hattest du Kontakt?

Nein, Telefon ist an, aber er geht nicht dran, GPS ist aus. Und er ist noch nicht im Hotel.

Ist er geflogen?

Ich weiß nicht, Sie geben keine Auskunft, nicht an Privatpersonen.‹

Dann macht der Anrufer eine kleine Pause, als ob er überlegt, dann weiter:

›Weiß er von Nummer drei?

Ich weiß nicht, ist kaum möglich.

Hat er schon mal Probleme gemacht?

Nein, war immer topp, am Anfang mal ein bisschen Stress, aber kaum.‹

Dann kommt wieder eine kleine Pause, dann wieder der Angerufene:

›Sonst alles nach Plan? Ist Mehdi wieder da?

Hey!‹

Das Letzte sagt der Anrufer deutlich etwas schärfer, dann weiter:

›Informier mich. Die Wohnung lassen wir erst mal, behalten sie aber im Auge. Hast du ihn damit angerufen?

Ja.

Okay, wir wechseln, für alle Fälle. E-Mail.‹

Dann noch jeweils die kurze Verabschiedung.«

Steiger sah Jana an, sie nickte mit vorgeschobener Unterlippe.

»Vielen Dank, Herr Wiktorov. Können Sie das kurz niederschreiben und mir zuschicken, wenn ich Ihnen die E-Mail-Adresse gebe?«

»Natürlich.«

»Und die Rechnung schicken Sie ans Präsidium, Sie kennen das sicherlich, und geben Sie meinen Namen an, dann fällt es der Verwaltung leichter.«

»Ach, ich glaube, diese zehn Minuten schenke ich dem Staat.« Seine Stimme klang nach einem Lächeln.

Steiger verabschiedete sich und legte auf.

Er lehnte sich im Stuhl zurück und faltete die Hände hinter dem Kopf. Jana stand vor seinem Schreibtisch.

»Na, was sagst du?«

»Das klang ziemlich nach Chef, oder?«

»Und sie sind extrem vorsichtig. Wir wechseln heißt, wir wechseln das Handy, denn danach waren beide Anschlüsse mausetot.«

»Es sind also auf jeden Fall noch zwei Leute da, das wissen wir jetzt.«

»Genau. Und dass er den Namen gesagt hat, war ein Fehler, das war eindeutig eine Zurechtweisung.«

»Können wir heute noch was machen in der Sache? Was meinst du? Die Schlüsselfirma habe ich schon angemailt, die wollen sich melden. Wir könnten noch in den Knast fahren und unserer gefüllten Gans das Foto zeigen. Morgen kann ich nämlich nicht, da treffe ich mich mit meinem Bruder.«

»Wie schön«, sagte Steiger.

»Mal sehen, ob es wirklich schön wird … Für ihn, meine ich.«

Das Telefon klingelte, Steiger sah im Display, dass es Janas Apparat war.

»Für dich, die Vorwahl kenne ich nicht.«

»Jana Goll, Polizei Dortmund.«

Sie sah Steiger an und nickte, als habe sie eine gute Nachricht erhalten.

»Dass das so schnell ging an einem Samstag.«

Wieder hörte sie zu und notierte sich eine Telefonnummer.

»Ja, gut, das verstehe ich. Ja, wahrscheinlich vom Wohnungsinhaber, aber der liegt derzeit schwer verletzt im Krankenhaus.«

Wieder hörte sie eine Weile zu.

»Gut, ich melde mich bei Ihnen, Herr Zeitz. Und wenn

ich Sie bitten darf, nehmen Sie von Ihrer Seite mit niemandem Kontakt auf, okay.«

Sie legte auf.

»Das war die Schlüsselfirma.«

»Am Wochenende? Dass es so was noch gibt.«

»Ja, hab ich auch gesagt. Er meinte, Schlüssel werden nie am Montagmorgen verloren, sondern immer am Wochenende oder an Weihnachten. Sie haben einen Notdienst. Also: Er kann mir die Adresse sagen, auch die Wohnung, braucht aber einen Beschluss.«

Steiger überlegte einen Moment, ob die Eile nötig war oder ob man das alles in Ruhe am Montagmorgen angehen sollte.

»Was sagst du.«

Jana sah auf die Uhr.

»Der Eildienst ist noch da, und morgen sieht es bei mir schlecht aus. Ich den Antrag, und du in den Knast. Zu dem Scheißer hattest du den besseren Kontakt, länger als 'ne Stunde dauert das nicht.«

»Dann schreib doch gleich zwei Anträge, einen für die Daten und einen für die Durchsuchung, haben wir den schon mal und ist ja dieselbe Begründung. Die Adresse kannst du ja nachtragen, sobald du sie hast.«

Sie nickte.

Steiger nahm sich seine Tasche, druckte das Turbanfoto von Ahmed aus, rief im Gefängnis an, damit sie Amara schon mal aus der Zelle holten.

In dreißig Jahren Polizei war Steiger immer wieder an diesen Orten gewesen, und auch die Gewissheit, dass er wieder gehen durfte, hatte ihm diese letzte Beklemmung nie genommen. Wie so oft in dieser Situation musste er an einen Film denken, in dem es um einen afrikanischen Stamm ging, dessen Mitglieder kein Gefühl für Zukunft hatten und in deren Sprache es auch kein Wort dafür gab. Wenn diese Leute eingesperrt wurden, starben sie irgendwann, weil sie sich nicht vorstellen konnten, dass dieser Zustand sich ändern würde. Er hatte sich bei diesen Gedanken oft gefragt, ob diesen Menschen dann nicht auch so etwas wie Hoffnung fehlen musste.

Er gab am Eingang wie immer seine Waffe ab und wartete anschließend in einem kleinen Raum mit zwei abgenutzten Stühlen und einem ebensolchen Tisch dazwischen.

Nach wenigen Minuten brachte ein Wärter Sofiane Amara.

»Tag, Sofiane, na, alles draußen mittlerweile?«

Er lächelte mühsam.

»Ja.«

»Wir können es ganz kurz machen. Ist das Ahmed?«

Steiger legte das ausgedruckte Bild auf den Tisch.

Sofiane nickte.

»Ja.«

»Ganz sicher? Auch mit dem Verband?«

»Ja, das ist Ahmed. Was ist mit ihm?«

»Er hatte einen Unfall und liegt im Koma. Wir haben in seinem Auto eine Ladung Packs gefunden, die ganz sicher für einen Kollegen von dir waren. Kanntest du außer dir und Nabil noch andere Kuriere?«

»Nein, hatte ich ja schon gesagt, und Nabil habe ich in einem Café kennengelernt, in dem Nordafrikaner sind.«

»Okay«, sagte Steiger, »das war's schon.«

Er drückte den Schalter für die Schelle, und nach wenigen Augenblicken kam der Mann von der Justiz.

»Ach, ja, Sofiane, eine Frage doch noch«, sagte Steiger,

als sie schon fast aus der Tür waren. »Wie lief das eigentlich mit der Bezahlung. Hast du bei deinen Treffen Geld bekommen?«

»Nein, ich habe nur das Kokain abgeliefert, mit Geld hatte ich nichts zu tun.«

Auf dem Weg vom Gebäude 1 zur Pforte blieb Steiger auf dem Hof stehen, drehte sich einmal um die eigene Achse und versuchte, sich vorzustellen, wie es wäre, ohne ein Gefühl für Zukunft zu leben.

Es gelang ihm nicht.

50

Es war nicht der Phönixsee, aber die Wohngegend gehörte zu den besseren Adressen in Dortmund.

Jana parkte den Zafira in einer unauffälligen Lücke in einer Parkbucht, machte den Motor aus und nahm die Rosinenschnecke aus ihrem Rucksack, die sie sich mit einem Kaffee auf dem Weg gekauft hatte.

Die Entscheidung, die Wohnung heute nicht mehr zu durchsuchen, war Steiger aus der Hand genommen worden, weil er an einem Samstag nur mit Mühe zwei weitere Teams zusammenbekommen hätte, und auch mit dem Erkennungsdienst wäre es schwierig geworden. Er hatte Gisa auf die Mailbox gesprochen, Bulthaup und Rosenberg hatte er erreicht, aber beide waren gar nicht in Dortmund an diesem Wochenende. Danach hatte er aufgegeben. Außerdem war es taktisch nicht unklug, für die nächsten vierundzwanzig Stunden mal zu schauen, was sich dort tat.

Die Wohnung war auf die französische Personalie Patrick Lambert, geboren am 01.05.1980 in Paris, gemietet, was mit ziemlicher Sicherheit ein weiterer Aliasname von Ahmed war.

Er sah auf die Uhr, Ronny Schütze vom MEK würde in einer halben Stunde da sein.

»Du bist ja beschäftigt«, sagte er, »ich geh mal schauen, wie es aussieht, da kann ich Ronny schon ein bisschen was sagen.«

Jana nickte kauend.

Er stieg aus, ging zielstrebig auf den Eingang zu, ohne auffällig an der Fassade hochzuschauen und warf einen Blick auf das Tableau der Klingeln. Danach war die Wohnung in der dritten und letzten Etage, was günstig war. Er schloss die Tür zum Haus auf, und der äußerliche, gepflegte Eindruck setzte sich auch im Hausflur fort. Helle Wände mit Bildern, helle Fliesen, und der wöchentliche Treppendienst hatte seinen Job gut gemacht. Steiger nahm die Treppe und fand das Türschild mit dem Namen »Lambert« tatsächlich in der dritten Etage.

Er rieb den Schlüssel in seiner Tasche zwischen Daumen und Zeigefinger und spürte eine ziemliche Versuchung, aber die Gefahr, alles zu verderben, wenn sich jemand in der Wohnung aufhielt, war zu groß.

Er machte vom Flur und vom Ausstieg aus dem Fahrstuhl zwei Handyfotos und ging wieder nach unten. In der ersten Etage klimperte sein Mobiltelefon.

»Gisa, danke für den Rückruf.«

»Was gibt es?«

»Lass mich grad das Haus verlassen, dann kann ich sprechen.«

Auf dem Weg zum Auto informierte er die Chefin über das, was an diesem Samstag passiert war.

»Warum observieren wir nicht erst eine Zeit?«

»Weil ich heute für so einen Einsatz kein MEK mehr bekomme fürs Wochenende, und das können wir hinterher auch noch. Länger als ’ne Stunde werden wir nicht da drin verbringen, wäre Pech, wenn ausgerechnet dann einer kommt. Und der Erkennungsdienst sollte auch mal schauen, wer sich so in diesen Räumen aufgehalten hat.«

»Okay. Wann hattest du geplant?«

»14.00 Uhr, dann kann ich vorher noch ein paar Dinge regeln. Jana hat nämlich einen unaufschiebbaren Termin und ist nicht dabei.«

»Gut, dann bin ich um eins da. Hast du einen unabhängigen Zeugen?«

»Noch nicht.«

»Da kümmere ich mich drum, du weißt ja, mein Schwager ist beim Ordnungsamt, die haben auch einen Notdienst.«

Als Steiger am Auto ankam, waren Ronny Schütz und ein unbekannter jüngerer Kollege schon bei Jana und unterhielten sich durchs Fenster der Fahrertür. Beide hatten ihre Jacken mit dem Stadtwerke-Emblem schon angezogen.

»Man sieht sich ja öfter in letzter Zeit, Ronny.« Steiger lachte.

»Wenn du einem auch das Wochenende versaust, ist das kein Wunder.« Ronny lachte auch, aber spät, und Steiger fragte sich, wie viel Prozent dieses Satzes ernst gemeint waren.

Er zeigte ihm die Handyfotos.

»Das ist das Flurstück, an dem die Wohnung liegt, und das ist der Ausstieg aus dem Fahrstuhl. Der Vorteil: Wenn du links aus dem Lift gehst, liegt da nur diese Wohnung, die anderen gehen alle nach rechts.«

Ronny nickte, zeigte die Bilder dem Kollegen, der sich mit Wolfgang vorgestellt hatte, und ließ sich den Schlüssel geben.

Steiger stieg ein und sah auf die Uhr. An einem normalen Samstag säße er jetzt vor dem Fernseher, würde Sport schauen, aber es war Länderspielpause, und er wusste nicht mal, wann das Spiel an diesem Wochenende war.

Ein Bier, höchstens zwei, das war sein fester Vorsatz, als er im »Totenschädel« an der Theke Platz nahm. An einem Samstagabend war meistens viel los, und die Chance, auf jemanden zu treffen, mit dem es sich lohnte, über wichtigen Themen wie Fußball, der Basisstrategie beim Blackjack oder Rockmusik leise zu versacken, war groß.

»'n Abend Steiger«, sagte Pit, setzte sich auf den nächsten Hocker und stieß mit seinem Bierglas an Steigers. Pit war einer der Menschen, die nur ein Thema hatten, wenn sie auf einen Polizisten trafen.

»Na, wie läuft es so?«

»Ganz okay, Pit, und selber?«

»Letztens haben'se in Mengede wieder geblitzt, die Wegelagerer, ist doch echt nur Abzocke.«

Steiger antwortete nicht.

»Da ist weit und breit keine Schule, kein Kindergarten oder sonst was, nur 'ne gerade Strecke, wo man etwas schneller fährt. Und da stellen die sich auf, geht doch nur ums Geld einnehmen, kann mir doch keiner erzählen.«

»Der Deal ist ganz einfach, Pit. Da ist fünfzig. Wer schneller fährt und erwischt wird, zahlt. Das weißt du ja vorher.«

»Aber da ist 'ne Stelle, da sieht das doch kein Schwein ein.«

»Siehste, Pit, so ist das mit der Straßenverkehrsordnung. Da steht drin, wo ein Fünfzig-Schild steht, muss fünfzig gefahren werden. Da steht nicht, wo ein Fünfzig-Schild steht und der Verkehrsteilnehmer sieht das ein, muss fünfzig gefahren werden.«

Er sah mit offenem Mund herüber, und Steiger war sich nicht sicher, ob er den Unterschied gerafft hatte.

»Jedenfalls hab ich die Blauen echt stramm stehen lassen, war so 'n junges Küken, und mal deutlich meine Meinung dazu gesagt. Das vergessen die so schnell nicht.«

»Bestimmt nicht, Pit«, sagte Steiger.

»Muss aber los.«

Er zahlte und ging.

Steiger empfand das als einen Wink des Schicksals und bestellte bei Christa noch ein Bier. Im Fernseher oben in der Ecke lief irgendein Wettbewerb, bei dem Leute mit Äxten in unglaublicher Geschwindigkeit Baumstämme durchschlugen.

»'n Abend Steiger.«

Er musste gar nicht zur Seite sehen, um zu wissen, dass Hermann Pit's Platz eingenommen hatte.

»Hermann, damit das klar ist: Das Thema ist tabu, klaro, sonst schmeiße ich dich mitsamt Hocker um.«

»Is ja gut, Herr Kommissar, mach mal halb lang. Aber letztens hab ich einen super Bilderwitz gesehen, echt. Also …«

»Bilderwitze sind meist scheiße, wenn sie erzählt werden, Hermann.«

»Der nicht. Pass mal auf. Wat ist dat meistverkaufte Magazin in christlichen Ländern?«

Er grinste ungeduldig und erwartungsvoll.

»Na, der Playboy, ist doch wohl klar. Und wat is dat meistverkaufte Magazin in muslimischen Ländern?«

Wieder Grinsen mit Ungeduld.

»Na, dat Ding von der Kalaschnikow.« Er lachte gackernd. »Verstehste, Steiger, einmal 'ne Zeitung und einmal …«

Steiger sah ihn völlig ernst an. Er winkte ab.

»Ach, du has echt kein Humor. Aber als Bilderwitz isset echt klasse.«

Steiger trank das restliche halbe Bier in einem Zug aus und zahlte.

Es gab eben auch andere Samstagabende.

51

Wenn nichts Besonderes anlag, waren an einem Sonntagmorgen in diesem Palast der Sicherheit nur der Wachdienst und die Kriminalwache besetzt, was dem Job in diesen Dienststellen eine sehr angenehme Atmosphäre schenkte.

In den Räumen des ET schaltete Steiger zuerst den Kaffeeautomaten an, dann seinen Rechner und nahm wenig später den ersten Schluck Kaffee am Fenster mit Blick auf den Westfalenpark.

Obwohl er wenig geschlafen und viel über Eva und Batto und die Jugendlichen nachgedacht hatte, die niemand vermisste, fühlte er Kraft in sich. Mit einem Schmunzeln war er Hermann dankbar, dass er ihn so früh aus dem »Totenschädel« vertrieben hatte und es bei drei Bier geblieben war.

Er hatte Eva gestern nicht mehr angerufen aus einem Grund, den er selbst nur schwer beschreiben konnte, aber es hatte etwas mit Bedrängen zu tun. Und er fragte sich, wie es Batto ging, ob ihm das Gespräch geholfen hatte.

Am Rechner öffnete er sein Postfach und sah, dass er eine späte E-Mail von Freitagabend übersehen hatte, die ihm Raimund Osterkamp geschrieben hatte.

Hallo Thomas,
zu deiner Info, weil du sicher in diesem Fälschungs-Verteiler vom LKA nicht drin bist: Ich bin von denen

informiert worden, dass sie in Rheinland-Pfalz eine große Fälscherwerkstatt hochgenommen haben. Das Besondere dabei, sie haben nicht nur unzählige Formulare und Blankoausweise und technisches Profigerät sichergestellt, sondern sie sind mit SE reingegangen durchs Fenster im ersten Stock und konnten einen Rechner sicherstellen, bevor die Täter den löschen oder runterfahren konnten. Die haben alles gefälscht, was du wolltest, Tausende Ausweise. Von Aufenthaltsgestattungen bis hin zu Scheckkarten und ID-Cards und alles absolut topp in der Qualität und dokumentiert wie in einer ordentlichen Buchführung. Drei Täter, einer Grafikdesigner, einer Informatiker. Und das Wichtigste: Die französischen ID-Cards weisen exakt dieselben Fälschungsmerkmale auf wie eure. Da habe ich mir das Material mal kommen lassen, ist mehr als interessant. Melde dich doch Montagmorgen mal bei mir.
Schönes WE
R.

Klang mehr als vielversprechend, dachte Steiger und sah auf die Uhr. Wenn sie sich 13.00 Uhr auf den Weg zur Wohnung machten, würde das reichen, und bis dahin waren es noch ein paar Stunden, die man nutzen konnte. Ronny Schütze hatte sich noch nicht gemeldet, was bedeutete, dass es an der Wohnung keine Bewegung gegeben hatte. Damit war die Chance groß, dass niemand mehr darin war.

Nach dem letzten Schluck Kaffee druckte Steiger sich die Liste der Dortmunder Clearing-Häuser aus, suchte die Bilder der beiden unbekannten Toten aus dem kroatischen Verfahren, das fast zehn Jahre alte Bild von Dzhamal Aydamirov, das Turbanfoto von Ahmed, und machte sich auf den Weg.

Für eine solche Stadtrundfahrt mit mehreren Adressen war der Sonntagmorgen eine gute Wahl, weil außer ein paar Kirchgängern noch nicht so viele Leute unterwegs waren. Er hatte sich nicht angemeldet, weil nach seiner Erfahrung in diesen Häusern immer ein paar Betreuer angetroffen werden konnten, und er wurde an der ersten Adresse nicht enttäuscht.

Halil Souleymanovic leitete diese Einrichtung und bestätigte, dass sie von ihren Jugendlichen Fotos machten, weil es bei manchen ohne Bild mitunter schwierig sei, auch nach Monaten oder Jahren sagen zu können, ob der Junge schon mal da gewesen war.

Steiger zeigte ihm die beiden Bilder der Toten von der kroatischen Müllhalde, und bei dem Jungen musste Halil Souleymanovic auch nachsehen, aber die beiden waren nie in diesem Haus gewesen.

Als zweites lag auf seinem Weg das Haus, in dem Zenab untergebracht war, das guineische Mädchen, das in Deutschland die Art Liebe und Zuwendung gefunden hatte, auf die sie mit großer Sicherheit gern verzichtet hätte.

Frauke Selke hatte an diesem Sonntag frei, aber Michelle, die Dolmetscherin, empfing ihn in der Küche, die das gesellschaftliche Zentrum des Hauses zu sein schien. Steiger bekam freundlich einen Tee angeboten, aber da er nach dem optischen Eindruck dessen, was in der Küche an Lebensmitteln herumstand, sicher war, dass es sich um irgendein exotisches, gesund schmeckendes Zeug handeln würde, lehnte er freundlich ab.

Zenab strahlte auch an diesem Morgen eine sanfte Unbeschwertheit aus, die Steiger berührte bei dem Gedanken an die Erfahrungen, die dieses Mädchen hinter sich haben musste. Er hatte keine Ahnung, ob sie etwas vor sich selbst versteckte, Psychologen sprachen in solchen Situationen gern von so was, oder ob sie einfach nur froh war, jetzt in dieser Oase der Sicherheit zu sein. Wieder versuchte Steiger eine Unterhaltung, bei der er die Dolmetscherin ignorierte. »Du erinnerst dich, Zenab, dass ich dich beim letzten Mal gefragt habe, ob du den Mann wiedererkennen würdest, den Omar getroffen hat und der – du hast letztens gesagt – ärgerlich gewirkt hat?«

Sie nickte.

»Ja, ich glaube.«

»Okay, dann schau dir dieses Foto doch mal an.«

Sie brauchte nur einen kurzen Blick, dann sah sie Steiger an und nickte.

»Bist du dir ganz sicher?«

»Ja, er«, sie zeigte auf das Foto, »sieht auf dem Bild jung aus, aber er sieht genauso aus wie der, der aus dem Haus kam.«

Sie sah noch einmal hin und nickte überzeugt.

»Das kann gut sein, denn dieses Bild ist fast zehn Jahre alt«, sagte Steiger. »Weißt du noch, wie groß er war.« Vielleicht ein letzter, kleiner Test.

Sie blickte ein paar Sekunden nach links oben.

»Normal, nicht so groß, eher normal.«

Bei der erkennungsdienstlichen Behandlung hatten sie in der Beschreibung seinerzeit hundertsiebenundsiebzig Zentimeter eingetragen, und das passte ziemlich zu dem, was Zenab ausgesagt hatte, fand er.

»Dann sieh dir mal dieses Bild an.« Er legte das Turbanfoto von Ahmed auf den Tisch. »Ist das Omar?«

Wieder entschied sie sich sehr schnell.

»Nein«, sagte sie bestimmt.

»Ganz sicher? Denn er sieht ja ein wenig eigenartig aus.«

»Ja, ganz sicher.«

Steiger nickte und versuchte sein freundlichstes Lächeln.

»Danke, Zenab, das war's schon. Du hast uns schon wieder sehr geholfen. Vielleicht schlage ich dich für einen Orden vor.« Er versuchte sein arglosestes Lächeln.

Sie lächelte artig zurück, und Steiger war sich nicht sicher, ob sie wusste, was ein Orden war.

Erst als er wieder hinter dem Steuer saß, hatte er das Gefühl, die ganze Tragweite dieser Aussage zu begreifen. Wenn Zenab sich nicht irrte, und wenn das Fingerspurenfragment auf einer der inneren Folien eines Kokain-Packs aus dem Darm des toten Nabil tatsächlich von Dzhamal Aydamirov dort hinterlassen worden war, dann gab es eine Verbindung zwischen zwei Komplexen, von denen jeder für sich in seiner ganzen Größe und Bedeutung noch gar nicht sichtbar war, und die gemeinsam etwas darstellten, das wie ein Monster aussah.

Steiger sah auf die Uhr, und es blieb noch genügend Zeit für die beiden restlichen Adressen.

An der ersten der beiden blieb seine Frage ergebnislos, niemand kannte die Toten auf den Fotos.

Die Mitarbeiter an der letzten Station seiner Reise an diesem Morgen hatten kaum Zeit für ihn, weil es ein gemeinsames Essen im Garten gab, bei dem alle eingespannt waren.

Antony M'boko, ein schwarzer Hüne von eins neunzig, der in jedem Footballteam mit Kusshand genommen worden wäre, weil seine Schultern einen eigenen Horizont darstellten, wenn er vor einem ging, begleitete ihn in ein Büro.

»Was kann ich für Sie tun, Herr Adam.«

»Es geht um eine grausige Geschichte, Herr M'boko, die Hintergründe lasse ich erst mal weg. Wir wissen, dass die Clearing-Häuser Fotos ihrer Jugendlichen machen. Also, ich meine jetzt nicht die Fotos, die bei der Zentralen Ausländerbehörde oder der Polizei gemacht werden, sondern eigene.«

»Ja, das ist bei uns auch so.« Er griff ins Regal hinter sich und schlug einen Ordner auf. Steiger legte die Fotos der beiden Toten daneben.

»Kann es sein, dass mal einer dieser Jugendlichen hier eine Zeit untergebracht war? Es müsste allerdings schon ein halbes Jahr sein. Wobei das Mädchen eigentlich nicht infrage kommt, weil das hier ja ein Jungenhaus ist.«

M'boko starrte auf das Bild, das Kovac ihm nachträglich geschickt hatte. Sein Gesicht war einen Moment sorgenvoll, dann erfasste seine Züge ein leises Entsetzen.

»Sind diese Menschen tot auf den Bildern?«

»Ja.«

»Ja, ich kenne diesen Jungen, Yasser. Er war Anfang des Jahres ein paar Wochen oder Monate hier und war dann von einem Tag auf den anderen verschwunden.« Er atmete einmal tief durch und schüttelte den Kopf. Dann nahm er einen anderen Ordner und fand das Bild des Jungen, auf dem er lachte. »Was ist ihm passiert?«

»Das wollen Sie nicht wissen, Herr M'boko. Er ist getötet worden, sehr wahrscheinlich nicht hier, sondern vermutlich weiter weg, aber genau wissen wir nicht, wo. Gab es jemanden, der besonders mit ihm zu tun hatte?«

»Ja, mich«, sagte er.

»Ist Ihnen irgendetwas an ihm aufgefallen, vielleicht speziell kurz vorm Verschwinden?«

Steiger sah, dass diesem Hünen tatsächlich die Augen feucht wurden.

»Nein, er wusste, dass er kein Asyl bekam und auch nicht die Flüchtlingseigenschaft, aber das war ihm klar.«

»Okay, Herr M'boko, das soll's fürs Erste gewesen sein. Wie gesagt, ich komme ganz sicher in den nächsten Tagen auf Sie zu.«

Steiger stand auf.

»Ach, ja, Herr M'boko. Nur noch eine Frage. Wir haben letztens einen Jungen zu Ihnen gebracht, letzte Woche Donnerstag, geht's dem gut?«

Er musste sich im Kopf umstellen.

»Sie meinen Milad, der afghanische Junge?«

»Ja, so hieß er.«

»Der ist noch am selben Abend wieder verschwunden«, sagte er.

»Ach«, sagte Steiger, »das Übliche.«

Der Mann nickte nur noch ohne Blickkontakt und machte keine Anstalten aufzustehen.

»Ich finde alleine raus«, sagte Steiger.

Bevor er einstieg und zurück zur Dienststelle fuhr, steckte er sich einen Zigarillo an, nahm zwei kräftige Lungenzüge und erwartete sehnsüchtig, dass der kleine Schwindel einsetzte.

52

Sie trugen alle eine Weste, auch wenn bei diesem Wetter das T-Shirt darunter nach zehn Minuten nass war. Nur Werner Korte und der junge Kollege vom Erkennungsdienst verzichteten darauf und blieben ebenso auf der zweiten Etage stehen wie der Mann vom Ordnungsamt, den Gisa als Zeugen organisiert hatte. Auch das war etwas, was sich in den Jahren geändert hatte, nicht nur, weil schusssichere Westen früher gar nicht zur normalen Ausrüstung gehörten, die Zeiten waren halt andere.

Dass sie aus taktischen Gründen darauf verzichteten, den Hausmeister vorher zu kontaktieren, war schnell klar gewesen. Darüber, die Spezialeinheiten zuerst in die Wohnung gehen zu lassen, hatten sie eine Zeit diskutiert, aber da Ronny Schütze meldete, dass an der Wohnung seit gestern keinerlei Bewegung stattgefunden hatte, schien die Gefahr beherrschbar.

Steiger nahm den Wohnungsschlüssel und überlegte einen Moment, ob er die Waffe in die Hand nehmen sollte. Er sah, dass Jana neben ihm ihre aus dem Holster zog, und ließ es.

So leise wie möglich schloss er auf und öffnete die Tür.

»Hallo, hier ist die Polizei, wir kommen jetzt in die Wohnung.«

Er sagte es nicht mit der sonst üblichen Lautstärke in solchen Situationen, um nicht das ganze Haus zu informieren. Sie wussten, wer sonst noch hier wohnte, und auf den ersten Blick gab es keine Verbindung zu dem Mann, den sie bis jetzt nur als Pawel Szymanowski oder Patrick Lambert kannten, aber man wusste nie.

Er sog die Luft durch die Nase ein.

»Riecht relativ normal«, sagte er.

Vor ihm lag ein Flur, von dem drei Türen abgingen. Als Jana und Bulthaup an ihm vorbeieilen wollten, hielt Steiger sie zurück, weil ein Geräusch zu hören war, das wie ein leiser, heiserer Schrei klang. Er fühlte, wie ihm das Adrenalin durch den Körper schoss, und griff jetzt auch zu seiner Waffe. Das Geräusch kam, wenn er es richtig lokalisiert hatte, aus dem Raum geradeaus. Jana nahm die erste Tür rechts, die offensichtlich ins Bad führte.

»Sicher«, sagte sie nach wenigen Sekunden.

Steiger drückte die Tür auf seiner linken Seite auf, auch das Schlafzimmer war leer, und er bestätigte es den anderen. Vorsichtig gingen sie drei Schritte auf die letzte Tür zu.

»Hier ist die Polizei«, sagte er noch einmal, »wir betreten jetzt den Raum.«

Beide nahmen die Walther etwas höher, und Steiger drückte die Tür auf. Das aufschwingende Blatt gab nach und nach den Blick frei auf einen großen Wohnraum, der im Gegenlicht der tiefer stehenden Sonne aussah wie ein Bild in einer Wohnzeitschrift.

Wieder hörten sie den heiseren Schrei, und dann sah Steiger den Urheber.

»Scheiße, ein Papagei«, sagte er, »aber weiter vorsichtig bleiben.«

Sie betraten den Raum in der in solchen Situationen üblichen Weise und waren nach kurzer Zeit sicher, dass die Wohnung leer war.

»Okay, alles sicher«, sagte Jana, als sie vom Balkon kam, und steckte die Waffe weg.

Schon der Flur hatte anders ausgesehen als die Wohnungen, in denen sie bisher in dieser Sache unterwegs gewesen waren, und der Wohnraum und die angeschlossene Küche bestätigten diesen Eindruck.

»Sieht schon eher nach einer Wohnung von jemandem aus, der den Hauptteil der Kohle abfischt, die man mit Drogen macht, oder?«

Gisa hatte die KTUler und den Zeugen nachgeholt und die Tür geschlossen. Sie ließ sich von Steiger den Schlüssel geben und steckte ihn von innen ins Schloss, damit sie nicht überrascht werden konnten.

»Okay«, sagte Steiger, »nehmt jeder einen Raum, das kriegt ihr selbst hin. Im Wohnzimmer können wir ja vielleicht zu zweit bleiben. Wonach wir suchen, haben wir besprochen. Die Kamera ist bei Jana.«

Die Leute suchten sich einen Raum, und Steiger machte sich an die Schrankwand im Wohnraum.

»Jana«, hörte er Bulthaup aus dem Schlafzimmer rufen, bevor er die erste Schranktür geöffnet hatte. Er ging ins Schlafzimmer, und in einem kleinen Nachttisch neben dem Bett lag in einer Schublade ein Tütchen mit weißem Pulver, eine kleine Metallplatte, die ebenfalls von etwas Weißem überzogen war, und ein dickes Bündel Fünfziger.

»Sieh an, man nimmt das Zeug auch selbst«, sagte Steiger.

»Wie viel mögen das sein«, fragte Bulthaup, »bin da nicht so firm.«

Steiger wiegte den Kopf.

»Vielleicht fünf Gramm oder etwas weniger.«

»Ich hab mal gehört, Shit macht high, aber Koks macht high und geil.« Bulthaup grinste bewusst dämlich.

»Höre ich da eine gewisse Hoffnung?«, fragte Jana zwischen zwei Fotos, sah dabei hoch und nahm dem Scherz mit einem Lächeln jede Schärfe. Steiger wusste, dass sie Bulthaup mochte.

Er ging und machte im Wohnzimmer bei der Schrankwand weiter, an der Gisa auch schon beschäftigt war.

»Ich hab mal von rechts angefangen, okay.«

»Okay, die reicht eh für zwei«, sagte er und kniete sich vor die unteren Kästen, die mit Klapptüren versehen waren. Er bückte sich, zog Plastikboxen mit Kabeln heraus und Schuhkartons mit irgendwelchen Papieren, hatte aber Mühe, das Fach bis hinten zu leeren.

»Wie kann man nur so einen Scheißschrank bauen?« Er lag mittlerweile auf der Seite. »Und wie kann man sich den kaufen?«

Zur Entspannung nahm er sich als Nächstes eine der Schubladen in Hüfthöhe vor und sah auf den ersten Blick, dass er die Kamera brauchte. In der Schublade lagen drei Identitätskarten, zwei französische und eine griechische, dazu ein deutscher Reisepass, der vom Namen her zu einem der französischen Ausweise gehörte.

Jana fotografierte die Schublade, dann legte Steiger alles auf den Wohnzimmertisch, wo sich schon das Kokain und das Geld befanden. Er nahm den deutschen Pass und sah ihn sich genauer an.

»Der ist wahrscheinlich echt.«

Gisa stellte sich an seine Seite und schaute auf den Pass.

»Wie kommst du darauf? Ich meine, hier ist alles falsch, und auch die anderen laufen mit tausend gefälschten Ausweisen, Aufenthaltsgestattungen und Pässen rum. Warum soll der echt sein?«

»Weil die EU-Pässe nicht so leicht zu fälschen sind. Musst dich mal mit Raimund unterhalten, der hat echt Kenne. Hier«, er hielt zwei Identitätskarten hoch, »die haben nicht umsonst griechische und französische ID-Cards. Die sind einfach leichter zu fälschen.« Er nickte bestätigend. »Sagt jedenfalls Raimund.« Wieder blätterte er im deutschen Pass. »Aber der ist interessant. Ausgestellt auf Patrick Lambert in Siegen, vor fast fünf Jahren.«

»Jana!«

Wieder war es Bulthaup, der irgendetwas gefunden hatte.

Im Kleiderschrank drückte er mit einer Hand die Kleidung auseinander, die von einer Kleiderstange hing, und hielt mit der anderen eine Lederjacke auf, in deren Innentasche eine Pistole steckte.

Gerd Walter stand hinter Steiger und pfiff leise und heiser durch die Zähne.

»Das gibt dem Ganzen aber eine andere Qualität.«

Nachdem die Fotos gemacht worden waren, zog Bulthaup sie mit spitzen Fingern aus der Tasche und legte sie auf die glatte Fläche des Nachttischs.

»Die sollten wir auf jeden Fall auf DNA untersuchen. Ist 'ne Beretta.«

»Kennst du dich mit Waffen aus? Wusste ich gar nicht«, sagte Steiger.

»Schon«, sagte Bulthaup mit einer Miene, deren Wichtigkeit Steiger verdächtig vorkam. »Außerdem steht es auf dem Griff.«

Er zeigte mit einem Grinsen auf das große Emblem mit den drei Pfeilen und dem Schriftzug.

Nach einer halben Stunde waren sie durch, und auch der ED hatte genügend Fingerspuren genommen. Steiger saß auf dem Sofa, füllte das Protokoll aus, und Jana und Gisa verpackten die Sachen, die sie mitnahmen. Es waren noch fünf neue Handys, sechs Prepaidkarten und fünf normale Schlüssel dazugekommen, die leider nicht so leicht zuzuordnen waren.

Es klingelte, und der Zeuge vom Ordnungsamt zuckte so sehr zusammen, dass alle ihn ansahen.

Jana ging zum Spion.

»'ne ältere Frau.«

»Okay, dann mach auf«, sagte Steiger, stand aber im Schatten der Tür.

»Guten Abend, ich bin Frau Koslowski aus dem zweiten Stock. Ist Herr Lambert zu sprechen. Ich hatte Geräusche gehört und dachte, er sei mal da.« Sie sprach den Namen deutsch aus.

»Nein«, sagte Jana, »er ist nicht zu Hause, kommt heute auch nicht mehr.«

»Ach, schade«, sagte die Frau.

»Soll ich was ausrichten.«

»Ich weiß nicht … Lassen Sie nur. Ich versuche, ihn persönlich zu erwischen.«

»Kennen Sie Herrn Lambert näher?«

Jana ersparte ihr die Irritation, sprach den Namen auch deutsch aus, und Steiger musste lächeln.

»Nein, gar nicht. Man sieht ihn selten, darum wollte ich jetzt auch die Gelegenheit nutzen und ihn etwas fragen.«

Jana sah Steiger hinter der Tür an, der schüttelte den Kopf.

Die Frau verabschiedete sich und ging.

Sie packten die restlichen Sachen ein, warteten eine

Weile, damit Frau Koslowski sich nicht wunderte. Dann schloss Steiger ab, und sie verließen das Haus.

»Meinst du wirklich, es war taktisch klug, jetzt reinzugehen?«, fragte Jana. »Wenn jetzt einer reingeht, sieht er den Beschluss und weiß, wo der Hammer hängt.«

»Stimmt«, sagte Steiger, »aber wenn keiner mehr kommt in den nächsten Tagen, hätten wir auf die Pässe und die Spuren verzichtet. Und wenn einer kommt, haben wir ihn auf dem Bild.«

»Wenigstens etwas«, sagte sie und fuhr hinter den anderen her.

53

Marcel Krone kam als Letzter. Steiger hatte Gisa gebeten, ihn für zwei Tage bei den 11ern loszueisen, was nicht leicht war. Aber der Mann hatte in Sachen Computer einfach alles drauf, und die sichergestellten Daten aus der Fälscherwerkstatt waren umfangreich. Außerdem wusste man nie, was noch kam, sollten Handydaten irgendwann eine Rolle spielen.

Sie waren eine kleine Mannschaft, die man kaum eine Ermittlungskommission nennen konnte, aber besser als allein weiterzumachen, dafür war es mittlerweile zu viel geworden.

»Okay, Leute, ich fang mal an…«, sagte Steiger und kam sich ein wenig eigenartig vor. Den Chef zu machen, gehörte nicht zu den Absichten in seinem Leben, und plötzlich in der Rolle derer zu sein, die so oft ihr Fett wegbekamen von ihm, war irritierend. Aber Gisa hatte gesagt: »Du machst das!«, und sie hatte sich entschuldigt, als er ihr Bernd Opitz' Ergebnisse von der Spurensuche in Ahmeds Wohnung mitgeteilt hatte. »…und versuche, das Unwichtige klein zu halten, aber es ist eine ziemlich komplexe Sache mittlerweile.«

Obwohl er alles tat, sich kurzzufassen, ohne Wichtiges bei der Geschichte mit den Bodypackern zu vergessen, hatte er das Gefühl, endlos geredet zu haben, als er bei der Durchsuchung in Ahmeds Wohnung angekommen war.

»Aber es gibt da noch einen zweiten Komplex«, sagte er und sah Jana an. »Mach du mal weiter, sonst wird das hier zu eintönig.«

Das war nicht abgesprochen, und sie war ein wenig überrumpelt, aber Steiger wusste, dass sie es gern machen würde, wenn die Chefin dabei war, denn es passte zu ihren Plänen. Sie schilderte der Truppe die Geschichte mit dem toten Amir Berisha, den guineischen Mädchen, und dass auch das zweite Opfer aus Kroatien in einem Dortmunder Clearing-Haus gewesen war.

»Bisher hatten wir nur eine ganz vage Verbindung dieser beiden Komplexe, eben durch denselben Modus Operandi beim Ansprechen der unbegleiteten Minderjährigen, die durch die Aussage des Mädchens, das Aydamirov erkannt haben will, schon ein bisschen untermauert wurde. Aber seit gestern ist es völlig klar. Wir haben vergangenen Abend die Wohnung von Lambert alias Szymanowski durchsucht und den ED durchgeschickt, und die haben unter anderem auf zwei Gläsern in der Spülmaschine Fingerabdrücke gefunden, die wir zuordnen können. Einmal gehören welche zu Mehdi Raschid, 81 im Iran geboren. Der hat Erkenntnisse im Rotlichtbereich, 2011 wegen Menschenhandels verurteilt und 2012 bei einem Arztbesuch geflohen, seitdem nicht wieder aufgetaucht. Tja, und die zweiten«, er sah Gisa an, die mit den Schultern zuckte, »gehören zu Oskaras Kairys, so steht er in unseren Systemen, aber sein wirklicher Name lautet Dzhamal Aydamirov, 83 in Grosny geboren, der Mann, dem Bernd Opitz das Fingerspurenfragment aus dem toten Bodypacker von Anfang an zugeordnet hat.«

Einen Augenblick lang sagte niemand etwas.

»Das heißt, die Leichensache in – wo war das? – Recklinghausen, war ein Tötungsdelikt?«, fragte Bulthaup.

»Wahrscheinlich. Um von der Bildfläche zu verschwinden, und spätestens in ein paar Monaten wäre er aus unseren Systemen auch gelöscht worden.«

Bulthaups Frage war nur eine von vielen gewesen, und sie brauchten noch eine Viertelstunde, um alles zu beantworten und alle auf den Stand zu bringen.

»Okay, wie geht es jetzt weiter?«, fragte Gerd Walter.

Mit einem eigenartigen Gefühl der Anmaßung erklärte Steiger seine Vorstellung davon, wer was tun sollte, und er fragte sich, ob ihm etwas daran gefiel, der zu sein, der andere dazu bewegte, Dinge zu tun, ohne sie zu bitten.

So waren Jochen Bulthaup und Gerd Walter eine Stunde später mit den Sachen beschäftigt, die sie am Abend vorher in der Wohnung Ahmeds gefunden hatten. Steiger und Jana waren auf den Weg nach Siegen, wo man Patrick Lambert vor knapp fünf Jahren auf diesen Namen einen deutschen Pass ausgestellt hatte. Den Sachbearbeiter der Stadt hatte Jana telefonisch erreichen können, der ihr erklärte, dass Patrick Lambert durch die Heirat einer Deutschen die deutsche Staatsbürgerschaft früher erhalten hatte, und der Mann konnte ihm auch den Namen der Frau sagen, und dass sie noch in Siegen wohnte.

Nicole Lambert hatte Haare wie Gras, bei denen ein grauer Zentimeter am Scheitel das Rot durchzog und zeigte, dass sie älter war als ihr Mann Patrick. Sie wohnte im vierten Stock eines Hauses, dessen Wohnungen man von einem Freiluftgang betrat, auf dem vor den meisten Eingangstüren irgendwelche Dinge standen. Sie hatte während des Vorgesprächs schon zwei Zigaretten geraucht, und der Scheitel war nicht das einzige Graue an ihr. Steiger hatte deutlich den Cannabisgeruch wahrgenommen, als er die

Wohnung betrat, der nicht von ihren Mentholzigaretten stammte.

»Wo haben Sie Ihren Mann kennengelernt?«, fragte Steiger.

»Wo lernt man Männer kennen? Inner Kneipe.«

»Und 2012 haben Sie geheiratet?«

»Ja.«

»Und irgendwann war es vorbei?«

»Ja.«

»Warum, wenn ich das fragen darf?«

»Ging halt irgendwie nicht mehr.«

»Aber Sie sind noch verheiratet?«

»Ja.«

Ihre Antworten waren von einer kraftlosen Genervtheit, nur der leise Trotz verlieh ihr hin und wieder ein wenig mehr Energie.

»Wann haben Sie ihren Mann zuletzt gesehen?«, fragte Jana.

»Weiß ich nicht.«

Steiger sah Jana an, die zweimal kurz die Nase krauszog.

»Wo haben Sie denn die glückliche Zeit mit Ihrem Mann verbracht, Frau Lambert, ich meine, wo haben Sie gewohnt?«

»Na, hier.«

Steiger war sich mittlerweile sicher, dass sie log und eine Scheinehe führte. Obwohl er im Hausflur ein paar Männerschuhe und eine Lederjacke an der Garderobe gesehen hatte, aber das gehörte dazu.

»Wenn ich jetzt – nur mal angenommen – in Ihren Kleiderschrank schauen würde, fände ich da noch Sachen von Ihrem Mann?«

»Ja.«

»Glaub ich Ihnen gerne, könnte ja mal jemand vom Standesamt die Polizei vorbeischicken, oder, Frau Lambert?«

Jetzt richtete sie sich auf aus ihrer Kauerstellung, die sie seit Beginn des Gesprächs auf dem Sofa eingenommen hatte, und konnte die Wut in ihrem Blick nicht verbergen.

Steiger suchte nach einem Weg. Der Cannabisgeruch war so deutlich, dass er am Anfang an eine Growbox irgendwo in der Wohnung gedacht hatte, aber es war wohl nur der erste Eindruck gewesen, wahrscheinlich stand nur in einem Regal eine Dose mit frischem Zeugs herum.

»Sehen Sie, Frau Lambert, ich will nur eine wahre Information von Ihnen. Meine Kollegin und ich könnten uns jetzt auch hier umsehen bei dem Geruch, und mal nachsehen, woher der kommt.«

»Ich weiß nicht, was Sie meinen.«

»Frau Lambert …«

»Für Eigenbedarf darf man.«

»Das ist wirklich ein komisches Märchen, das sich da in den Köpfen der Menschen festgesetzt hat. Erstens: Man darf nicht für Eigenbedarf, es ist nach wie vor eine Straftat, und man bekommt Ärger. Zweitens: Was ist denn das, der Eigenbedarf? Und drittens wäre das Zeug ja auch weg, wenn wir nachsehen, ist doch auch nicht schön, oder, kostet doch alles Geld?«

Sie war auf einen Schlag so unsicher, wie Steiger es auf die Schnelle nicht erwartet hatte.

»Frau Lambert, ich habe Ihnen am Anfang gesagt, Ihr Mann ist schwer verletzt, und wenn er wieder gesund werden sollte, wird er einige Jahre nicht in Freiheit sein. Sie brauchen also keine Angst vor ihm zu haben.«

Sie steckte sich eine weitere Zigarette an, und die Flamme des Feuerzeugs zitterte in ihrer Hand.

»Und als Letztes: Es geht um sehr schwere Straftaten, Frau Lambert, wahrscheinlich sogar um Mord, und da gibt es auch die Möglichkeit der Beihilfe, wenn man Dinge verschweigt und dadurch andere zu Schaden kommen, und das, Frau Lambert, ist auch eine Straftat. Also …«

Sie atmete einmal tief durch, ließ den Kopf kurz in den Nacken sinken, richtete ihn dann wieder auf.

»Und wenn Sie hier eine Scheinehe führen, muss ich das ja nicht den Behörden in Siegen mitteilen, aber ich möchte, dass Sie mir die Wahrheit sagen.«

Bei seinem letzten Satz sah sie ihn ungläubig an.

»Was wollen Sie von mir?«

»Haben Sie Patrick Lambert geheiratet, damit er einen deutschen Pass bekam?«

»Ja.«

»Was haben Sie dafür bekommen?«

Sie zögerte einen Moment.

»Zehntausend Euro. Ich hatte damals grad eine Beziehung beendet, und der Typ hat mich beschissen, und ich hatte fünftausend Euro Schulden zu der Zeit.«

»Wussten Sie, dass Patrick Lambert nicht sein wirklicher Name ist?«

»Ich habe es mir gedacht, gesagt hat er das nie.«

Sie ließ sich ins Sofa zurücksinken und wirkte jetzt, als habe alle Kraft sie verlassen.

»Und Sie haben ihn in einer Kneipe kennengelernt?«

»Nein. Meine Arbeitskollegin Olga hat, tja, hat das in die Wege geleitet. Wir hatten mal über Geldprobleme gesprochen, da hat sie gesagt, sie wüsste da vielleicht eine Möglichkeit, weil sie es genauso gemacht hatte.«

»Sie hat Geld dafür bekommen, dass sie jemanden geheiratet hat?«

»Ja. Und ihr Mann suchte für einen Freund oder Kollegen auch so eine Möglichkeit.«

»Und dieser Freund war Patrick Lambert?«

»Ja.«

Steiger sah Jana an.

»Wie hieß der Mann von Ihrer Arbeitskollegin?«

»Der hatte einen griechischen Namen, ich weiß es nicht mehr.«

»Kann ich Ihre Arbeitskollegin sprechen?«

Nicole Lambert steckte sich eine Zigarette an.

»Sie ist nicht mehr meine Arbeitskollegin, weil unsere Putzfirma pleite gegangen ist. Außerdem weiß niemand, wo sie ist. Ich habe ihre Schwester getroffen, die hat mir erzählt, dass Olga seit zwei Jahren vermisst wird.«

»Wo hat Olga den Mann denn geheiratet und wann?«

»Ich glaube, auch hier in Siegen, ungefähr ein Jahr, bevor ich geheiratet habe.«

»Können Sie mir den ganzen Namen von Olga sagen, Frau Lambert?«

Konnte sie.

Arjun erwachte von dem Geräusch. Es war schon hell, und er konnte nicht sagen, wie lange er geschlafen hatte, auch wusste er nicht, wie spät es war. Auf der Reise war ihm das nie passiert, er hatte stets mehr als eine Ahnung gehabt, welche Tages- oder Nachtzeit grad war, auch wenn er geschlafen hatte. Aber da waren sie auch meistens im Freien gewesen, auf dem Weg, und wenn sie in Hütten oder Häusern geschlafen hatten, besaßen deren Fenster oft nicht einmal Scheiben.

Er hatte sich nach dem doppelten Schreck mit der Polizei an Omars Anweisung gehalten, und jetzt waren weder er noch Samira seit sechs Tagen aus diesen Zimmern gegangen, hatten die frische Luft nur auf dem Balkon genossen, und in diesem Eingesperrt-Sein, das spürte er, verlor die Zeit allmählich ihre Bedeutung. Die Ausweise, die Omar versprochen hatte, waren immer noch nicht fertig, es gäbe ein kleines Problem, sagte er.

Jemand hatte die Wohnungstür mit einem Schlüssel geöffnet, und als er Omars Stimme hörte, wusste er auch, wer es war.

Omar steckte seinen Kopf ins Zimmer.

»Los, zieh dich an und pack deine Sachen, ich bringe euch in eine andere Wohnung.«

Ein wenig benommen setzte Arjun sich aufrecht hin, aber Omar war schon im Nebenzimmer und weckte auch Samira.

Arjun stand auf und ging in den Wohnraum.

»Los«, sagte Omar noch einmal, »mach schon und zieh dich an. Du musst dich nicht überschlagen, aber ein bisschen beeilen wäre gut.«

Arjun hatte es immer gespürt an Omar, auch als er sie mit allergrößter Freundlichkeit am Bahnhof angesprochen hatte. Jetzt, wenn etwas anderes im Vordergrund stand, wenn seine Absichten andere waren, trat es noch deutlicher hervor.

»Warum?«, fragte Samira aus ihrem Zimmer, die aber schon dabei war, die wenigen Sachen, die sie hatte, in ihrem Rucksack zu verstauen, das konnte Arjun durch den Türspalt erkennen.

»Ich erkläre es euch später, es ist einfach nötig. Ich sage doch nicht umsonst, dass ihr die Wohnung nicht verlassen sollt ohne Pass. Ihr tut nichts furchtbar Schlimmes, aber die Polizei darf euch eben nicht antreffen, wenn ihr in Deutschland bleiben wollt, und hier ist es nicht mehr so ganz sicher. Ist aber kein Problem.«

Einen langen Moment dachte Arjun wieder an die Worte seiner Mutter, und er überlegte, ob das eine Gelegenheit wäre, einfach zu gehen. Weil das Gefühl jetzt stärker in ihm war, und er war sich nicht sicher, ob es von Omar ausging oder von dieser anderen Situation.

Als Samira fertig angezogen aus ihrem Zimmer kam und nur noch ihre restlichen Dinge aus dem Badezimmer in ihren Rucksack steckte, drehte er sich um und packte ebenfalls das zusammen, was mittlerweile ihm gehörte.

»Wann bekommen wir denn die Pässe«, fragte Arjun beim Einpacken, »du hast gesagt, es dauert nur ein paar Tage.«

»Das stimmt«, Omar trat ins Zimmer, »aber manchmal laufen die Dinge halt nicht so vorhersehbar. Vertraust du mir nicht?«

Dabei sah er Arjun sehr eindringlich an.

»Doch, schon …« Er hätte ihm am liebsten die Wahrheit gesagt, aber dazu fehlte ihm der Mut.

»Wenn ihr erst die Ausweise habt, ist das alles anders, und dann geht das auch mit dem Handy.«

Arjun sah Samira an, auch die machte ein überraschtes Gesicht, was Omar bemerkte.

»Hatte ich das nicht gesagt, dass ich euch auch ein Handy besorge?« Er blickte von einem zum anderen.

»Nein, hattest du nicht«, sagte Arjun und nahm jetzt all seinen Mut zusammen. »Warum tust du das alles für uns, Omar? Wir haben hier gewohnt, jetzt bringst du uns woanders hin, du gibst uns Sachen und zu essen und ein Handy, ich …«

»Du traust mir nicht, Milad, richtig?«

Es entstand ein langer Moment, in dem niemand etwas sagte, beide sahen ihn an, Samira mit einem Blick, den er nicht deuten konnte.

»Es kommt mir eigenartig vor, ja…«

Omar nickte, und jetzt hatte seine ganze Haltung wieder den Ausdruck der Freundlichkeit, die er schon am Bahnhof gezeigt hatte.

»Lass uns später darüber reden, Milad, jetzt kommt erst mal mit.«

Arjun gab auf, packte seine restlichen Sachen in den Rucksack, zog das Bayern-München-Sweatshirt an und folgte Omar.

Hagen Hinz vom Standesamt der Stadt Siegen war ein freundlicher Mann und ebenfalls ein Tabakliebhaber, das roch man beim Betreten seines Büros sofort. Außerdem gehörte er zu der aussterbenden Art jener Leute, deren rechter Mittel- und Zeigefinger gelb gefärbt waren, und Steiger fragte sich, wie so etwas in einem Land mit flächendeckendem Rauchverbot noch möglich war.

»Kostantinos Migiakis, am 16.09.1983 in Saloniki geboren. Ja, das ist er«, sagte Hinz.

»Haben Sie ein Bild von ihm.«

Hinz klickte ein paarmal mit der Maustaste.

»Da müssten Sie einmal rumkommen.«

Jana und Steiger stellten sich hinter dem Schreibtisch auf, und der Tabakgeruch stieg von ihm auf wie ein Nebel. Auf dem Bildschirm war die Kopie einer griechischen Identitätskarte, und der Mann auf dem Bild war ein wenig älter geworden seit der erkennungsdienstlichen Behandlung in Bochum, seine Haare waren kürzer, aber es war Aydamirov, ohne Zweifel.

»Hatten Sie mal den Eindruck, dass es eine Scheinehe sein könnte, damit Migiakis früher einen deutschen Pass bekommt.«

»Wissen Sie, Herr Adam, den Eindruck haben wir öfter, aber so einfach ist das nicht nachzuweisen, das wissen Sie. Wir sind ja nicht im Schlafzimmer dabei.« Er sagte es mit einem Gesichtsausdruck, der annehmen ließ, dass er froh darüber war.

»Können Sie mir etwas mehr zu dem Mann sagen?«

Er sah noch einmal auf den Bildschirm.

»Da müsste ich mir die Akte ziehen, ist ja schon eine Zeit her. Aber das dauert einen Moment.«

Steigers Handy dudelte.

»Gisa?«

»Braucht ihr noch lange, wir bräuchten euch hier nämlich.«

»In einer Stunde sind wir da. Ich ruf dich auf der Fahrt an«, sagte Steiger und drückte das Gespräch weg.

Sie vereinbarten mit Hinz ein Telefonat am Nachmittag und verabschiedeten sich.

»Was war denn?«, fragte Jana auf dem Weg zum Auto.

»Keine Ahnung, ich ruf gleich noch mal an.«

Sie hatten die EK in den Räumen des Einsatztrupps angesiedelt, was nahelag, weil sie fast ausschließlich aus deren Mitgliedern bestand. Als sie ankamen, waren bis auf Gisa alle ausgeflogen, und Steiger wunderte sich, weil er nach ihrer Ankündigung am Telefon etwas anderes erwartet hatte.

Die Chefin begrüßte sie und setzte zu sprechen an, als ihr Telefon ging. Sie vertröstete den Anrufer einen Moment und drückte den Hörer auf die Brust.

»Das dauert einen Augenblick, geht erst zu Marcel, der hat auch Neuigkeiten für euch.«

Um in Ruhe arbeiten zu können und weil ihm hier ein anderer Rechner zur Verfügung stand, war Marcel Krone in sein Büro gegangen. Er begrüßte sie, ohne den Blick von einem der drei Bildschirme zu lösen, hinter denen er saß, und forderte beide auf, sich einen Stuhl zu holen und hinter ihm Platz zu nehmen.

»Also, die haben verschiedene Dateien sichergestellt in dieser Fälscherbude, die uns 'ne Menge weiterhelfen, leider ist die entscheidende nicht dabei, aber brauchen wir vielleicht auch nicht. Es ist unfassbar, was die alles gefälscht haben«, sagte er und wandte seinen Kopf einmal nach links und nach rechts. »Damit die den Überblick behielten, mussten die das sehr dezidiert aufteilen. Die haben eigene Bilddateien, die haben Dateien mit den Personalien und die haben Dateien mit den Dokumenten, die daraus werden sollten. Ist ja blöd, wenn du einen rumänischen Führerschein bestellt hast und kriegst dann eine spanische Identitätskarte, vielleicht noch mit dem falschen Geburtsdatum. Außerdem mussten die Bilder ja auch stimmen.«

»Ist das alles elektronisch angeliefert worden?«, fragte Jana.

»Du meinst, ob wir vielleicht auch E-Mail-Verkehr haben oder so?«

»Genau.«

»E-Mail-Konten habe ich jetzt noch nicht gefunden, aber wenn die das über irgendeinen Server gemacht haben, kriegen wir das eh nicht raus. Und vielleicht haben sie es sogar über das Darknet gemacht. Jedenfalls habe ich mal die Namen unseres Verletzten gesucht, und Herr Szymanowski-Lambert-Ahmed-weiß-der-Teufel hat alle

Ausweise, die wir mitgenommen haben bei dieser Firma bestellt.«

Wieder wandte er sich einmal nach links und rechts, als erwarte er eine Reaktion, die nicht kam. Steiger und Jana blickten weiter auf die Bildschirme.

»So, und dann haben wir hier das Kundenkonto mit den Postadressen, wohin die Papiere geschickt werden sollten.«

»Was? Echt jetzt?« Steiger fühlte einen kleinen Adrenalinschub, bis er Janas Grinsen sah. Auch Marcel Krone drehte sich ihm zu und lachte breit.

»Kleiner Scherz, Steiger. So blöde sind sie natürlich nicht. Sie haben aber Konten, wer was bestellt hat, nur sind die leider mit einer sechsstelligen Zahl versehen, die uns nichts sagt.«

»Aber irgendwo muss es da doch auch eine Zuordnung geben, oder bin ich jetzt wieder zu blöd?«

»Ne, ne, schon klar«, sagte Marcel, »aber die Datei haben sie mit Sicherheit nicht auf dem Rechner gehabt und wenn, dann so versteckt, dass du sie nicht findest, wahrscheinlich aber irgendwo in der Cloud.«

»Und warum haben sie dann dieses Zeug nicht in der Cloud, ist doch auch ein Risiko, wenn sie erwischt werden.«

»Ist richtig«, sagte Marcel, »aber hiermit mussten sie arbeiten, da ist es angenehmer und schneller, du hast es auf dem Rechner. Außerdem sind sie ja überrascht worden. Ich bin absolut sicher, dass sie einen Befehl gespeichert haben, mit dem sie die Festplatte mit einem Tastendruck gelöscht hätten. Sie sind nur leider nicht mehr dazu gekommen.«

»Und was ist jetzt mit unseren Ausweisen?«

»Also, unsere vier Ausweise von Ahmed sind hier hergestellt worden, allerdings unter zwei Kundennummern. Und für diese beiden Kundennummern haben die in den letzten Jahren insgesamt siebenundvierzig Dokumente hergestellt, quer durch den Garten, meistens Identitätskarten aus EU-Ländern.«

Er klickte auf die Maus, und ständig tat sich was auf einem der drei Bildschirme.

»Sonst noch was von den Leuten, dir wir kennen.«

»Ja, auch unsere beiden anderen Spezis, Aydamirov und Raschid haben verschiedene Ausweise hier machen lassen, ich habe mir mal die Fotos angesehen, und ich habe auch da einmal drei bei Raschid und einmal vier bei Aydamirov gefunden, wenn meine entzündeten Augen mich bei den Bildern nicht getäuscht haben.«

»Ist bei Aydamirov auch der Name Kostantinos Migiakis dabei?«

Mit zwei Klicks rief er eine Seite auf, die vier Ausweise verschiedener Länder zeigte, immer mit einem anderen Bild desselben Menschen.

»Jawoll, da haben wir ihn.«

»Habt ihr die Namen mal übers Einwohnermeldeamt …«

Marcel nickte demonstrativ.

»Klar, Bulthaup hat die Daten schon seit einer Stunde, aber Lambert ist hier gemeldet, Aydamirov nicht. Entweder wohnt der woanders, oder er hat sich nicht angemeldet, was mit Mietvertrag oder Eigentum ja nicht so leicht ist. Oder er hat noch einen Ausweis, den wir nicht kennen.«

»Siebenundvierzig Ausweise hast du gesagt?«, fragte Jana. »Kannst du die mal zeigen?«

Wieder öffnete er eine Datei mit den Kopien von verschiedenen Ausweisen auf dem Bildschirm und scrollte langsam nach unten. Meistens waren es Männer, hin und wieder war auch das Foto eines Mädchens oder einer Frau dabei. Marcel ließ es langsam weiterlaufen. Das Bild war schon halb vom Bildschirm verschwunden, als es in Steigers Bewusstsein ankam und er »Stopp!« sagte. Zu mehr war er für ein paar Momente nicht in der Lage. Mitten auf dem Monitor war das ebenmäßige Gesicht von Amir Berisha zu sehen, in seiner ernsthaften Schönheit und neben dem griechischen Namen Ioannis Petsos.

»Wahnsinn«, sagte Jana, »das nimmt ja echt Ausmaße an.«

Steiger konnte einen Moment kaum denken. Dass der Junge tot war, wussten sie schon eine Weile, aber dass sein Tod ihnen jetzt so nahe kam, dass sie ihn vielleicht dorthin entlassen hatten, als er vor dem Ausländeramt mit einem letzten Blick zurückgeschaut hatte, war eine Vorstellung, die seinen Mund trocken werden ließ.

»Ist das der aus Kroatien?«, fragte Marcel.

»Ja«, sagte Steiger, »den haben wir vor knapp zwei Wochen ED-behandelt und mit guten Ratschlägen nach Hause geschickt.«

Marcel sah Steiger an.

»Warum haben sie dem noch einen Ausweis verpasst, wenn er eh zur … also vorgesehen war?«

»Ich habe keine Ahnung«, sagte Steiger.

»Vielleicht brauchten sie einen Ausweis, um sie über die Grenze zu bekommen, wer weiß, wie das vor sich ging. Und seinen falschen bulgarischen haben wir ihm ja abgenommen.«

»Aber habt ihr nicht gesagt, sie haben immer darauf geachtet, dass die Leute nicht ED-behandelt worden sind?«

»Das war bisher auch so. Vielleicht hat er gelogen, oder es war ihnen egal. Jedenfalls war er der Fehler. Ohne ihn und seine Fingerabdrücke hätten wir die Verbindung nicht.«

»Soll ich weitermachen?«, fragte Marcel, als beide längere Zeit nichts gesagt hatten.

»Ja, klar«, sagte Jana.

Die nächsten Bilder zeigten wieder Männer und Frauen, die Steiger nicht kannte, bis Jana »Stopp!« sagte.

Sie sah mit leisem Entsetzen hinter Marcels Rücken zu Steiger herüber, in dessen Kopf sich die Gedanken überschlugen.

»Milad Taher, verflucht.«

»Was ist mit dem?«, fragte Marcel.

»Den haben wir vor ein paar Tagen ins Clearing-Haus gebracht«, sagte Jana.

»Wo er noch am selben Abend wieder abgehauen ist«, sagte Steiger.

»Was? Hast du gar nicht erzählt.« Jana mit Vorwurf.

»Scheiße, ich dachte, es wäre nicht wichtig.«

»Und was bedeutet das jetzt, dass die dem sofort einen Ausweis verpasst haben?«

»Ich habe keinen Schimmer«, sagte Steiger, »aber ganz bestimmt nichts Gutes.«

Er stand auf und ging zu Gisa.

Nachdem sie das Haus verlassen hatten, schaute Arjun sich noch einmal um und betrachtete diesen gigantischen Koloss, der in den letzten Tagen ihre erste Bleibe gewesen war nach diesem langen Marsch, dieser langen Zeit, in der sie immer unterwegs gewesen waren, immer in der Gefahr, entdeckt zu werden, an jedem Ort das sichere Wissen, dass man nicht bleiben würde, dass kein Schlaf mit einem natürlichen Erwachen endete, sondern immer mit einem Wecken, damit, dass man herausgezerrt wurde. Das war in den Tagen hier anders gewesen, und in diesem Augenblick bedauerte er fast, dass er wieder ging.

Sie fuhren etwa eine halbe Stunde, und Omar brachte sie zu einem Haus, zu dem man durch einen Torbogen in einen Hof fuhr. Arjun sah, dass neben einer Tür ein paar Schilder hingen, die er nicht lesen konnte.

Omar nahm aus seiner Tasche eine kleine Fernbedienung, drückte auf eine der Tasten, und ein silbernes Rolltor öffnete sich. Er fuhr hindurch, und Arjun sah, dass sich das Rolltor sofort wieder hinter ihnen schloss.

Flackernd war eine Lampe angesprungen, trotzdem blieb der große, fensterlose Raum düster, und auch die hellen Wände konnten das nicht verhindern. Arjun erkannte an der Seite eine Tür, die in einen dunklen Gang führte.

»Hier sollen wir jetzt wohnen?«, fragte Samira.

»Ja, oben sieht es anders aus.«

Omar schloss den Wagen ab und ging in den Gang vor. Sie folgten ihm, und als Arjun den Schatten sah, dachte er einen Moment, er habe sich getäuscht, dann drückte ihm jemand von hinten etwas scharf riechendes auf das Gesicht, und das Letzte, was er sah, war Samira, wie sie sich wehrte und schrie.

»Wir informieren dich auf der Fahrt«, hatte Gisa gesagt.

Jetzt waren sie mit drei Fahrzeugen und einem Streifenwagen zur Unterstützung unterwegs zu einer Adresse, die Bulthaup herausgefunden hatte, darum fuhr Steiger mit ihm dorthin.

»Ich habe mit sämtlichen Aliasnamen von Raschid und

Aydamirov die umliegenden Einwohnermeldeämter abgefragt, aber es gab nur diese Adresse von Lambert in Dortmund, die wir durchsucht haben. Dann habe ich als alter Wirtschaftskrimineller dasselbe mit dem Handelsregister gemacht, und da hat an der Adresse, zu der wir jetzt fahren, eine Firma ihre Räume, die auf den Namen Karim Durand eingetragen ist, und das ist einer der Aliasnamen von Raschid.«

»Was für eine Firma?«

»Die importieren irgendwas, hab ich vergessen.«

Bei dem Objekt handelte es sich um ein großes, altes Firmengelände, das man durch eine überbaute Toreinfahrt erreichte. Sie parkten die Fahrzeuge am Straßenrand vor der Einfahrt, und alle stiegen aus.

Den Streifenwagen fuhr eine junge Kollegin, und auf der Beifahrerseite öffnete Siggi Dietrich die Tür.

»Meine müden Augen freuen sich, dich zu sehen«, sagte Steiger und begrüßte ihn freundschaftlich, »da haben wir ja Glück, dass du dabei bist.«

Sie hatten kurz diskutiert, ob es aufgrund der Waffe in Lamberts Wohnung besser sei, eine Gruppe Spezialeinheiten dabeizuhaben, aber durch den Umstand, dass Milad Taher offensichtlich auch in den Händen dieser Leute war, hatten sie aus Zeitgründen darauf verzichtet. Siggi Dietrich, das wusste Steiger, war zwanzig Jahre beim SEK gewesen, bevor er aus Altersgründen ausscheiden musste, und er war genau der Mann, den sie jetzt brauchten.

Jana ging in den Hof und kam nach wenigen Minuten zurück.

»Also, da sind eine ganze Reihe von Firmen, da sind auch viele verschiedene Eingänge und zwei Laderampen. Der erste Hof ist riesig, bestimmt hundert mal fünfzig

Meter, und dann kommt man durch eine weitere Toreinfahrt in einen fast so großen Hof, der sich anschließt, wo auch noch Firmen sind. Unsere Adresse ist schräg gegenüber im ersten. Der Eingang ist über eine kurze Treppe zu erreichen. Das stehen auch ’ne Reihe Fahrzeuge, davon zwei Sprinter, ob eins davon zu unserer Firma gehört und wenn, welches, ist schlecht zu sagen. Ich weiß also nicht, ob jemand da ist, an die Tür gegangen bin ich nicht.«

»Gut«, sagte Steiger. »Ich schlage vor, ein Team geht an die Rückseite, das ist ja hier leicht möglich, und wir gehen von vorn rein und fragen mal unverbindlich, ob wer zu Hause ist. Siggi und ich gehen vor. Wenn sie die Uniform sehen, wissen sie auch gleich Bescheid. Und wir wissen nicht, wie er reagiert. Wie gesagt, der ist 2012 aus dem Knast geflohen und immer noch zur Festnahme ausgeschrieben.«

Sie warteten zwei Minuten, bis die hintere Sicherung sich per Funk gemeldet hatte, und fuhren zügig vor.

Siggi Dietrich und Steiger gingen als Erste die kurze Stahltreppe hoch, Steiger probierte leise einen der Schlüssel, die sie am Abend in Ahmeds Wohnung mitgenommen hatten. Der dritte passte, Steiger drückte die Klinke nach unten, und die Tür öffnete sich einen Spalt. Er sah Siggi an, beide nickten sich zu und gingen hinein. Sie betraten einen Vorraum, von dem vier Türen abzweigten.

»Guten Morgen«, sagte Steiger laut und deutlich. Aus einem der Zimmer waren Geräusche zu hören, dann Schritte und schließlich erschien in der Tür geradeaus ein Mann, den Steiger sofort als Mehdi Raschid erkannte. Als der die Uniform sah, hielt er einen Moment inne, zog eine Waffe und rannte quer über den Flur in eine der anderen Türen.

»Er hat eine Waffe«, schrie Siggi, zog wie Steiger seine eigene Waffe, und beide suchten im nächsten Raum Deckung. Alle anderen waren sofort wieder nach draußen gerannt, und Siggi informierte über Funk das andere Team.

Steiger überlegte einen Moment, ob sich alle zurückziehen sollten, aber einen Versuch wollte er starten.

»Herr Raschid, hier ist die Polizei«, rief er und behielt mit möglichst großer Deckung die Tür im Auge, durch die er verschwunden war, »legen Sie die Waffe weg und kommen Sie mit erhobenen Händen hier in den Vorraum.«

Es waren Geräusche zu hören, die Steiger nicht einordnen konnte, aber sie waren nah, wahrscheinlich direkt aus dem Raum nebenan.

»Sollen wir raus und sichern und eure Jungs holen«, fragte er Siggi, der kniete und die Waffe auf die Tür hielt.

»Schwer zu sagen. Wir wissen nicht, wie die Verbindung hier im Gebäude ist. Wenn das nur ein Raum mit diesem Ausgang ist, haben wir ihn da erst mal.«

»Herr Raschid, noch einmal, kommen Sie …«

In dem Augenblick fiel ein Schuss. Steiger zuckte zusammen und fühlte seinen Puls im ganzen Körper.

»Scheiße«, sagte Siggi, »hat er sich den selbst gegeben.«

Noch ein Schuss, und Steiger konnte deutlich Brandgeruch feststellen. Er hatte sich fast entschlossen, den Rückzug anzutreten, als mit einem metallischen Scheppern die Waffe auf den Fliesen über den Boden rutschte und vor der Tür liegen blieb. In der nächsten Sekunde kam Mehdi Raschid mit hoch erhobenen Händen heraus.

»Zwei Schritte vor«, schrie Siggi, ohne die Deckung zu verlassen.

Raschid tat genau das und blieb mitten im Raum stehen.

»Auf die Knie«, rief Siggi, »und jetzt mit ausgebreiteten Armen auf den Bauch legen. Ist sonst noch jemand hier?«

»Nein«, sagte Raschid und befolgte die Anweisung.

Sie verließen vorsichtig die Deckung, Bulthaup kam mit vorgehaltener Waffe von draußen. Aus den Augenwinkeln nahm Steiger wahr, dass dünner Rauch aus dem Raum kam, in den Raschid geflohen war.

»Ihr habt ihn?«, fragte Siggi, und als Steiger und Bulthaup bestätigten, drehte er dem Mann die Arme auf den Rücken und fesselte ihn.

»Liegen bleiben«, sagte er deutlich, aber mit Ruhe und begann, die Kleidung zu durchsuchen. Als der Rest der Truppe ebenfalls im Raum war, ging Steiger in Richtung der Tür, aus der der Rauch kam.

»Vorsichtig«, sagte Siggi, »wer weiß, was die Ratte da installiert hat.«

Steiger blickte so vorsichtig wie möglich um die Ecke, und vor ihm lag ein normaler Büroraum, in dem unter einem Schreibtisch in und neben einem Abfalleimer Feuer brannte.

Er überlegte eine Sekunde, dann griff er sich eine Jacke, die an einem Garderobenständer hing, ging mit letzter Vorsicht in den Raum, schlug das Feuer unter dem Schreibtisch aus und erstickte dann das im Abfalleimer. Immer noch nicht ganz frei von Furcht machte er die vier Schritte zum Fenster und öffnete es ganz. Der Rest der Truppe durchsuchte noch mit gebotener Vorsicht die restlichen Räume, dann war alles sicher.

Siggi und Bulthaup hatten den Festgenommenen mittlerweile hingestellt.

»Mehdi Raschid, Sie sind vorläufig festgenommen, auch weil ein Haftbefehl gegen Sie besteht und Sie noch eine Restfreiheitsstrafe zu verbüßen haben«, sagte Steiger. Dann nahmen Bulthaup und Gerd Walter ihn in die Mitte und fuhren ihn ins Gewahrsam.

Gisa telefonierte bereits mit dem Erkennungsdienst und hatte vorher die Führung informiert, dass es eine Festnahme mit einer Schussabgabe gegeben hatte, allerdings nicht durch einen Kollegen.

Steiger nahm sich das Büro vor, in dem es gebrannt hatte. Die beiden Schüsse hatten einmal Raschids Handy gegolten, das er samt Schreibtisch durchschossen hatte, und genau so war es einem Notebook ergangen, bei dem dort, wo die Festplatte saß, ein Loch klaffte. Außerdem hatte er den Rechner in den brennenden Papierkorb gesteckt, damit aber ungewollt einen Kalender so zur Seite gedrückt, dass nur ein Teil davon verbrannt war. Steiger und Jana zogen sich Latexhandschuhe an und hoben zuerst das Zeug auf den Schreibtisch, das Raschid vernichten wollte. Schon als Jana den ersten Ordner hochhob und er ein wenig aufklappte, ahnte Steiger, was sie erwartete. Darin waren stark angebrannte Blätter, auf denen Kopien von Ausweisen, Identitätskarten und anderen Dokumenten abgebildet waren. Der untere Teil der Seiten war meistens verbrannt, und man konnte bei vielen Kopien von den abgebildeten Gesichtern nur die obere Hälfte sehen. Dann nahm Jana sich den halb verbrannten Kalender vor, der die Form eines Buches mit Kunststoffeinband hatte. Hier waren die Seiten oben angebrannt, sodass die meisten Zahlen fehlten und sie vom 17. Juli an zählen musste, um das richtige Blatt des aktuellen Tages zu haben. Auf vielen Seiten standen Namen oder Notizen in kyrillischer Schrift, aber in tschetschenischer Sprache, weshalb Jana sie nicht lesen konnte, außer den Namen der Städte wie »London« oder »Riga« oder »Malaga«. Sie zeigte es Steiger.

»Menschen- und Drogenhandel GmbH und Co KG«, sagte er, und versuchte dann, die Reste eines weiteren Ordners zu retten.

Jana zählte die Blätter des Kalenders und fand für Samstag, den 27.08. eine Seite, auf der der Name Ioannis Petsos notiert war und darunter ein einziges tschetschenisches Wort.

»Hier«, wieder zeigte sie Steiger den Eintrag, »das ist doch unser Amir. Samstag vor einer Woche, scheiße …«

Sie blätterte weiter und fand am Dienstag, den 06.09. die Namen Milad Taher und Nesrin Amiri, unter denen dasselbe Wort stand wie bei Amir Berisha. Steiger sah sie an.

»Das ist morgen und bedeutet nichts Gutes«, sagte er, zog sein Handy aus der Tasche und bat Jana, die Seite aufzuklappen. Er fotografierte beide Seiten und rief dann auf der Dienststelle an, um sich aus der Datei die Nummer des Dolmetschers geben zu lassen. Dann wählte er die Nummer.

»Wiktorov.«

»Herr Wiktorov, hier ist noch mal Thomas Adam von der Dortmunder Polizei, Sie erinnern sich? Darf ich noch einmal ganz schnell Ihre Dienste in Anspruch nehmen? Es dauert auch nicht lang.«

»Aber natürlich«, sagte Wiktorov, »das ist mein Job.«

Steiger erklärte ihm die Sache und schickte ihm wenig später die Fotos per SMS, weil der Dolmetscher WhatsApp boykottierte.

»Ich hätte es ihm auch buchstabieren können«, sagte Jana, als sie auf den Rückruf warteten, »hab ich aber auch nicht dran gedacht.«

Steigers Handy klimperte, er stellte es auf Lautsprecher.

»Adam.«

»Ja, hier ist Wiktorov, Herr Adam. Also das Wort unter beiden Namen bedeutet so viel wie ›Arzttermin‹.«

Steiger bedankte sich, drückte das Gespräch weg und sah mit hochgezogenen Augenbrauen Jana an.

»Morgen«, sagte er. »Der zweite, den wir in den Tod geschickt haben.«

Dann ging er zu Gisa.

Mit seinem Vater war er als Kind manchmal in einem Boot auf dem Kunduz gefahren, um zu angeln. Einmal war es im Winter so neblig geworden, dass man nur noch umgeben war von einem weißen Nichts, hinter dem es keine Welt zu geben schien. Als sie wieder zum Ufer schwammen, tauchte diese Welt wieder auf, langsam, Schatten für Schatten, Baum für Strauch für Haus, aber vor allem blieb dieser Schleier. Daran erinnerte sich Arjun, als er erwachte, weil es kein wirkliches Erwachen war, es blieb dieser Schleier. Es war, als läge auf der Welt und auf ihm ein unsichtbares, schweres Tuch und machte alles, alle Bewegungen, alle Blicke, alle Gedanken träge und mühevoll und langsam, wie in einem Traum, in dem man laufen wollte, aber nicht fortkam, schlagen wollte, aber alle Kraft verloren hatte, schreien wollte, aber keinen Mund besaß.

Die beiden Männer fassten ihn an und machten etwas mit ihm. Sie setzten ihn aufrechter hin, in eine Art Stuhl, und banden seine Hände fest. Es waren Männer, die er nicht kannte. Sie sprachen miteinander, aber er verstand ihre Sprache nicht. Wenn er den Kopf drehte, sah er neben sich Samira, die auf einer Art Trage lag und schlief. Er sagte ihren Namen, aber sie wachte nicht auf.

Die beiden Männer sahen ihn an, und einer der beiden zeigte auf ihn. Der andere kam näher und hatte etwas in der Hand, was Arjun nicht erkennen konnte. Dann fuhr das Boot wieder auf den Fluss, und die Welt verschwand.

Mehdi Raschid sprach Arabisch, Englisch, Russisch, Paschtu, ein wenig Dari und Deutsch, aber wie nicht anders zu erwarten gewesen war, hatte er in keiner dieser Sprachen die Absicht, mit der Polizei zu reden. Die Appelle an seine Vernunft, Verantwortung, an sein Gewissen oder einfach an seinen Egoismus, weil eine Aussage sicher positiv vor Gericht gewertet würde, führten zu keiner sichtbaren Reaktion.

Durch den Kalendereintrag, den sie ernst nahmen, war eine Dramatik entstanden, die auch zu spüren war, als sie mit der Mannschaft zusammensaßen und nach einer Idee suchten.

»Wir kennen den Ort nicht, wo sie sind«, sagte Steiger. »Vielleicht ist es so eine Wohnung wie die der beiden Bodypacker, aber wir haben in den verbrannten Unterlagen nichts gefunden.«

»Obwohl die echt Buch geführt haben wie eine Firma«, sagte Gerd Walter.

»Wie soll das sonst gehen, wenn du mehrmals die Woche eine Ladung irgendwohin auf die Reise schickst, und dann auch noch das ein oder andere Opfer an irgendwelche Organ- oder Menschenhändler verkaufst. Blöd ist, dass wir keinerlei Bankdaten haben.«

»Wie kommen die zueinander?«, fragte Bulthaup.

»Ich vermute, über das Darknet«, sagte Marcel Krone, »wobei ich nicht glaube, dass es da so was wie Händlerbörsen gibt, das ist wahrscheinlich Darknet-Latein, aber die Kommunikation läuft darüber sehr viel sicherer. Du kannst es nicht wirklich nachvollziehen.«

»Das heißt, letztlich wissen wir es nicht«, sagte Steiger, »wie so einiges andere auch nicht.«

Gisa kam rein und blieb abwartend in der Tür stehen, alle sahen sie an.

»Du stehst da, als ob du was sagen wolltest.«

Sie verschränkte die Arme und schob die Unterlippe vor.

»Ab morgen wird das Ganze als Großeinsatz mit Führung durch den Höheren Dienst gefahren. Ich habe dem Inspektionsleiter die Ergebnisse mitgeteilt, und er meinte …«

»Dass das 'ne Nummer zu groß ist für das Fußvolk«, sagte Bulthaup. Dann sah er Steiger an. »Tja, schon wieder vorbei mit der Karriere, Steiger, war ja nicht lange.« Er lächelte aufrichtig mitleidig.

»Sie wollen es größer aufziehen bei der Lage«, führte Gisa ihren Satz zu Ende und zuckte einmal kurz mit den Schultern. »So verkehrt ist das nicht.«

Steiger hatte den Eindruck, dass diese Nachricht ihn kaltließ, aber er war sich nicht sicher, ob er da ehrlich mit sich war.

Das Telefon dudelte, und Steiger sah im Display, dass es sein Apparat war. Er drückte auf »Übernehmen« und nahm ab.

»Adam.«

»Hinz, Stadt Siegen, Herr Adam, Sie hatten noch ein paar Fragen wegen Kostantinos Migiakis, ich habe mir jetzt mal die Akte gezogen.«

»Sie rufen genau im richtigen Moment an, Herr Hinz. Erste Frage: Wo hat Aydamirov damals gewohnt?«

»Aydamirov?«

»Sorry, wir sind sehr sicher, dass dieser Mann nicht der ist, für den er sich bei Ihnen ausgegeben hat.«

»Also, der hatte zwei Wohnsitze. Einmal in Siegen bei seiner Frau, da hatte er schon ein paar Jahre gewohnt, und dann in Holland, wo er auch seine Firma hatte, in Roermond.«

»Der hatte eine Firma in Roermond?«

»Ja. Das war auch seine finanzielle Absicherung, die man ja für die Einbürgerung braucht. Die Zahlen waren gut.«

»Können Sie mir die Unterlagen mal faxen oder mailen. Nummer und Adresse stehen auf der Karte, die ich Ihnen dagelassen habe.«

Hinz sagte zu, und Steiger ging zum Fax. Nach zwei Minuten spuckte der Apparat drei Blätter aus, die belegten, dass Kostantinos Migiakis zu der Zeit an der Marathonlaan in Roermond eine Computerfirma hatte.

Steiger ging zurück zur Truppe und fragte, ob es einen Kollegen im Präsidium gab, der Holländisch konnte.

»Geh mal zu Jupp Weiß«, sagte Gerd Walter, »der macht seit hundert Jahren da Urlaub und ist halber Holländer.«

Jupp Weiß bearbeitete Kfz-Kriminalität, und Steiger ging zwei Etagen tiefer. Er traf ihn in seinem Büro an.

»Kriminalhauptkommissar Adam, welch seltener Besuch. Was kann ich für dich tun, Steiger?«

»Du kannst Holländisch, sagte man mir.«

»Das stimmt.«

Zum Beweis sagte er etwas Holländisches, das Steiger nicht verstand. Er legte ihm das Fax auf den Tisch.

»Kannst du mir einen Gefallen tun und mal bei der

Stadt Roermond anrufen und fragen, ob diese Firma da noch besteht und mit welchem Inhaber? Die Nummer habe ich dir schon rausgesucht, steht oben rechts.«

»Worum geht es dabei?«

»Auf jeden Fall um Drogengeschäfte, vielleicht sogar um ein Tötungsdelikt.«

Er pfiff durch die Zähne, nahm sich den Bogen und wählte die Nummer.

Offensichtlich erreichte er jemanden und sprach sofort Holländisch, das sich für Steiger ziemlich perfekt anhörte. Jupp hielt den Bogen etwas höher, las den Namen der Firma ab und nahm sich nach einer Weile Stift und Papier und notierte etwas. Nachdem er zweimal verbunden worden war und weitere Notizen gemacht hatte, legte er auf.

»So, mein lieber Thomas, diese Firma«, er tippte mit dem Bleistift auf das Fax, »gibt es seit drei Jahren nicht mehr in Roermond. Dein Grieche hier, Kostantinos Migiakis … bei solchen Namen fällt mir immer dieser alte Witz mit Arthritis ein«, er musste einmal in sich hineinlachen. »Kennste den? Hallo Opa, liege mit Arthritis im Bett … Ach, ist auch egal. Also, dein Grieche, der hat allerdings eine Nachfolgefirma dort aufgemacht, die GGKM B. V., was immer das heißen soll, die sich ebenfalls mit Computergeschichten befasst, an derselben Adresse in der Marathonlaan. Aber«, er hob den Finger und blickte wichtig über den Rand seiner Brille, »diese Firma hat eine Dependance in Dortmund.«

»Und du weißt auch, wo?«

Mit ausladender Geste drehte er seinen Notizzettel so, dass Steiger ihn lesen konnte.

»Scheiße«, sagte Steiger, »da waren wir heute schon mal.«

Er stand auf, rannte los und bedankte sich laut, als er schon im Flur war.

Eine Waffe in der Wohnung von Lambert und eine Schussabgabe in der Firma von Raschid waren zu viel, als dass sie die Spezialeinheiten ein weiteres Mal außen vor ließen, auch wenn dadurch ein wenig Zeit verloren ging.

Die Zweigstelle der Firma GGKM B. V. lag im zweiten Hof des Komplexes, in dem die Festnahme von Raschid am Mittag gelaufen war, und Steiger vermied den Gedanken, dass sie ganz in der Nähe des Jungen und des Mädchens gewesen waren und jetzt vielleicht zu spät kamen. Das SEK brauchte eine Zeit für die Aufklärung, und sie trafen sich mit den Fahrzeugen der Ermittlungskommission um kurz nach 19.00 Uhr auf dem Parkplatz eines Supermarkts in der Nähe.

Einen Plan der Räume hatten sie auf die Schnelle nicht besorgen können, was immer ein großer Nachteil war bei solchen Einsätzen. Steiger brachte Jens, den Kommandoführer, noch einmal mit allem auf den neuesten Stand, was wichtig war; sie verglichen die Funkkanäle, dann setzte sich die junge Truppe in voller Montur in ihre Autos und fuhr ab.

Steiger und seinen Leuten blieb nichts anderes übrig, als zu warten, bis Jens meldete, dass alles sicher war. Auch wenn es manchmal noch den ein oder anderen alten Kripohaudegen gab, der in gewohnter elitärer Ermittlerarroganz seine Herablassung für diese Truppe zeigte, waren doch alle froh und erleichtert, dass es sie gab und man nach ihrem Einsatz den Ort eines Verbrechens so gefahrlos betreten konnte, als sei es das eigene Wohnzimmer.

Die Klarmeldung kam nach wenigen Minuten, sie fuhren los, und Jens erwartete Steiger am Eingang zu den Räumen der GGKM B.V. Von den anderen hier ansässigen Firmen hatten einige Mitarbeiter ihre Raucherpause verlängert. Wann bekam man schon mal ein SEK live im Einsatz zu sehen.

»Unten sechs Räume und hier rechts eine kleine Halle«, sagte Jens, »die man durch das Rolltor befahren kann. Oben noch einmal fünf Räume, auch die dürften interessant für euch sein. Aber komm mal mit, das ist wahrscheinlich das Wichtigste.«

Er ging vor, durchquerte einen kleinen Gang und führte Steiger in einen Raum, in dem zwei Liegen standen, die Ähnlichkeit mit Feldbetten hatten. Jens ging wortlos in die hintere Ecke, in der ein Papierkorb stand, und wies mit dem Zeigefinger auf den Inhalt.

»Das meinte ich eigentlich.«

Steiger kniete sich hin, zog sich Latexhandschuhe an und fingerte aus dem Eimer eine von vier Spritzen und leere Ampullen, deren zugehörige Schachtel ganz unten im Eimer lag.

»Kennst du das Zeug?« Er hielt Jens die Schachtel hin.

»Ich bin Schutzmann, kein Mediziner, aber ich bin ziemlich sicher, das ist kein Vitaminpräparat.«

Steiger stand auf und versuchte, seine Gedanken zu ordnen. Von Milad Taher, was wahrscheinlich nicht sein richtiger Name war, und dem Mädchen hatten sie weder Fingerabdrücke noch DNA, aber die hätte er auch nicht gebraucht. Er war sich sicher, dass die beiden Jugendlichen von hier auf den Weg gebracht worden waren, aber wohin? Und wie?

»Und dann kann ich dir oben noch etwas zeigen.«

Wieder ging er vor, nahm die Treppe mit seiner kiloschweren Ausrüstung leichtfüßig und führte Steiger in einen der oberen, hinteren Räume. Dort stand auf einem Tisch eine Maschine, die er noch nie gesehen hatte.

»Was ist das?«, fragte Jens. »Sieht ein bisschen aus wie ’ne Buttonmaschine.«

Steiger versuchte, sich vorzustellen, wie sie funktionierte, aber auf den ersten Blick war ihm das nicht möglich.

»Ich kenn’s auch nicht, aber ich nehme stark an, dass man damit die Bodypacks macht. Die Dinger sind ja extrem gepresst und steinhart. Mal sehen, vielleicht finden wir irgendwo auch noch etwas Gift.«

Steiger hantierte ein wenig an den Hebeln, aber es erschloss sich ihm immer noch nicht.

»Wenn du uns nicht mehr brauchst, sind wir dann wieder weg«, sagte Jens.

»Nein, wir kommen jetzt allein klar. Ich danke euch sehr, war wie immer eine Riesenhilfe.« Er versuchte, so verbindlich und kollegial zu klingen, wie es ihm nur möglich war.

Jens trommelte seine Truppe zusammen, und sie fuhren vom Hof, wie sie gekommen waren.

Immer im Einsatz halt, dachte Steiger.

Jana kam zu ihm.

»Sie waren hier, oder?«

»Ja, ich bin sicher, sie waren hier. Vielleicht sogar, als wir drüben Raschid festgenommen haben.«

»Was machen wir jetzt.«

Er zuckte mit den Schultern.

»Was schon, wir haben keine Wahl.«

Eine Stunde später hatten sie mit allen Geschäftsleuten gesprochen, die in den Höfen ihre Büros oder Firmenräume hatten und die sie antrafen, aber keiner konnte Entscheidendes mitteilen, niemandem war etwas aufgefallen, keiner hatte näheren Kontakt zu den Mitarbeitern der GGKM B.V. Hin und wieder kamen Autos, manchmal sah man Männer, die dort ein und aus gingen, aber alles machte einen normalen Eindruck.

Der Schlüsseldienst hatte ein neues Schloss eingebaut, weil das alte beim Öffnen zerstört worden war. Als Steiger die Räume wieder verschließen wollte, kam ein großer Audi in den Hof gefahren, parkte vor einer der Türen gegenüber, und ein gut gekleideter Mann stieg aus.

»Nehmen wir den noch mit«, sagte Steiger zu Jana, und sie beeilten sich, ihn zu erwischen, bevor er in der Tür verschwand.

»Guten Abend, Adam, Kripo Dortmund.«

»'n Abend, Helmbrecht.«

Der Mann sah aus, als hätte er einen langen, schweren Tag hinter sich.

»Herr Helmbrecht, können wir Ihnen noch kurz eine Frage stellen, bevor Sie in den verdienten Feierabend gehen?«

»Was gibt's denn?«

»Wir ermitteln gegen die Firma GGKM dort hinten gegenüber. Können Sie uns etwas zu der Firma sagen, ist Ihnen speziell heute oder gestern etwas aufgefallen?«

Er überlegte einen Moment.

»Was heißt aufgefallen? Ich habe heute Morgen gesehen, dass ein Behinderten-Mietwagen im Rolltor verschwand und dass er am Nachmittag erst wieder wegfuhr, das ist mir aufgefallen.«

»Passiert das öfter, dass Sie Dinge da drüben wahrnehmen?«

»Ne«, er schüttelte den Kopf, »war reiner Zufall, weil ich grad zur selben Zeit kam oder fuhr.«

»Ein Behinderten-Mietwagen? Wie erkennt man die?«

Er lächelte müde.

»Nur, wenn man sich damit auskennt, und an verschiedenen Merkmalen. Ich arbeite ehrenamtlich in der Jugendarbeit mit Kindern aus schwierigen sozialen Verhältnissen. Wenn wir manchmal mit denen Unternehmungen machen, und da sind körperlich Behinderte dabei, brauchen wir ein solches Fahrzeug. Darum erkenne ich es. Das war sogar ein größerer, in dem man auch zwei transportieren kann.«

»Wo kann man so was mieten?«

»Heute schon an mehr Stellen als früher, aber es gibt immer noch nur eine Handvoll im Ruhrgebiet. Ich kann Ihnen meine Adresse gern geben.«

Er schloss seinen Betrieb auf und gab Steiger eine Karte von seinem Schreibtisch.

»Eine Frage noch, Herr Helmbrecht, nein zwei. Wann ist der Wagen heute Nachmittag gefahren? Und haben Sie gesehen, wer am Steuer saß?«

Er überlegte.

»Das muss so gegen drei gewesen sein, als er rausfuhr, und ich meine, das müsste der Firmeninhaber gewesen sein. Ist das nicht ein Grieche?«

Helmbrechts Verleiher war es nicht, aber eine Stunde später hatten sie einen privaten Autoverleih in Bochum ermittelt, der als einziger noch übrig geblieben war, alle anderen hatten am heutigen Tag keines ihrer größeren rollstuhlgerechten Fahrzeuge vermietet. Erst unter der Handynummer des Geschäftsführers, die Marcel Krone irgendwo aus dem Internet besorgt hatte, erreichten Sie jemanden.

»Adam von der Polizei in Dortmund spricht hier, Frau Dohm, keine Angst, es ist niemandem etwas passiert. Für mich ist es schön, dass ich Sie erreiche. Frau Dohm, Sie haben heute einen rollstuhlgerechten Ford Transit verliehen, ist das richtig?«

Sie musste einen Augenblick überlegen.

»Ja, das ist richtig.«

»Können Sie sagen, an wen?«

»Da müsste ich im Büro nachsehen.«

»Ist das weit von Ihnen? Ohne Ihnen jetzt die Details zu schildern, aber es wäre möglicherweise lebensrettend, wenn Sie uns sagen könnten, wer den Wagen gemietet hat, weil wir dann vielleicht rausbekommen, wo er jetzt ist.«

»Ich fahre eine halbe Stunde dorthin und bin seit heute Morgen fünf Uhr auf, Herr Adam.«

»Ich will nicht dramatisch klingen, Frau Dohm, aber es könnte wirklich um Leben und Tod gehen.«

Sie ließ den Satz einen Moment sacken.

»Mein Gott, das klingt ja … Und wenn Sie wissen wollen, wo der Wagen ist, das kann ich ihnen sogar ziemlich genau sagen.«

Steiger blickte in die Runde, weil alle noch da waren.

»Das sind sehr teure Fahrzeuge, denen haben wir einen Sender verpasst, mit dem wir sie zur Not orten können.«

»Wie genau?«

»Auf den Meter genau. Der läuft über GPS.«

Steiger war sich sicher, dass er noch nie in seinem Leben die Strecke von Dortmund nach Bochum in dieser Zeit geschafft hatte. Sie waren exakt eine Zigarillolänge vor Frau

Dohm an deren Autoverleih, aber vielleicht hatte Steiger auch ein wenig nervös gezogen.

Marcel Krone und Bulthaup waren mitgekommen, weil sie sich das nicht entgehen lassen wollten, der Rest wartete in der Dienststelle, was daraus wurde.

Frau Dohm, die mit Vornamen tatsächlich »Gaby« hieß, hatte das Programm aufgerufen und gab die Daten für den Transit ein. Nach ein paar Sekunden erschien der Standort auf dem Bildschirm.

»Mein Gott, wo ist der denn? Aber er hatte ihn auch ohne Kilometerbegrenzung gemietet. Wie heißt die nächste größere Stadt?«

Sie zog den Bildschirmausschnitt größer.

»Varaždin. Das ist ...«

»In Nordkroatien«, sagte Steiger.

»Ach, da kann man bestimmt gut Urlaub machen.«

Gaby Dohm lächelte.

Josip Kovac von der Ermittlungskommission der Zagreber Polizei war kurz vor ein Uhr geweckt worden, und der Kollege hatte ihm gesagt, ein Polizist aus Dortmund in Deutschland wolle ihn dringend sprechen.

Thomas Adam hatte ihm die Sache erklärt, aber es hatte eine Stunde gedauert, bis er seine Leute alarmiert hatte.

Jetzt waren sie auf der Straße, auf die ihn Adam am Handy dirigiert hatte, und wenn das GPS dieser Autofirma richtig anzeigte, gehörten die Rücklichter in einiger Entfernung zu dem Wagen, den sie suchten. Als sie einmal überholt hatten, war es sicher. Es war jemand allein am Steuer, den hinteren Teil des Fahrzeugs konnte man wegen getönter Scheiben nicht einsehen.

»Alles klar, Herr Adam, ein grauer Ford Transit mit Bochumer Kennzeichen, wir haben ihn. Ich mache jetzt aus und melde mich wieder.«

Sie hatten überlegt, ob eine fingierte normale Kontrolle das Beste sei, sich aber dafür entschieden, den Wagen aus der Bewegung anzuhalten.

Josip Kovac hatte drei zusätzliche Zivilwagen seiner Truppe organisiert. Sie fuhren auf einer Landstraße in der Nähe von Varaždin, verfolgten den Transit noch ein paar Kilometer in sicherem Abstand, dann setzte sich ein Wagen davor, einer daneben, und sie gaben dem Fahrer Anhaltezeichen. Der Transit fuhr rechts an den Straßenrand, und bevor er noch stand, waren drei Polizisten mit vorgehaltener Waffe am Auto und legten den Fahrer auf den Boden.

Kovac ging zum Fahrzeug und sah auf die Ladefläche, auf der zwei Rollstühle in einer Vorrichtung verankert waren, aber die Stühle waren leer. Einer der Kollegen hatte den Fahrer durchsucht und reichte Kovac einen deutschen Führerschein und einen deutschen Ausweis. Ein zweiter saß schon auf dem Beifahrersitz und beschäftigte sich mit dem Navigationssystem.

»Das war sein Ziel«, sagte er und zeigte auf eine Adresse in der Nähe von Varaždin.

Kovac wählte Steigers Nummer.

»Adam.«

»Herr Adam, nur kurz zur Info: Der Wagen ist leer, aber wir haben die Adresse, wo er war, und sind schon unterwegs. Ich melde mich später wieder.«

Das Objekt war ein altes Gehöft, das mal ein größerer Bauernhof gewesen war. Es lag denkbar ungünstig, weil die einzige Zufahrt gut einsehbar war und der Hof von einer Mauer umgeben wurde, die nur ein großes Eingangstor aus Holz unterbrach. Außerdem gingen sie davon aus, dass alles mit Kameras überwacht wurde.

Josip Kovac hatte die schwierige Aufgabe, aufgrund der Lage, wie sie sich darstellte, sehr schnell handeln zu müssen und trotzdem die Sicherheit seiner Leute im Auge zu behalten, denn man würde es nicht mit Hühnerdieben zu tun haben.

Er hatte in der Nacht eine Gruppe der ATJ Lučko organisieren können, und mit Ante, dem Gruppenführer, besprochen, dass sie mit ihrem Fahrzeug vorfuhren.

Ein Mann der Spezialeinheit war zu Fuß am Gehöft gewesen, um in der Deckung einiger Bäume die örtlichen Gegebenheiten so weit aufzuklären, wie es ging. Jetzt machten sich alle bereit. Am Osthimmel war schon deutlich das erste Licht des neuen Tages zu sehen.

Kovac und seine Leute hatten schusssichere Westen angelegt und besetzten die Fahrzeuge. Der SUV der ATJ mit dem Bullenfänger fuhr als erstes Fahrzeug, dann drei weitere der Spezialeinheiten dahinter, danach fünf Fahrzeuge der Ermittlungskommission.

Sie fuhren mit hoher Geschwindigkeit, etwa fünfzig Meter, bevor sie das Tor erreichten, sprang ein Scheinwerfer an, der gleißendes Licht auf die Szene warf, wie der SUV das Tor rammte, es splitternd aufflog, alle Fahrzeuge in den Hof fuhren und so heftig bremsen mussten, dass der Schotter flog. Sie stellten die Autos wie einen Tannenzapfen auf, um möglichst viel Deckung zu haben. Auch im Hof waren sofort Scheinwerfer angesprungen und erleuchteten alles.

In der Kürze der Zeit hatten sie nicht aufklären können, welches der drei Gebäude das eigentliche Ziel war, aber als von rechts aus einem Fenster der erste Schuss fiel, war auch das klar. Die Spezialkräfte erwiderten das Feuer, und drei Leute rannten in Deckung zu einer Tür an der rechten Seite des Gebäudes. Mit einer Ramme öffneten sie die Tür und gingen in Formation hinein, sofort gefolgt von einer zweiten Fünfergruppe. Kovac saß hinter seinem Fahrzeug, hörte Schüsse aus dem Gebäude und lautes Geschrei, dann einen enormen Knall, und er hoffte, dass es kein Sprengsatz der Gangster war.

Auf der rechten Seite des Gebäudes öffnete sich ein Fenster, und ein Mann sprang heraus, der eine Pistole in der Hand hielt. Er stürzte bei der Landung, und sofort schrien Kovac' Leute ihn an, er solle die Waffe fallen lassen. Er tat es eine Sekunde zu spät, ein erster Schuss traf ihn in der Schulter, ein zweiter ins Bein. Dann ließ er die Waffe fallen und schob sie von sich weg. Er stöhnte vor Schmerz, aber vorerst näherte sich ihm keiner, zwei von Kovac' Leuten behielten ihn im Visier.

Im Haus waren weiter tiefe Männerstimmen zu hören, die Anweisungen schrien, aber die Schüsse hatten aufgehört.

Nach ein paar Minuten trat Ante aus der Tür und winkte Josip Kovac zu sich.

»Ich hoffe, wir waren rechtzeitig«, sagte er und ging einen Gang entlang, an dessen Ende ein Raum hell erleuchtet war. Im ersten Raum rechts lagen gefesselt zwei Männer auf dem Boden, einer blutete aus einer Schusswunde am Bein, dennoch kniete ein Kollege auf ihm. Auch im nächsten Raum lag jemand so auf dem Boden.

In dem Raum, aus dem das Licht kam, stand in der Mitte ein Operationstisch und darüber war eine ebensolche Lampe angebracht. Auf dem Boden saßen ein Mann und eine Frau in grüner Krankenhauskleidung, auch sie waren gefesselt. Der Mann hatte Abschürfungen im Gesicht und blutete aus einer Wunde an der Stirn.

Ante öffnete eine Tür, und im Nebenraum standen Behälter, die Kovac' an Kühltaschen erinnerten, auf deren Deckeln aber eine Digitalanzeige war und mehrere Lämpchen leuchteten.

Er öffnete die nächste Tür zu einem Raum, in dem drei Liegen standen, auf denen zwei Jungen und ein Mädchen lagen. Alle hatten Infusionsschläuche in den Armvenen und schliefen.

»Aber sie leben«, sagte Ante.

Josip Kovac holte sein Handy hervor, fotografierte die drei Bewusstlosen und schickte die Fotos zusammen mit dem Bild, das sie noch vom Fahrer des Transit gemacht hatten, an Thomas Adam. Dann wählte er dessen Nummer.

»Ach, ja«, sagte Kovac, als sie sich schon fast verabschiedet hatten, »aus meiner Zeit beim BKA weiß ich, dass Sie sich eigentlich alle duzen. Ich fände das heute Morgen sehr passend.«

»Ich auch«, sagte Steiger, »mehr als passend. Also: Thomas.«

»Josip«, und Steiger konnte hören, dass er lächelte.

Als er aufgelegt hatte, kamen die ersten beiden Bilder, die Kovac geschickt hatte, auf Steigers Handy an. Er sagte Jana Bescheid, und sie kam an seine Seite.

Bild eins zeigte einen jungen Mann mit geschlossenen Augen, den sie nicht kannten, Bild zwei war ein Mädchen, das sie nur von den Fotos aus der Datei der Passfälscher kannten, Bild drei war der Junge, den sie auf der Möllerstraße festgenommen hatten.

»Bingo«, sagte sie.

Mittlerweile hatten sich auch die anderen hinzugesellt und versuchten, auf Steigers Handy zu schauen.

Das vierte Bild ließ ein paar Sekunden auf sich warten, dann bimmelte der Empfang. Steiger öffnete es, und es sah sie ein Mann an, der völlig unbekannt war.

»Von wegen bingo«, sagte er. »Weißt du, was das bedeutet.«

»Er ist weg«, sagte Gisa, und einen Moment herrschte müde Stille.

Bis auf Marcel Krone saß die Truppe vor ihm, einige tranken Kaffee, und die Sonne war schon aufgegangen.

»Okay, Leute«, sagte Steiger, »was soll ich euch sagen? Soll ich euch in Chef-Manier loben? Ihr wisst selber, dass es super gelaufen ist, danke, hat Spaß gemacht mit euch. Marcel ist noch dabei, Aydamirov mit all seinen neuen Aliasnamen in die Fahndung zu geben, aber das kann nicht mehr lange dauern. Das MEK steht zwar an seiner Firma, aber da wird er nicht mehr aufschlagen, da bin ich sicher.«

»Eines würde mich noch interessieren«, sagte Bulthaup und trank statt Kaffee nach alter Nachdienstmanier ein Bier, »wie haben die ihre Verbindungen aufgebaut?«

»Keinen Schimmer, Jochen. Vielleicht kannten die sich aus dem Irak oder weiß der Teufel, woher, du weißt doch …«

Die Tür ging auf, und Marcel Krone kam herein, stützte sich mit beiden Fäusten auf dem Tisch ab und zog ein schmerzverzerrtes Gesicht.

»Mein Fehler. Der alte Kampf Mensch gegen Maschine, und wir verlieren immer öfter. Ich habe mich bei den Ausweisen für Aydamirov auf mein Auge verlassen und diese vier sicher identifiziert. Ich habe eben mal zur Sicherheit eine Gesichtserkennung über die Fotos laufen lassen, und Aydamirov hat noch einen fünften Ausweis. Eine französische Identitätskarte auf den Namen«, er hielt inne und hob den Zeigefinger, »Leila Belloumi, geboren am 03.04.1982 in Algier, und wenn du dir den Ausweis dann ansiehst, beißt du dir echt in den Arsch, weil man es erkennt, wenn man nicht so blind ist. Aber unser Geist lässt sich halt leicht täuschen. Und wir haben doch neben den Ausweisen noch eine ganze Reihe anderer Dokumente gefunden, Geburtsurkunden, Heiratsunbedenklichkeitsbescheinigungen und so Zeugs. Für Leila Belloumi gibt es einen internationalen Behindertenausweis, dass sie gehörlos und stumm ist.« Er nickte bedeutungsvoll. »Cleveres Kerlchen, oder.«

»Und er kann Gebärdensprache«, sagte Jana.

Marcel wirkte, als ob er noch nicht fertig wäre.

»Leila Belloumi hat vor einer halben Stunde mit Barzahlung eingecheckt, für einen Flug nach Malaga. Der geht in einer Stunde.«

Alle sprangen auf.

»Welcher Flughafen?«, fragte Steiger und folgte Jana, die schon die Schlüssel in der Hand hatte.

»Düsseldorf. Im Berufsverkehr ist das kaum zu schaffen«, rief Marcel hinterher. »Die Bundespolizei informiere ich, dann kann nichts schiefgehen.«

Steiger, Jana und Bulthaup waren in einem Auto gefahren. Als sie durch das Menschengewirr des Flughafens liefen, hatte Marcel dafür gesorgt, dass die Maschine auf jeden Fall unten blieb, bis sie Aydamirov festgenommen hatten. Zwei Kollegen der Bundespolizei erwarteten sie am Gate. Aydamirov hatte das Boarding absolviert.

»Und er kann eigentlich keine Waffe haben, oder?«, fragte Steiger.

»Das würde mich sehr wundern«, sagte der Chef des Sicherheitsdienstes.

Sie konnten die Maschine noch von zwei Eingängen besteigen und gingen von hinten und von vorn auf Sitz »D« in Reihe 17 zu. Dort saß eine arabisch gekleidete Frau mit einem Kopftuch und in einem bodenlangen, dunkelblauen Gewand. Er erinnerte sich, wie er in Bochum dieses Foto zum ersten Mal gesehen hatte, und auf dem Weg zu dem Platz konnte Steiger jetzt die ganze Zeit das üppig geschminkte Gesicht betrachten, und es war ihm möglich, eine Sekunde die Frau und in der nächsten den Mann zu sehen.

Auch als vier Leute um seinen Sitz herumstanden, reagierte Aydamirov nicht.

»Dzhamal Aydamirov?«, sagte Steiger.

Die Frau sah ihn fragend an und machte ein paar Gebärden.

»Ich kann Ihnen das nicht in Gebärdensprache mitteilen, aber ich bin sicher, Sie verstehen auch so, dass sie festgenommen sind wegen des Verdachts des Menschen- und des Drogenhandels und wahrscheinlich noch ein paar weiterer Delikte.«

Die Frau ließ den Kopf einmal nach vorn sinken, und als Dzhamal ihn wieder hob, war alles Weibliche verschwunden, trotz all der Schminke. Er stand auf, Jana legte ihm die Acht an, und er folgte Steiger nach draußen.

54

Er war lange nicht zur Ruhe gekommen, obwohl andere den Schreibkram und die Vorführung Aydamirovs übernommen hatten. Nach der dritten Flasche DAB war er schließlich in Klamotten auf dem Sofa eingeschlafen und nach vier Stunden wieder aufgewacht.

Weil noch einiges zu regeln war, parkte er jetzt seinen Wagen auf der Markgrafenstraße und ging die lange Einfahrt zum Präsidium hinauf. Auf halbem Wege kam ihm Toni Sawitzki entgegen und machte ein gespielt vorwurfsvolles Gesicht.

»Es gab mal Zeiten, Steiger, da habe ich so was von dir erfahren und nicht von der Pressestelle«, sagte sie.

»Ich hab echt nicht dran gedacht, Toni, sorry, hatte anderes im Kopf.«

»Ich hab schon gehört, du warst Leiter.« Sie pfiff eine leise Fanfare.

»Ja, aber sie haben sofort gemerkt, dass das ein Fehler war. Heute Morgen wäre es schon zu Ende gewesen.«

»Da hast du ja noch mal die Kurve gekriegt, und du willst das doch auch gar nicht«, sagte sie, boxte ihm gegen den Oberarm und ging.

Als ihm auf der Treppe eine Streifenwagenbesatzung entgegenkam, sah er, dass Battos Truppe Spätdienst hatte. Seit dem letzten Gespräch hatten sie keinen Kontakt mehr gehabt.

»Habt ihr was von Batto gehört?«, fragte er einen blonden Jüngling, der aussah, als ginge er noch zur Schule.

»Der ist drinnen«, sagte er und zeigte mit dem Daumen über die Schulter.

Durch die Panzerglasscheibe konnte Steiger ihn schon beim Betreten des Foyers sehen. Batto hockte in der Wache halb stehend auf einem Tisch und sprach mit vier seiner Leute, die am Wachtisch saßen. Er trug eine Jeans und ein weißes Poloshirt, und er war rasiert, aber das war nicht die einzige Veränderung in seinem Gesicht. Es war immer noch viel ernster, als Steiger es kannte und als es vor dieser Sekunde in seinem Leben gewesen war, es hatte viel, vielleicht alles von seiner Unbeschwertheit verloren, von dem Ausdruck der Überzeugung, dass man das Leben immer überreden konnte, aber er sah nicht mehr verzweifelt aus. Steiger konnte nicht hören, was sie sagten, sah der Gruppe eine ganze Weile zu und hatte das Gefühl, etwas von der Stimmung drang durch dieses zentimeterdicke Glas bis zu ihm. Plötzlich wandte Batto den Kopf und entdeckte ihn. Ganz langsam begann er, schwach zu lächeln.

Steiger nickte kaum merklich und hob beide Daumen.

Batto schloss einen kurzen Moment die Augen, sah Steiger dann wieder an und hob den linken Daumen.

Steiger wiegte den Kopf.

Batto spreizte Daumen und kleinen Finger und hielt sich die Hand so an die Wange. Sie würden telefonieren.

Steiger nickte, grüßte und ging nach oben.

Er war nicht der Einzige aus der Nachtmannschaft, der schon wieder auf der Dienststelle war. Bulthaup und Gisa saßen ebenfalls an ihren Plätzen und waren beschäftigt.

»Du sollst den Kollegen Kovac in Kroatien anrufen, der hat sich schon zweimal gemeldet«, sagte Gisa. »Ich habe ihm zwar schon alles gesagt, aber ich hatte das Gefühl, er hätte es lieber von dir gehört.«

Steiger ging zu seinem Schreibtisch und wählte Kovac' Nummer.

»Kovac.«

»Thomas Adam, hallo, Herr Kovac.«

»Hallo Thomas«, sagte Kovac, und in dem Augenblick fiel es Steiger ein.

»Ach, entschuldige, war halt sehr früh heut Morgen.«

»Kein Problem«, sagte Kovac. »Ich wollte dich nur bezüglich des Fahrers auf den Stand bringen, wir haben ihn nämlich noch heute Morgen vernommen. Der Mann kennt Aydamirov unter seinem griechischen Namen seit ein paar Jahren, weil er hin und wieder Jobs für ihn erledigt. Er beschwört, dass ihm gesagt worden ist, den beiden würde nur ein Niere entnommen, und letztlich können wir da erst mal schwer das Gegenteil beweisen.«

»Aber warum musste er denn dann leer zurückfahren? Hat er sich das mal gefragt?«

»Ja, da hakt einiges. Aber wir haben jetzt eine ganze Reihe neuer Ansätze und sind sehr zuversichtlich.«

»Was hat er dafür bekommen?«

»Er sagt, zehntausend Euro, und das könnte stimmen, ist ja auch ein beträchtlicher Betrag. Dafür musste er fahren und den beiden einmal auf halber Strecke ein Mittel in den Venenkatheter spritzen.«

»Wir haben Aydamirov noch festnehmen können, aber das weißt du ja schon.«

»Ja, ich werde auch nächste Woche in Deutschland sein, um ihn zu vernehmen.«

»Der wird ganz sicher nichts sagen, aber das wird dir klar sein.«

»Ja, sicher, aber einen Versuch muss ich machen. Und eigentlich komme ich nur, damit wir beide ein Bier miteinander trinken.«

Steiger lachte. »Gute Idee. Dann gib mir aber rechtzeitig Bescheid, sobald du weißt, wann du hier bist.«

Sie besprachen noch ein paar Dinge, verabschiedeten sich schließlich, und Steiger legte auf.

Bis zum Feierabend schrieb er noch die Berichte, brachte ein paar Dinge auf den Weg, die in der Nacht verblieben waren. Er rief in Recklinghausen an und informierte den Kollegen Grabowski darüber, dass sie den Mann, der ihre verbrannte Leiche sein sollte, vor wenigen Stunden festgenommen hatten.

Aydamirov hatte natürlich keine Aussage gemacht, und auch, wenn einiges noch offengeblieben war und wohl auch bleiben würde, hatte Steiger das Gefühl, dass sie etwas zu Ende gebracht hatten.

Er machte sich zu Fuß auf den vier Kilometer langen Weg zu seiner Wohnung in der Kesselstraße, weil er das Gefühl hatte, Bewegung würde ihm guttun, und weil es ein so schöner Abend war. Unterwegs kaufte er einen Döner, der großartig schmeckte, aß ihn auf einer Bank im Stadtgartenpark und trank eine Dose Thier dazu.

Im »Totenschädel« war normaler Betrieb für einen Wochentag. Steiger hatte lange mit sich gerungen, ob er Eva anrufen sollte, aber er wollte ihr noch Zeit geben.

An der Theke saß Hermann, als er hereinkam. Steiger setzte sich daneben, bestellte ein Bier und schlug ihm auf die Schultern.

»Los jetzt, Hermann, zwei Minuten, dass wir den kleinen Adolf brauchen, zwei Minuten über die Ölaugen, die unsere Frauen vergewaltigen, und zwei Minuten erzählst du mir Bilderwitze, dann haben wir es hinter uns.«

Hermann sah ihn mit herunterhängender Unterlippe an.

»Verarschen kann ich mich alleine, Steiger.« Er nahm sein Bier und ging zu Pit an einen der Tische.

Christa musste lachen, als sie Steiger sein Bier hinstellte.

Es waren zehn Biere geworden, ungefähr, weil Steiger sich mit Paul, den alle nur den Libero nannten, noch auf eine harte Diskussion darüber eingelassen hatte, ob Libuda heute bei Schalke, Manchester United oder Real Madrid besser aufgehoben wäre, weshalb es weit nach Mitternacht war, als er zu Hause ankam.

Wie oft, wenn er getrunken hatte, nahm er sich eine der alten Vinylplatten aus dem Regal und ließ den Arm des Plattenspielers durch das Umlegen des kleinen Hebels nach unten sinken. Allein wegen dieses Vorgangs sollte die Schallplatte überleben, dachte er.

Kate Bush sang »The Man with the Child in His Eyes«, und Steiger fragte sich, ob sie jemanden wie Aydamirov gekannt hatte, oder wie Amir Berisha.

55

Weil ein kleines Loch im Arm die einzige Verletzung war, die Arjun und Samira erlitten hatten, waren beide schon zwei Tage später mit einem Flug von Zagreb nach Köln zurückgekommen.

Steiger und Jana hatten sich erkundigt, womit sie ihnen eine Freude machen konnten, und so hatte er sehr schweren Herzens ein Bayern-Trikot gekauft, Jana für das Mädchen ein T-Shirt von einer angesagten Marke, deren Namen Steiger schon wieder vergessen hatte.

Die beiden Jugendlichen saßen sehr scheu in einem Raum und lächelten mühsam, als die Dolmetscherin erklärte, wer sie besuchte. Vielleicht war es bei dem Jungen auch noch die Erinnerung an die Festnahme, die seine Reaktionen ein wenig gehemmt erscheinen ließen. Als Steiger ihm die Hand gab und die warme, weiche, lebendige Haut fühlte, musste er ein paarmal tief einatmen, und ihm lief eine kalte Welle durch den Körper.

Für die Geschenke bedankten sich beide höflich und schienen sich wirklich zu freuen, aber nach ein paar Minuten hatten Steiger und Jana den Eindruck, dass es genug war. Noch einmal gab Steiger beiden die Hand, und wieder konnte er die des Jungen kaum loslassen.

Als er schon in der Tür war, drehte er sich noch einmal um.

»Ich möchte, dass ihr mir eure Namen sagt.«

Die Dolmetscherin übersetzte die Bitte.

»Ich heiße Arjun.«

»Und ich heiße Samira.«

»Viel Glück, Arjun, viel Glück, Samira«, sagte er und lächelte.

Dann gingen sie.

Er war dabei, sich am Nachmittag ein paar Eier zu braten, weil er nur am Morgen ein Brötchen gegessen hatte. Es klingelte, er ging zur Tür und drückte auf den Summer, aber schon im nächsten Moment klopfte jemand an die Tür.

Steiger öffnete, und Eva stand vor ihm. Sie hatte eine Reisetasche neben sich stehen, die größer war, als dass sie damit einen Einkauf gemacht haben konnte.

»Gilt dein Angebot noch?«

»Äh, ja, was? Natürlich, also …«

Sie ergriff die Henkel, ging an ihm vorbei in seinen kleinen Wohnungsflur und stellte die Tasche ab. Dann wandte sie sich ihm zu.

»Es ist nur ein Versuch, Steiger, ich bin mir nicht sicher, ob ich das kann, aber es gibt auch etwas in mir, das fühlt sich nicht nur gut an bei dem Gedanken, hier zu sein, ich habe dabei keine Angst. Und das hatte ich so noch nie in meinem Leben.« Sie kam Steiger ganz nah, legte ihm die Arme um den Hals, und er sah, dass sie feuchte Augen hatte. »Ich glaube, du weißt nicht, was das für mich bedeutet.«

Sie küsste ihn.

»Und jetzt will ich einen guten Anfang.«

Mit diesen Worten zog sie ihm das T-Shirt über den Kopf und schob ihn ins Schlafzimmer.

Sie lagen danach lange Zeit wortlos so dicht beieinander, dass ihre Gesichter sich berührten und Eva die Bewegungslosigkeit nur dadurch unterbrach, dass sie manchmal sacht an seiner Unterlippe nagte.

»Kannst du mir einen Gefallen tun, einen ungewöhnlichen?«, fragte sie nach einer Weile.

»Klar«, sagte er in umfassender Bereitschaft, in diesem Augenblick alles zu tun.

»Lässt du mich eine Zeit allein in diesen Räumen. Ich brauche das zum Ankommen, wenn ich hierbleiben will.«

»Natürlich. Kein Problem.«

Er zog sich an, und weil es ein sonniger, warmer Tag war, ging er auf den Westenhellweg. Das Bedürfnis, unter Menschen zu sein, hatte er selten, aber in diesem Moment war es so.

Es herrschte der normale Betrieb in einer Fußgängerzone an einem Wochentag. Vor einem Handyladen standen ein paar Jugendliche, die offensichtlich aus Nordafrika kamen. Sie sprachen miteinander, und ihre Gesichter blieben ernst. Er ging weiter, kaufte sich zwei Kugeln Eis, Tiramisu und Nuss, und aß sie im Gehen. Auf einem Abfalleimer an der St. Petri Kirche sah er ein schwarzes Mädchen sitzen. Sie war allein, betrachtete die vorbeigehenden Menschen, und nichts in ihrem Gesicht verriet, was sie dachte. Neben ihr stand ein Rucksack. Einen Moment hatte Steiger den Gedanken, sie anzusprechen und zu fragen, ob sie eine Bleibe hatte, ob es hier einen Menschen gab, der ihren wahren Namen kannte und der sie vermisste, wenn sie am Abend nicht heimkam.

»Hallo.«

Steiger hatte Joschi nicht gesehen. Er stand an einer Stelle, die günstig fürs Schnorren war. Wieder trug er fünf schwarze Westen übereinander, wenn Steiger richtig gezählt hatte, was nicht leicht war.

»Na, wie läuft das Geschäft, Joschi?«

»Ganz okay, geht schon.«

»Du bist viel zu dick angezogen für das Wetter«, sagte Steiger.

»Wieso?«, fragte Joschi, und sein Gesicht verriet, dass er wirklich nicht verstand, was Steiger meinte.

Steiger verabschiedete sich, ging weiter, und plötzlich schneite es.

Er sah sich um, und die Luft war voller Schneeflocken, die der Wind zwischen den Häusern entlang zu ihm trug. Steiger folgte der Quelle, und als er um die Ecke bog, sah er, dass ein Sportgeschäft mitten in der Fußgängerzone einen Laufsteg aufgebaut hatte und Skimode für den nächsten Winter vorführte. Dazu hatten sie eine Art Kanone danebengestellt, die Schnee aus Schaum produzierte und in den warmen Septemberwind blies.

Steiger beobachtete, wie sich die Flocken auf seinem nackten Arm niederließen, und plötzlich konnte er erkennen, dass er eine schwache Gänsehaut bekam.

Eigenartig, dachte er, wie eigenartig.

Er fror.

Dank

Kein Buch ohne Dank. Nicht, weil es so sein müsste oder irgendwie dazugehört, sondern weil es mir ohnehin, besonders aber wegen der Art und Weise, wie ich Unterstützung und Hilfe, Zuspruch und Begleitung erfahren habe, ein großes Bedürfnis ist.

Ich danke Ingo Aussieker, Peter Bartelheimer, Astrid Grahl, Anja Krumsiek, Jens Mertinkat, Steffen Ruschhaupt, Volker Stöckmann, Tom Tittes, Frank Vierke und Maik Wenke nicht nur für die tägliche wohlwollende mentale Begleitung des Schreibprozesses, sondern in vielen Situationen für die ganz konkrete Hilfe, was noch einmal in besonderer Weise für Thomas Böckler gilt, der mich darüber hinaus in vielen Gesprächen über zwei Schreibtische hinweg zu einigem inspiriert hat.

Ich danke meinen Bielefelder Kolleginnen und Kollegen Lars Westhoff, Stefan Novack, Hendrik Krause, Christine Schmitt, Oliver Schrader, Andreas Starken und natürlich Ralf Östermann, die mich jederzeit in vielen Gesprächen freundschaftlich kollegial an ihrem großen Wissen auf ihren Spezialgebieten teilhaben ließen.

Aus demselben Grund gilt mein Dank auch Carsten Knier von der Dortmunder Polizei, Sven Oliver Decker vom Ausländeramt der Stadt Bielefeld und auch bei diesem Buch einer befreundeten Unbekannten.

Ich danke Andreas Izquierdo ebenso für die engagierte Beschäftigung mit meinem Text wie Hans-Jürgen Rogall, ihr Urteil war hilfreich und ist mir sehr wichtig.

Ich danke Barbara Heinzius und Gerhard Seidl für die wie immer traumhaft leichte Zusammenarbeit, vor allem aber für ihr Vertrauen in meinen Text.

Bei meiner Familie, bei Julia, Lukas und meiner Frau Elke ist es mit Dank nicht getan. Ich verspreche öffentlich, beim nächsten Buch mache ich es anders.